RED HILL

Jamie McGuire

Red Hill

Traducción de Antonio-Prometeo Moya

Umbriel Editores

Argentina • Chile • Colombia • España
Estados Unidos • México • Perú • Uruguay • Venezuela

Título original: *Red Hill*
Editor original: Atria Paperback, A division of Simon & Schuster, Inc.,
New York
Traducción: Antonio-Prometeo Moya Valle

1.ª edición Septiembre 2014

ISBN: 978-84-92915-50-7
E-ISBN: 978-84-9944-723-0
Depósito legal: B-15.575-2014

Fotocomposición: Ediciones Urano, S.A.
Impreso por Romanyà-Valls, S.A. – Verdaguer, 1 – 08786 Capellades (Barcelona)

Impreso en España – *Printed in Spain*

Para Harmony y su inteligencia
Nom nom nom

Prólogo

Scarlet

La noticia radiofónica fue breve, casi de pasada. «Los cadáveres fueron amontonados y destruidos.» A continuación, los locutores contaron unos chistes y aquello fue todo. Tardé un minuto en comprender lo que había dicho la locutora por los altavoces del Suburban: *Por fin*. Un científico de Zúrich había creado *por fin* algo que hasta entonces había sido pura ficción. Durante años, y contra todo código ético conocido por la ciencia, Elias Klein había tratado de devolver la vida a un cadáver. Líder antaño entre los cerebros más brillantes del mundo, se había convertido en tema de chistes. Pero aquel día se le habría considerado un criminal si no hubiera estado muerto.

En aquel momento observaba a mis hijas por el retrovisor. Estaban discutiendo en el asiento trasero del coche y las dos palabras que deberían haberlo cambiado todo me entraron por un oído y me salieron por el otro. Dos palabras. Porque si no hubiera estado pensando en que Halle debía entregar a su profesor el permiso para irse de excursión al campo, me habría alejado de la acera pisando a fondo el acelerador.

«Cadáveres», «Amontonados».

Pero yo me estaba diciendo por tercera vez que quien debía recoger a las niñas aquel día, cuando salieran de clase, era su padre, o sea, Andrew. Subirían al coche y tardarían una hora en llegar a Anderson, la ciudad que antes llamábamos nuestra, para oír el discurso que el gobernador Bellmon iba a pronunciar ante los bomberos con los que colaboraba Andrew, mientras la gente del periódico local hacía unas cuantas fotos. Él pensaba que las niñas se divertirían y yo había estado de acuerdo con él, quizá por vez primera desde que nos habíamos divorciado.

Aunque la mayoría de las veces carecía de sensibilidad, era un hombre cumplidor. Llevaba a nuestras hijas, a Jenna, que acababa de cumplir trece años y era demasiado guapa para dormir tranquila, y a Halle, que tenía siete, a jugar a los bolos, y a cenar, y a veces también al cine, pero sólo porque creía que debía hacerlo. Pasar un tiempo con sus hijas era para Andrew una especie de trabajo, pero no de los que se hacen por amor al arte.

Cuando Halle me puso las manos en las sienes y me cubrió las mejillas de besos, le levanté las gafas de montura negra y cristales de culo de vaso. Sin saborear el momento, sin saber que aquel día iban a ocurrir muchas cosas, que se estaba preparando la tormenta que iba a separarnos. Halle se alejó hacia la escuela medio correteando, medio patinando, cantando en voz alta. Era el único ser humano que conocía que podía ser insoportablemente repelente y entrañable a la vez.

Sobre el parabrisas cayeron algunas gotas y me doblé hacia delante para ver mejor las nubes que cubrían el cielo. Debería haber cogido un paraguas para Halle. La cazadora que llevaba era de tejido demasiado fino para resistir una lluvia de principios de primavera.

La siguiente parada era el instituto. Jenna estaba abstraída, comentando los deberes de clase mientras mandaba mensajes de texto al último chico en el que se había interesado. Me acerqué a la acera y volví a recordarle que su padre la recogería donde siempre después de recoger a Halle.

—Ya te oí las primeras diez veces —dijo con una voz ligeramente más profunda de lo que era normal a su edad.

Me miró con sus hundidos ojos castaños. Estaba allí en cuerpo, pero no en alma. Tenía una imaginación desbocada, libre como el viento, ay de mí, y en ese sentido era fabulosa, pero en los últimos tiempos apenas prestaba atención a otra cosa que no fuera su teléfo-

no móvil. La tuve cuando acababa de cumplir veinte años. Prácticamente habíamos crecido juntas y me preocupaba la posibilidad de no
haberla educado como Dios manda; o como no manda. Pero de un
modo u otro, el resultado era mejor del que podía haber esperado.

—Sólo te lo he dicho cuatro veces. Y como me has oído, repite
lo que te he dicho.

Jenna dio un suspiro con cara inexpresiva, sin apartar los ojos
del teléfono.

—Nos recogerá papá. Donde siempre.

—Y sé simpática con su amiga. Tu padre me dijo que la vez pasada fuiste muy grosera.

Levantó los ojos para mirarme.

—Eso fue con la amiga anterior. Con ésta no he sido grosera.

Arrugué la frente.

—Me lo dijo hace quince días.

Jenna hizo una mueca. No siempre estábamos obligadas a decir
lo que pensábamos y yo sabía que estaba pensando lo mismo que
quería decir yo, pero que no iba a decir.

Que Andrew era un cabrón.

Suspiré y me volví para mirar al frente, asiendo el volante con
tanta fuerza que los nudillos se me pusieron blancos. En cierto
modo me ayudó a tener la boca cerrada. Cuando firmé los papeles
del divorcio, dos años antes, hice en silencio una promesa: que nunca hablaría mal de Andrew delante de mis hijas. Aunque lo mereciera…, cosa que sucedía a menudo.

—Te quiero —dije mientras veía a Jenna abrir la portezuela con
el hombro—. Hasta el domingo por la noche.

—Claro —dijo ella.

—Y no des un portazo…

El portazo sacudió el Suburban.

—… cuando cierres.

Di otro suspiro y me alejé de la acera.

Enfilé Maine Street, camino del hospital, donde trabajaba, todavía apretando el volante y esforzándome por no maldecir a Andrew cada vez que se me ocurría algo. ¿Presentaba a nuestras hijas a todas las mujeres con quienes se acostaba más de una vez? Le había pedido, suplicado, gritado que no lo hiciera, pero inútilmente: al parecer, no permitir que su chica semanal pasara el sábado y el domingo con sus hijas era carecer de tacto. No importaba que dispusiese de los días laborables para estar con quien quisiera. El truco estaba en que si la mujer en cuestión tenía hijos que entretuvieran a Jenna y a Halle, Andrew aprovechaba la oportunidad para «hablar» a solas con ella en el dormitorio.

Me hervía la sangre. Cumplidor o no, era un cretino cuando me casé con él y en los últimos tiempos era más cretino todavía.

Metí el Suburban en la última plaza decente que quedaba en el aparcamiento del personal. En aquel momento llegó una ambulancia con la sirena puesta que se detuvo junto al andén de las ambulancias.

Se puso a llover. Lancé un gemido al ver correr hacia la puerta a mis compañeros de trabajo, con el uniforme empapado a pesar del poco tiempo que habían estado bajo la lluvia. Yo estaba a media manzana de la entrada lateral.

MMEV: menos mal que era viernes.

MMEV.

MMEV.

A punto estaba de apagar el motor cuando oí otra noticia por la radio, algo sobre una epidemia que se había declarado en Europa. Ahora que estoy en condiciones de recordar lo sucedido, creo que todo el mundo sabía lo que estaba pasando, pero se habían contado tantos chistes durante tanto tiempo que nadie quería creer que estuviera ocurriendo de verdad. Con todos los programas de televisión, tebeos, novelas y películas que circulaban sobre zombis, vampiros y otros no muertos, habría sido muy fuerte que alguien, por fin, hubiera sido tan inteligente y tan loco como para hacerlo realidad.

Ahora sé que el mundo acabó un viernes. Fue la última vez que vi a mis hijas.

1

Scarlet

Jadeaba cuando la gruesa portezuela metálica se cerró ruidosamente detrás de mí. Puse los brazos en cruz y el agua goteó de mis dedos hasta las baldosas blancas del suelo. Mi uniforme de hospital, antes azul verdoso, ahora era azul marino y estaba empapado de agua fría.

Mis zapatillas de deporte emitieron un susurro gorgoteante cuando di el primer paso. *Shrup.* Había pocas cosas peores que tener la ropa y el calzado mojados y me sentía como si me hubiera tirado a una piscina totalmente vestida. Tenía mojadas hasta las bragas. La primavera había empezado unos días antes y se había presentado un frente frío. Lo que caía no era agua, eran dagas voladoras mortales.

Dagas voladoras mortales. (*Gruñido.*) Se me estaba contagiando el dramatismo de Jenna a la hora de describir las cosas.

Pasé la tarjeta con mi nombre por el lector de infrarrojos y esperé hasta que el piloto del techo se puso verde y se oyó un pitido agudo y un chasquido que indicaba que se había abierto la puerta. La puerta pesaba y tuve que empujar con todas mis fuerzas. Finalmente conseguí entrar en el vestíbulo principal.

Los compañeros me miraron con sonrisas de comprensión y me sentí un poco mejor. Saltaba a la vista quiénes acababan de llegar para empezar el turno, más o menos cuando el cielo se meaba encima de nosotros.

Subí a cirugía saltando los peldaños de dos en dos, me metí en el vestuario de las mujeres, me quité los trapos chorreantes y me puse el pantalón y la camisola de color azul claro. Puse las zapatillas debajo del secador de manos, pero sólo unos segundos. Seguro que los demás técnicos de rayos X me estaban esperando abajo. A las ocho de la mañana teníamos que hacer una serie de radiografías de esófago, estómago e intestino delgado, y el radiólogo de guardia se cabreaba mucho cuando le hacíamos esperar.

Con las zapatillas todavía esponjosas bajé corriendo y volví a cruzar el vestíbulo, esta vez en dirección a radiología. Por el camino pasé por delante de la doble puerta de urgencias. Chase, el guardia de seguridad, me saludó con la mano cuando me vio pasar.

—Hola, Scarlet —murmuró sonriendo brevemente y con mucha timidez.

Me limité a mirarlo y a sonreírle, más preocupada en aquellos instantes por tener listas las placas del esófago que por estar de palique con el guardia.

—Deberías hablar con él —sugirió Christy, señalando a Chase con la cabeza cuando me crucé con ella y su abultada mata de rizos largos y amarillos.

Cabeceé y entré en la sala de reconocimiento. El conocido sonido de mis zapatos adhiriéndose al suelo como por obra de un pegamento inauguró un ritmo igual de conocido. Fregaran el suelo con que lo fregasen, se suponía que era para eliminar las peores bacterias conocidas por el género humano, pero siempre se las apañaban para dejar un reguero de sustancias pegajosas. Puede que para recordarnos que el reguero estaba allí; o que el suelo necesitaba fregarse otra vez. Saqué del armario superior los frascos de bario para el contraste y llené de agua lo que faltaba. Tapé los frascos y los agité para que el polvo y el agua se mezclasen y formaran aquella repugnante y pegajosa pasta que olía a plátano.

—No empieces. Ya te dije que no. Parece que tenga quince años.

—Tiene veintisiete y no tienes por qué ser tan arisca. Es un tipo majo y se muere por hablar contigo.

La maliciosa sonrisa de Christy era irritantemente contagiosa.

—Es un crío —repuse—. Haz entrar al paciente.

Christy sonrió y abandonó la sala. Tomé nota mental de todo lo que había puesto en la mesa para el doctor Hayes. Menudo cascarrabias era; sobre todo los lunes, y más cuando hacía aquel tiempo tan horroroso.

Por suerte, yo le caía bien. Cuando era estudiante, hacía faenas de limpieza en las casas de los radiólogos. Ganaba algún dinero y era perfecto porque por entonces pasaba en la facultad cuarenta horas a la semana. Los médicos eran unos zoquetes en el hospital, pero me hicieron más favores que a nadie mientras estaba con lo del divorcio, ya que me dejaban llevar a las niñas al trabajo, y me daban algún pellizco extra por Navidad y los cumpleaños.

El doctor Hayes me pagaba bien por limpiarle una vieja granja que tenía, el rancho Red Hill, que utilizaba como refugio cuando huía del mundanal ruido. Estaba a hora y media de viaje en coche, en mitad del culo de Kansas. Era un viaje largo, pero se adecuaba a su finalidad. No había cobertura para los móviles. No había conexión con Internet. No había tráfico. No había vecinos.

La primera vez que fui me costó Dios y ayuda encontrar el sitio, hasta que Halle compuso una canción con las indicaciones. Aún oía su vocecita en mi mente, cantando a pleno pulmón con la cabeza asomada por la ventanilla.

Al oeste por la estatal once,
derechas al cielo de bronce.
Al norte por la ciento veintitrés,
¿uno, dos tres? ¡Uno, dos, tres!
Cruza después la frontera
sin abandonar la carretera.
Ante la torre blanca, a la izquierda,
para que mamá no se pierda.
Izquierda otra vez en el cementerio,
¡tumbas, tumbas y mucho misterio!

Primera a la derecha,
vamos como una flecha.
¡Red! ¡Hill! ¡La cosa está hecha!

Después de aquello ya no había pérdida posible, con lluvia o con sol. Incluso había comentado un par de veces que era el escondite perfecto en caso de que hubiera un apocalipsis. Jenna y yo éramos adictas a los espectáculos posapocalípticos, siempre veíamos las maratones del Fin del Mundo y los programas televisivos de preparación. En ningún momento acumulamos pollo congelado ni construimos refugios subterráneos en el bosque, pero era muy entretenido ver hasta dónde eran capaces de llegar los demás.

El rancho del doctor Hayes era el lugar más seguro para sobrevivir. Los armarios de la cocina y la despensa estaban siempre llenos de comida y el sótano habría enorgullecido a cualquier entusiasta de las armas de fuego. Las suaves colinas de alrededor lo camuflaban perfectamente y estaba rodeado por trigales por tres lados. La carretera quedaba a cincuenta metros de la parte norte de la casa y al otro lado de la roja tierra había otro campo de trigo. Descontando el crecido arce que había detrás, la visibilidad era excelente. Buena para admirar las puestas de sol, mala para quien quisiera colarse sin ser llamado.

Christy abrió la puerta y esperó a que entrara la paciente. Era una mujer joven y delgada, de ojos hundidos y cansados. Parecía pesar diez kilos menos de los que le correspondían.

—Dana Marks, fecha de nacimiento nueve del doce del ochenta y nueve. ¿Correcto? —preguntó Christy, volviéndose hacia Dana.

La joven asintió y el movimiento le tensó la piel del cuello que le cubría los tendones. Su piel era de un gris enfermizo que acentuaba el morado de las ojeras.

Christy le dió la bata.

—Desnúdese detrás de aquella cortina. Las bragas no hace falta. Bueno, eso si no lleva en ellas ninguna joya ni nada parecido.

Dana negó con la cabeza, incluso pareció hacerle gracia la observación. Se puso en movimiento con lentitud y desapareció detrás de la cortina.

Christy cogió una placa y se acercó a la mesa de rayos X que se alzaba en el centro de la sala. Introdujo la placa en la bandeja portadora, entre la superficie de la mesa y los mandos.

—Por lo menos podrías decir hola.

—Hola.

—A mí no, pendón. A Chase.

—¿Todavía estás con ese rollo?

Christy puso los ojos en blanco.

—Sí. Un tío majo, tiene un buen empleo, no ha estado casado, no tiene críos. ¿Te he dicho que es majo? ¡Y ese pelo negro que tiene... y qué ojazos!

—De color castaño. Sigue. Dime ahora con qué pegan los ojos castaños.

—No son sólo castaños. Son castaños con un toque dorado de miel. Será mejor que te lances ya si no quieres perder la oportunidad. ¿Sabes a cuántas solteras de este hospital se les cae la baba al verlo?

—Eso no me preocupa.

Christy sonrió y cabeceó. Le cambió la cara cuando oyó el zumbido de su buscapersonas. Se lo desprendió de la cintura y lo miró.

—Vaya. Tengo que llevarme el escáner del quirófano dos para la operación del doctor Pollard. Oye, a lo mejor tengo que irme un poco antes para llevar a Kate al dentista para la ortodoncia. ¿Por qué no me sustituyes en el quirófano a las tres? Es coser y cantar.

—¿De qué se trata?

—Un pequeño favor. Básicamente cuidar del escáner.

El escáner en cuestión indicaba a los médicos en qué punto del cuerpo estaban en tiempo real. Como la máquina emitía radiación, nuestro trabajo como técnicas de rayos era estar allí presentes, empujar, tirar y apretar el botón durante la intervención quirúrgica.

Eso y cuidar de que el médico no bombardeara al paciente con demasiada radiación. No me importaba vigilarlo, pero el chisme pesaba una tonelada. Pero como Christy habría hecho lo mismo por mí, accedí.

—Claro. Pásame el busca antes de irte.

Christy cogió un delantal plomado y me dejó para irse arriba.

—Eres formidable. El historial de Dana está en la ficha. ¡Hasta luego! ¡Pídele el teléfono a Chase!

Dana salió del cuarto de baño con paso cansino. Le indiqué con la mano que se sentara en una silla, junto a la mesa.

—¿Le explicó su médico cómo es esto?

—La verdad es que no.

Por mi cabeza pasaron unas cuantas palabras selectas. Cómo podía un médico mandar a una paciente a someterse a una prueba sin explicarle nada. Me parecía una actitud tan marciana como que el paciente tampoco hiciese preguntas al respecto.

—Primero le haré unas radiografías del abdomen y luego iré a buscar al médico. Volveré, pondré la mesa en posición vertical y usted se pondrá de pie y se tomará esa solución de bario —le expliqué, señalándole el vaso que había detrás de mí, en un mostrador—. Se lo tomará sorbo a sorbo, según le indique el médico. El médico encenderá el fluoroscopio para ver que el bario le baja por el esófago hasta el estómago. El fluoroscopio es básicamente como un aparato de rayos X, pero en vez de hacer fotos fijas permite ver imágenes en tiempo real. Cuando acabemos con eso, pasaremos a la inspección del intestino delgado. Se tomará usted el resto del bario y conforme le baje por el intestino delgado le haremos radiografías.

Dana miró el vaso.

—¿Sabe mal? No paro de vomitar. No retengo nada.

La ficha con las notas de Christy estaba en el mostrador, al lado de los vasos vacíos. La recogí y busqué la respuesta a mi siguiente pregunta. Dana se encontraba mal desde hacía sólo dos días. La miré para evaluar su aspecto.

—¿Ha sentido esta misma indisposición anteriormente? —Negó con la cabeza—. ¿Ha viajado hace poco? —Volvió a negarlo—. ¿Sabe si ha padecido la enfermedad de Crohn? ¿Anorexia? ¿Bulimia?

Estiró los brazos con las palmas de las manos hacia arriba. Tenía un mordisco en mitad del antebrazo. Los dientes le habían rasgado la piel. Eran perforaciones rojizas, profundas, como medias lunas enfrentadas, pero la lastimada piel que rodeaba las incisiones seguía intacta.

La miré a los ojos.

—¿Un perro?

—Un borracho —dijo conteniendo la risa—. Fui a una fiesta el martes por la noche. Acabábamos de salir de la casa y un tipo que estaba haciendo el indio por allí me cogió el brazo y me mordió. Me habría arrancado un cacho de carne si mi novio no le hubiera dado un puñetazo. Lo dejó tirado el tiempo suficiente para meternos en el coche y largarnos. Ayer vi en la tele que había atacado también a otras personas. La misma noche, en la misma urbanización. Tenía que ser el mismo.

Le solté el brazo, que cayó como muerto hasta el costado de la mujer.

—Joey está en la sala de espera —prosiguió—. Muerto de miedo, por si tengo la rabia. Acaba de volver de su última misión en Afganistán. Ha visto de todo, pero no soporta oírme vomitar.

Rió por lo bajo.

Sonreí para tranquilizarla.

—Se diría que es su guardián. Súbase a la mesa y tiéndase de espaldas.

Obedeció, pero necesitó ayuda. Tenía las huesudas manos frías como el hielo.

—¿Cuántos kilos diría usted que ha adelgazado? —le pregunté mientras la instalaba en la mesa, convencida ya de que había leído mal el informe de Christy.

Dana hizo una mueca cuando sintió la frialdad y dureza de la tabla contra su columna y su pelvis.

—¿Quiere una manta? —añadí, cogiendo ya el grueso y blanco cobertor de algodón del aparato calentador.

—Sí, por favor. —Gimió cuando le puse la manta encima—. Se lo agradezco. No sé qué me pasa, pero no consigo entrar en calor.

—¿Siente dolor en el abdomen?

—Sí, mucho.

—¿Cuántos kilos ha perdido?

—Casi diez.

—¿Desde el martes?

Arqueó las cejas.

—Le digo la verdad. Créame. Lo malo es que yo ya estaba muy delgada. No será la rabia, ¿verdad que no?

Quiso volver a reírse de su propia broma, pero percibí preocupación en su voz.

Sonreí.

—Si el médico hubiera creído que tiene usted la rabia, no la habría mandado aquí, a radiología, para que le viéramos el esófago.

Dio un suspiro y miró al techo.

—Gracias a Dios.

Cuando tuve a Dana en el lugar indicado, moví el tubo de rayos X, apreté el botón y puse la placa en el lector. Yo no quitaba los ojos del monitor. Ardía en deseos de saber si había alguna obstrucción o algún cuerpo extraño en su organismo.

—¿Qué tenemos aquí, colega? —preguntó David, materializándose a mis espaldas.

—No estoy segura. Esta mujer ha perdido diez kilos en dos días.

—No fastidies.

—Fastidio.

—Pobre criatura.

En su voz había sinceridad y conmiseración auténtica.

Los dos mirábamos la imagen iluminada del monitor. Cuando la placa del abdomen de Dana llenó la pantalla, ni David ni yo pudimos reprimir la sorpresa.

Él se llevó los dedos a la boca.

—La madre que...

Asentí. Muy despacio.

—Y el padre.

David cabeceó.

—Nunca había visto una cosa igual. En los manuales sí, claro, pero... Dios mío. Mal asunto.

La imagen de la pantalla nos tenía hechizados. Tampoco yo había visto nunca una acumulación de gases así. Ni siquiera recordaba haberla visto en los manuales.

—Esta mañana han hablado mucho por la radio sobre ese virus de Alemania. Dicen que se está extendiendo. Y en la tele parece que es la guerra. La gente corre asustada por las calles. Da miedo.

Arrugué el entrecejo.

—Oí algo cuando dejé a las niñas esta mañana.

—No pensarás que la paciente tiene eso, ¿verdad? En realidad no saben de qué se trata, pero eso —David señaló el monitor con el dedo—, ni hablar.

—Sabes tan bien como yo que vemos cosas nuevas continuamente.

Él siguió mirando el monitor otro par de segundos y asintió, como quien sale de sus meditaciones.

—Hayes está listo si tú lo estás.

Cogí el delantal plomado, pasé los brazos por las sisas y me até los cordones en la espalda. Me dirigí a la sala de lectura para buscar al doctor Hayes.

Como esperaba, estaba sentado en su silla, con los ojos en el monitor, rodeado de oscuridad y dictando en voz baja por el micro. Esperé pacientemente en la puerta a que terminase. Al cabo de un rato levantó los ojos para mirarme.

—Dana Marks, veintitrés años, presenta dolor abdominal y considerable pérdida de peso desde el miércoles. También ha perdido cabello. Ningún antecedente de enfermedad abdominal ni cardíaca, ninguna intervención quirúrgica abdominal, ningún reconocimiento abdominal hasta la fecha.

El doctor Hayes recogió la radiografía que le alargaba y entornó los ojos unos segundos.

—¿Pérdida considerable? ¿Cuánto?

—Nueve kilos y medio.

Su asombro fue superficial hasta que vio la imagen de la pantalla. Se puso como la tiza.

—Por todos los santos.

—Lo sé.

—¿Dónde ha estado esta mujer?

—No ha viajado recientemente, si se refiere a eso. Me ha contado que el martes por la noche salió de una fiesta y un borracho la atacó.

—Esto es muy serio. ¿Ve este anillo de gas de aquí? —señaló la pantalla. Sus ojos brillaron; sabía cuál era el problema—. Es acumulación de gas en la vena porta. Fíjese en el perfil del tracto biliar. Impresionante. —El doctor Hayes pasó de la viveza al pesimismo en una fracción de segundo—. No creo que haya visto esto a menudo, Scarlet. Esta paciente no mejorará.

Lo sentí por Dana, pero tuve que contener las expresiones de pesar. O tenía una infección aguda o había alguna otra cosa que le bloqueaba o estrangulaba las venas del intestino. Tenía las entrañas prácticamente inmóviles y atrofiadas. Probablemente le quedaban cuatro días de vida. Podría sometérsela a una intervención de urgencia, pero era muy probable que sólo se consiguiera acelerar su fin.

—Me lo imaginaba.

—¿Quién es su médico de cabecera?

—Vance.

—Lo llamaré. Cancele las demás radiografías. Necesita una tomografía.

Asentí y salí al pasillo mientras el doctor Hayes hablaba en voz baja con el doctor Vance para explicarle su hallazgo.

—Muy bien. Manos a la obra —repuso Hayes poniéndose en pie. Nos costó un poco distanciarnos del siniestro futuro que aguardaba a la paciente. El doctor Hayes me siguió por el pasillo hasta la sala de reconocimiento, donde estaba esperando Dana—. ¿Las niñas bien?

—Pasarán el fin de semana con su padre. Van a conocer al gobernador.

—¡Oh! —exclamó Hayes con fingida admiración. Ya conocía al gobernador, se había reunido con él varias veces—. También las mías vienen a casa este fin de semana.

Sonreí, contenta de saberlo. Desde que Hayes se había divorciado, Miranda y Ashley no veían a su padre tanto como a éste le habría gustado. Las dos iban a la universidad, tenían novio formal, pero aún eran las niñas bonitas de mamá. A Hayes no le hacía gracia, pero todo el tiempo libre que les dejaban los novios y los estudios lo pasaban con la madre.

Hizo un alto, tragó una bocanada de aire, abrió la puerta de la sala de reconocimiento y entró después de mí. La consulta no me había dejado ningún margen de tiempo para poner orden en la sala, así que fue un alivio que se hubieran cancelado las restantes radiografías.

David agitaba los frascos de bario.

—Gracias, David, pero no vamos a necesitarlos.

Como ya había visto las imágenes, no hizo falta explicarle el motivo.

Ayudé a Dana a sentarse. La muchacha se nos quedó mirando, evidentemente preguntándose qué ocurría.

—Dana —empezó el doctor Hayes—, ¿dice usted que sus molestias empezaron el miércoles por la mañana?

—Sí —respondió la joven con una voz tensa que reflejaba su creciente incomodidad.

El doctor Hayes le sonrió y puso sus manos en las de la joven.

—Hoy no le haremos más radiografías. El doctor Vance ha solicitado que en su lugar le hagan una tomografía. Tendrá usted que vestirse y volver a la sala de espera. La llamarán dentro de un rato. ¿Ha venido con alguien?

—Con Joey, mi novio.

—Estupendo —exclamó Hayes, dándole unas palmaditas en el dorso de la mano.

—¿Me pondré bien? —preguntó la joven, esforzándose por apoyar el tronco en el huesudo trasero.

El doctor Hayes volvió a sonreírle, tal como yo imaginaba que sonreiría cuando hablaba con sus hijas.

—Cuidaremos bien de usted. No se preocupe.

La ayudé a poner los pies en el suelo.

—Déjese la bata puesta —aconsejé, cogiendo otra rápidamente y andando detrás de ella—. Y póngase esta otra detrás como un camisón. —Pasó los delgados brazos por las sisas y la ayudé a sentarse en la silla que había al lado del armario—. Cálcese. Volveré enseguida. Procure tranquilizarse.

—De acuerdo —dijo Dana, tratando de ponerse cómoda.

Recogí su ficha del mostrador y seguí al doctor Hayes hasta el gabinete.

En cuanto estuvimos seguros de que no nos oían, él se volvió hacia mí.

—Procure entablar conversación con ella. Vea si puede conseguir más información.

—Lo intentaré. Lo único anormal que me contó fue lo del mordisco.

—¿Seguro que no fue un animal?

Me encogí de hombros.

—Ella dijo que fue un tipo que estaba borracho. La herida parece infectada.

El doctor Hayes volvió a mirar en el monitor las anómalas acumulaciones de gases.

—Es una lástima. Y parece una buena chica.

Asentí con tristeza. David y yo cambiamos una mirada. Aspiré una profunda bocanada de aire y me preparé para volver a la habitación con el terrible secreto. Acabábamos de conocernos, pero impedirle conocer su inminente fallecimiento me parecía casi una traición.

Las suelas de mis zapatillas chirriaron cuando las levanté del suelo.

—¿Preparados? —pregunté luciendo una radiante sonrisa.

2

Scarlet

A la hora del almuerzo, Dana ya había entrado y salido del quirófano. Christy nos contó que la abrieron lo suficiente para comprobar que no podían hacer nada y luego la cosieron. En aquellos momentos estaban esperando a que despertara para explicarle que no se iba a recuperar.

—Su novio sigue allí con ella —detalló Christy—. Sus padres están de visita con unos parientes y no saben si llegarán a tiempo.

—Santo Dios —murmuré con una mueca de malestar.

No me imaginaba lejos de mis hijas en una situación así, preguntándome si llegaría a tiempo de verlas vivas por última vez. Sentí un escalofrío. Los que trabajábamos en el terreno de la asistencia sanitaria no podíamos permitirnos el lujo de pensar en la vida personal de nuestros familiares. Era demasiado íntimo. Demasiado real.

—¿Te has enterado de lo de la gripe? —preguntó Christy—. Sale en todos los noticiarios.

Negué con la cabeza.

—No creo que sea una gripe.

—Dicen que tiene que ver con aquel científico europeo. Dicen que es muy contagiosa.

—Dicen, dicen, ¿quiénes lo dicen? Más que informadores me parecen agitadores.

Christy sonrió y puso los ojos en blanco.

—Pues también dicen que ha cruzado ya nuestras fronteras. Ya hay casos en California.

—¿En serio?

—Eso es lo que dicen —replicó. Sonó su busca—. ¡Vaya!

Pulsó un botón, comprobó que la llamaban arriba y un segundo después se fue.

En menos de una hora el hospital estaba lleno y sumido en una actividad frenética. A urgencias llegaban cada vez más pacientes y los de urgencias no dejaban en paz a los de radiología. David llamó a otro técnico para encargarnos entre él y yo de los que nos mandaban de urgencias, mientras el resto del personal se ocupaba de los pacientes externos y de los impacientes.

Fuera cual fuese la causa, toda la ciudad parecía haber enloquecido. Y todo sucedía al mismo tiempo: accidentes de tráfico, peleas y un virus que se extendía como una mancha de aceite. Al dirigirme por sexta vez a urgencias, pasé por la sala de espera de radiología y vi que la gente se apelotonaba para ver el televisor de pantalla plana, pegado a la pared.

—¿David?

Le indiqué por señas que se reuniese conmigo en la sala de espera. Miró por el tabique de vidrio y advirtió que la única persona sentada era un hombre en silla de ruedas.

—¿Sí?

—Esto me da mala espina. —Las últimas noticias me estaban revolviendo el estómago—. Ya dijeron algo parecido esta mañana, por la radio.

—Ya. Estarán informando de los primeros casos que hubo aquí hace media hora.

Lo miré a los ojos.

—Creo que debería marcharme para reunirme con mis hijas. A estas alturas estarán a mitad de camino de Anderson.

—Con el jaleo que hay aquí ahora no creo que Anita te deje ir. De todos modos es muy contagioso, pero los responsables de epidemiología sostienen que se trata sólo de un virus. He oído decir que los únicos afectados son los vacunados contra la gripe.

Aquella información, aunque carente de confirmación, tuvo la virtud de tranquilizarme en el acto. Hacía tres años que no me vacunaba contra la gripe porque después siempre me sentía fatal y tampoco había vacunado a las niñas. En las vacunas contra los virus que pueden protegerte o no de otras cepas había algo que no me sentaba bien. Ya teníamos en el organismo basura de sobra, entre las hormonas y los productos químicos que nos meten en la comida y los agentes contaminantes que respiramos todos los días. No tenía sentido meternos más porquería por mucho que insistieran los hospitales.

Cuando David y yo terminamos con la última tanda de radiografías en urgencias, apareció Christy por una esquina con cara de preocupación.

—¿Habéis tenido aquí tanto trabajo como nosotros arriba?

—Sí —respondió David—. Probablemente más.

—¿Sigues con ganas de hacerme ese pequeño favor? —me preguntó Christy con ojos suplicantes.

Miré a David y luego otra vez a Christy.

—Con la marcha que llevamos, si me hago cargo de tu busca, tendré que quedarme hasta la hora de cerrar. La verdad es que me necesitan aquí.

David consultó su reloj.

—Tasha vendrá a las tres y media. Podemos arreglarnos hasta entonces.

—¿Seguro? —pregunté, alargando lentamente la mano para recoger el busca que me tendía Christy.

David sacudió el aire de un manotazo.

—Ningún problema. Me quedaré con tu busca cuando llegue Tasha y podrás irte a casa.

Me prendí el busca en el cinturón del uniforme, me despedí de Christy y me dirigí a las escaleras.

Ella había fruncido el ceño con expresión culpable.

—Muchas, muchísimas, mil gracias.

Pasé por delante de Chase por enésima vez. Conforme transcurrían las horas el chico parecía más nervioso. Todo el mundo lo estaba. Por el aspecto que tenían los que ingresaban en urgencias, era como si hubieran echado a todo el mundo del infierno. Yo procuraba escaquearme de vez en cuando para echar un vistazo al televisor, pero apenas podía, porque en cuanto terminaba un caso sonaba el busca y tenía que ir corriendo aquí o allá.

Tal como me había temido, nada más llegar a la planta de cirugía estuve ocupada hasta que me relevó David a las tres y media. Caso tras caso, iba con el escáner portátil de una sala a otra y a veces tenía que ocuparme de dos, porque hasta recibí dos avisos a la vez.

En el curso de una sola tarde vi un fémur triturado, dos brazos rotos y una cadera rota; y compartí el montacargas hasta el último piso con un paciente en camilla y custodiado por dos enfermeras. El enfermo tenía las venas negras, podían vérsele a través de la piel, y estaba bañado en sudor. Por lo que alcancé a deducir de las nerviosas frases de ánimo que cambiaban, al paciente se lo iban a llevar en helicóptero para amputarle la mano.

El último caso que atendí fue un paciente en estado muy inestable, por no decir algo peor, pero no quise pedir a David que subiera para echarme una mano. Mis niñas estaban fuera de la ciudad con su padre y David tenía una guapa esposa y dos niños pequeños que lo esperaban en casa. No tenía sentido que yo me fuera a mi hora y él se quedara hasta más tarde, pero yo ya había trabajado cuatro horas extras aquella semana y a los mandamases no les gustaban aquellas cosas.

Pasé por delante de la voluminosa señora que estaba tendida en la camilla con cara de nerviosismo y preocupación. Tenía la mano vendada y una parte empapada en sangre. Recordaba haberla visto en urgencias y me pregunté dónde estarían sus familiares en aquel momento. Abajo habían estado con ella.

Angie, la enfermera de mantenimiento de quirófanos, llegó poniéndose el gorro de cirugía. Lo llevaba adornado con toscos dibujos de lápices de labios y monederos de un rosa subido. Como para reivindicar su derecho a elegir el gorro que quisiera, sacó un tubo de brillo labial y se lo aplicó. Me sonrió.

—Dicen que Chase ha preguntado por ti.

Repentinamente aturdida, bajé los ojos.

—Tú también no, por favor.

¿Estaban todas tan aburridas que no tenían nada mejor que hacer que fantasear sobre mi vida sin amor? ¿Tanta lástima daba que un posible novio emocionaba al personal?

Me guiñó el ojo al pasar.

—Llámalo o acabaré por quitártelo.

Sonreí.

—¿Me lo prometes?

Angie puso los ojos en blanco, pero recuperó la seriedad enseguida.

—Ay, maldita sea, me olvidaba. Lo siento, pero tu madre está en la línea dos.

—¿Mi madre?

—Pasaron la llamada aquí dos minutos antes de que llegaras.

Miré el teléfono y me pregunté para qué narices me llamaba al trabajo. Apenas nos hablábamos, así que debía de tratarse de algo importante. Quizás algo sobre las niñas. Casi me tiré de cabeza sobre el aparato.

—¿Sí?

—¡Scarlet! Ah, bendito sea Dios. ¿No has visto las noticias de la tele?

—Un poco. Estamos saturados de trabajo. Por lo que he visto la cosa está fea. ¿Viste la noticia sobre el pánico que se desató en el aeropuerto de Los Ángeles? Parece que la gente se puso enferma durante un vuelo. Creen que tenemos la enfermedad aquí por culpa de los pasajeros de ese avión.

—Yo no me preocuparía mucho. En el campo nunca ocurre nada.

—Entonces, ¿por qué me llamas? —pregunté. Me sentí confusa—. ¿Están bien las niñas?

—¿Las niñas? —Emitió un ruido con la garganta. Hasta su respiración podía resultar altanera—. ¿Crees que te llamo por las niñas? El suelo de mi cocina se ha levantado, en el rincón donde tengo el frigorífico. Te llamo para que le digas a Andrew que se pase por mi casa para arreglarlo.

—Se ha ido de fin de semana con las niñas, mamá. No puedo extenderme más ahora. Estoy en cirugía.

—Sí, ya lo sé. Tu vida es muy importante.

Miré a Angie y vi que ella y el técnico de cirugía estaban a punto de terminar.

—Se lo diré de todos modos, pero ya te he explicado que está con las niñas.

—Pasa demasiado tiempo con las niñas. ¿Qué haces tú los fines de semana? ¿Irte de bares?

—No, mamá.

—¿Es que hay algo más importante que criar a tus hijas?

—Tengo que dejarte.

—Un tema delicado, ¿eh? Nunca te ha gustado que te digan que haces algo mal.

—Tengo que dejarte, lo digo en serio.

—¿Les diste ropa decente para que su papá pueda llevarlas a la iglesia? Porque es el único que parece interesarse por enseñarles el camino del Señor.

—Adiós, madre —le espeté y di un suspiro en el mismo momento en que entraba el doctor Pollard.

—Buenas tardes a todos. Esto debería durar poco —anunció. Estiró las manos con los dedos hacia arriba y esperó a que Angie le pusiera los guantes—. Pero por la pinta que tiene, sospecho que nos aguarda una larga noche. Espero que ninguno de los presentes haya hecho planes.

—¿Es verdad lo que dicen? —preguntó Ally, la técnica de esterilización, ya con la mascarilla puesta—. Me refiero al aeropuerto internacional de Los Ángeles.

—También ha ocurrido en Dulles —informó Angie.

Miré el reloj y saqué el móvil que llevaba en el bolsillo delantero de la camisola. Podían llamarme seriamente la atención si me descubrían con el teléfono o si alguien se chivaba, pero pensé que, dadas las circunstancias, podía arriesgarme a tener una mancha en el expediente. Tecleé: «Llámame ya» y envié el mensaje al móvil de Jenna.

Como transcurrieron unos minutos y no hubo respuesta, marqué el número de Andrew. Sonó cuatro veces y saltó el buzón de voz. Suspiré.

—Soy Scarlet. Por favor, llámame al hospital. Estoy en cirugía, pero llama de todos modos para poder organizarnos. Voy para allá en cuanto salga de aquí.

Nathan

Otra jornada de ocho horas que no han significado nada. Cuando fiché al salir de la oficina, debería haber tenido la palabra libertad en el parachoques de mi alma o al menos una sonrisa en la cara, pero no fue así. Saber que acababa de desperdiciar otro día de mi vida era deprimente. Incluso trágico. Estar clavado en un trabajo de oficina de una cooperativa eléctrica que no importaba a nadie en el mundo, un día sí y otro también, y luego volver a casa, con una esposa que me odiaba, era para hacer desgraciado a cualquiera.

Aubrey no siempre me había tratado así. Cuando nos casamos tenía sentido del humor, esperaba con impaciencia el momento de irnos a dormir, para estar juntos en la cama, besarnos y acariciarnos. Empezaba chupándomela, porque quería complacerme, no porque fuera mi cumpleaños.

Hace siete años cambió. Tuvimos a Zoe y dejé de ser un marido enamorado y deseable para convertirme en una fuente de decepciones continuas. Nunca satisfacía sus expectativas. Si quería ayudarla o pecaba por exceso o no hacía lo que debía. Si me apartaba de su camino, era un vago y un cabrón.

Aubrey dejó el trabajo para quedarse en casa con Zoe, así que pasé a ser la única fuente de ingresos. Y de pronto tampoco eso fue suficiente. Como desde su punto de vista no ganaba bastante dinero, nada más llegar yo a casa esperaba que me hiciera cargo de la niña para descansar ella. Entonces se metía en el estudio, se sentaba ante el ordenador y se ponía a charlar con sus amigos de Internet.

Yo me ocupaba de Zoe mientras vaciaba el lavavajillas y preparaba la cena. Pedirle que me echara una mano era un pecado, e interrumpir su descanso otro motivo para odiarme, como si no tuviera ya suficientes.

Había esperado que las cosas mejorasen cuando Zoe empezó la guardería, que Aubrey volviera a trabajar y fuera otra vez la de antes. Pero por lo visto no podía liberarse de su cólera. Creo que no quería liberarse de ella.

Zoe llevaba ya un par de semanas en segundo curso. Yo la recogía de la escuela y esperábamos que Aubrey apartara los ojos del ordenador lo suficiente para darse cuenta de que estábamos en casa.

Los apartaba los días buenos.

Pero aquel día no. Internet y la radio habían estado toda la mañana dale que te pego con noticias sobre una epidemia. Que hubiera un día cargado de noticias quería decir que Aubrey no levantaba el culo del asiento azul descolorido y manchado de su silla de oficina. Hablaba con desconocidos en foros, con parientes lejanos y amigos de redes sociales, y dejaba comentarios en las páginas de noticias. Teorías. Polémicas. De algún modo todo ello había acabado por formar parte de nuestra vida conyugal y yo me sentía marginado.

Me puse a esperar en el coche de ocho años de antigüedad, a la cabeza de una hilera de coches aparcados detrás de la escuela. A Zoe no le gustaba que la recogieran la última, así que yo procuraba ir directamente a buscarla nada más salir del trabajo. Esperar cuarenta minutos me permitía descargar las pilas laborales y mentalizarme para pasar otra noche atareada sin ayuda ni atenciones por parte de mi mujer.

El pinchadiscos se había puesto a hablar con más seriedad que antes y subí el volumen. Dijo varias veces una palabra que no había oído hasta entonces: «pandemia». La infección o lo que fuera había llegado a nuestras costas. En los aeropuertos internacionales de Dulles y de Los Ángeles se había desatado el pánico cuando los pasajeros que habían caído enfermos durante el vuelo habían atacado al personal de las aerolíneas y a los paramédicos que los ayudaban a bajar de los aparatos.

En algún rincón de la mente yo sabía lo que estaba pasando. En un avance matutino habían informado de la detención de un científico en algún lugar de Europa, y aunque no dejaba de repetirme que era imposible, sabía que ese hecho estaba relacionado con la epidemia.

Me observé en el espejo retrovisor. Mi aspecto era casi irreconocible para cualquiera que me hubiese conocido en mejores tiempos. En mis ojos castaños ya no había brillo ni se veía la determinación que los había caracterizado en otra época. Y tenía unas ojeras realmente llamativas. Quince años antes era noventa kilos de músculo y confianza y ahora me sentía un poco más deshecho cada día que pasaba.

Aubrey y yo nos habíamos conocido en el instituto. Por entonces le gustaba tocarme y hablar conmigo. Nuestra historia no era demasiado original: yo figuraba en la alineación oficial de un equipo pueblerino de fútbol americano y ella era la jefa de las animadoras. Éramos famosos a escala reducida. Mi pelo castaño claro ondeaba cuando se colaba el viento por la ventanilla del copiloto. A Aubrey le gustaba que lo llevase largo. Pero últimamente no hacía más que refunfuñar y decir que necesitaba un corte de pelo. Ahora que lo pienso, refunfuñaba contra todo lo que se relacionaba conmigo. Aún iba al gimnasio y las mujeres del trabajo se propasaban un poco a veces, pero para Aubrey me había vuelto invisible. No sabía si lo que me amargaba la vida era estar con ella o las decepciones que había ido sufriendo con el paso de los años. Cuanto más tiempo hacía desde que había dejado el instituto, menos esperanzas tenía de ser alguien en la vida.

Me llamó la atención el repelente zumbido que se oía por la radio. Escuché mientras sonaba en los altavoces del coche una mecánica voz masculina:

«Alerta roja de la red de emisoras locales. La comisaría del *sheriff* de Canton County avisa que se ha confirmado la presencia de un virus muy contagioso en nuestro estado. Quédense en sus casas mientras puedan. Alerta roja de la red de emisoras locales...»

Me intrigó ver movimiento por el espejo retrovisor. Una mujer había bajado de su coche y había echado a correr hacia la puerta de la escuela. De un monovolumen salió otra y tras una breve pausa corrió igualmente hacia la escuela con un niño pequeño en brazos.

Eran madres, y naturalmente no dejaban que el lado lógico del cerebro las hiciera dudar. El mundo se estaba yendo al carajo y querían poner a sus hijos a salvo... donde fuera.

Moví el cambio de velocidades y lo puse en posición de estacionamiento, para bloquearlo. Abrí la portezuela y eché a andar a buen paso. Pero las madres estaban frenéticas y me adelantaban, así que también yo me lancé a la carrera.

Dentro del edificio vi que las madres se llevaban ya a sus hijos por el pasillo, camino del aparcamiento, o que entraban en tropel en las aulas. Ninguna perdía el tiempo explicando a las maestras por qué se llevaban a las criaturas antes de la hora.

Sorteé a los asustados adultos que arrastraban a sus hijos de la mano hasta que llegué al aula de Zoe. Cuando la abrí de golpe, la puerta dio contra la pared de hormigón.

Los niños me miraron con ojos como platos. Aún no se habían llevado a ninguno de aquella aula.

—¿Señor Oxford? —dijo la señora Earl a modo de saludo.

Estaba petrificada en el centro del aula, rodeada de minisillas, minipupitres y minialumnos. Éstos esperaban pacientemente a que les diera los papeles que tenían que llevar a casa. Papeles que no servirían para nada unas horas después.

—Disculpe, pero tengo que llevarme a Zoe.

Mi hija también me miraba, poco acostumbrada a que la gente entrase en la clase con malos modos. Parecía muy pequeña incluso en la minisilla en que estaba sentada. Tenía el pelo castaño claro con rizos en la parte inferior que apenas le rozaban los hombros, tal como a ella le gustaba. El verde y castaño de sus ojos se veía incluso desde la otra punta del aula. Parecía muy inocente e indefensa allí sentada; todos los niños lo parecían.

—¿Braden? —Melissa George cruzó la puerta como un bólido y casi me tiró al suelo—. Vamos, pequeñín —dijo alargando la mano hacia su hijo.

Braden miró a la señora Earl, ésta asintió y el pequeño se levantó de la silla para reunirse con su madre. Se fueron sin decir nada.

—También nosotros tenemos que irnos —dije acercándome al pupitre de Zoe.

—Papá, ¿y mis papeles?

—Los recogeremos después, cielo.

Zoe se inclinó hacia un lado y miró detrás de mí, hacia su casilla.

—La mochila.

La levanté del suelo, esforzándome por mantener la calma y preguntándome qué aspecto tendría el mundo exterior y si parecería un idiota si echaba a correr en busca del coche.

—¿Señor Oxford? —repitió la señora Earl, esta vez saliendo a mi encuentro en la puerta. Me miró a los ojos y acercó la boca a mi oído—. ¿Qué está pasando?

Eché un vistazo al aula y me fijé en los ojos expectantes de los niños. En las paredes colgaban de cualquier manera dibujos torpemente trazados con lápices de colores y brillantes carteles educativos. El suelo estaba alfombrado con muestras de la destreza artística de los pequeños.

Todos los niños presentes en el aula me miraban, sin duda con ganas de saber por qué me había colado en plena clase de aquella manera. No se cansaban de esperar. Ninguno tenía la menor idea de la pesadilla que iba a desatarse unas horas después —en el caso de que dispusiéramos de tanto tiempo— y no era mi intención sembrar el pánico.

—Tiene que mandar a los niños a sus casas, señora Earl. Tiene que llevarlos con sus padres. Y también usted debería salir corriendo.

No esperé a ver su reacción y salí disparado por el abarrotado pasillo. El tráfico parecía haber causado un embotellamiento en la puerta principal, así que abrí con el hombro una puerta lateral que daba al patio de recreo de los más pequeños. Y con Zoe en brazos, salté la valla.

—¡Papá! ¡No hay que saltar la valla!

—Lo siento, cariño. Papá tiene prisa. Tenemos que recoger a mamá y...

Dejé la frase sin concluir mientras ajustaba el cinturón de seguridad alrededor de Zoe. No sabía adónde dirigirme. ¿Dónde había que esconderse de aquello?

—¿Vamos a la gasolinera a buscar un refresco?

—Hoy no, pequeña.

Le di un beso en la frente y cerré la portezuela de atrás.

Me esforcé por no precipitarme al rodear el coche. Me esforcé, pero el pánico y la adrenalina me empujaban. Cerré y salí del aparcamiento, incapaz de dominar el miedo a ir despacio, porque si no corría podría pasarnos algo terrible.

Con una mano en el volante y con la otra apretándome el móvil contra el oído, me dirigí a casa sin hacer caso de los semáforos ni de los límites de velocidad, y cuidando de no ser arrollado por otros conductores asustados.

—¡Papá! —chilló Zoe cuando pasé por un bache demasiado deprisa—. ¿Qué haces?

—Lo siento, cariño. Papá tiene prisa.

—¿Se nos hace tarde?

No supe qué responder.

—Espero que no.

Por la expresión de su cara me di cuenta de que censuraba mi conducta. Zoe siempre se esforzaba por cuidarnos a su madre y a mí, como si fuéramos sus hijos. Probablemente porque Aubrey era muy poco maternal y porque casi todos los días saltaba a la vista que yo no tenía ni idea de lo que hacía.

Pisé el acelerador evitando las calles más concurridas. Cada vez que llamaba a Aubrey con el móvil me respondía una incomprensible señal de ocupado. Debería haberme dado cuenta nada más llegar de que algo malo estaba sucediendo. Debería haber dado media vuelta para alejarme a toda pastilla, pero lo único que tenía en la mente entonces era cómo convencería a Aubrey de que dejase el maldito ordenador, qué cosas necesitábamos llevarnos y de cuánto tiempo disponíamos para recogerlas. También me pregunté cuánto tiempo tardaría Internet en colapsarse e interrumpirse y en lo irónico que sería que la epidemia vírica acabara salvando nuestro matrimonio. Demasiados *debería haber* en aquellos pensamientos, pero no les hice el menor caso.

—¡Aubrey! —grité mientras abría la puerta.

El sitio más lógico donde mirar era el estudio. Que la silla de oficina de color azul estuviera vacía fue una sorpresa tan grande que me quedé helado, mirando al vacío, como si de un momento a otro fuera a verla donde siempre, de espaldas a mí, inclinada sobre la mesa y moviéndose lo mínimo imprescindible para accionar el ratón.

—¿Dónde está mami? —preguntó Zoe con una voz más aflautada de lo habitual.

La alarma y la curiosidad me obligaron a detenerme. El culo de Aubrey había formado una concavidad en el estropeado cojín de aquella silla durante años. No se oía ningún ruido en la cocina, el cuarto de baño de la planta baja estaba abierto y con la luz apagada.

—¡Aubrey! —grité al llegar al segundo peldaño, con la esperanza de verla aparecer y bajar la escalera con pasos reposados, a cual más teatral. En el momento menos pensado oiría el resoplido que era su marca de fábrica, su suspiro de asco, y se pondría a reprocharme algo, cualquier cosa; pero mientras esperaba se hizo evidente que no iba a ocurrir nada de aquello.

—Se nos va a hacer muy tarde —murmuró Zoe con los ojos fijos en mí.

Le apreté la mano y entonces vi el sobre blanco que había en el centro de la mesa del comedor. Tiré de Zoe mientras me acercaba, temeroso de perderla de vista un solo instante, y recogí el sobre. En el anverso ponía «Nathan», con la caligrafía infantil y borrosa de Aubrey.

—Esto no puede ir en serio —murmuré abriendo el sobre.

Nathan:

Cuando leas esto estaré lejos. Probablemente pienses que soy la persona mas egoista del mundo, pero tener miedo de que pienses mal de mi no es suficiente para quedarme. Soy desdichada y he sido desdichada durante mucho tiempo.

Quiero a Zoe, pero no me siento madre. Eres tu quien queria ser padre. Sabia que serias un papi estupendo y pensaba que el hecho de ser tu un buen papi haria de mi una buena madre, pero no ha sido asi. Ya no puedo mas. Hay muchas cosas que quiero hacer con mi vida y ser ama de casa no es una de ellas.

Lamentare que me odies, pero he llegado a la conclusion de que puedo sobrellevar esa carga. Siento que tengas que explicarle esto a Zoe. Te llamare mañana, cuando este instalada y tratare de ayudar a que ella lo entienda.

Aubrey

Dejé caer el papel sobre la mesa. La ortografía nunca fue su fuerte. Era una de las cien cosas que me fastidiaban de Aubrey, pero que nunca me atreví a decírselo.

Zoe me miraba, esperando una reacción o una explicación, pero no me salía ninguna de las dos cosas. Aubrey nos había dejado. Yo había vuelto en busca de su vago, rezongante y desdichado culo, y resulta que nos había dejado con el nuestro al aire.

Fuera de la casa se oyó un grito y Zoe se sobresaltó hasta el punto de abrazarse a mi pierna. Volví a la realidad en el mismo instante en que una ráfaga de disparos acribilló las ventanas de la cocina. Me agaché e indiqué a Zoe por señas que se agachara también.

No tenía sentido llamar a los amigos y parientes de Aubrey para averiguar dónde estaba y suplicarle que volviera. Tenía que poner a mi hija a salvo. Aubrey había elegido un día pésimo para declararse independiente, pero era su decisión y yo tenía que proteger a una niña pequeña.

Más gritos. Pitidos de claxon. Disparos. Joder, joder, joder, joder. Y todo allí mismo.

Abrí el armario del pasillo, empuñé el bate de béisbol, volví junto a mi hija y me arrodillé delante de ella para mirarla a los ojos. Los tenía ya húmedos de lágrimas.

—Zoe, vamos a tener que volver al coche. Cógeme de la mano, no importa lo que veas u oigas, no te sueltes de mi mano, ¿lo has entendido?

Vi más lágrimas en sus ojos, pero enseguida lo comprendió.

—¡Buena chica! —exclamé, besándola en la frente.

3

Scarlet

—¿Un mordisco? —preguntó la enfermera Joanne, observando con cuidado la mano de la paciente—. ¿De perro?

—No lo sé —respondió Ally con la voz amortiguada por la mascarilla. Era nueva en el equipo de cirugía y acababa de salir de la escuela. Tenía veinte años, pero por su forma de mirar la mano de la paciente con los ojos dilatados se habría dicho que no pasaba de doce—. Algún animal.

—Fue su hijo —expliqué, mientras esperaba con mi aparato de rayos X la llegada del cirujano. Joanne y Ally miraron el carnoso nudillo, que estaba al descubierto—. Le hice una radiografía —añadí—. La pobre era un manojo de nervios, pero me dijo que su hijo le había arrancado el pulgar de un mordisco.

Angie cruzó la puerta con pasitos cortos. Los pantalones de su uniforme susurraron mientras el personal presente terminaba diferentes cometidos.

—¿Seguro que dijo su hijo? —inquirió Ally, mirando con renovado interés el sitio donde debía haber estado el dedo desaparecido.

—El chico está en urgencias —dijo Angie—. Dicen que tiene síntomas de rabia. Y no es el único.

—No creerás que esto tiene algo que ver con lo que han dicho en la tele, ¿verdad? —preguntó Ally con voz nerviosa—. ¿Podría haber llegado ya de Alemania? ¿Se extienden tan rápido las epidemias?

El silencio fue imponiéndose en la sala.

El anestesista no estaba convencido de que debiera haber anestesiado a Margaret Sisney, desde el principio lo habíamos visto nervioso. En vez de juguetear con su móvil, como tenía por costumbre, estaba encima de la paciente, vigilando los movimientos de su pecho. Cada pocos segundos desviaba los ojos hacia los números del monitor y luego volvía a posarlos en Margaret. Costaba saberlo con casi todo el cuerpo cubierto por las sábanas azules del quirófano, pero su cara y su cuello tenían un claro matiz azul.

—Es por la cianosis —explicó el anestesista.

Ajustó varios botones y preparó una jeringuilla.

—Doctor Ingram —le dijo la enfermera—. Fíjese en sus uñas.

Aun vistas a través de la rojiza capa de yodo, las uñas de Margaret se estaban ennegreciendo.

—Mierda —murmuró el doctor Ingram. Sus ojos oscilaron entre la paciente y el monitor—. Ha sido un error. ¡Un error mayúsculo!

El pulgar de Margaret estaba conservado en hielo, en el otro extremo de la sala, a la espera de ser cosido. También el dedo estaba azul, y que el doctor Ferber hubiera remitido la paciente a cirugía a pesar de la inestabilidad de que había dado muestras en urgencias era cuestionable incluso para una técnica de rayos X que, como yo, acababa de terminar los estudios. No dejaba de observar el visible deterioro de su estado y me llevé la máquina a una pared alejada, convencida de que en cualquier momento iba a sufrir un paro cardiorrespiratorio, lo que en la jerga hospitalaria se conoce como Código Azul.

Sentí contra la carne la vibración del busca y me levanté la camisola para desprenderlo del cinturón.

—Joder. Oye, Angie, tengo que preparar el quirófano cuatro y después me marcho. David me reemplazará. Le daré a él el busca.

—Aún tardaremos, en el caso de que al final haya operación —repuso Angie mientras abría paquetes e iba de aquí para allá.

Corrí hacia el extremo del pasillo, unas veces empujando la pesada máquina de rayos X, otra tirando de ella. En cuanto terminé con el siguiente enfermo se oyó el aviso por el sistema de comunicación interno.

—Código Azul. Quirófano siete. Código Azul. Quirófano siete.

Era una voz de mujer y sonaba tranquila y apática.

Descolgué el teléfono que había en la pared, junto a la puerta, y llamé al departamento.

—Hola, soy Scarlet. He preparado el número cuatro, pero parece que el siete tendrá que esperar un rato todavía, si es que se hace algo. Dile a David que se reúna conmigo en el ascensor sur inmediatamente. Tiene que ocuparse de este código y tengo que darle el busca.

Mientras avanzaba por el pasillo me crucé con enfermeras, médicos y anestesistas que corrían hacia la sala donde estaba Margaret Sisney. Pulsé el botón para llamar al ascensor y me quité la mascarilla de cirugía. Cuando se abrieron las puertas, di un respingo al ver el gentío que había dentro.

—Hay sitio, Scarlet —dijo Lana, de contabilidad.

—Yo... bueno, iré por la escalera —respondí, señalando hacia mi derecha.

Giré sobre mis talones, crucé la entrada del quirófano y abrí empujando con el hombro la pesada puerta que daba a la escalera.

—Uno, dos, tres, cuatro, cinco, seis...

Contaba con rapidez, saltando un tramo y luego el siguiente. Cuando llegué al vestíbulo de la planta baja, David me esperaba delante del ascensor.

—Que te aproveche —le dije, tirándole el busca.

—Gracias, colega. Pásatelo bien —replicó.

El grupo con el que había rehusado compartir el ascensor salió de la cabina y avanzó por el pasillo como una unidad, en prieta formación, hablando en voz baja y comentando con nerviosismo las últimas noticias sobre la declaración de la epidemia.

—Código Gris. Sala de urgencias uno. Código Gris. Sala de urgencias uno —anunció una voz de mujer por el sistema interior.

Anita, la jefa de radiología, estaba en mitad del pasillo de radiología con los brazos cruzados. Segundos después, los hombres de mantenimiento y de los departamentos restantes cruzaron corriendo la doble puerta de urgencias.

—¿Qué significa Código Gris, recluta? —me preguntó Anita con sonrisa de suficiencia.

—Bueno…, ¿paciente hostil? —aventuré.

—¡Excelente! —respondió, dándome unas palmadas en la espalda—. No es un código que se oiga con frecuencia.

—Código Gris. Sala de urgencias seis. Código Gris. Sala de urgencias seis —anunció la voz de mujer por el sistema de comunicación interior. Esta vez tenía un timbre menos indiferente.

Anita miró hacia el extremo del pasillo, donde estaba nuestro departamento.

—Algo no va bien —murmuró. En aquel instante apareció Julian, el técnico de tomografía. Anita le señaló con la mano la sala de urgencias—. ¡Corre!

Julian obedeció. De su cara había desaparecido la omnipresente expresión de aburrimiento. Pasó junto a nosotras, y cuando se alejó, Anita me señaló el vestuario de señoras.

—Será mejor que te vayas antes de que cambie de opinión.

—No me lo dirás dos veces.

El teclado de la puerta pitó cuando introduje la clave y a continuación sonó el clic que me autorizaba a entrar. Cuando entré, me di cuenta de que no había nadie más en los vestuarios. Normalmente estaba lleno de mujeres que abrían taquillas, sacaban bolsos de mano, reían, charlaban o maldecían la faena de la jornada.

Mientras movía los dígitos del candado de combinación de mi taquilla oí otro aviso por el sistema interior.

—Código Azul. Sala de urgencias tres. Código Azul. Sala de urgencias tres. Código Gris en la entrada de ambulancias. Código Gris en la entrada de ambulancias.

Saqué el bolso de mano, cerré la puerta y eché a andar por el pasillo sin perder un instante. La sala de espera de radiología me quedaba de camino, separada del pasillo por un tabique de vidrio. Los pocos pacientes que quedaban allí estaban con la atención puesta en el televisor de la pared. Un informador daba las noticias con la frente fruncida y por la base de la pantalla desfilaba parpadeando un aviso. Casi todas las palabras eran demasiado pequeñas para descifrarlas desde donde estaba, pero distinguí una: «PANDEMIA».

Las náuseas se apoderaron de mí y reanudé la marcha a buen paso, casi corriendo, hacia la salida de empleados. Cuando ya abría la puerta oí un grito, luego más gritos. De mujeres y hombres. No me giré a mirar.

Mientras corría por el cruce hacia el Suburban, que tenía en el aparcamiento del suroeste, oí un chirriar de neumáticos. Un coche se había detenido en seco. Una enfermera del segundo piso huía del hospital presa del pánico. Estaba asustada y no prestaba atención al tráfico. El coche no la había alcanzado de milagro, pero un camión que dobló la esquina a toda velocidad la atropelló con el extremo derecho del parachoques. La enfermera salió disparada hacia delante y rodó hasta el bordillo de la acera como un peso muerto.

El entrenamiento recibido me impulsaba a correr hacia ella para tomarle el pulso, pero algo de mi interior se negó a que mis pies se desviaran del camino que llevaba al aparcamiento.

Angie, la enfermera de mantenimiento de quirófanos, apareció por la puerta de empleados. Tenía los ojos dilatados y la sangre le cubría el uniforme del hospital desde el cuello hasta las rodillas. Tuvo más precaución y esquivó el tráfico al cruzar.

—Dios mío, ¿es Shelly? —me preguntó. Corrió hacia la acera y se arrodilló junto a la mujer que yacía inerte. Le puso los dedos en el cuello y luego se levantó y me miró—. Está muerta.

Yo no sabía bien qué expresión había en mi cara, pero Angie sacudió la cabeza como para obligarme a reaccionar.

—¿Has visto quién la ha atropellado? —añadió.

—No creo que eso importe mucho —repliqué, retrocediendo.

Angie se puso en pie y miró a su alrededor. Un coche patrulla pasó como una flecha en dirección al centro. Por la puerta del hospital salieron más empleados que corrían hacia el aparcamiento.

—No puedo creer que esté ocurriendo esto —susurró, quitándose el gorro de cirugía y dejando al descubierto su pelo rubio y corto.

—¿Y tu uniforme? —le pregunté. Una franja roja le corría de arriba abajo por la parte delantera del uniforme de color verde. Y tenía salpicaduras rojas en la mejilla y en el cuello.

—La señora Sisney dio electro plano y luego despertó —murmuró Angie. El sudor hacía brillar las manchas rojas de su cara—. Atacó al doctor Ingram. No sé qué pasó después. Me fui.

Asentí y me alejé de ella de espaldas, hacia el aparcamiento. Hacia el Suburban.

—Vete a casa, Angie. Recoge a tu hija y sal de la ciudad sin pérdida de tiempo.

Se miró las manchas de sangre.

—Tal vez sea mejor que vuelva. No sé hasta qué punto será contagioso esto. Kate está con mi padre. Él cuidará de ella.

Apartó los ojos de sus ropas empapadas y me miró a la cara. Tenía la mirada vidriosa y me di cuenta de que había claudicado. Quise decirle que lo intentara, pero las caras de mis hijas se materializaron en mi cerebro y corrí como una exhalación hacia el aparcamiento.

Arrojé el bolso en el asiento del copiloto e introduje la llave en el contacto del coche, esforzándome por conservar la calma. Era viernes, mis hijas estaban ya a una hora de distancia en coche, en casa de su padre, donde se quedarían el fin de semana. Por mi mente desfilaron todas las rutas posibles. Y también escenas de películas apocalípticas, con los carriles de las carreteras llenos de vehículos en hilera.

Saqué del bolsillo el teléfono móvil y marqué el número de Andrew. Sonó una vez, dos veces, tres veces, pero en vez de ponerse el buzón de voz oí la señal de ocupado.

—Acaba de empezar —dije para mí—. Aún puedo alcanzarlos. Dejé el móvil dentro del bolso, así el volante con una mano y puse la marcha atrás con la otra.

Hasta cierto punto me sentía idiota. El hemisferio lógico de mi cerebro quería creer que exageraba, pero no había música en la radio, sólo noticias sobre la pandemia, la creciente cantidad de muertos y el consiguiente pánico.

El Suburban se detuvo en seco, me volví y vi a Lisa Barnes, la enfermera encargada del buen estado de salud del personal, con las manos en el volante y los ojos casi fuera de las órbitas. Yo reculaba mientras ella salía de la plaza donde había aparcado y habíamos chocado. Abrí la portezuela y corrí hacia ella.

—¿Estás bien? —dije, dándome cuenta del miedo que palpitaba en mi voz.

—¡Aparta ese puto trasto de mi camino! —gritó mientras aferraba el cambio de velocidades y retrocedía.

Pero en aquel momento llegó por el aparcamiento una furgoneta de reparto lanzada a toda velocidad y le dio un trompazo a mi Suburban, empujándolo hacia la calle.

Lo único que se me ocurría en aquella situación era quedarme quieta, totalmente conmocionada, junto al turismo de Lisa. Mi cerebro se negaba a procesar la escena irreal que se desarrollaba delante de mí. Hasta que vi un grupo de gente que salía empujándose por la puerta lateral, se dispersaba por la calle y se unía a otros que llegaban de otros puntos de la ciudad y corrían igualmente para salvar el pellejo.

Drew Davidson, el director de recursos humanos, trastabilló y cayó al suelo. Lanzó un alarido de dolor y miró en torno, alargando la mano a cuantos pasaban, pidiendo ayuda a gritos. Nadie se detuvo.

En la multitud distinguí un par de ojos salvajes. Era la señora Sisney. Avanzaba con rapidez en medio del gentío que se dispersaba. Cruzó la calle y de pronto descubrió a Drew, que seguía en el suelo, apretándose el tobillo.

Vi con horror que la señora Sisney cargaba contra él. Le saltó encima y lo agarró por la pechera del costoso traje con la boca abierta. Drew trató de librarse de ella, pero era una mujer voluminosa y al final lo doblegó con su peso y le propinó un mordisco en el hombro.

Los alaridos de Drew llamaron la atención de alguien más —reconocí al hijo de la señora Sisney— y de otra mujer con uniforme de hospital. Los dos se arrojaron sobre las flojas piernas de Drew y empezaron a comérselas.

Los gritos de Lisa se unieron a los de Drew y el abollado morro del turismo pasó junto a mí hacia la calzada, y me quedé sola en el aparcamiento, como única testigo de aquel horror.

Se oyó una explosión a lo lejos. Fue entonces cuando advertí que varias columnas de humo subían hacia el cielo, la más reciente en la zona de la explosión. Al ruido se sumaron disparos, unos más cercanos que otros. Todo era caos y confusión y sucedía tan rápido que no tenía tiempo de asustarme.

Delante de Drew, en la hierba, brillaba un juego de llaves plateadas. Se había comprado un *jeep* Wrangler el mes anterior. Me había fijado porque había suspirado por aquel coche, que podía verse, desde el comedor del hospital, en la sala de exhibición del concesionario local de Dodge, y Drew estaba sentado a nuestra mesa. Menos de una semana después, cuando llegué al hospital para empezar mi turno, vi el *jeep* en el aparcamiento y a Drew Davidson bajar de él. Me dio las gracias por haberle descubierto el coche. Fue la primera y última vez que me dirigió la palabra.

Acercarse a la escena era jugarse la vida, pero reuní valor suficiente para recoger las llaves y correr hacia el *jeep*. Se abría por control remoto y apreté el botón de la llave de contacto. Di un tirón a la portezuela, rezando para que hubiera bastante gasolina en el depósito. La señora Sisney seguía devorando la carne del cuello de Drew y los demás se cebaban lentamente en aquel cuerpo que era ya cadáver. Mientras salía del aparcamiento me dije que el director de recursos humanos ya no iba a necesitar su *jeep* nunca más.

Era ridículo pensar en los límites de velocidad y los semáforos. En cada cruce miraba a derecha e izquierda y luego aceleraba, y así hasta que llegué a la principal arteria que salía de la ciudad. Pensé que la mayoría se habría dirigido hacia la interestatal, pero me equivocaba. La vieja carretera de dos carriles que iba a Kellyville estaba salpicada de coches accidentados.

Conducía pisando el acelerador a fondo, eludiendo los atascos y dándome tiempo para pensar en lo que debía hacer. La gente, viva y muerta, corría por todas partes. También sonaban disparos en todas direcciones, ya que los vivos que iban armados disparaban contra los cadáveres reanimados desde los coches y los porches.

Un rótulo parpadeante me indicó que me acercaba a una escuela. Sentí un vuelco en el estómago. Gracias a Dios se habían llevado a los niños hacía más de una hora, pero mis pequeñas estaban muy lejos de mí. Si la pandemia se había extendido tan rápidamente, era muy probable que las niñas estuvieran aterrorizadas y corriendo como todo el mundo.

Tenía que alcanzarlas. Apretaba tanto el volante que los dedos se me agarrotaban. Si era el fin del mundo, quería morir abrazada a mis criaturas.

Subí el volumen de la radio, esperando que alguien me diera alguna pista sobre cómo salir de la ciudad y llegar donde mis niñas. En vez de dar instrucciones sobre procedimientos de seguridad, los pinchadiscos se esforzaban por conservar la profesionalidad, mientras se sucedían los espantosos informes sobre gente atacada, accidentes de tráfico y tumultos.

De lo único que no hablaban era del origen de la pandemia. Si se hubiera declarado primero en cualquiera de las costas, yo habría dispuesto de más tiempo…, y el tiempo era la única posibilidad que tenía.

4

Miranda

—No vamos a morir —aseguró Cooper—. Mantengamos la calma.

Sentado en el asiento de atrás, rodeaba con el brazo los hombros de mi hermana mayor, Ashley, mientras recorría con ojos vivaces el caótico espectáculo que rodeaba mi Volkswagen Escarabajo. Se había apoyado en Ashley cuando otra persona llegó corriendo y golpeó la portezuela.

—¡Joder! —exclamé frunciendo el ceño—. ¡Van a rascarme la pintura!

Ashley me miró con cara de incredulidad, pero me fue imposible impedir que el pequeño brote de ira irracional saliera a la superficie. Es que mi Volkswagen era nuevo, blanco, reluciente, y la pintura que yo misma había elegido no había tenido tiempo de secarse, y aquellos cabrones no hacían más que frotarse contra la carrocería cuando pasaban.

—Ningún coche se mueve —anunció Bryce, levantándose para ver lo que había delante.

Su pelo castaño y revuelto tocó la capota de lona. Le habría gustado ir al rancho de mi padre con su camioneta Dodge, pero papá era un fanático de los Fords y no tenía ganas de oírlos discutir todo el fin de semana sobre las virtudes y defectos de los Rams y los F-150.

—Si dejas que baje la capota, veré mejor lo que ocurre.

—Vaya idiotez —repliqué con cara de asco.

Mi comentario desvió la atención de Bryce, fija hasta entonces en los asustados peatones que pasaban.

—¿Qué has dicho?

Señalé por encima de su hombro.

—Si corren será por algo. Y no quiero que nos expongamos a ello, sea lo que sea.

El tráfico había ido decelerando hasta alcanzar los cuarenta kilómetros por hora. Desde que habíamos entrado en la interestatal para irnos de fin de semana habíamos avanzado cosa de quince kilómetros y al cabo de otros ocho nos detuvimos. De aquello hacía ya media hora y seguíamos en el mismo sitio. Incluso después de que mucha gente dejara los coches y escapara por piernas.

—Limítate a conducir, Miranda. Sácanos de este infierno. No quiero saber de qué huye la gente —dijo Ashley, jugueteando con su largo y ondulado pelo. Era guapa como mi madre: alta, delgada y exquisita. El pelo rubio ceniza le caía en cascada por los hombros de tal modo que me recordaba a la protagonista de aquella película del *Lago azul.* Si no hubiera llevado puesta una blusa, habría podido pasar perfectamente por aquella actriz. Con un poco de pegamento aplicado estratégicamente, el pelo le habría tapado las tetas por completo.

Conforme crecíamos aumentaba la envidia que me daba su belleza natural. Yo medía un metro sesenta y a su lado era un retaco. Me parecía a mi padre: cara de bollo, ojos castaños apagados y pelo caoba… Bueno, el de papá era rojizo antes de volverse blanco. Bryce prefería decir que tenía constitución atlética, pero qué sabría él, si era un fideo que medía más de uno ochenta. Su entrenador de baloncesto lo tenía en un altar, pero cuando estábamos juntos él era la canasta y yo la pelota.

—Sabes perfectamente de qué huyen —dije, sujetando el volante con las dos manos. Sólo quienes se negaban a admitir la realidad desconocían lo que estaba sucediendo.

Las noticias relativas al brote vírico habían obligado a cancelar las clases vespertinas. Ashley había tenido la brillante idea de ir a Beaver Lake a pasar el fin de semana y había invitado unos días antes a su novio, Stanley Cooper. Como yo no quería estar sin pareja, le pregunté a Bryce si quería acompañarnos, aunque sabiendo que Cooper también iba a estar, él habría querido ir con invitación o sin ella. Sobre todo cuando papá averiguó que mamá estaba fuera de la ciudad e insistió en que nos quedáramos con él el fin de semana. Bryce sabía que últimamente no me llevaba bien con mi padre, porque Bryce lo sabía todo de mí. Nos aguantábamos con buena voluntad desde que coincidimos en segundo año del instituto. Nos hacíamos favores, unos horribles y otros maravillosos. Me había desvirgado, me había ayudado a superar el divorcio de mis padres y yo había estropeado su primera furgoneta. Era muy protector conmigo y por eso acabamos en la misma universidad. Su sentido de la protección no tenía nada que ver con los celos. Era más bien como si de ese modo se estuviera protegiendo de mí. Bryce desempeñaba, pues, el doble papel de novio y conciencia, y yo nunca había negado que valoraba ambas funciones.

Como todo el mundo, seguimos con nuestros planes para el fin de semana, sin creer en ningún momento que algo tan espantoso y peligroso nos alcanzaría en mitad del campo. Allí nunca ocurría nada. Lo peor que nos había sucedido a Ashley y a mí era el divorcio de nuestros padres. Aparte de eso, nuestras vidas habían discurrido con mucho aburrimiento y ninguna preocupación. Para nosotros era como esas frases insignificantes que se repiten y acaban haciendo gracia. Escuchábamos a nuestros amigos cuando contaban anécdotas desgarradoras sobre lo mal que lo habían pasado en la infancia o el acoso que habían sufrido en el instituto, el padre borracho o la madre déspota e insoportable. Nuestros padres nunca se habían peleado delante de nosotras. Su divorcio había sido una auténtica sorpresa.

Otro de los que huían arañó la pintura. Toqué el claxon.

—¡Gilipollas!

—Miranda, quizá deberíamos imitarlos —sugirió Bryce.

—El Escarabajo es mi regalo de cumpleaños. Papá lo encargó especialmente y nunca me perdonará si me presento sin él. Además, el rancho está a dos horas de aquí. No llegaríamos a pie.

Ashley apoyó en mi respaldo sus manos de uñas bien cuidadas.

—¿Y si damos media vuelta?

Puse los ojos en blanco.

—Te comportas como si nunca hubieras visto una peli de zombis, Ashley. No se sobrevive en una ciudad. El rancho de papá es el mejor sitio al que podemos ir.

—¿Por qué repites siempre lo mismo? ¡No hay zombis, es absurdo! —replicó mi hermana.

—Brote vírico. Los infectados atacan y muerden a la gente. Esta mañana eran cadáveres. Ash, ¿qué te piensas que es? ¿Una epidemia de herpes?

Ashley se retrepó en el asiento con resignación y cruzó los brazos. Cooper volvió a atraerla hacia sí. No podía engañar a nadie. Por la dilatación de sus ojos azules estaba claro que tenía tanto miedo como ella, pero el pánico no era lo único que yo veía.

—Ni hablar, Coop —le dije mirándole por el espejo retrovisor—. No te vas a ir del coche.

—Pero mi madre y mi hermaa… Mi padre se ha ido. Están solas. Tengo que ir a buscarlas.

Tomé una profunda bocanada de aire, esforzándome por no pensar en mi propia madre. Estaba en Belice, con Rick, mi padrastro. Por eso habíamos planeado ir al rancho de mi padre.

—Viven en Texas, Coop. Vamos al rancho, cogemos víveres y vamos a buscarlas, ¿te parece?

Le estaba mintiendo. Creo que Cooper se dio cuenta, pero el rancho de mi padre quedaba al norte, todo el mundo huía al norte, y la madre y la hermana de Cooper estaban en el sur. Quizá podría ir por ellas otro día, pero todos los presentes habíamos visto muchas pelis sobre el fin del mundo y sabíamos lo que iba a pasar: un caos absoluto y una auténtica matanza que diezmaría la población. En ese momento los muertos vivientes abandonarían las ciudades en busca de comida, pero por entonces ya nos habríamos instalado e instruido en el arte del zombicidio. Lo primero era sobrevivir durante las próximas semanas. Y el rancho era el mejor lugar para ello.

Un chico de nuestra edad se dio contra la portezuela de mi lado, tropezó, cayó a tierra y dejé de verlo.

—¡Vete de aquí! —grité, asomándome para mirar a la cara al que se había atrevido a agredir a un coche que no tenía más que tres días de rodaje.

Otro sujeto que pasó corriendo y chillando golpeó con la cadera al retrovisor lateral. Detrás de él iba una mujer pisándole los talones, pero se detuvo y se lanzó sobre mi capó. La insulté como se merecía y puse la marcha atrás.

—Vámonos de aquí. Nos van a hacer picadillo.

En el momento de volverme para comprobar hasta dónde podía recular, vi por el rabillo del ojo a dos hombres luchando en el punto donde había caído el primer tipo.

—¡Miranda! —exclamó Bryce—. Se lo está… se lo está comiendo.

Miré por encima del volante y vi que el segundo hombre intentaba liberar su brazo de los dientes del primero. Del frenético y confuso combate brotaban gritos mezclados con gemidos de queja.

Bryce se llevó las manos a la frente en el momento en que el primer hombre mordía un buen trozo de brazo y tiraba con fuerza. La sangre chorreaba por la cara del agresor y había jirones de carne y tendones entre su boca y el brazo de su víctima.

Los chillidos de Ashley me perforaron los tímpanos. Durante unos segundos percibí un zumbido con una versión más débil de lo que acababa de oír. Miré a Bryce, estaba blanco como la cal y sus ojos decían todo lo que no conseguía expresar con palabras.

Pisé el acelerador y no me detuve hasta que el parachoques trasero del Escarabajo chocó contra el coche que teníamos detrás. Un segundo después puse la primera y maniobré entre un monovolumen y un camión de catorce ruedas, ambos abandonados. El Escarabajo nos zarandeó arriba y abajo mientras conseguía llegar al arcén.

—¡No pares! —gritó Ashley—. ¡Sigue, sigue!

Adelantamos a más gente, aunque ya no sabíamos quién huía y quién perseguía. Vi padres con niños pequeños en brazos y tirando de la mano de otros más crecidos. Un par de veces me gritaron que parase, suplicaron que los ayudara, pero detenerse siempre equivalía a morir en las películas y yo acababa de cumplir dieciocho años. No sabía si llegaría a cumplir diecinueve, pero sí que no iba a sucumbir el día uno del puto apocalipsis zombi.

Scarlet

Tomar la vieja carretera de dos carriles era un riesgo, pero era el camino más rápido para llegar junto a mis niñas, aparte de la interestatal, que era un suicidio. El *jeep* formaba parte de una columna de coches que habían conseguido salir de la ciudad. En total seríamos diez o quince. El plateado Toyota Camry que iba delante de mí tenía un asiento infantil en la parte posterior y abrigaba la esperanza de que hubiera un niño instalado en él.

Avanzamos kilómetros y kilómetros rodeados de tierras de labor hasta que el primer vehículo redujo la velocidad. Habíamos llegado a un puente y por algún motivo que no entendía el coche delantero tomaba precauciones. El miedo me corría por todas las venas. No podíamos detenernos. Teníamos que seguir, hubiera lo que hubiese delante. Puede que mi vehículo fuera un *jeep*, pero no lograría cruzar el río. Tenía que llegar al puente.

No entendí por qué había reducido la velocidad el coche de delante hasta que llegué al puente. Un viejo Buick de color azul claro estaba detenido a un lado de la carretera. Tenía los cristales bajados y dentro había una pareja. Una mujer miraba por la ventanilla con el rostro demudado y sólo se movió cuando el hombre que estaba sentado junto a ella le arrancó un pedazo de carne con los dientes.

De manera instintiva hice ademán de taparles los ojos a mis niñas. Pero me di cuenta a tiempo de que no estaban conmigo. El horror, la ansiedad de estar junto a ellas cuanto antes, el no saber dónde se hallarían ni si se encontraban bien o asustadas estuvieron a punto de incapacitarme para seguir conduciendo.

—Ya voy, pequeñas —murmuré, tragándome el sollozo que me subía por la garganta.

Un largo tramo en dirección norte y otro igualmente largo hacia el este y estaría con ellas. Nos separaban dos pueblos que tendrían en total unos cuantos millares de habitantes, quizá menos, pero en cualquier caso demasiados para eludirlos si los muertos merodeaban ya por sus calles.

El grueso de nuestra columna móvil torció hacia el oeste, hacia una zona más rural. Era la dirección que habría seguido yo si mis niñas hubieran estado conmigo. Estatal 11, dirección oeste: la que habríamos tomado para ir al rancho del doctor Hayes.

La columna se había reducido a tres coches, contando el mío. Torcimos los tres hacia el este, hacia localidades cada vez más pobladas: Kellyville, Fairview y finalmente Anderson, que estaba en el otro extremo de la interestatal.

Me intrigaba la historia de las familias que ocupaban los otros dos vehículos. Inmediatamente delante de mí iba el Toyota del asiento infantil y detrás tenía una camioneta de color verde y diseño de los años setenta. No distinguía si iba en ella una familia o una persona sola, ya que no corría pegada a mí, sino a unos metros de distancia.

A cinco minutos de Kellyville empezaron a temblarme las manos. Me pregunté si los otros dos conductores estarían tan asustados como yo. Era imposible estar preparados para un brote de aquellas características, aunque hacía decenios que nos venían diciendo que podía suceder y la industria del espectáculo nos había enseñado multitud de métodos de supervivencia. Almacenar comida, armas, medicinas. Pero nada de esto tenía importancia una vez que te mordían… o te devoraban.

El Toyota aceleró un poco en cuanto cruzamos el límite municipal de Kellyville. Yo tenía los nervios de punta y la frente sudorosa. En cualquier momento podía presentarse la necesidad de un viraje rápido o una maniobra de evasión.

No sabía bien qué esperar, pero el pueblo parecía abandonado. Ni muertos caníbales ni humanos vivos. Nadie corría, nadie gritaba. Acaricié la esperanza de que fuera como fuese y sin saber cómo se hubiera detenido la pandemia.

Salimos ilesos del pueblo, tal como habíamos entrado, pero me pareció demasiado fácil. Algo no marchaba bien. Subí el volumen de la radio, pero se limitaban a repetir noticias. De vez en cuando informaban de que tal o cual famoso había sido hallado muerto o había recibido un tiro por haber sido víctima de la enfermedad, pero los detalles no variaban de un caso a otro.

En cuanto entramos en el sector occidental de Fairview oí que el pinchadiscos informaba de que el parlamento regional había sido invadido. Las náuseas se apoderaron de mí cuando pasamos por delante del instituto de enseñanza media. El campo de fútbol estaba alfombrado de cadáveres, enteros y mutilados. No supe decir si eran estudiantes o adultos o de ambas franjas de edad. Procuré no fijarme demasiado. Había algunos cadáveres paseándose, pero nada parecido a lo que habría esperado ver en un pueblo invadido. Puede que se hubieran marchado.

El Toyota de delante se detuvo. No supe qué hacer. Por el retrovisor vi que también la camioneta se detenía, a unos cien metros aproximadamente. Esperé unos momentos y miré alrededor en busca de una respuesta.

Vi varias y todas a la vez.

La iglesia de la esquina estaba rodeada de cadáveres resucitados. Hombres, mujeres… y niños. Unos con la ropa desgarrada y ensangrentada, otros sin heridas visibles, aunque desde la carretera alcancé a ver que todos tenían los mismos ojos lechosos. Me estremecí ante el espectáculo y sentí auténtica urgencia por marcharme.

Los muertos golpeaban las puertas y las ventanas protegidas con tablas. Se movían despacio y con torpeza, pero eran perseverantes. Tenían hambre. En la pared occidental vi un reguero vertical de sangre. Alguien herido había escalado la fachada. La masa parecía atraída por aquella sangre.

Entonces comprendí por qué se había detenido el Toyota. Había gente dentro. Se habían refugiado en la iglesia y probablemente no tenían otro lugar al que ir.

—No seáis idiotas —murmuré para mí—. No con un niño en el coche.

El claxon del Toyota sonó una vez, luego otra, y así llamó la atención de algunos cadáveres ensangrentados que golpeaban la puerta delantera del templo. El claxon sonó dos veces más, la puerta del conductor se abrió y salió un hombre agitando los brazos.

—¡Eh! —gritó a los muertos—. ¡Aquí! ¡Venid aquí!

Más cadáveres volvieron la cabeza, dejaron de golpear e iniciaron un lento y espasmódico trayecto hacia la carretera. Sus movimientos atrajeron la atención de otros y al cabo de unos instantes un nutrido grupo se apartaba de la iglesia para encaminarse trastabillando hacia donde estábamos nosotros.

—Joder —dije, mirando alternativamente a los cadáveres y al Toyota. También yo le di al claxon varias veces—. Sube al coche. ¡Sube al coche!

Grité la última frase golpeando el volante con las palmas.

El hombre siguió dando brincos.

—¡John, sube! ¡Sube! —chillaba su mujer, apoyada en el salpicadero y alargando la mano hacia él.

John se metió en el coche y arrancó inmediatamente. También arranqué yo y avancé pegada al Toyota, con el corazón golpeándome el pecho cuando pasé por delante de los cadáveres que se acercaban.

Vi unos doce o quince por el retrovisor y entonces vi personas, personas vivas, que cruzaban la calle a toda velocidad. La camioneta verde seguía detenida a una manzana de la iglesia, tal vez esperando algo.

El corazón me seguía palpitando con violencia cuando salimos de Fairview. Estaba ahora mucho más cerca de mis niñas, más cerca de los obstáculos que probablemente se interpondrían entre ellas y yo, más cerca de saber si seguían con vida.

Las lágrimas me corrían por la cara cuando nos aproximamos al paso elevado que conducía a la periferia de mi ciudad natal. No me inquietó al principio que hubiera vehículos de reservistas del ejército, de todas las formas y tamaños, estacionados en la entrada del paso. Estaba distraída mirando la multitud de coches que circulaban por la interestatal que quedaba debajo.

—Válgame Dios —murmuré.

Era lo que había temido. Colisiones en cadena y vehículos parados. Había personas fuera de los turismos y camiones, suplicando desde el acceso a los soldados que las dejaran pasar.

El Toyota se detuvo en lo que parecía un puesto de control. John bajó del vehículo y entonces pasó algo. Los soldados se mosquearon, se miraron entre sí, miraron el coche, miraron a John. El gobernador Bellmon estaba en la ciudad, así que probablemente habían puesto Anderson en cuarentena para vigilar quién llegaba. Para cuidar de que no se acercara ningún muerto espasmódico y pusiese en peligro al que tal vez fuera el único miembro vivo del gobierno local, sobre todo sabiendo que el parlamento del estado había sido invadido.

John quiso estrechar la mano de un soldado, pero éste se limitó a adelantar el cañón de su fusil. Mis latidos cardíacos iban en aumento y cada centímetro cúbico de mi organismo estaba en alerta roja. Los soldados se comportaban de manera irregular, con nerviosismo. John señaló algo detrás del soldado y luego a su familia del coche. Vi que su agitación crecía por momentos.

Miré abajo. En la calzada de la interestatal había una camioneta boca abajo. Estaba acribillada a balazos. A mi izquierda, a unos cincuenta metros, encima de la hierba del arcén, había una furgoneta, también llena de agujeros. Di marcha atrás con el *jeep*.

—Sube al coche, John —murmuré.

Como el soldado no daba muestras de ceder, John se adelantó y le dio un empujón en el hombro. A continuación dio media vuelta y regresó a su coche. Yo estaba a unos diez metros de la escena, pero desde allí me di cuenta de que había sido una reacción motivada por la contrariedad. Seguramente había en Anderson alguien a quien John quería y deseaba llegar hasta esa persona, tal vez un hijo de más edad. Con el final a la vista, lo único que todos queríamos era estar con las personas que amábamos.

A diez metros de distancia pude ver con claridad que el soldado daba la orden, que los demás apuntaban el coche de John con los fusiles. Pero diez metros era demasiada distancia para avisar a John de lo que sucedía.

En cuanto John se sentó al volante, los soldados abrieron fuego, acribillando a balazos cada centímetro de la superficie plateada del Toyota Camry. Pisé instintivamente el acelerador con tanta fuerza que casi me clavé el volante en el pecho.

—¡No, no, joder, no! —exclamé, cambiando de velocidad mientras giraba el volante en la dirección opuesta. No dejaban entrar a nadie y lo que era peor aún, habían apostado en los accesos a soldados jóvenes y asustados con armas de fuego. O habían recibido orden de eliminar a cualquiera que se acercase o actuaban sin informar a sus superiores. Lo segundo me parecía lo más probable: y más espantoso.

Sin ver apenas por culpa de las lágrimas, doblé rápidamente hacia el norte en busca de una carretera estatal. ¿Cómo me reuniría con mis niñas? ¿Exterminaban también los soldados a todos los que circulaban por la ciudad?

Me esforcé por no especular y me concentré en dar con una solución. Mi objetivo era entrar en el término municipal. Yo había nacido en Anderson. Conocía sus recovecos mejor que aquellos soldados. Tenía que haber una forma de introducirme.

Por el noreste había un camino de tierra que discurría pegado a una zona densamente arbolada. La arboleda se alzaba entre el camino de tierra y la arteria principal que cruzaba la ciudad. Puede que los soldados patrullaran por allí, pero al otro lado había un río, hierba crecida y el viejo puente de Blackwell Street. Si conseguía acercarme lo bastante a la zona arbolada y cruzar luego la arteria principal, podría colarme a través del puente y seguir por Blackwell Street en línea recta casi hasta la casa de Andrew.

La única forma de hacerlo sin ser vista era esperar a que oscureciera. La idea de andar en la oscuridad mientras aquellas cosas merodeaban por allí me formó un nudo en el estómago. Pero por muy aterrador que fuese, no me importaba, porque era la única manera de estar con mis niñas.

Recorrí con el coche cinco kilómetros hacia el norte de la linde oriental de Anderson, y cuando me pareció que nadie me veía, doblé hacia el este. El *jeep* dio un salto al pasar por un desnivel y luego enfilé el camino de tierra roja hacia el punto elegido. Cinco kilómetros era distancia suficiente para que no me viese quien pudiera estar vigilando la entrada septentrional del municipio. Ni siquiera me crucé con ninguno de aquellos seres espasmódicos.

Detuve el vehículo. Entonces me di cuenta de que al cambiar de coche no había cogido ni el bolso de mano ni el teléfono móvil, y se me encogió el estómago. Los teléfonos fijos probablemente no funcionaban, pero lo que me ponía realmente enferma era que no tenía ningún medio para ponerme en contacto con Andrew... ni con nadie. Miré a mi alrededor, por si había merodeadores espasmódicos, cerré bien las portezuelas y pasé al asiento posterior. Levanté la esquina de la alfombrilla que tapaba la palanca de desmontar los neumáticos. Eso y una pequeña linterna eléctrica eran los únicos objetos útiles de que disponía.

Esperé sentada al volante, lista para arrancar si aparecía algún ser espasmódico. Mis oídos se sobresaltaban ante cada sonido y los músculos se me tensaban cada vez que una ráfaga de viento agitaba las hojas y los arbustos que me rodeaban. Tararecé una canción al azar, me limpié las uñas, comprobé que me había atado bien las zapatillas de deporte y luego hablé con Dios.

Cuando se puso el sol, la ansiedad que me embargaba había alcanzado ya un nivel intolerable. Pugnaba por no revivir el momento en que John, su mujer y su pequeño habían sido asesinados. También me esforcé por no imaginar las espantosas situaciones en que podía encontrarme en cuanto llegara a las calles de Anderson. La vigilancia de los accesos podía ser tanto una ayuda como un obstáculo. Los soldados, asustados y de gatillo fácil, por lo menos reducían al mínimo la amenaza de los zombis.

La oscuridad empezó a pintar los árboles de negro y con la salida del cuarto creciente bajó la temperatura. Me froté las manos y me las puse en las axilas para calentarlas, añorando algo más grueso que la chaqueta del uniforme del hospital. No tardaría en deambular en medio de la oscuridad sin más armas que los oídos y una palanqueta para defenderme de cualquier cosa que acechara en las sombras, y la palanqueta no creía que me sirviera de mucho. Cualquiera que no hubiera estado escondido bajo una piedra sabía que la única forma de matar a un miembro de la horda de los muertos era reventarle los sesos. Necesitaba un arma de fuego o una herramienta suficientemente aguda para traspasar el hueso. Abrirle el cráneo con una palanqueta me podía costar más tiempo del que disponía.

Es increíble hasta qué punto puede afectar físicamente la imaginación al cuerpo. El corazón me latía el doble de deprisa y ya estaba sudando. Cuanto más miedo sentía, más tenía que recordarme que mis niñas me necesitaban. Lo más seguro era que estuviesen muertas de miedo, pero al margen de lo que hubiese ocurrido y de cuál fuera su situación, quería estar con ellas.

Nathan

Puede que Zoe lo hiciera para imitarme o por instinto, pero el caso es que agachó la cabeza mientras corríamos hacia el coche. Había disparos dos casas más allá, miré y vi que mi vecino Lyle Edson disparaba en la cara a alguien que se acercaba a su porche delantero. Una ambulancia pasó corriendo por la calle con las puertas traseras abiertas y oscilando, con la luz destellante puesta y la sirena a tope.

—Papá —dijo Zoe.

El miedo que estrangulaba su voz era muy real. Un miedo del que quería protegerla todo lo que pudiera. Pero no podía protegerla de aquello; el infierno había estallado a nuestro alrededor.

Me temblaban las manos cuando quise introducir la llave en la cerradura del coche.

—Papá —repitió Zoe.

—Un momento, pequeña —respondí, maldiciendo en silencio aquel temblor de manos.

Por fin conseguí introducir la llave y la giré. En aquel mismo instante mi hija me apretó la mano.

—¡Papá!

Me volví y vi a un agente de policía que se acercaba. Andaba hacia nosotros muy despacio, como pisando huevos, tambaleándose, con la quijada caída y la boca abierta. De su garganta salía un gemido sordo. Empuñé el bate que había apoyado en el coche mientras abría la puerta y me puse delante de Zoe.

—No des ni un paso más —dije.

El agente de policía siguió andando. Yo había levantado el bate y lo esgrimía en posición de ataque.

—Si entiendes lo que te digo, detente, por favor. Si te acercas, te golpearé con el bate.

Zoe me asió por los pantalones y apreté con fuerza la empuñadura del bate de aluminio.

—Cierra los ojos, hija.

Las manitas de Zoe me soltaron los pantalones. Levanté el bate de lado, en posición perfecta para golpear. Pero antes de hacer nada sonó un disparo. El agente de policía cayó abatido al suelo. Me quedé petrificado y entonces vi a Lyle Edson a mi izquierda, a cosa de un metro.

—Gracias —le dije, haciéndole un gesto de reconocimiento con la cabeza.

—Quítale el arma y escapa con la pequeña —aconsejó Lyle.

—¿Vienes con nosotros?

—Mi mujer está dentro. La han mordido. Tengo que quedarme con ella.

Le hice un ademán de comprensión y me agaché para desabrochar la pistolera del agente y quitarle el arma. Le cogí también la radio y luego decidí llevarme todo el cinturón.

Zoe abrió la portezuela del conductor, saltó por encima de la caja de cambios y se instaló en su sitio habitual. Nos abrochamos el cinturón de seguridad y puse el coche en marcha. El indicador del depósito decía que quedaban tres cuartos. No sabía si con tres cuartos de depósito llegaríamos a algún lugar seguro, pero teníamos que salir de la ciudad.

Zoe echó el seguro de su portezuela.

—Asegura también la de atrás —le sugerí, predicando con el ejemplo y asegurando la de mi lado.

Salí del patio marcha atrás y tomé la dirección de la ambulancia. Si sus conductores huían de algo con tanta premura, pensé que lo más prudente era hacer lo mismo.

5

Scarlet

Los últimos rayos de sol se perdieron detrás del horizonte sin la menor compasión. Salí lentamente del *jeep*, temblando de miedo. Mis zapatillas de deporte, todavía un poco húmedas por la lluvia matutina, se hundieron en el espeso barro. Di un paso hacia los árboles con la palanqueta apretada contra el pecho. La noche era silenciosa, tan silenciosa que cada movimiento que yo hacía resonaba como un trueno entre los árboles.

Cada vez que oía algo me quedaba petrificada. ¿Podrían ver en la oscuridad? ¿Procedían guiándose por el olfato, como las alimañas? Sólo cuando recordé que mis niñas me estaban esperando reuní valor suficiente para dar otro paso.

Una hora después oí un rumor como de algo que se arrastraba y me pegué a un árbol. Lo abracé con fuerza y cerré los ojos, esforzándome por oír el peligro por encima de los latidos de mi corazón y mi respiración jadeante.

Cuando pensé en la posibilidad de caer desmayada por hiperventilación, abrí los ojos al máximo para tratar de ver en medio de las tinieblas. Algo más oscuro que la oscuridad y de la estatura de un hombre avanzaba de árbol en árbol a unos veinte metros de mí. Cerré los ojos por última vez y eché a correr como alma que llevara el diablo. No quise detenerme hasta que resbalé en la cuneta que discurría paralela a la arteria principal que cruzaba la ciudad.

Acabé cayendo de bruces, golpeándome las rodillas y luego el estómago, el pecho y la cara. Con la cara y las manos metidas en el barro agucé el oído para captar los sonidos que me rodeaban y a continuación me di la vuelta con movimientos frenéticos, para saber qué o quién me perseguía.

El pecho me subía y bajaba como un fuelle mientras mis pulmones procuraban mantener el ritmo a que los obligaba la adrenalina que me corría por el sistema circulatorio. En mi garganta iba formándose un grito, pero quedó ahogado por la comprensión de sus posibles consecuencias. Llamar la atención de otras personas —vivas o muertas— podía poner fin a mi misión salvadora antes de que comenzara.

El hombre avanzaba hacia mí con los brazos estirados, gesticulando como para acallar el grito que evidentemente habría resonado en todo el sector oriental de Anderson.

Vi miedo en sus ojos oscuros, un miedo realzado por la blancura que los rodeaba.

—¡Chisss! No voy a hacerle nada —susurró.

Se puso a mi lado, sus ropas y su piel estaban manchadas de barro, salpicadas en unas partes, empapadas en otras. Me dio la impresión de que llevaba varios días arrastrándose por el bosque.

Apreté los labios para que no se me escapara la menor exclamación. Toda yo temblaba sin poder contenerme.

—No voy a hacerle nada —repitió con voz jadeante. No necesitaba el barro. Tenía la piel suficientemente oscura para camuflarse en la noche, aunque parecía medir algo más de un metro ochenta—. No tenía intención de asustarla. Sólo quiero entrar en la ciudad. Lo mismo que usted.

Asentí, incapaz de responder como pedía la situación.

—Me llamo Tobin. ¿Estás… estás bien?

Tragué una profunda bocanada de aire para calmarme.

—Yo me llamo Scarlet.

Tobin escrutó el paisaje que nos rodeaba.

—¿Eres de Anderson?

—Antes vivía aquí.

—Y tienes familia en la ciudad, ¿no?

—Mis hijas —respondí, notando que los ojos se me llenaban de lágrimas saladas. Por primera vez desde que había dejado el *jeep* me di cuenta del frío. No había dejado de temblar y estaba ya agotada.

Tobin apretó los labios.

—Mi hermana y sus niños viven aquí. No tienen a nadie.

Saber que no estaba totalmente sola me dio fuerzas para concentrarme en el plan que había trazado. Señalé otra arboleda que había al otro lado de la calzada.

—Allí hay una cañada por la que discurre el río. A unos cincuenta metros al sur hay un viejo puente.

Tobin arrugó el entrecejo.

—Hay soldados en todas las entradas y patrullan por las calles. Anderson se ha convertido en un pequeño estado militar.

—Es porque el gobernador está hoy aquí. Ha venido de visita. Mis hijas iban a conocerlo personalmente.

Tobin cabeceó con resignación.

—Eso lo explica todo. No sé si alegrarme o vomitar. Quiero decir… ¿a quién le importa el cargo que tenga ese tío si el mundo entero se va a la mierda?

Me reí sin ganas.

—Es un buen momento para bajar de categoría. Él ni siquiera tiene que arrastrarse por el barro.

Tobin sonrió con cansancio.

—Será mejor que nos movamos. No tardarán en dar otra batida por el bosque.

—¿Otra?

Se miró la embarrada pechera y luego me miró a mí.

—Un consejo. Si ves a un muerto que anda, echa a correr. Si ves un soldado, escóndete. Antes dispararon contra los que estaban caídos en la carretera. Supongo que como medida de precaución.

Tobin esperó a que yo cruzara corriendo la calzada. Mis piernas parecían de plomo, pero cuando me di cuenta, ya estaba al otro lado, agachada en la cuneta. Él se reunió conmigo segundos después.

Nunca en mi vida me había sentido tan cómoda con un completo desconocido. Era otra de esas cosas que no se aprenden en las películas de zombis.

Agachados entre los arbustos que rodeaban el río, avanzamos por el barro hasta el bien visible puente de Blackwell Street. Un camión militar lo cruzó despacio y tuvimos que refugiarnos bajo la estructura de acero y asfalto para que no nos localizara el foco con que barrían las orillas. Me llevé la mano a la boca. En el agua flotaba un cadáver boca abajo. Habíamos pasado a menos de un metro de él. Se oyeron disparos y el cadáver tembló cuando recibió los proyectiles. El camión siguió su marcha. El haz del foco avanzó en sentido paralelo a la calzada.

Tobin me rozó el brazo.

—Está todo bien. Ya se han ido. Ahora tengo que mear. Luego seguiremos.

Me pareció extraño que dijera aquello. Yo habría tenido que hacer un alto para tomar conciencia de mis funciones corporales, para evaluar si necesitaba ir al lavabo. Lo bueno fue que nada más pensar aquello, la vejiga me palpitó como si fuera a reventar. Tuve que bajarme a toda velocidad los pantalones y las bragas hasta los tobillos, so pena de mearme encima.

Tobin se reunió conmigo en la orilla. Estaba oscuro como boca de lobo y no me pareció buena idea meternos en el agua, pero no podíamos arriesgarnos a cruzar el puente por encima.

—¿Habías planeado todos estos movimientos? —preguntó Tobin con los ojos fijos en el agua. La lluvia había elevado el caudal del río y la velocidad de la corriente.

—La verdad es que no, pero no podemos permitir que nos sorprendan en el puente. Les bastará una mirada para comprender que somos intrusos. Nos dispararán nada más vernos.

—Tienes razón. Tú has vivido aquí. ¿Qué crees que deberíamos hacer?

—Podemos hacer dos cosas: buscar un punto donde el agua cubra menos o utilizar el columpio del otro lado del puente.

—¿Qué columpio? —preguntó Tobin con voz dubitativa.

—Que yo recuerde, había uno con una cuerda que colgaba de un árbol. Estaba allí para los niños de los alrededores.

Me miró sin expresión.

Me encogí de hombros.

—La piscina municipal está en la otra punta de la ciudad.

Tobin parpadeó.

—¿Por qué se le ocurriría a mi hermana venir a vivir a este pueblo de paletos atrasados?

Nathan

—Papá, Lyle ha disparado a un policía.

—Ya lo he visto —repliqué, sin saber qué otra cosa decir.

—¿Por qué lo ha hecho? —preguntó Zoe—. ¿Y por qué están todos tan asustados?

—Porque muchas personas se han puesto enfermas —respondí, encendiendo la radio de la policía—. Creo.

Según los informes que transmitían, el virus había afectado a todos los condados. Como la persona que hablaba guardó silencio de pronto, subí el volumen de la radio del coche. Había cuarenta y ocho estados contagiados y se habían producido bajas en treinta y dos. De la Costa Este informaban de que quienes no habían sido vacunados contra la gripe no manifestaban síntomas tan rápidamente como los vacunados. Otros informes aseguraban que los vacunados contra la gripe no necesitaban ser mordidos o atacados para desarrollar la enfermedad. Murieran como muriesen, acababan resucitando. Miré a Zoe. Los dos teníamos alergia al huevo. Se había aconsejado a los ciudadanos con alergia al huevo que no se vacunaran a menos que se sometieran inmediatamente después a la observación de un especialista. Aunque mi alergia no era muy fuerte, Aubrey y yo habíamos pensado que no valía la pena correr riesgos, por mí y por Zoe. Bueno, en realidad la decisión la tomé yo. Ella se lavó las manos. Di un suspiro de alivio. Por lo menos había hecho una cosa bien en la vida y había sido precisamente aquélla.

Como era de esperar, las carreteras estaban abarrotadas. Cuando no daba volantazos a la izquierda, los daba a la derecha, y no paraba de esquivar gente, otros coches y montones de desperdicios que aquel caos dejaba tras de sí. Aubrey se quejaba siempre de mi modo de conducir, pero estábamos casi fuera de la ciudad y aún no había chocado con nada. Aunque sería un milagro, ni siquiera ella podría quejarse en aquellos momentos de mi habilidad al volante.

Zoe señaló al frente. Circulábamos por una de las pocas carreteras que yo creía que iban a estar despejadas. Aquel tramo estaba pavimentado, pero unos kilómetros más adelante desaparecía el pavimento y sólo había tierra. A mitad de camino había un paso a nivel. Y se acercaba un tren; estaba a poco más de medio kilómetro, las luces parpadeantes no tardarían en ponerse rojas y la barrera bajaría. Había coches detrás de mí y Dios sabía qué más. No podíamos quedarnos encajonados por culpa de aquel tren. Los neumáticos del coche estaban casi pelados y no aguantarían un paseo por los trigales que se alzaban entre nosotros y la siguiente carretera.

Pisé el acelerador.

—¡Frena, papá!

—No puedo, hija. No podemos esperar al tren.

Tiré de su cinturón de seguridad para comprobar que estaba bien apretado y puse las dos manos en el volante. Las barreras empezaron a descender. El silbato del tren emitía un pitido cansado y triste. En otro tiempo me parecía un sonido romántico. En aquel momento era lo que me impedía llevar a mi hija a un lugar seguro.

Seguí pisando el acelerador hasta que mi pie tocó la alfombrilla de caucho.

—¡No, papá!

La primera barrera se limitó a rozar la pintura del techo, pero tuve que llevarme por delante la segunda, que se partió por la mitad fácilmente. Miré por el retrovisor. El Lincoln Town de color vino que me seguía había tenido la misma idea que yo, pero un segundo más tarde. El tren lo enganchó por el parachoques trasero y le dio la vuelta. El morro del coche giró en redondo y chocó contra el tren, tras lo que salió disparado por los aires y aterrizó en el campo de trigo. Si los ocupantes no estaban seriamente heridos iban a tener que alejarse andando.

—¡Deberíamos volver!

Negué con la cabeza.

—Vamos a casa del tío Skeeter y tía Jill.

Skeeter McGee era el hermano menor de Aubrey. El tangible desprecio que ella sentía por mí hacía que Skeeter me apreciara mucho. Vivían en una horrible casa de dos habitaciones a este lado de Fairview. Era un pueblo pequeño. Lo bastante pequeño para no tener que preocuparnos por la manada de no-muertos que nos rodeaba.

Los labios de Zoe se curvaron hacia arriba formando un asomo de sonrisa. Skeeter y Jill se habían casado hacía dos años y no tenían hijos. Él quería a Zoe como si fuera hija suya y mi cuñada estaba igualmente loca por ella.

Otro motivo por el que era recomendable dirigirnos a Fairview era que Skeeter era entusiasta de la caza y tenía varias pistolas y carabinas de caza, con mucha munición. Era el lugar perfecto para atrincherarse y esperar el fin del mundo.

La carretera de dos carriles no estaba tan congestionada como había temido. Tuve que esquivar un par de veces un choque múltiple (tres o cuatro coches nada más), probablemente de los que se habían producido al principio por culpa de conductores aterrorizados que no prestaban atención, pero casi todos los coches que veíamos iban a velocidad moderada. Zoe señaló por la ventanilla cuando llegamos al puente de Old Creek. Había un hombre doblado por la cintura, vomitando al lado de su Buick LeSabre del 76; su mujer estaba junto a él y le ponía la mano en la espalda. La expresión del rostro de la mujer reflejaba algo más que preocupación o miedo; las arrugas que le quedaban eran de resignación.

—¿Es un enfermo, papá? —preguntó Zoe cuando pasamos despacio junto a ellos.

La mujer levantó la cabeza, había desesperanza en sus ojos. Ayudó a su marido a instalarse en el asiento del copiloto.

—No lo sé, cariño.

—Deberíamos parar para ayudarlos.

—No creo que podamos —repliqué, sacando el teléfono móvil del bolsillo.

Marqué el número de Skeeter para avisarle de que llegábamos; daba señal de ocupado. El servicio del fijo se habría interrumpido.

Alcanzamos una pequeña columna de coches que habían reducido la velocidad conforme nos acercábamos a Kellyville y la cruzábamos. No se veía a nadie. No me atrevía a esperar lo mismo en Fairview. Cuando llegamos a las afueras del pueblo, todo parecía tranquilo. Al principio pensé que habíamos sido más rápidos que la enfermedad, pero el coche que iba delante de nosotros frenó en seco en aquel instante, una mujer cruzó corriendo la carretera dando gritos, seguida por un hombre cubierto de sangre, sobre todo alrededor de la boca. La mujer corría tanto que su morena cabellera flotaba y ondeaba detrás de ella como una bandera y era el pelo más bonito que había visto en mi vida. Chirriaron neumáticos sobre el asfalto y un coche de delante salió zumbando para escapar del pueblo. Los otros vehículos fueron detrás de él. Ignoraba si alguno había tenido intención de ir a aquel pueblo, pero ya era evidente que ninguno pensaba quedarse.

Me volví para mirar a Zoe.

—Aquí hay gente enferma. Cuando te lo diga, desabróchate el cinturón para que pueda pasarte delante.

La pequeña asintió. Parpadeó unas cuantas veces. Me daba cuenta de que estaba nerviosa, pero no porque tuviera miedo de morir. Quería estar segura de que haría lo que yo le indicara, y de que lo haría bien. Zoe era muy suya con los procedimientos, sobre todo cuando se decían claramente en vez de darse a entender. En casa habíamos sido muy cuidadosos con las normas de conducta. Eran obligaciones que no podían desobedecerse. Si había excepciones, no poníamos ejemplos, porque Zoe no entendía que hubiera reglas con excepciones, y si nos poníamos a explicárselo, se ofendía.

—Zoe.

—Sí, papá.

—Desabróchate el cinturón.

Obedeció mientras doblábamos a la derecha y entrábamos en el patio delantero de Skeeter. Cuando paré el motor, puse la palanca de cambios en la posición de aparcar, tiré de Zoe para que pasara a mi lado del coche y salimos corriendo, con prisa pero con calma, hacia la puerta trasera de mi cuñado. Nadie se acercaba nunca a la puerta delantera, y si oían llegar a alguien, Skeeter sabía que tenía que ser un vendedor o un poli, y él nunca abría la puerta a ninguno.

Llamé a la puerta con el puño, todavía sujetando a Zoe por la cintura con el otro brazo. El cañón de la carabina de calibre 22 de Jill apareció por un resquicio, mientras la cortina se apartaba lo suficiente para verme la cara.

—Somos nosotros —exclamé, mirando detrás de mí.

Se oyó descorrer el cerrojo, vi girar el pomo y Jill abrió la puerta del todo, indicándonos por señas que entráramos.

Dejé a Zoe en el suelo. Sus zapatillas de deporte golpearon el linóleo de rombos verdes y amarillos que cubría el suelo de la cocina. Me llené los pulmones de aire para expulsar de mi interior toda la ansiedad acumulada mientras sacaba a Zoe del coche y corríamos hacia la casa.

Jill cerró la puerta a nuestras espaldas, dejó la carabina y se lanzó sobre mí, rodeándome el pecho con tanta fuerza que tuve suerte de haberme aprovisionado de aire previamente.

—¡Por el cielo, Nate! ¡Qué alegría que hayáis venido! —Me soltó y se agachó para abrazar a Zoe—. ¡Hola, garbancito! ¿Estás bien? —La pequeña hundió la barbilla una vez y Jill me miró con miedo en los ojos—. ¿Dónde está Aubrey? —Como yo no respondí, se irguió y fue a mirar por la ventana. Se volvió hacia mí—. ¡Nate! ¿Dónde está?

—Me ha dejado.

—¿Qué? ¿Cuándo?

Me encogí de hombros, sin saber qué cara poner para abordar aquel tema.

—Hoy.

En cualquier otra ocasión me habría bastado con dar la noticia a mi cuñada, pero en aquel momento me sentía un tonto. Con todas las cosas que estaban pasando, el fin de mi matrimonio me parecía una insignifiancia.

Los ojos almendrados de Jill bailaron entre Zoe y yo. Que Aubrey se hubiera ido no era exactamente una sorpresa. Hacía tiempo que andaba deprimida y se sentía infeliz. No importaba lo que yo hiciera ni que le hubiera pedido muchas veces que fuera a un consejero matrimonial —sola o conmigo—. Aubrey no era ya la mujer con la que me había casado y todos esperábamos que la nueva mujer que se había apoderado de su cuerpo dijera por fin que aquélla no era su vida. Todos fingíamos que las cosas iban a mejorar, pero la verdad silenciosa es siempre más ensordecedora que las fábulas que nos contamos.

Pese a todo, cualquier expresión que no fuera sonriente le parecía a Jill fuera de lugar. Era guapa. Verla destripar un conejo o un bagre con aquella piel de porcelana y aquellos dedos largos y delicados me había parecido siempre un espectáculo irreal. Que supiera disparar un rifle de perdigones o cebar un anzuelo la convertía en la compañera perfecta para Skeeter, quien la amaba tanto como un hombre podía amar a una mujer. Habían salido juntos desde el instituto y nunca pareció importarles que no hubieran tenido otras parejas ni experimentado otros sentimientos. Jill no habría acabado emparejándose con Skeeter en otro lugar que no fuera Fairview, pero allí, en el centro profundo, incluso con su creciente barriga cervecera y su barba descuidada, Skeeter McGee sólo necesitaba el encanto del campesino, desarrollar músculos y un trabajo decente para conquistar a la real hembra que era Jill.

Hablando de Skeeter...

—¿Dónde está tu hombre? —pregunté.

Se puso la mano en la mejilla.

—Se fue hace media hora. Aquí al lado, en esta misma calle, a casa de Barb y la señorita Kay, para ver si necesitaban ayuda. Se están haciendo mayores y sus maridos murieron hace años. En invierno les quita la nieve del jardín y les arregla cosas cuando es menester. Se preocupa por ellas. Con el infierno que se ha desatado, quería traerlas para que estuvieran más seguras.

Sin pensarlo, buscó la mano de Zoe. El miedo a los monstruos que vagaban por el exterior se reflejaba en sus ojos.

—¿Se llevó algún arma?

—El treinta cero seis.

—Entonces volverá.

6

Nathan

Antes de la enfermedad, esperar era irritante. Ahora que los muertos caminaban entre los vivos, esperar era como sufrir un robo, como la impotencia que se siente cuando se pierde algo valioso, por ejemplo las llaves o el anillo de boda, o como el insoportable temor que nos sobreviene cuando perdemos de vista a nuestra hija pequeña en el centro comercial. Esperar era todo aquello revuelto y mezclado en una pelota de ira y de nervios.

Jill fue a la cocina con los dedos en la boca, arrancándose el último fragmento de uña que sus dientes habían localizado. Comprobé las ventanas y la puerta principal para convencerme de que los cerrojos estaban debidamente corridos. Zoe se sentó en la puerta que comunicaba la cocina con la sala de estar, muy tranquila, dando tirones al dobladillo de su camiseta de manga larga.

En el exterior, más o menos delante de la ventana de la cocina, sonó un silbido familiar y a continuación oímos un disparo. Sin mirar siquiera, Jill corrió a abrir la puerta y Skeeter entró sin aliento y sudoroso. Dejó el fusil al lado de la carabina de su mujer mientras ésta echaba el cerrojo de la puerta. Se abrazaron y se besaron como si no se hubieran visto en varios años.

Jill gimoteó y Skeeter le puso las manos en las mejillas.

—No llores, preciosa. Te dije que volvería.

La besó en la frente, miró a Zoe y abrió los brazos todo lo que le permitían su metro ochenta y sus cien kilos de peso.

Mi hija se puso en pie inmediatamente y corrió hacia él, arroján-
dose entre sus brazos.

—¡Zoe! —exclamó Skeeter, besándola en la coronilla—. ¡Cuánto te hemos echado de menos! —Me miró—. ¡Por lo menos ha crecido treinta centímetros!

Era una conversación típica, pero las conversaciones típicas re-
sultaban inquietantes en medio de un apocalipsis.

—¿Dónde está Aubrey? ¿Poniendo en marcha el ordenador?
—preguntó.

Jill me miró y yo miré a Zoe.

—No estaba en casa cuando llegamos. Me dejó una nota.

Me costó descifrar la expresión que puso Skeeter. No supe si
estaba confuso o sólo tratando de procesar el significado de mis
palabras.

Jill se acercó a su marido.

—¿Y Barb y la señorita Kay?

Skeeter esbozó una sonrisa forzada.

—Las llevé a la iglesia. He venido a buscarte a ti. Estaban enta-
blando las ventanas mientras hablamos y casi todo el mundo llevó
víveres. Comida, ropa. Armas. Munición. Es un buen refugio.

—Skeeter —advertí—. No es buena idea encerrar a toda la gente en un solo lugar. Acabará siendo como un bufé libre.

La cara de mi cuñado se ensombreció ligeramente.

—No hay tantas personas. —Recogió el fusil con una mano y
pasó el otro brazo por la cintura de Jill, a quien habló bajo al oído—.
Mete algo de ropa en una bolsa.

Ella se estremeció.

—No quiero dejar la casa, Skeeter. ¿No podríamos quedarnos?

Él volvió a hablar en voz baja, más baja que antes.

—Entran por las ventanas. Aquí no tenemos nada con que en-
tablarlas. —Hundió la barbilla en el pecho, esperando pacientemente a que Jill aceptara su argumento. Cuando ella asintió, él
prosiguió—: Necesitaremos toda el agua y toda la comida que po-

damos transportar. Yo voy a buscar armas y municiones. Date prisa, cariño.

Jill volvió a asentir y desapareció en el otro lado de la casa. Skeeter pasó por mi lado para entrar en la sala y abrió el armario. Sacó dos grandes bolsas de lona y las puso junto a una caja fuerte que había pegada a la pared, al lado del televisor. Era más alta que Zoe. Casi tan alta como Jill. Skeeter marcó la combinación, abrió la pesada puerta y sacó varias pistolas, dos por vez, que fue metiendo en una bolsa. Cuando vació la caja fuerte de pistolas, se puso a sacar fusiles, miras telescópicas y escopetas. Llenó la otra bolsa con munición, cuchillos de caza, un botiquín y cajas de cerillas.

Yo me limitaba a mirar a mi cuñado mientras él, de rodillas en el suelo, organizaba las bolsas de supervivencia.

—Skeeter, ¿es que sabías que iba a suceder? —pregunté en son de broma, pero sólo a medias.

—Quien no pensara que era una posibilidad muy real es que estaba en las nubes. Con la tecnología que hay, ¿desde cuándo habla la gente de zombis? Desde antes de que naciéramos. Yo lo supe este otoño, cuando hablaron de *ataques humanos* en las noticias, durante un par de días, y luego ya no se oyó nada al respecto. Me importa un rábano si los baños de espuma enloquecen poco o mucho a la gente…, no hay droga capaz de colocarme tanto como para arrancarle la cara a una persona a bocados.

—Eran sales de baño, Skeeter. Dijeron que el tipo lo confesó. Encontraron restos en su organismo.

Mi cuñado me miró con expresión de duda.

—Y tú sigues creyéndotelo, por lo que veo.

Crucé los brazos y me apoyé en la jamba de la puerta, esforzándome por fingir que su teoría no era inquietante. El gobierno no podía saberlo. La enfermedad no podía haber estado allí tanto tiempo, varios meses, sin que el gobierno nos avisara hasta que se le había ido de las manos.

—Lo habrían dicho hace tiempo en las noticias.

Skeeter hizo una pausa y respiró hondo, mirando fijamente al suelo.

—Lo dijeron, Nate.

Cargó el treinta cero seis y se puso en pie. Se oyó un ruido de cristales en el otro lado de la casa y Jill lanzó un grito.

Lo que ocurrió a continuación pareció durar varios minutos, pero en realidad fue sólo cuestión de segundos. Skeeter echó a correr y pasó de la sala de estar al dormitorio. Dio un alarido y se puso a escupir plomo. Los disparos eran muy ruidosos. Mi lado emocional pensó en taparle a Zoe los oídos, mientras que el lado lógico, que fue el que venció, adoptó la actitud del superviviente. Cogí a mi hija y corrí hacia la puerta trasera atravesando la cocina. Di un manotazo al pestillo. En el momento en que abría la puerta algo muerto y horrible se interpuso en nuestro camino.

Zoe gritó y acto seguido se oyó otro disparo, esta vez muy cerca de mi cabeza. Todos los ruidos se fundieron en uno solo, macizo y retumbante. Skeeter había disparado al monstruo en la cara y me apartó mientras salía disparado con un brazo alrededor de Jill y el otro con las bolsas de supervivencia. Me gritó algo al pasar, pero no lo oí. Lo único que percibía en aquel momento era la fuerte vibración del disparo.

Skeeter se volvió para señalarme e indicarme por señas que lo siguiéramos. Cogí a Zoe de la mano y cerré la puerta a mis espaldas, esperando que el ser que se había colado por la ventana del dormitorio no entendiera de cerraduras.

Miranda

Cuando llegáramos al rancho estaríamos a salvo. Ashley no hacía más que repetirlo mientras procurábamos que el Escarabajo no nos dejara tirados, ni en la carretera ni en las cunetas. Papá estaría allí esperándonos. Era un tirador de primera y Bryce había cazado con él suficientes veces para adquirir también alguna destreza con las armas de fuego. Me había burlado de mi padre en muchas ocasiones por su absurda colección de armas de fuego y la munición que atesoraba. Nadie necesita tantas, decía yo. Es como una colección de coches. Un despilfarro. Pero gracias a la tonta obsesión de mi padre íbamos a estar bien protegidos, los armarios de la cocina estarían llenos, tendríamos agua del pozo, y además tendríamos a *Butch*, el toro de papá. No le gustaba ver a nadie alrededor de la casa. Ni siquiera a nosotros. Si lo dejábamos suelto, tendríamos un sistema de seguridad garantizado. El rancho Red Hill era el mejor lugar para sobrellevar la situación.

Lo único que necesitábamos era llegar y estábamos ya en Flynn.

Todos habíamos probado a llamar por el móvil. A números diferentes. Incluso al 911, el número de emergencias, pero siempre oíamos la misma señal de ocupado o la señal de «fuera de cobertura».

—Los repetidores deben de estar inutilizados —sentenció Bryce.

—Pues qué bien —comentó Ashley—. Tampoco puedo conectarme con Internet.

—Confía en mí —dije—. Nadie va a mirar tu ficha de Facebook estos días.

—Lo digo por las noticias —me soltó, enfadada por mi broma.

—Voy a tomar esta salida. Daremos un rodeo. La interestatal no estará mejor que ésta, y si seguimos dando tumbos por la mediana y el arcén, acabaremos pinchando.

Bryce arrugó la frente.

—Faltan sólo treinta kilómetros para la salida de Anderson. La interestatal es la vía más rápida para llegar al rancho de tu padre.

—Antes sí. Ahora no hacemos más que esquivar coches parados y hacer maniobras para no atropellar a nadie.

Irónicamente, nada más decir aquello vi a un anciano salir entre dos coches. Saltó hacia atrás cuando pasamos. No aflojé la velocidad. No lo hice en ningún momento, ni siquiera cuando la gente asustada que iba a pie nos pedía ayuda a gritos.

—Miranda —murmuró Ashley—, no están enfermos. Podríamos hacer algo por ellos.

—¿Qué exactamente? ¿Llevarlos un trecho? Esto es un Escarabajo, Ashley, no tenemos sitio.

—Ash —intervino Cooper con su mejor voz apaciguadora—, Miranda tiene razón. Todo el mundo tiene miedo. Si paramos, cabe la posibilidad de que nos roben el vehículo.

—Tomaré esta salida —avisé, mirando de reojo a Bryce.

—¡Sigue por la interestatal! —gritó él con una nota de desesperación en la voz.

No lo había dicho porque fuera un cretino. Tampoco podía reprochárselo. Dejar la interestatal era ir en busca de lo desconocido. Y todo lo desconocido que hubiera por allí podía ser mortal. Quedarnos en la carretera que habían elegido miles de personas cuya intención era sobrevivir era menos arriesgado. No éramos los únicos que teníamos miedo y dejar atrás a toda aquella gente con el único coche que funcionaba en la carretera era tan terrorífico como tranquilizador. La ventaja era nuestra. Éramos los más a salvo en una tierra donde nadie estaba a salvo.

Contra mis deseos, pasé de largo ante la salida y seguí dando tumbos por el arcén, zigzagueando entre humanos, coches y zombis y esperando que los neumáticos resistieran otros treinta kilómetros. No suelo ser blanda; en realidad, casi todos los que me conocían pensaban que era terca como una mula. Pero Bryce era la única persona ante la que siempre estaba dispuesta a ceder y en aquel momento necesitaba creer que también había otros capacitados para tomar decisiones sensatas.

De pequeña, con papá siempre trabajando y mamá preocupada por llamar su atención de un modo u otro, me sentía la única persona adulta de la casa. Ashley dependía tanto de mamá que apenas había espacio para que me mimaran a mí. Mi hermana era muy delicada. Había heredado ese rasgo de mi madre. Cada obstáculo era una tragedia, cada esfuerzo una condena a muerte. Yo no alcanzaba a entender por qué eran tan melindrosas, y con el tiempo llegué a la conclusión de que mi padre hacía mucho que había aceptado que la personalidad de su mujer era así y no tenía remedio. Pensaba que lo mejor era mantener a mamá y a Ashley alejadas de toda tensión y sobrecarga. Las dejábamos creer que, pasara lo que pasase, papá y yo nos ocuparíamos de todo. Él se encargaría de mamá, y yo de Ashley. Ahora que mamá había vuelto a casarse, las medidas protectoras y los heroicos despliegues de paciencia eran responsabilidad de Rick, pero mantener tibia la temperatura emocional de Ashley seguía siendo cosa mía. Yo lo sobrellevaba mejor unos días que otros, pero cuando nuestros padres nos dejaron atónitas diciéndonos que iban a divorciarse, me pareció justo que tuvieran en cuenta a Ashley. Era la que más los necesitaba.

Cuando Bryce y yo empezamos a ser más que amigos, me pareció del todo natural, y un poco tranquilizador, apoyarme en él. La mayoría de las veces tenía la impresión de que mi auténtica familia era él, más que mis padres, incluso más que mi hermana. No obstante, lo que nos unía no era el amor romántico que sentían Ashley y Cooper. Lo nuestro era principalmente amistad. Nuestra relación íntima era casi un deber, y a mí me gustaba así. Supongo que a Bryce también.

—Ya saldremos de la interestatal cuando lleguemos a Anderson —prometió Bryce, fingiendo que no veía a toda la gente tirada en las cunetas.

7

Scarlet

Volvimos a avanzar con cuidado a lo largo del río, esta vez por el otro lado del puente, en dirección al árbol que yo conocía. Tal como había dicho, de una gruesa rama pendía una cuerda. La cuerda estaba deshilachada y parecía frágil. No conoceríamos su nivel de fragilidad hasta que nos balanceáramos por encima de las frías aguas del río. La luz de las farolas del puente no llegaba hasta donde estábamos. Buen lugar para esconderse de los soldados, malo para bañarse. Con media luna en el cielo, el agua no sólo parecía sucia, sino también negra como la noche que había caído ya a nuestro alrededor. Por si fuera poco, los espasmódicos no necesitaban respirar, o eso suponía yo. Probablemente por eso disparaban los soldados sobre los cadáveres que pasaban flotando, para convencerse de que no iban a resucitar, nadar hasta la orilla e invadir la ciudad.

Me estremecí.

—Te vas a congelar —dijo Tobin quitándose la chaqueta—. Póntela. —Me la dio. Lo miré unos segundos y sacudió la prenda. Estaba cubierta de barro, pero el forro era de lana. Calentaría un poco—. Póntela.

Resopló, visiblemente fastidiado por mis dudas, y me la puso sobre los hombros.

—Gracias —murmuré, aunque no supe si me oyó o no.

Introduje los brazos en las mangas y doblé los puños para que no me taparan las manos. Las necesitaba.

Me subí al árbol con ayuda de Tobin. Por lo que recordaba, la primera vez que había trepado por él había sido una experiencia difícil. Luego fue la mar de fácil. Pero hacía años que no trepaba a ningún árbol. Tobin jadeaba mientras procuraba no perder el equilibrio debajo de mí. Alcancé la primera rama y usé las demás como peldaños hasta que llegué debajo de la que pendía la cuerda.

El jadeo de Tobin se había intensificado.

—No creí que pesara tanto —me quejé.

—No, no eres tú. —Se puso las manos en las caderas y arqueó la espalda para respirar mejor—. Soy yo, que no estoy en forma y, además, ha sido un día muy largo.

—Es verdad. ¿Habías hecho esto antes?

Dio a entender que no con un gesto. Sus trenzas estilo afro se agitaron con el movimiento, permitiéndome comprobar así su respuesta.

—Sujétate fuerte a la cuerda —indiqué, predicando con el ejemplo. El resto de las instrucciones no podía representarse—. Échate hacia atrás y luego salta. Balancéate por encima del agua. Cuando veas tierra bajo tus pies, suéltate. Si los recuerdos no me engañan, no te costará mucho, pero si titubeas y no saltas a tiempo, acabarás dentro del agua o suspendido encima de la superficie. La cuestión es no caer al agua. Esta noche por lo menos no.

—Vale, vale. Pero… ¿cómo quieres que vea tierra si es noche cerrada?

—No está tan oscuro.

—Está muy oscuro.

—Estáte atento y yo te diré cuándo has de saltar.

Asintió y me eché hacia atrás. El corazón empezó a latirme con fuerza y recé en silencio, a cualquier dios que nos estuviera viendo en aquel momento, para que salieran bien las dos docenas de cosas que podían salir mal.

—Quiero ver crecer a mis hijas —susurré—. Por favor, ayúdame a cruzar.

Me eché hacia delante y salté de la rama, bien sujeta a la cuerda. Segundos después estaba casi encima de la otra orilla. El único inconveniente era que la cuerda había llegado al final del arco trazado y empezaba a retroceder. Me solté y mis pies cayeron en el borde mismo del escalón que formaba la orilla.

Llamé a Tobin elevando la voz al mínimo.

—Ya he pasado. Toma carrerilla, está más lejos de lo que pensaba.

Oí que se acercaba otro vehículo y me arrodillé entre los altos juncos. Escruté la oscuridad para ver dónde estaba Tobin y en aquel momento lo vi llegar sujeto a la cuerda.

—¡Suéltate! —exclamé, con miedo de que me oyeran los soldados.

Se soltó con torpeza y cayó de rodillas. El foco del vehículo militar barrió el agua e iluminó la cuerda que todavía oscilaba. Se oyeron voces y portazos. Iban a peinar la zona.

Me puse en pie y tiré de Tobin.

—Tenemos que irnos —susurré—. ¡Andando!

Él se internó en la arboleda cojeando, nos echamos cuerpo a tierra y fuimos reptando hasta donde llegaba la luz de las farolas de la ciudad. A unos veinte metros se alzaba una casa con una cerca provisional. Me esforcé por recordar quién vivía allí y si había perro en la casa. Probablemente sí. Todo el mundo tenía perro en aquella ciudad. Casi todos atados en el exterior, para que los dueños pasaran de ellos.

De la garganta de Tobin brotó un gemido.

—¿Te has hecho daño? —pregunté.

—Si te dijera que me he torcido el tobillo al caer, ¿me dejarías aquí para que muriera?

—Sí.

—Entonces no, estoy bien.

Sonreí y lo ayudé a ponerse en pie.

—¿Dónde vive tu hermana?

—Nunca he entrado en la ciudad por este camino. No sé dónde estamos y no sabría localizar su casa.

—¿Sabes en qué calle está?

—Padon, creo.

—¿Este u oeste?

—Eso no sabría decírtelo. Yo...

Suspiré.

—Dime cómo llegas cuando entras por el sitio de costumbre y probaremos suerte.

—Pues entro por la calle principal —explicó moviendo las manos— y doblo a la derecha cuando llego al viejo arsenal, sigo recto hasta que llego a su calle y entonces doblo a la izquierda y me paro en el semáforo. No sé por qué está ese semáforo ahí. No hay tráfico en esta puñetera ciudad...

—Tobin...

—Vale. Lo siento. Sigo cuando la luz se pone verde, paso por delante de una tienda de comestibles y la segunda casa a la derecha es la de mi hermana.

—Curioso.

—¿Por qué?

—Porque al lado mismo está la casa de mis abuelos.

—¿En serio?

—En serio. Vamos a ir por esta calle unas cinco manzanas y luego doblaremos a la izquierda. Tú irás a ver a tu hermana, yo echaré un vistazo a la casa de mis abuelos y luego iré a buscar a mis hijas.

—¿Y adónde irás después?

—Al rancho Red Hill.

Nathan

Jill avanzaba apoyada en Skeeter, con el destrozado y ensangrentado brazo pegado al pecho. Lo tenía doblado, de modo que no veía bien el estado de sus heridas. El cristal había saltado una fracción de segundo antes de que gritara, así que esperaba y deseaba de todo corazón que se hubiera cortado y no la hubieran mordido. Todo lo que sabíamos de los muertos vivientes indicaba que sus bocados eran mortales.

A Zoe le costaba mantener el paso de Skeeter, así que acabé cogiéndola en brazos. Sus piernecitas se balancearon cuando corrí para alcanzar a mis cuñados. Primero cruzaron la calle, luego doblaron y anduvieron pegados a la manzana hasta llegar a la iglesia baptista. Su exterior de madera necesitaba una mano de pintura blanca. No lograba entender por qué no lo habían hecho; tenía el tamaño de la casa de Skeeter.

—¡Atención! —exclamó éste levantando el fusil.

Una mujer avanzaba hacia mí. No supe qué hacer. Sostenía a Zoe con ambos brazos y eché a correr mientras llamaba a Skeeter. Éste se detuvo un momento para soltar a Jill, apuntó, disparó y volvió a rodear la cintura de su mujer con el brazo. No esperé a ver si había hecho diana o no. No hacía falta. Yo nunca había visto que fallara un solo tiro. Tras mirar a su alrededor, corrió hacia la parte posterior de la iglesia.

Varios de aquellos seres venían ya detrás de nosotros. Entre el miedo y la tensión me sentía capaz de saltar hasta el techo con Zoe en brazos, si hacía falta.

Skeeter llamó a la puerta con el puño y abrieron inmediatamente. Un hombre bajo de piel y pelo blancos se hizo a un lado para dejarnos pasar, hecho lo cual cerró y pasó el pestillo. Otro hombre, calvo y con un traje deportivo azul, lo ayudó a atrancar la puerta con un ambón de madera maciza. A continuación se volvieron hacia Skeeter. Éste saludó al hombre bajo con la cabeza.

—Reverendo Mathis... —Miró al otro y sus cejas se arquearon—. ¿Dónde está Esther?

El interpelado se quedó mirando al suelo. Entonces me percaté de la presencia de un chico de once o doce años detrás de él.

El reverendo Mathis apoyó la mano en el hombro del calvo.

—Bob y Evan quisieron traerla. Pero tuvieron que dejarla.

Evan, que era el chico situado detrás de Bob, sollozó y se limpió la mejilla, pero no levantó la mirada del suelo. Estaba como petrificado, como si moverse significara que lo que sucedía era real.

Skeeter les sonrió con comprensión.

—Bob, al menos has conseguido poner a salvo a tu nieto. Esther se habría alegrado.

Alguien daba martillazos en la estancia contigua y los impactos resonaban en todo el edificio.

A nuestro alrededor se reunieron varias personas, todas conocidas de Skeeter y Jill, todas con los ojos dilatados y tan asustadas como nosotros. La habitación en que estábamos era evidentemente una cocina, aunque muy pequeña. La pintura amarilla armonizaba con los anticuados mármoles moteados y los armarios de metal. Las sillas y el goteante grifo estaban entre las muchas cosas que necesitaban repararse en aquel sitio. Lo único que no tenía nada de amarillo era la gastada moqueta azul; azul hasta que Jill empezó a cubrirla de goterones de sangre.

—Cristo bendito, ¿qué te ha pasado? —exclamó una mujer que ayudó a Skeeter a sentar a mi cuñada en una silla plegable.

Jill contuvo las lágrimas sorbiendo por la nariz.

—Estaba cogiendo algo de ropa para Skeeter y para mí. Oí algo fuera, descorrí la cortina y vi a Shawn Burgess al otro lado de la ventana. No tenía buen aspecto, Doris. —Las lágrimas le corrieron por las mejillas mientras su vecina le vendaba el brazo con una toalla húmeda—. Antes de que me diera cuenta, embistió contra mí como un toro. Rompió el cristal y me tiró al suelo.

—¿Shawn Burgess? ¿El hijo de Denise? —preguntó Doris, mirando a Skeeter. Como éste no respondiera, apartó la toalla y dejó al descubierto una ancha herida en la carne del brazo. Yo medio esperaba ver huellas de dientes del tamaño de un niño, pero le habían arrancado un buen pedazo de piel y músculo—. Dios mío, pobrecita. Tendrán que ponerte unos puntos.

—Más bien un injerto de piel —comentó Evan, que miraba el brazo de Jill como si estuviera ardiendo.

Doris fulminó al muchacho con la mirada.

—Y una buena dosis de antibióticos, supongo. Tendremos que avisar al doctor Brown.

—¡Tía Jill! —chilló Zoe, colándose por debajo de su brazo bueno. Mi cuñada la abrazó y la besó en la frente.

El hombre de pelo blanco tomó la palabra.

—¿Crees que tendremos suerte y vendrá con víveres?

—No —respondió Skeeter—. Lo vi persiguiendo a Jim Miller cuando fui a buscar a Barb.

Mi cuñado miraba a Doris, que no dejaba de gemir y expresar su pesar por la herida de Jill. En la cara de Skeeter se había aposentado una expresión sombría. Sabía tan bien como yo que aquella noche iba a perder a su mujer. O al día siguiente. Si todo lo que se venía diciendo sobre los zombis era verdad, no tardaría mucho. Por el miedo sofocado que vi en los ojos de Jill comprendí que también ella se daba cuenta.

Skeeter parpadeó.

—¿Dónde están Barb y la señorita Kay?

Doris señaló la puerta con la cabeza.

—En la capilla. Rezando. Gary y Eric están protegiendo las ventanas con tablas.

—Buena idea —comentó Jill—. Está claro que las ventanas no representan ningún problema para ellos.

Skeeter se arrodilló delante de ella.

—Voy a hablar con los muchachos, cielo. Quiero que dejen huecos para poder disparar. Volveré enseguida y nos encargaremos de que te pongas bien.

Ella asintió y Skeeter la besó en la mejilla.

—¿Quieres quedarte con tu tía? —pregunté a Zoe.

La niña se apoyó en Jill con un asomo de tristeza en los ojos. No sé si lo sabría, pero como es lógico no iba a preguntárselo. Puede que sólo echara de menos a su madre.

Entré en la capilla detrás de Skeeter. Olía a tercera edad, a moho, y empecé a preguntarme por qué pensaría mi cuñado que aquel destartalado edificio era nuestra mejor opción. Dos hombres trabajaban en lados opuestos de la sala, clavando tablas en las ventanas de vidrios manchados. Había tres en cada pared y sólo les faltaba ya entablar una en cada lado. Apareció una mano pegada al cristal, empujándolo con torpeza para entrar. Di un respingo. Desde que habíamos llegado corriendo a la iglesia estaba con los nervios a flor de piel.

—Han empezado ahora —observó Eric, señalando la ventana con un ademán vago—. Es como si supieran que estamos aquí.

Cuando reanudó los martillazos, las sombras de las figuras que había fuera oscurecieron las imágenes de Jesús y los ángeles que decoraban los cristales. Querían entrar y me pregunté cuánto tardarían en conseguirlo.

—Probablemente es el ruido lo que los atrae —dije mesándome los cabellos.

Aubrey solía hacer comentarios insidiosos sobre mi pelo y lo mucho que necesitaba ir a la peluquería. Me pregunté si volvería a haber en el mundo un tiempo de tranquilidad suficientemente largo para que yo echara de menos los reniegos de mi mujer.

—No tienen donde elegir. Antes o después romperán los cristales. —Skeeter se acercó a dos mujeres de aspecto frágil que estaban juntas en un banco de madera—. ¿Se encuentran bien, señoras? —preguntó, apoyando la mano en el hombro de una.

La mujer le dio unas palmaditas en el dorso, pero no por ello dejó de rezar silenciosamente. Los labios de las dos se movían, pero sus palabras eran inaudibles.

—¿Podrían rezar por Jill?

La voz de mi cuñado tembló.

Una mujer siguió rezando como si no lo hubiera oído, la otra levantó los ojos.

—¿No se encuentra bien?

—La han herido. Está en la cocina…, bien por el momento.

—Jesús cuidará de ella.

Miré al techo con un suspiro. Tal como estaban las cosas, no parecía que Jesús cuidara de nadie.

Skeeter hizo ademán de volver a la cocina, pero le indiqué por señas que se reuniera conmigo en un rincón de la sala, lejos de oídos indiscretos.

—Sé lo que vas a decir —observó. Sus cejas formaban una sola línea—. La respuesta es no.

Moví la cabeza para darle a entender que aceptaba su decisión y lo vi alejarse hacia la cocina.

8

Nathan

Bajé la barbilla para espiar por un resquicio que había dejado Gary entre las tablas para que lo aprovechara Skeeter. El sol vespertino caminaba hacia el horizonte. Dentro de poco oscurecería. La idea me asustó. En algún momento tendríamos que dormir. Ellos no. Aquellos seres estarían vagando eternamente al otro lado de aquellos muros, esperando arrancarnos la carne con los dientes.

Skeeter me asió del hombro. Sufrí tal sobresalto que casi me levanté de la silla.

—Sólo soy yo, Nate. Tranquilo.

Volví a sentarme y me esforcé por acallar el miedo. Una cosa era ver zombis en una película. Otra muy distinta ver zombis al otro lado de la ventana. Las películas no hablaban de aquello. Bueno, quizá sí, pero no nos contaban lo aterrador que era cada segundo que pasaba. Me esforcé por no pensar en el día siguiente ni en que día tras día tendríamos que pelear para seguir con vida. Miré a Zoe y sentí que la angustia volvía a atenazarme la garganta. No quería que creciera en un mundo como aquél.

Me sumergí en un lodazal de miedo, ira y depresión absoluta.

Skeeter volvió a darme un apretón en el hombro. Esta vez me quedé quieto, dejando que me hundiera los dedos en los músculos que tenía en tensión.

—Todo irá bien.

—¿Todo irá bien? —pregunté mirando hacia la ventana—. ¿Le irá bien a Jill?

Dio un suspiro.

—No lo sé. Espero que las películas se equivoquen y que un mordisco sea sólo un mordisco.

—¿Y si no es así?

—No lo sé. La verdad es que no quiero pensarlo.

Asentí y entreví a un anciano que arrastraba los pies junto a la ventana. Tenía el cuello medio comido y la camisa empapada de sangre.

—No podemos quedarnos aquí. Tenemos que movernos. Ir al campo.

—Hermano, creí que estábamos en el campo.

—Quiero decir lejos de cualquier población.

Skeeter tardó en responder.

—Te entiendo, pero no puedo trasladar a Jill. Y no podemos arriesgarnos a meterla en el coche con Zoe hasta que sepamos si va a mejorar o no.

Cerré los ojos para no ver lo que pasaba. Había otro de aquellos seres deambulando cerca. Vestía maxifalda y en la blusa llevaba una de esas etiquetas en las que figura el nombre. No habría podido leerlo aunque hubiera estado más cerca porque estaba cubierto de sangre y medio oculto por un jirón que parecía de carne.

—Dios mío, es Birdie —murmuró Skeeter con cara de asco—. Trabaja en el banco.

Un perro le ladraba, aunque a distancia suficiente para no ser atrapado y mordido. Miraba entre las tablas todo lo que podía, observaba a todos los que pasaban cerca y los inspeccionaba por si advertía algo importante.

Se movían despacio. No tanto como había creído, pero sí con lentitud suficiente para escapar de ellos a pie. Mientras no estuvieran cerca y no nos rodearan, podíamos sentirnos a salvo. Los mutilados o los que tenían las heridas peores se movían más despacio que los demás. A un tipo le faltaba un pie, pero seguía andando, apoyándose en el ensangrentado muñón. El dolor no los afectaba.

—¿Se acaba con ellos totalmente cuando se les destroza el cerebro? —dije, pensando en voz alta.

Skeeter empuñó el fusil, introdujo el cañón entre las tablas y apuntó.

—No lo sé. Averigüémoslo. —Eligió un blanco y tragó aire—. Lo siento, señor Madison. —Apretó el gatillo y el proyectil desgarró la camisa del zombi y le abrió un hueco en el pecho, en el lugar donde debía de tener el corazón. Manó sangre de la herida, pero el señor Madison no pareció notarlo—. Bueno, ahora sabemos que así no funciona. —Volvió a apretar el gatillo. Esta vez apareció en la sien de aquel ser de ultratumba un punto rojo que se dilató en el acto, formando una herida casi redonda. El zombi perdió pie cuando su cabeza sufrió la sacudida y a continuación cayó al suelo de costado.

Esperé unos segundos y observé por si se movía. Nada.

—¿Crees que deberíamos quemarlos además? —inquirí.

Mi cuñado arrugó la frente y sus ojos me traspasaron desde la mira telescópica del fusil.

—Me parece una tontería.

—Skeeter, querido, Jill no se encuentra bien —anunció Doris, retorciéndose las manos y claramente turbada.

Skeeter se incorporó de un salto y corrió a la cocina. Fui tras él y vi a mi hija sentada en el rincón, mirando a su tía, que vomitaba en un cubo.

—Zoe, ven y siéntate aquí un rato —dije desde la capilla.

Se bajó de la silla y se acercó a mí. Cuando asió mis dedos, me sorprendió la fuerza con que me apretó.

Nos sentamos juntos en un banco, al lado de Gary, esperando que los martillazos ahogaran los rumores que salían de la cocina. Jill tenía arcadas, gemía y gritaba a Skeeter que la ayudase.

—Está sudando, papi —me dijo Zoe—, un montón. —Había preocupación en sus ojos—. Luego se le arrugó la cara y vomitó en el suelo. Dijo que le dolía todo, como si tuviera la gripe.

—¿Tuviste miedo?

—Me da miedo todo.

Me di cuenta de que se esforzaba por no llorar.

Nadie sabía lo que iba a ser de Jill, pero yo tenía una ligera idea de lo que podía ocurrirle y no quería que Zoe lo viese. Exceptuando la posibilidad de que Skeeter se llevara a su mujer a otro sitio, la única forma de que mi hija no presenciara la muerte de su tía era alejarla de la iglesia. Lo cual equivalía a exponerla a los peligros del exterior.

—Lo siento mucho, cariño. Desearía que todo esto hubiera pasado ya.

Abracé a mi hija para ganar algo de tiempo y esperando dar con alguna solución.

Oí los sollozos de Jill. Seguramente sabía ya lo que le ocurría.

Cogí la carita angelical de Zoe entre las manos y observé su pelo castaño claro, el rocío de pecas que le cubría la nariz. Llevaba siempre el mismo corte de pelo desde que tenía cuatro años. Sus ondas naturales se sacudían al menor movimiento, pero daba la sensación de que las preocupaciones del momento se las habían aplastado.

—Voy a ver si tío Skeeter necesita ayuda. Quiero que te quedes aquí, ¿estamos? Aquí estás a salvo. Volveré enseguida.

Zoe afirmó con la cabeza y se volvió para mirar a Gary y a Eric, que clavaban ya los últimos clavos en la última tabla.

—Buena chica —añadí, besándola en la frente.

Skeeter, rodilla en tierra, rodeaba a su mujer con ambos brazos. Jill se apoyaba en su pecho, con la cara hinchada y brillante de sudor. Mi cuñado miraba al suelo, susurrándole algo al oído, con la misma desesperanza en los ojos que la mujer que habíamos visto en el puente. Su joven y saludable esposa agonizaba en sus brazos y los dos lo sabían.

Doris llenó un vaso con agua y lo acercó a los labios de Jill. Ésta tomó un sorbo y la escupió enseguida, doblándose sobre el cubo y vaciando el estómago una vez más.

—Necesitamos al médico —sugirió Doris.

—El médico está muerto —anunció Gary, dejando caer el martillo en la mesa, al lado de Jill—. Lo mismo que su mujer y sus hijos. Todos están dando vueltas ahí fuera, con los ojos lechosos y señales de mordiscos.

Jill sollozó y miró a su marido.

—Skeeter.

—No —dijo el aludido, negando con la cabeza, mirando todavía al suelo.

—Skeeter, ¿y si hago daño a las personas que hay aquí?

—No.

—¿Y si te hago daño a ti?

—¡No!

—¿Y si mato a Zoe? —preguntó con voz suplicante, con las enrojecidas mejillas surcadas de lágrimas. Tenía la respiración jadeante y tiró de la cara de su marido, para que la mirase a los ojos—. No permitas que haga daño a la niña…

El labio inferior de Skeeter tembló.

—Pero ¿y nuestro hijo?

Me estiré, apartándome de la jamba en que estaba apoyado.

—¿Qué?

—¿De qué habláis? —preguntó Doris.

—Jill está embarazada —comunicó Skeeter con voz transida de dolor—. De siete semanas. El doctor Brown se lo dijo esta mañana.

Me agaché hasta tocarme las rodillas. Fui incapaz de concebir el sufrimiento de Skeeter. No se merecían aquello. Lo habían buscado desde su noche de bodas y ahora él iba a perder a su mujer y a su hijo.

Jill acercó la frente a la barbilla de su marido y luego lo miró sonriendo.

—Estaremos juntos, te estaremos esperando.

Skeeter se derrumbó. Enterró la cara en el cuello de Jill.

—No puedo hacerlo, cielo —murmuró sollozando.

La primera ventana de la capilla crujió y todos menos Skeeter nos quedamos petrificados. Se me puso la carne de gallina al oír rumor de manos que arañaban las tablas. Me volví y vi a Zoe, a Barb y a la señorita Kay todavía sentadas, pero mirando los vidrios rotos que perlaban el suelo. Las tablas resistían, pero el corazón me latía como si quisiera abandonar mi caja torácica. Eric estaba junto a la ventana rota, inspeccionando las tablas. Se volvió hacia nosotros y asintió, dándonos a entender que aguantarían.

—Un momento —intervino el reverendo Mathis—. ¿De qué estamos hablando aquí?

Mi atención volvió a la cocina.

Doris seguía retorciéndose las manos.

—Yo no puedo decir que yo… no deberíamos hablar de esto.

—No pasa nada —murmuró Jill, poniendo las manos alrededor de la cabeza de Skeeter. Hasta que volvió a doblarse para vomitar en el cubo.

El cristal de otra ventana saltó en pedazos.

Miré a Gary.

—¿Qué hay en ese pasillo? —pregunté señalando la puerta abierta del otro lado de la cocina. Allí estaban los lavabos de señoras y de caballeros y más allá había otra puerta que daba a un pasillo a oscuras—. Podríamos necesitar otra salida.

—Por ahí sólo se va a las escaleras.

Aquello me llamó la atención.

—¿Qué escaleras? ¿Habéis entablado las ventanas, pero no habéis asegurado el piso de arriba?

Gary se encogió de hombros.

—No creo que sepan escalar.

—¡Estamos en la casa del Señor! —exclamó Doris—. ¡No voy a permitir que en esta iglesia se haga nada que ofenda a Dios! No sabemos qué es esto. Jill aún podría mejorar.

Bob habló por primera vez. Su voz era profunda y áspera.

—Sabemos exactamente qué es esto.

Todos nos volvimos hacia él. Estaba sentado en una silla plegable de metal, en el mismo rincón en que había permanecido la última hora. Sujetaba el bastón entre las piernas y apoyaba las manos en la empuñadura. Cuando hablaba, su bigote gris se ondulaba.

—Ni más ni menos que una tragedia.

—¡Bob! —exclamó Doris, haciéndose la ofendida.

—La verdad es que va a acabar como esos seres de ahí fuera, sólo que ella estará aquí con nosotros.

Volvió a oírse el ruido del cristal estrellándose contra el suelo y esta vez un gemido que helaba la sangre llegó flotando de la capilla.

Los ojos de Bob se volvieron hacia mí y se fijaron en algo que había a la altura de mi cadera. Fue entonces cuando me di cuenta de que Zoe estaba allí mismo, detrás de mí. Miraba a su tía Jill con sus hermosos ojos entre verdes y avellana llenos de lágrimas por enésima vez en lo que llevábamos de día. Me pregunté si conocería la felicidad después de lo que estábamos pasando.

Me arrodillé junto a ella esforzándome por decirle algo ejemplar, pero las palabras no iban a salvar a Jill y su recuperación era lo único capaz de volver un poco tolerable para Zoe lo que estaba ocurriendo.

Se oyó un golpe en el techo y todos alzamos los ojos. Skeeter besó a Jill en la frente, indicó a Doris por señas que se sentara junto a ella y empuñó la escopeta. Gary recogió el martillo. Yo aparté a Zoe hacia el reverendo Mathis y seguí por el pasillo a mi cuñado, a Gary y a Eric. Skeeter se detuvo al pie de las escaleras y apuntó con la escopeta la puerta cerrada que había en lo alto.

Gary encendió la luz.

—Puede que alguien haya subido al tejado huyendo de esos seres y se haya colado en el piso de arriba.

Oímos unos pasos lentos, pesados y torpes. Algo cayó al suelo. Eric respiró hondo.

—No saben escalar, ¿estamos? Nunca he oído decir que un zombi escale fachadas.

—¿Por qué no? Antes eran humanos. Los humanos saben escalar —recordó Gary, moviendo el mondadientes que llevaba en la boca y apretando con fuerza el mango del martillo.

Lleno de nerviosismo, me pasé la mano por el pelo.

—La verdad es que no sabemos nada de esos seres. Con suposiciones sólo conseguiremos que nos maten a todos. Propongo coger unas tablas, subir con ellas y hablar con quien esté ahí arriba y, si no responde, bloqueamos la puerta.

—Sencillo y elemental —murmuró Skeeter en voz baja y con suavidad.

Hizo que me acordara de las pocas veces que me había invitado a ir con él a cazar ciervos. Era la voz que empleaba en el bosque, la misma que adoptan los tipos que se ven en las ferias de cazadores y pescadores cuando cuentan sus hazañas cinegéticas. No apartaba los ojos de la puerta, como si la presa que había elegido estuviera al otro lado.

—Skeeter —avisó Eric. Su nerviosismo contrastaba con su estatura y su corpulencia—. Casi no nos quedan tablas.

Miranda

—¿Y ahora qué? —preguntó Ashley, cuya voz se volvía más quejumbrosa a cada kilómetro que avanzábamos.

No me apetecía quedarme inmóvil. Quería tomar la salida, por congestionada que estuviera, y luego dirigirnos al oeste del puente y olvidarnos de aquellos militares, o reservistas, o lo que fueran aquellos tíos con uniforme verde de camuflaje que custodiaban el puente de acceso a Anderson, y seguir mi camino hacia la casa de mi padre. Una docena de armas o más apuntaban hacia donde estábamos, a nosotros y a todos los pillados en la confusión de coches que había debajo del puente. En la salida norte había tres columnas de coches y furgonetas detenidas por hombres armados. La gente estaba fuera de los vehículos, gritando y pidiendo pasar.

Yo había hecho maniobras para acercarme lo más posible a la salida, pero no tardé en quedarme sin sitio. No había forma de pasar y estábamos inmovilizados en el arcén de la interestatal.

—¿Qué hacen? —preguntó Cooper, todavía apretando a Ashley a su lado.

Bryce volvió a probar el móvil. Volvió a oír la señal de ocupado, dejó caer el teléfono en sus piernas y golpeó la portezuela con el puño.

—¡Oye! —protesté—. ¡Nos ha traído hasta aquí! ¡Trátalo bien!

Una camioneta roja se acercó al puente por el lado de Fairview, redujo la velocidad y finalmente se detuvo. Bajó un hombre y señaló hacia Anderson. Los militares negaron con la cabeza y le indicaron por señas que diera media vuelta. El hombre siguió señalando hacia Anderson, pero cuando doce o quince fusiles se volvieron hacia él y lo encañonaron, regresó a la camioneta y dio marcha atrás.

—El tipo venía de Fairview. ¿Seguís pensando que debemos continuar por este camino? —preguntó Cooper.

—Es el más rápido —respondió Ashley.

—Por lo visto están custodiando Anderson —dedujo Bryce tras observar el desarrollo de la escena.

—Eso parece —dije.

—Entonces, ¿por qué están en el lado del puente que da a Fairview? ¿No sería más lógico estar en el lado de Anderson? De ese modo también podrían vigilar la salida.

Miré con más atención. Los soldados eran jóvenes y me dio la impresión de que estaban nerviosos.

—Hay un depósito de armas en Anderson. ¿Creéis que son soldados de verdad? A lo mejor sólo quieren proteger a la población.

—El gobernador está hoy en Anderson —informó Ashley.

Todos nos giramos, sorprendidos de que Ashley estuviera al tanto de aquellos detalles tan interesantes y pertinentes.

—Oigo la radio por las mañanas, mientras me preparo para ir a clase. Lo dijeron en el noticiario, que el gobernador Bellmon estaría hoy en Anderson.

Bryce asintió.

—No tiene sentido que ya tengan soldados aquí. Tienen que ser voluntarios locales.

Volví a mirar a los militares y ahogué una exclamación. No llevaban ropa de faena. Llevaban uniformes de camuflaje de máxima calidad.

—Malo, malo. ¿Chicos asustados con fusiles de asalto AK-47? ¿Tan idiota es el gobernador?

—Puede que no haya sido él. Puede que haya sido una iniciativa de todos —sugirió Cooper.

—De un modo u otro tenemos que seguir adelante —propuse, volviéndome para mirar por la ventanilla trasera. No vi nada capaz de mordernos, pero antes o después aparecerían.

En aquel momento, la camioneta roja de antes llegó del ramal de Fairview a toda velocidad y se lanzó contra los soldados.

—¡Miranda! —exclamó Ashley.

Así con fuerza el volante mientras abrían fuego. El parabrisas de la camioneta saltó hecho pedazos y el vehículo desvió su curso y corrió hacia nuestro lado del puente. Saltó la barandilla, dio varias vueltas por encima de tres coches y acabó inmóvil, con el morro en el suelo y las ruedas al aire. Éstas todavía giraban, produciendo un zumbido agudo.

Todo el mundo se había puesto a gritar y los que estaban fuera de los vehículos se agacharon instintivamente durante un segundo, esperando a ver qué le sucedía a la camioneta. Durante un rato todo el mundo pareció confuso, nervioso y sin saber qué hacer, pero cuando el efecto del incidente cedió el paso a la urgencia por volver a casa con las familias, prosiguieron los gritos y las peticiones de paso.

—¿Y si nos colamos a pie? —preguntó Cooper.

Bryce negó con la cabeza.

—Necesitamos algo que los distraiga.

Como si estuviera preparado de antemano, se acercó al puente una furgoneta blanca. Los tiradores se pusieron inmediatamente en el borde. Los conductores que habían bajado de los vehículos gritaron más fuerte y algunos les tiraron zapatos y otros objetos, pero ninguno hizo ademán de cruzar el puente.

—Tío, tío. Vuelve al coche, tío —murmuró Bryce.

El conductor había bajado y discutía con los tiradores. Alargó la mano y asió el cañón de un fusil. No sé quién disparó primero, pero en cuanto se oyó un tiro, todos abrieron fuego a la vez. El hombre de la furgoneta se convulsionó mientras los proyectiles se incrustaban en su cuerpo. Cuando cayó a tierra, los soldados volvieron las armas hacia el vehículo y lo acribillaron igualmente.

—¡Dios mío, no! ¡Dios mío, no! —gritó Ashley.

El tiroteo no se detuvo aquí. Los hombres armados estaban alterados y furiosos y se fijaron en el griterío de abajo. Los conductores que estaban fuera de sus vehículos, en la salida, fueron los primeros en recibir el plomo y todo el mundo gritó y echó a correr. Lanzados en persecución de las familias que corrían, los soldados abrieron fuego contra todos los atrapados en el embotellamiento de abajo.

—¡Por Dios! —exclamó Bryce—. ¡Sácanos de aquí, Miranda! ¡Vamos! ¡Vamos!

Puse la marcha atrás y embestí de espaldas al vehículo que tenía más cerca. Di un volantazo y cambié a primera. Al cabo de varias rascaduras y unos cuantos choques que no se produjeron por los pelos, llegamos debajo del puente. No me detuve, esperando que los psicópatas que disparaban estuvieran demasiado ocupados con los desgraciados del lado sur para ver que iba a tomar la salida del punto opuesto y poner rumbo a Fairview.

—¿Qué haces? —preguntó Ashley—. ¡Escóndete bajo el puente!

—¡Nos quedaríamos estancados aquí! —respondió Bryce, sabiendo que yo estaba demasiado ocupada saliendo de aquel infierno para prestar atención a Ashley—. ¡Tú sigue, Miranda! ¡No te detengas!

Salvamos el puente e hicimos una maniobra en U para tomar la salida sur. La capota del Escarabajo se hinchó en más de una ocasión —unas veces con las ruedas tocando el asfalto, otras no—, pero no pasó nada grave.

Cooper me dio golpes en el asiento.

—¡Ni siquiera se han fijado! ¡Sigue así!

Guardamos silencio durante un par de kilómetros, pero en cuanto estuvimos a suficiente distancia, Ashley se puso a sollozar y a gimotear. Habíamos sido testigos de una auténtica matanza. Entre las víctimas de la interestatal había niños.

—¿Es que todo el mundo se ha vuelto loco? —gritó Ashley.

Bryce y Cooper también sollozaban. No pasó mucho tiempo hasta que gruesas y ardientes lágrimas me corrieron a mí también por las mejillas. Al final todos lloramos en silencio.

Bryce se limpió la nariz con la manga de la camisa y me apretó la mano derecha.

—Nos has salvado la vida, Miranda.

Le devolví el apretón, incapaz de decir nada. Tragué una profunda y entrecortada bocanada de aire y procuré concentrarme en la carretera. No tardaríamos en llegar a Fairview.

9

Nathan

Eric volvió enseguida con varias tablas en los brazos.

—Las he encontrado en el cobertizo. He cogido todas las que he podido porque están ya rodeando la iglesia. Creo que no debemos arriesgarnos a salir otra vez.

—Deben de saber que estamos aquí —apunté—. Tarde o temprano acabarán por entrar.

Gary se sacó el mondadientes de la boca con expresión de contrariedad.

—Pero Eric ha dicho que no podemos salir.

—Ha dicho que cree que no debemos arriesgarnos a salir —repliqué mirando a Skeeter—. Eso no significa que no podamos hacerlo. Aquí no estamos seguros.

Mi cuñado no nos hizo caso y subió las escaleras sin apartar los ojos de la puerta.

Los demás fuimos detrás de él. La silenciosa esperanza de no encontrar nada era más locuaz que los peldaños que crujían componiendo un lenta melodía bajo nuestros pies.

Gary asió el pomo de la puerta y lo giró. Nadie sabía si los muertos vivientes coordinaban sus movimientos con destreza suficiente para escalar fachadas o girar pomos, pero un solo error significaba la muerte. Yo no quería correr riesgos. Nadie lo quería.

Skeeter levantó el brazo y golpeó la puerta con los nudillos.

—¿Hola? Soy Skeeter McGee. ¿Hay alguien ahí dentro?

Antes habíamos oído pasos, pero hacía varios minutos que reinaba el silencio.

Mi cuñado probó de nuevo.

—Tengo un arma y estoy preparado para disparar. Identifíquese.

Nada.

—Entablemos la puerta —aconsejó Eric, redistribuyendo la carga de madera que llevaba en los brazos.

Skeeter levantó la mano para indicarle que esperase y pegó el oído a la puerta. Me miró y negó con la cabeza.

—No oigo nada. No me digáis que esos seres saben esconderse. Voy a entrar.

Skeeter puso la mano encima de la de Gary y yo puse la mía sobre el brazo de mi cuñado.

—¿Qué vas a hacer? ¿Y si hay varios? ¿Y si pueden contigo y bajan por aquí?

Él sonrió y frunció el ceño.

—No permitiré que eso ocurra. Si vamos a resistir en esta iglesia, el lugar ha de estar seguro.

Suspiré y le solté el brazo.

—Como quieras. ¿Gary?

Éste soltó el pomo a regañadientes y Skeeter entró. Miré detrás de la puerta y recorrí con los ojos el aula espaciosa y vacía hasta que dieron con lo que mi cuñado había localizado ya.

Una joven de apenas veinte años yacía en el suelo junto a una mesa caída y una ventana abierta. Un rastro de sangre señalaba cuál había sido su trayectoria. Tenía el brazo mordisqueado y en algunos puntos se le veía el hueso.

—¡Dios todopoderoso, es Annabelle Stephens! —exclamó Eric, corriendo junto a ella. Nos miró después de tocarle el cuello. De barbilla para abajo estaba totalmente empapada en sangre.

Oímos un gemido en el rincón y Skeeter, inmediatamente, apuntó hacia allí con la escopeta. Puse la mano sobre el cañón y lo bajé despacio al ver que era un niño. Estaba solo y encogido como una pelota.

Skeeter bajó el arma.

—Eh, hombrecito.

Gary expulsó el aire que había retenido. Miraba a Eric, que cubría la cara y el pecho de Annabelle con lo único que tenía a mano: una alfombra pequeña.

—Es el hijo de Craig y Amy Nicholson.

Mi cuñado se arrodilló. Puso la escopeta en el suelo, detrás de él, y estiró los brazos.

—Yo fui a la escuela con Amy. Debes de ser Connor. Ven aquí, colega. Sé de qué tienes miedo, pero ahora estás a salvo.

Connor mantuvo las piernas pegadas al pecho y apoyaba el mentón en las rodillas mientras se balanceaba hacia delante y hacia atrás.

—¿Annabella es su tía? —pregunté.

Skeeter negó con la cabeza.

—Es la maestra de primer curso de la escuela de primera enseñanza.

—Me ha salvado —murmuró Connor—. Ella me ha salvado de mi mamá.

Su respiración se convirtió en jadeo y dejó escapar un sollozo.

Skeeter lo abrazó y lo levantó en el aire.

—Tranquilo, colega. Ya estás a salvo. Estás a salvo, te lo prometo.

Se acercó a la ventana, la abrió del todo y salió al tejado. Fui tras él. Por lo que veíamos desde allí, toda la iglesia estaba rodeada.

—Muchos nos siguieron hasta aquí —contó Connor.

Skeeter asintió al advertir las huellas de arrastre que había en el tejado y el alféizar de la ventana, y el rastro de sangre de la acera que llegaba hasta la iglesia.

—Annabelle sangraba. Probablemente hemos atraído a todos los del pueblo.

—Por lo menos sabemos ya que no saben escalar fachadas —dictaminé, señalando al grupo que elevaba los brazos y arañaba las paredes exteriores de la iglesia.

Connor se sorbió la nariz.

—Annabelle ya estaba en el tejado. Me vio correr y bajó por la pared.

Skeeter le apretó el brazo.

—Una señora bondadosa.

El niño miró por encima del hombro de Skeeter, hacia la alfombra que cubría a Annabelle, y cerró los ojos con fuerza.

—No podemos quedarnos aquí —aconsejé.

—Tampoco podemos irnos. Esperemos un par de días, Nate. Tendrán que moverse.

—¿Y si no se mueven? Estaremos atrapados aquí dentro.

Skeeter suspiró, se sacó el mondadientes de la boca con la mano libre y lo lanzó sobre el ejército de no-muertos que había abajo.

—No puedo trasladar a Jill.

Arrugué el entrecejo.

—¿Y si empeora? ¿Y si se convierte en uno de esos seres?

Mi cuñado bajó los ojos y luego los levantó para mirarme con resolución.

—Deberías irte tú. Lleva a Zoe a algún sitio seguro. No debería estar aquí cuando Jill…, pero yo no puedo irme, hermano. Tampoco tendría nada por lo que vivir.

Se me encogió el estómago y se me erizaron los pelos de los brazos. Skeeter quería morir en la iglesia, con su mujer.

—Tengo que llevarme a Zoe de este lugar.

—Lo sé.

Volvió a entrar con Connor todavía en sus brazos. Se cruzó con Eric y con Gary, pero se detuvo en el umbral.

—Entablad la puerta.

—Pero… —objetó Eric, señalando la alfombra— son incapaces de escalar y Annabelle está muerta.

—Es por si vuelve como una de ellos —recordé, señalando la ventana con la cabeza.

Gary arrugó la frente.

—¿Y si la tiramos por el tejado? Empezará a oler dentro de poco.

—¡No! —exclamó Connor.

Skeeter le dio una leve palmada en la espalda.

—Su olor tal vez camufle el nuestro. Dejadla ahí. Y entablad la puerta.

Gary y Eric asintieron. Skeeter y yo volvimos a la cocina, con Bob, Evan, el reverendo Mathis y Doris. Habían preparado en el suelo un camastro para Jill y le habían hecho una almohada con una toalla enrollada.

—¡Alabado sea Dios! ¡Connor Nicholson! ¿Estás bien, cariño?

Doris lo recogió de brazos de Skeeter.

El chico se abrazó a ella con fuerza y rompió otra vez a llorar. Era evidente que se conocían, aunque yo no sabía de qué.

Doris se puso pálida al mirar a Skeeter.

—¿Dónde está Amy?

—En la calle. Annabelle Stephens ayudó a Connor a subir al tejado.

—¿Entonces…? —inquirió Doris mirando detrás de Skeeter—. ¿Dónde está Annabelle?

—Arriba —replicó él—. No lo consiguió.

Volvió a oírse el martilleo. Doris sostuvo a Connor mientras el pequeño se deshacía en llanto. El reverendo Mathis fue a la capilla a comprobar cómo estaban Barb y la señorita Kay, y Skeeter se sentó en el suelo, al lado de su mujer. Jill estaba inconsciente, sus ojos inyectados en sangre apenas eran visibles tras la ranura que dejaba abiertos los párpados. Casi jadeaba y una fina pátina de sudor le cubría la blanquecina piel.

Zoe estaba en la puerta, con los ojos fijos en su tía. Me arrodillé junto a mi hija y la atraje hacia mí. En realidad no podía decirle nada y carecía de sentido preguntarle si estaba bien. Nadie estaba bien.

Skeeter se inclinó para murmurarle a Jill palabras de consuelo. Incapaz de presenciar la escena, entré en la capilla. Vidrios rotos perlaban las alfombras que había junto a las tres paredes. Los habitantes de Fairview arañaban y golpeaban las tablas que Eric y Gary habían clavado en las ventanas. Las tablas no resistirían eternamente, como tampoco las provisiones que Skeeter y algunos otros habían llevado consigo a la iglesia.

El reverendo Mathis rezaba con Barb y la señorita Kay, pero se interrumpió al verme cerca de las ventanas. Miré por las ranuras tratando de calcular a qué distancia de la iglesia estaría mi coche. No vi a ningún zombi cerca de la casa de Skeeter, tampoco entre ésta y la iglesia, pero eso no significaba que no hubiera ninguno. Sin embargo, la parte más difícil sería salir andando por la puerta.

Volví a la cocina y saqué del bolsillo las llaves del coche.

—Voy a acercarme corriendo con Zoe. Tengo un coche al final de la manzana. Tengo dos, quizá tres asientos libres, pero necesitaremos una maniobra de distracción para salir.

—Pero yo no quiero dejar a tía Jill, papá —dijo Zoe.

—Yo no salgo de aquí —manifestó Doris.

Bob arrugó el entrecejo.

—¿Por qué no os quedáis? Es un lugar tan seguro como cualquier otro.

Tapé los oídos de Zoe y expliqué en voz baja:

—Porque Annabelle dejó un rastro de sangre hasta la iglesia y toda la pared occidental está impregnada. Skeeter y yo lo vimos desde el tejado. La iglesia está rodeada y aún vendrán más. ¿Quién sabe cuándo se irán o si se irán alguna vez?

Mi cuñado estuvo de acuerdo.

—Necesitarás un arma. Ligera, pero contundente. Coge el fusil militar de mi bolsa. Las dos pistolas de calibre veintitrés. No olvides la munición. Yo te cubriré.

Debajo de la mesa de la cocina estaba el largo petate de camuflaje que contenía casi todas las armas de Skeeter. Me agaché sobre el gastado linóleo y tiré de la bolsa. Encontré un fusil de cañón grueso y corto, pero con un aspecto imponente.

—Nunca he disparado con un fusil semiautomático. No estoy seguro de saber qué hacer con éste.

Skeeter quiso reír, pero ni siquiera esbozó una sonrisa.

—Incluso Zoe podría manejarlo. Haz que practique cuando lleguéis a un lugar seguro. Por si las moscas.

El mundo se me detuvo ante la idea de que a mí me pasara algo y Zoe tuviera que defenderse sola. Era muy pequeña, y si nos separábamos de Skeeter y de Jill, yo sería lo único que tendría.

—¿Y si nos quedáramos? —dije, volviéndome hacia la capilla.

Los seres de fuera seguían intentando entrar, golpeando las tablas, empujándolas.

Skeeter miró a su mujer y luego a mí.

—No. Es mejor que no.

Saqué de la bolsa una pistola de nueve milímetros y una caja de cartuchos.

—¿Puedo llevarme también esto?

Los ojos de Skeeter se desviaron hacia Zoe, pero fue cuestión de medio segundo. Comprendió para qué quería aquella pistola. No podía dejarla sola para que se defendiera sin nada.

—Claro que sí, hermano.

Hice un gesto de agradecimiento y luego me incorporé.

—Seguimos necesitando una maniobra de distracción.

Doris dejó a Connor en la silla que había ocupado Jill.

—A lo mejor tenemos suerte y pasa alguien por el pueblo. ¿Siguen a los coches?

Zoe me tiró de la pernera del pantalón.

—Papi, yo no quiero salir.

Me incliné y la miré a los ojos.

—Ya sé que no quieres. Te da miedo estar fuera, ¿verdad? —Asintió y añadí—: Pero éste no es el lugar más seguro para nosotros. Tenemos que encontrar otro.

Ella apretó los labios y entre sus cejas se formó un hoyuelo, pero no discutió.

—Deberíais llevaros a Connor y a Evan —sugirió Skeeter.

Evan miró a Bob con miedo en los ojos. Connor se escondió detrás de Doris.

Ésta también mostró su desacuerdo.

—Skeeter, no puedo impedir que se lleve a su hija, pero no dejaré que se lleve a los chicos. No con lo que les espera fuera.

—Connor —dijo mi cuñado—. Creo que deberías ir con Nathan. Vamos a luchar para que esos seres no entren, pero no creo que estés seguro aquí, hombrecito.

Apenas pude ver la cabeza de Connor agitarse en señal de protesta, porque seguía detrás de Doris. No iba a obligarlo y la verdad es que tampoco podía reprochárselo después de lo que había visto y vivido.

—¿Bob? —prosiguió Skeeter—. ¿Seguro que no quieres dar a Evan una oportunidad?

Evan miró a Bob y le suplicó con la mirada que lo dejara quedarse. Bob apretó el hombro del muchacho, pero no accedió a la petición.

Barb encontró una bolsa de plástico de una tienda, metí en ella las cajas de proyectiles y cinco botellas de agua. A continuación me introduje la nueve milímetros en la cintura de los pantalones. Si alguien me hubiera dicho la víspera que estaría haciendo una cosa así, lo habría echado del despacho riéndome a carcajadas. Había ido de caza con Skeeter y había pegado algunos tiros con él un par de veces, pero poseer un arma de fuego no era una prioridad para mí y yo no era de los que se oponían al control de armamento.

Ahora que los no-muertos habían invadido la Tierra, era evidente que cualquier miembro de la Asociación Nacional del Rifle sabría defenderse mejor que la mayoría.

Nada más colgarme la bolsa de plástico del antebrazo sonó en el interior de la iglesia el eco de la salvación: era el claxon de un coche.

Scarlet

Casi todas las viviendas estaban a oscuras y las farolas de la calle proyectaban sombras siniestras sobre todo. El ejército patrullaba y Tobin y yo teníamos que saltar de vez en cuando detrás de los arbustos o en medio de las sombras, reduciendo la velocidad de nuestros movimientos. Además, el tobillo lesionado de Tobin nos retrasaba lo suyo. Me pregunté si quedaría alguien en aquellas viviendas, si el ejército se habría llevado a los vecinos a otra parte. Tuve que rechazar esta idea mediante un acto de voluntad pura, porque significaba que mis niñas estarían en un lugar casi imposible de alcanzar, rodeadas de asesinos con armas disfrazados de soldados.

Negándome a admitirlo, tiré de Tobin, aunque en los momentos en que apoyaba casi todo su peso en mí tenía que empujarlo. Quise darle ánimos a pesar del dolor que sentía. Tenía el tobillo hinchado y la hinchazón crecía conforme avanzaba. Ir al paso no servía de nada. Como mínimo necesitaba analgésicos, antiinflamatorios y una bolsa de hielo.

—Ya falta poco —murmuré.

Tobin venía conteniendo el aliento a lo largo de las tres o cuatro últimas manzanas y el rostro se le crispaba con cada paso que daba, pero ninguna queja salía de sus labios.

—¿Crees que mi hermana seguirá en su casa? —preguntó.

—Eso espero.

—No parece que haya nadie en las casas. ¿Habrá cerca algún refugio público? Puede que se hayan trasladado allí.

—Es posible. Tal vez el hospital o la escuela de primaria. Cuenta con un antiguo refugio antinuclear.

—Mi hermana tiene un niño pequeño, ¿te lo he dicho?

Le sonreí.

—Dijiste que era madre soltera. ¿Cómo se llama?

—Tavia. Y mi sobrino se llama Tobin.

—Vaya. Tu hermana tuvo donde inspirarse.

—Sí. —Sonrió con orgullo, aunque tenía el rostro cubierto de sudor—. Y es un buen chico. Atlético. Educado. Ha hecho con él un trabajo maravilloso. Creo que nunca se lo he dicho.

—Se lo dirás —le confirmé, rogando que fuera cierto.

Una tanqueta del ejército apareció por la esquina y tiré de Tobin hacia el lado oscuro de la casa más cercana. Su tobillo emitió un leve crujido. Hizo una mueca y gimió débilmente. Se esforzó por normalizar su ritmo respiratorio.

—También van armados. No lo entiendo. ¿Por qué patrullan las calles si sólo tratan de mantener alejados a los...? ¿Cómo los llamas?

—Espasmódicos.

—Sí, eso, espasmódicos. ¿Por qué patrullan el pueblo por dentro si su misión es impedir que entren los espasmódicos? ¿Estarán buscando supervivientes? ¿O sólo concentran a la gente para llevarla a un refugio?

—No lo sé, y tampoco sé si salir a pedirles ayuda puede ser una buena idea —aconsejé, tirando de Tobin en cuanto pasó la tanqueta.

—A un negro que merodea en la oscuridad le pueden pegar un tiro, eso sí lo sé.

Le sonreí sin ganas.

—Vamos. Ya casi hemos llegado.

La cojera de Tobin se volvió más pronunciada. Estábamos a una manzana de la casa de Tavia y ya sufría lo indecible. Gemía y gruñía en medio del dolor; cada paso que daba era una tortura para él.

—Si no dejas de hacer ruido, alguien pensará que eres un espasmódico y nos disparará desde la ventana.

—Lo siento —murmuró Tobin, sinceramente arrepentido.

—Lo he dicho en broma. ¿Quieres descansar?

—No. Tienes que encontrar a tus hijas. —Miró hacia la casa de su hermana, a tres puertas de distancia—. Desearía devolverte el favor. Desearía ayudarte a encontrarlas.

Apoyó la manaza en mi hombro y me lo apretó suavemente. Le devolví el apretón.

Nos detuvimos delante de la casa de Tavia. Tenía un porche protegido por tela metálica y una puerta hecha del mismo material, algo desvencijada. La voz de Tobin se elevó un poco por encima del nivel del susurro.

—¡Tavia! ¡Soy Tobin! ¿Estás ahí? —Enmudeció y esperó la respuesta—. ¡Tavia!

Señalé la casa de mis abuelos.

—Estaré ahí al lado. Dame un grito si me necesitas.

Se echó a reír.

—Ya has hecho suficiente. Gracias, Scarlet.

Me despedí de él con un ademán y crucé el jardín en dirección al camino de acceso a la casa de mis abuelos. La hierba empezaba a verdecer y se notaba entre tierna y crujiente bajo mis pies. Mis pasos me parecieron estruendosos en medio de la noche silenciosa. Los ahogados ruidos de Tobin en la casa vecina apenas eran audibles, pero a mí me daba la impresión de que cada vez que yo respiraba se oía por megafonía.

Empujé la puerta metálica, que gimió al girar sobre los goznes. Giré el pomo de la puerta de madera, medio esperando que estuviera cerrada con llave o pestillo, pero no fue así. Entré esforzándome por ver en la oscuridad.

—¿Mema? —Me esforcé por hablar con toda la suavidad del mundo y con la voz más apacible que pude articular. Mis abuelos estaban envejeciendo. De no haber sido unos obsesos de las noticias habrían podido no enterarse de lo que ocurría—. Mema, soy yo, Scarlet.

Crucé la sala de estar en dirección al pasillo y doblé hacia el dormitorio. Las paredes estaban llenas de fotos de la familia. Me detuve delante de una de veinte por veinticinco centímetros al darme cuenta de que era un retrato de Andrew, yo y las niñas cuando todos éramos más felices. No, miento. Nunca fuimos felices.

Cuando llamé a mi madre para contarle que me iba a separar de Andrew, me echó un rapapolvo.

—No sabes apreciar lo que tienes, Scarlet —dijo—. No es alco-hólico como tu padre. No se droga. No te pega.

—No me quiere —le repliqué—. Nunca está en casa. Siempre está trabajando. Y cuando está en casa, lo único que hace es gritar-nos a mí y a las niñas. Se comporta como si nos odiara.

—Puede que si tú fueras menos arisca, a él le gustara más estar en casa.

Allí en el pasillo, delante de la foto, me llevé el puño al corazón para acallar el dolor de aquellos años. Cuando opté por abandonar-lo, contó con el apoyo de su familia; y el de la mía. Para ellos, que yo me hubiera casado con él había sido todo un honor. Pero era un hombre colérico y a veces cruel. Naturalmente, yo no dejaba que me pisoteara, y no permitirle que asustase a nuestras hijas no hacía sino aumentar el volumen de nuestras disputas. Los gritos, santo Dios, los gritos. Nuestra casa estaba llena de palabras, ruidos y lágrimas. No, no era un borracho, ni un drogadicto, ni me pegaba, pero vivir en medio de la desdicha no era muy diferente.

Me quedé mientras pude para proteger a las niñas. La única persona que se interponía entre ellas y Andrew cuando a éste le da-ban los ataques de furia era yo. Cuando perseguía a Jenna escaleras arriba para gritarle en la cara, yo corría detrás de él. Yo lo obligaba a retroceder, a salir de la habitación de la niña. Su furia se desviaba entonces hacia mí y Jenna dejaba de tener miedo en su propia casa.

Pero lo que se dice pegar, nunca me pegó.

A veces deseaba que lo hubiera hecho, así al menos habría teni-do algo que enseñar a mi madre. Un sacrificio tangible que poner a sus pies para que comprendiera que en mi decisión no influían el egoísmo o algo tan superficial como el aburrimiento. Al menos me habría concedido aquella excusa, en vez de tomar partido por An-drew y compadecerlo por haber tenido que vivir con una persona tan horrible como yo, y por lo mucho que tenían en común.

Nuestra casa se volvió tranquila; los portazos y los gritos fueron reemplazados por las risas, y bueno, sí, por las continuas peleas entre las niñas. Pero una hora después se acurrucaban juntas en el sofá. Su casa era un remanso de paz. Después de lo que Andrew y yo les habíamos hecho pasar, era algo que les debía.

Así el pomo de la puerta del dormitorio y lo giré, sin saber qué me esperaba al otro lado. Mema, mi abuela materna, siempre había sido estimulantemente neutral. Cuando le expliqué que mi matrimonio se había acabado, se limitó a asentir, añadiendo que Jesús me amaba y que llevara a las niñas a la iglesia. Era lo único que en el fondo le había importado desde siempre.

La puerta se abrió lentamente. Una parte de mí temía que algo saltara de entre las sombras, la otra preparó a mi corazón para ver algo espantoso. Pero cuando la puerta se abrió del todo y vi el pequeño dormitorio, con la cama de dosel y el anticuado papel de las paredes, dejé escapar el aliento que había retenido. La cama estaba hecha. Mis abuelos no se habían acostado en ella, todavía.

La preocupación se me vino encima con la misma fuerza y rapidez que el alivio. Deberían estar acostados ya. No estaban en casa. Lo cual significaba que se los habían llevado, y si habían sido los soldados, era más que probable que las niñas tampoco estuvieran en casa de Andrew. Ahogué un sollozo. No quería llorar hasta que hubiera algo por lo que llorar.

Volvió a llamarme la atención la foto del pasillo. El *jeep* que me esperaba en las afueras de la ciudad no llevaba en el salpicadero el mismo retrato de mis hijas que el Suburban. No tenía la alfombrilla cubierta de dibujos y papeles escolares. Descolgué el marco de la pared y lo arrojé al suelo, para que se rompiera el cristal. Recogí la cartulina entre los pedazos, la doblé por la mitad y me la introduje en el sostén. Todos los álbumes de fotos que teníamos estaban en un aparador de casa. Las fotos de cuando eran pequeñas, instantáneas de sus cumpleaños y de las dos jugando fuera. Todo se había perdido ya. La foto que llevaba ahora guardada entre los pechos podía ser la única que me quedara.

Salí pitando de la casa y la puerta de tela metálica golpeó contra el marco cuando yo corría ya por la calle. Tobin estaba delante de la casa de Tavia, apoyado en la puerta. Lo miré y me miró. Tampoco ella estaba en casa, ni el pequeño Tobin.

—Volveré a recogerte.

Él me dirigió una sonrisa de comprensión.

—No lo harás. En cualquier caso, no deberías. Sólo conseguiría retrasarte.

Lo miré fijamente unos segundos. No vi en sus ojos nada que se pareciera a un razonamiento normal.

—Mis abuelos tienen kilos de medicamentos en el cuarto de baño. Analgésicos, antiinflamatorios, incluso laxantes. La puerta está abierta. Sírvete a tu gusto.

Se esforzó por reír.

—Gracias. Espero que encuentres a tus hijas.

—Las encontraré —le aseguré, volviéndome y lanzándome a la carrera.

El siguiente cruce era Main Street. Estaba bien iluminada, dado que era la calle más importante de Anderson y albergaba los cuatro únicos semáforos que había en la ciudad. Era una calle ancha, de cuatro carriles para la circulación y espacio de aparcamiento a ambos lados, aunque con muy pocos sitios en los que esconderse. Corría con tanto ímpetu que cuando me di cuenta la farola de la esquina me bañó de luz como a una presa fugada. Seguí corriendo, esperando que nadie me hubiera visto. Crucé la calzada y seguí por la acera, y al llegar a la funeraria doblé por un callejón hacia el aparcamiento que había detrás. Al doblar la esquina había una silla rota; antes incluso de pensar en saltar, las piernas me elevaron y saltaron por sí solas.

Las zapatillas de deporte y el uniforme de hospital estaban húmedos y pesados a causa del barro, pero saber que mis niñas estaban a unos kilómetros de allí ponía alas en mis pies.

Oí la voz de Tobin, desde donde estuviera.

—¡Sigue, Scarlet! ¡Las encontrarás! ¡Las encontrarás! ¡Sigue!

Corría más deprisa que en toda mi vida, más incluso que en el instituto, cuando probé a correr en competiciones y quise complacer tanto a mi madre que corrí hasta que los pulmones me quemaron por dentro. A pesar de todos mis esfuerzos, yo siempre era la más lenta, siempre era la que se quedaba atrás. Pero aquella noche no. Aquella noche volaba.

Distinguí la vieja estación del ferrocarril, salté los raíles y pasé junto a los restos de ladrillo y argamasa en los que se leía la palabra «ANDERSON». Las letras estaban sucias y el rótulo oxidado, como mi ciudad natal en aquellos momentos. Miré a mis espaldas una vez, antes de cruzar la calle. El sudor me corría por los ojos y mis pulmones apenas soportaban aquel galope, pero no pensaba detenerme. Otras tres calles hasta mis pequeñas. Estaban allí. Tenían que estar.

Atajé por una calleja y recuperé fuerzas cuando sentí bajo mis pies el conocido crujido de la grava. Oí ladrar un perro y sonreí. En la otra parte de la ciudad no se oía ni un solo perro. Los soldados no habían llegado allí todavía. Jenna y Halle me estarían esperando, las rodearía con mis brazos y las estrecharía con tanta fuerza que nada más importaría. La locura que rodeaba el municipio desaparecería.

Llegué al final de la calleja y salí enfrente de la casa de Andrew. Tenía delante de mí el aislado garaje y el camino para coches, pero no vi el Tahoe blanco del propietario. El corazón me dio un vuelco, sentí un retortijón en las tripas.

10

Nathan

—¡Se acabó, hermano! ¡Nos vamos de aquí! —exclamó Skeeter corriendo hacia una ventana. Miró en todas direcciones para ver mejor lo que ocurría—. ¡Dos coches! ¡Y están ahí delante!

Alguien gritó en la calle y vi que un nutrido grupo de muertos se apartaba de la pared y avanzaba hacia la calzada.

Corrí a la puerta y pegué el oído a la madera. Ni arañazos ni frotamientos. Ni quejas.

—Zoe —llamé.

Mi hija llegó correteando a mi lado. La puse detrás de mí y apoyé la mano en el pomo.

—¡Espera! —exclamó Zoe, mirando a su tía Jill, que yacía inmóvil en el suelo, sin más vida que la de sus ojos. Se habían abierto casi en contra de su voluntad, inyectados en sangre, lagrimeantes, pero alerta.

—Cariño, tenemos que irnos —dije, sujetándola por la muñeca.

—¡Te quiero! —exclamó. Era sólo una niña, pero sabía que no volvería a ver a su tía nunca más—. ¡Te quiero, tía Jill!

Las lágrimas regaron las mejillas de Zoe, que tiraba de mí para tocar a su tía mientras yo tiraba de ella para hacerla salir.

Jill esbozó un asomo de sonrisa. Las venas casi se le transparentaban bajo la piel: líneas azules y sinuosas que se ramificaban y la cubrían como el virus que se extendía por su organismo. Por su mejilla resbaló una lágrima solitaria que fue a caer en la manta que tenía debajo.

Skeeter cogió a Zoe en brazos.

—No llores, renacuaja. —Le puso el pulgar bajo la barbilla y le alzó la cara hasta que los ojos de ambos se encontraron—. Yo me encargaré de tu tía, ¿eh? Tú sabes lo mucho que tío Skeeter quiere a tía Jill, ¿verdad?

Ella asintió y sus cejas se tocaron.

Él sonrió y la abrazó una vez más.

—Te queremos, Zoe. Ahora haz caso a tu papi. Él cuidará de ti. Procura moverte en silencio. —Los dedos de Zoe apretaron el hombro de Skeeter. Éste la soltó y se puso en pie—. Adelante, Nate. Salid ya.

Asentí, me puse las llaves del coche en la boca, cargué el fusil del ejército, lo monté y abrí la puerta. Salí medio agachado para echar una ojeada rápida. Estaba despejado. Hice una seña a mi hija y me despedí de Skeeter con otra. Él me guiñó el ojo y eché a correr tirando de Zoe.

Al cruzar la calle vi un *jeep* Wrangler negro que se alejaba hacia Anderson. No esperé a ver si aquellos seres lo seguían.

Solté la mano de mi hija y me saqué las llaves de la boca.

—¡Zoe, no te pares!

Seguí corriendo con la llave en la mano, a la altura de la cadera, para introducirla en la cerradura en cuanto llegáramos al coche. No quería cometer estupideces, como dejar que se me cayera la llave, así que procuré apretarla con fuerza.

Cuando llegamos al vehículo, recordé que no había tenido tiempo de cerrarlo con llave, así que me limité a abrir la portezuela y a tirar de Zoe. Algo apareció por la esquina de la casa, pero no me entretuve mirando qué era ni cuántos, simplemente alcé en vilo a mi hija y casi la tiré en el asiento del copiloto. Y entonces me pasó lo que no debía permitir que pasara. Las malditas llaves se me cayeron al suelo.

Y saltaron debajo del coche, fuera de mi vista.

—¡Papá! —gritó Zoe.

Me volví para fijarme en el hombre que avanzaba hacia mí. Levanté el fusil, apreté el gatillo y fallé. Volví a apretar el gatillo y esta vez alcancé a aquel depredador horrible y andrajoso en todo el cue-' llo. Pero el balazo no fue muy disuasorio. De súbito estalló el lado izquierdo de su cráneo y el tipo se desplomó mientras daba el siguiente paso. Skeeter estaba en el otro lado de la calle con la carabina de caza en la mano. Alzó el puño y estiró los dedos índice, meñique y pulgar. Le devolví el gesto y subí al coche. Salí del camino marcha atrás y doblé al oeste al llegar a la carretera.

Miranda

Quince minutos en dirección este y detuve el Escarabajo en el arcén. Los ojos me escocían por culpa del rímel y me costaba ver bien. Bryce seguía mirando por la ventanilla. Busqué detrás y pellizqué la mano de Ashley cuando sentí que me tocaba.

Era mi hermana mayor, pero nuestro padre había dicho siempre que la fuerte era yo. Ella no me permitía no serlo. Cuando nuestros padres se separaron, Ashley se volvió distinta, como cuando se lava un jersey y ya no sienta como antes ni parece el mismo. Ya no era la niña despreocupada y tontaina con la que había crecido. Se había vuelto sensible, sentimental y escéptica. Cuando se inclinó para enseñarme los ojos, sus largas greñas rubias cayeron hacia delante y quedaron suspendidas sobre su regazo. Seguía sollozando y tenía la cara abotargada y húmeda.

—¿Y si también hay soldados en Fairview y están esperando? —medio tartamudeó Cooper.

La voz de Ashley sonó mitad zumbido, mitad gemido.

—Quiero volver a casa, Miranda. ¡Quiero ver a mamá!

—En Fairview no hay soldados. La única razón de que en Anderson estuviesen aquellos idiotas con fusiles es el depósito de armas —recalcó Bryce.

Se notaba que estaba cabreado con Ashley. Como si sus ruidosos sollozos no fueran suficientemente cargantes.

—¿Qué hacemos? —preguntó mi hermana—. Pronto oscurecerá. No creo que debamos estar a la intemperie de noche.

Miré a Bryce.

—Tiene razón.

No estuvo necesariamente de acuerdo, pero tampoco discutió. Volví al firme de la carretera y recorrimos algunos kilómetros hasta que llegamos a una vieja granja. Doblé por el camino de acceso y casi me llevé por delante el oxidado buzón que en tiempos había sido blanco.

Los nuevos frenos chirriaron y el Escarabajo se detuvo. Todos nos quedamos mirando la casa, seguramente esperando a que alguien abriese la puerta, o nos saludara, o quisiera comernos. Fui a abrir la portezuela, pero Bryce detuvo mi brazo.

—Iré yo —se ofreció.

Abrió su portezuela y se acercó despacio a un lateral del edificio. Miré alrededor. No había vehículos, pero sí un granero. Quizá los guardaran allí. En conjunto sólo parecía un lugar abandonado. Por la estatal 11 corrían dos coches en dirección oeste, uno era plateado el otro era un *jeep* Wrangler negro de cuatro puertas. Durante una fracción de segundo me pareció ver una niña en un asiento infantil. Pasó a cámara lenta, llevaba en alto un osito de trapo, sin darse cuenta de que el mundo se había ido a la mierda a su alrededor.

—No, joder, no —murmuré girándome para verlos pasar—. Joder, no.

—¿Qué? —chilló Ashley, repentinamente asustada.

—Van derechos a Anderson. ¡Los locos del puente los matarán! —Abrí la portezuela y bajé—. ¡Vuelve, Bryce! ¡Tenemos que detenerlos!

—No podemos salvar a todos los que lleven esa dirección —opinó Ashley apretando el reposacabezas de mi asiento.

—¡Pero es que hay… hay una niña en el coche! ¡Bryce!

Él se volvió con la frente fruncida y un dedo en los labios.

—Pero... —Entonces perdí de vista los coches. Volví a sentarme al volante del Escarabajo y cerré mi portezuela—. Es responsabilidad nuestra —murmuré, mirando a Ashley a los ojos por el espejo retrovisor.

—Date prisa, Bryce —dijo Cooper en voz baja, como si hablara consigo mismo.

Bryce echó un vistazo dentro, giró sobre sus talones, bajó de un salto del pequeño porche de hormigón y echó a correr hacia el Escarabajo. Cerró dando un portazo y señaló la carretera.

—Andando —dijo sin aliento.

—¿Qué has visto?

—¡Vamos! ¡Vamos! —gritó sin dejar de señalar.

Pisé el acelerador y no me detuve hasta llegar al asfalto de la carretera.

—Bueno, ¿qué? —pregunté entonces—. ¿Qué has visto?

—Deberíamos dar media vuelta —replicó.

—No.

—Avisar a esa familia de lo que pasa en el puente.

—No.

—¿Me has oído, Bryce? ¡Había una niña en el coche! ¡Deberíamos dar la vuelta!

—¡También había una criatura en la casa! —gritó. Respiró hondo varias veces para tranquilizarse y siguió hablando—: Confía en mí. Si los matan en el puente, mejor para ellos.

Lo miré brevemente y volví a concentrarme en la carretera. Estaba totalmente pálido y se le había formado sudor en la línea del pelo.

—¿Qué viste? —pregunté con voz calma.

Miró por la ventanilla.

—No querrás saberlo. Yo desearía no haberlo visto.

Recorrimos en silencio los siguientes kilómetros mientras seguíamos acercándonos a Fairview, aunque enseguida nos dimos cuenta de que habíamos llegado al término municipal. En las calles había más infectados de los que esperaba, solos y en grupos. Casi habíamos cruzado el pueblo cuando frené en seco.

—¿Qué? —exclamó Bryce, golpeando el salpicadero con la mano abierta.

Una mujer corría descalza por la calle; en un brazo llevaba una niña y con la otra mano tiraba de un niño de unos nueve o diez años. Llevaba un vestido rojo con lunares blancos. El oscuro pelo, inicialmente recogido en una cola de caballo, se le había soltado casi del todo.

—Bryce —dije.

—Los veo.

La mujer se detuvo en la esquina de la iglesia y ayudó al niño a encaramarse al aparato de aire acondicionado, burlando valientemente a un nutrido grupo de infectados. Puso al niño sobre sus hombros y lo aupó para que consiguiera llegar al tejado y luego hizo lo mismo con la niña. El niño tiró de la pequeña hasta que estuvo a salvo, pero la niña estiraba la mano hacia la mujer, llorando y llamando la atención de la masa de ensangrentados horrores que daban golpes contra la fachada de la iglesia. Varios muertos se apartaron y avanzaron hacia la mujer. Ésta se esforzaba por subir. El niño esperaba arriba, doblado por la cintura, con las manos en las rodillas, animándola.

Entonces vi el reguero de sangre que corría por la blanca pared de madera de la iglesia. Alguien había recorrido ya aquel camino. Alguien que probablemente estaba infectado.

—Tenemos que ayudarlos —dije, decidida esta vez.

—Mirad. —Cooper pasó el brazo entre mi asiento y el de Bryce y señaló la iglesia—. Han tapado las ventanas. ¡Hay gente dentro!

Bryce me miró.

—Parece un buen sitio para pasar la noche.

Miré a la mujer, que consiguió llegar al tejado con el tiempo justo. Un muerto se había subido ya al aparato de aire en el que se había apoyado ella.

Vacié el aire de los pulmones que había retenido sin darme cuenta.

—Está bien, pero ¿cómo entramos? ¿Qué hacemos para que nos dejen entrar?

—No son rápidos. —Cooper señaló a la mujer del tejado—. Ella los adelantó corriendo.

—¡Yo no salgo con esas cosas paseándose ahí fuera! —gimió Ashley—. ¡Ni hablar!

Miré alrededor del Escarabajo para asegurarme de que no iba a haber sorpresas y me fijé en la posición del sol.

—No llegaríamos al rancho antes de oscurecer. Ahí dentro hay personas. Y seguramente tendrán armas, agua…

—Y un lavabo —murmuró Cooper.

Bryce mostró su conformidad con un ademán.

—Nosotros no tenemos nada. Hemos de entrar. Ideemos una forma de distraerlos el tiempo suficiente para colarnos.

—A ver qué os parece esto. Os bajáis todos aquí. Yo paso entre ellos, los atraigo, escondo el coche y vuelvo por el mismo camino.

—Lo haré yo —dijo Bryce.

—¡Mirad! —exclamó Ashley.

La mujer se esforzaba por abrir la ventana, pero no podía. Entonces se abrió de repente y la mujer abrió los brazos para hacer retroceder a los niños y protegerlos hasta reconocer a quien estuviera al otro lado. Un hombre alto y desaliñado se asomó por la ventana y ayudó a entrar a los tres. Luego se acercó al borde del tejado y echó una ojeada a la frenética jauría de la calle. Los muertos se apelotonaban con los brazos estirados, tratando de subirse unos encima de otros para llegar al tejado.

—Fijaos. No saben escalar paredes —dije sorprendida.

Bryce bajó del coche y agitó los brazos.

—¡Eh! —gritó.

—¿Qué haces? ¿Y si nos pega un tiro? —avisó Cooper.

—¡Ayúdennos! —añadió Bryce, sin hacer caso a Cooper.

El hombre del tejado nos indicó por señas que diéramos la vuelta hasta la parte posterior de la iglesia. Luego señaló con el dedo el fusil que empuñaba.

—Dice que nos cubrirá. Vamos. ¡Vamos! —exclamó Bryce, volviendo al coche.

No era momento de titubeos. Pisé el acelerador y el Escarabajo saltó hacia delante. En unos momentos cruzamos la calle y pisamos el césped de la iglesia. El hombre estiró la mano con la palma hacia fuera y nos hizo más señas para indicarnos por dónde ir.

Estacioné el Escarabajo en la parte posterior del templo, bajé y plegué mi asiento para que bajara Ashley.

—¡Vamos, vamos! —exclamé, sin quitar ojo a las cosas no-muertas de los lados de la iglesia que se volvían hacia nosotros y echaban a andar.

La puerta posterior del templo se abrió y vi en el umbral al hombre del tejado. En cuanto hubimos entrado todos, volvió a echar el cerrojo. El lugar estaba lleno de gente asustada, la madre con sus hijos, otra mujer, dos niños pequeños y cinco varones adultos: el que nos había salvado, dos cuarentones y dos de más edad.

—Muchísimas gracias —dije al hombre que nos había dejado entrar—. Necesitábamos un sitio para pasar la noche.

—Soy Skeeter McGee —repuso él, alargando la mano. Se la estreché y saludó a Cooper, a Bryce y a Ashley. Se volvió hacia un cuarentón—. Gary, vamos a tener que entablar la puerta de arriba. Esta vez bastará con una tabla.

Gary asintió, se volvió y desapareció por un pasillo a oscuras. Sus pasos siguieron oyéndose en la cocina. Inmediatamente después comenzaron los martillazos.

Todos los presentes se miraban. Skeeter atendió a una mujer que yacía en el suelo. Parecía moribunda, estaba pálida y de la comisura de la boca le goteaba una baba espumosa que caía sobre la manta que tenía debajo.

—¿Era Annabelle…? —preguntó la mujer de más edad.

—Todavía no —respondió Skeeter.

—Es una buena noticia. Puede que Jill tampoco vuelva convertida en una de esas cosas. O puede que se reponga. No lo sabemos, Skeeter. Por favor, no te precipites.

—No necesitas engañarme, Doris —replicó el hombre.

Pasó sus anchos dedos por el rubio y húmedo pelo de Jill y le susurró algo al oído.

Doris nos miró.

—Pobrecillos. ¿Sois de Anderson?

—Somos estudiantes de la Universidad de Greenville. Mi padre tiene un rancho al noroeste de aquí. La verdad es que no queríamos viajar de noche.

Doris cabeceó como si lo comprendiera.

—No os lo reprocho. ¿Queréis agua? —preguntó mientras se acercaba al frigorífico. Nos dio sendas botellas de agua y no perdimos tiempo en vaciarlas.

—¿Tu padre tiene un rancho cerca de aquí? —preguntó Skeeter.

Ashley sonrió.

—Rancho Red Hill.

El hombre asintió.

—He cazado por allí. Será un buen lugar para vosotros.

Gary reapareció por el pasillo, martillo en mano.

Todos se acomodaron lo mejor que pudieron. Doris consolaba a la madre y a sus hijos. Skeeter alternaba entre la comprobación del estado de la mujer moribunda y la vigilancia de las ventanas de la otra estancia. Todos ahogaban exclamaciones y cambiaban miradas cuando veían a un desconocido acercarse a los muertos que rondaban fuera. Fairview era un pueblo pequeño. Todos se conocían. Me preguntaba qué relación tendría la mujer moribunda con Skeeter y qué vida habría tenido antes de que la mordiesen. A pesar de su piel sudada y azulenca, y los círculos negros que le enmarcaban los ojos, se notaba que era guapa.

El hombre al que llamaban Bob señaló la estancia contigua.

—La capilla está allí. Hay mucho espacio para sentarse.

—Gracias —dije, aceptando la invitación.

Había otras dos mujeres mayores sentadas en un banco. Elegí uno situado cerca del altar y me senté en el lado del pasillo del centro, lo más lejos posible de las ventanas rotas. Aunque estuvieran tapadas con tablas, oír los esfuerzos de los muertos por derribarlas me ponía los nervios de punta.

Bryce se sentó junto a mí y Ashley al otro lado. Cooper tomó asiento junto a mi hermana y le cogió la mano. Los cuatro lanzamos al unísono un suspiro de alivio.

Apoyé la cabeza en el hombro de Bryce y él la suya en la mía. Después de todo lo que habíamos visto y vivido, no creí que fuéramos capaces de dormir, pero cuanto más tiempo permanecía sentada en el duro y frío banco de madera, más cómoda me sentía, y más me costaba tener los ojos abiertos. Me removí y Bryce aprovechó el movimiento para besarme en la sien.

—No pasa nada. Duérmete. Aquí estamos seguros.

—Nunca más volveremos a estar seguros —susurré, haciendo un esfuerzo para que la idea no me hiciera llorar otra vez.

—Suficientemente seguros para descansar un poco —respondió, también entre susurros—. Cierra los ojos, Miranda. Mañana será un largo día.

—Cuando lleguemos a Red Hill, todo irá bien, ¿verdad?

—Seguramente tu padre ya estará allí, muerto de miedo, preguntándose dónde estáis. Se pondrá muy contento cuando os vea a ti y a tu hermana. Estaremos lejos de todo, con la despensa llena y su colección de armas. Estaremos bien.

Cerré los ojos con la música de aquellas palabras y la necesidad de sueño me engulló.

11

Las casas que rodeaban la de Andrew estaban a oscuras y parecían tan abandonadas como las demás. Crucé la calle, totalmente vacía de tráfico y peatones. El camino de acceso al domicilio de Andrew era tan empinado que después de todo lo que había corrido tuve la impresión de estar subiendo una montaña. Anduve pisando con cautela, procurando que la grava no crujiera bajo mis pies, y me detuve al llegar a la verja. Gimió cuando la empujé y di con mucha precaución los diez pasos que había hasta la puerta trasera de la casa. Desde que Andrew se había mudado allí podían contarse con los dedos de una mano las veces que había recorrido aquel trayecto.

Tras el divorcio ya no podía permitirse vivir en la casa de dos plantas que habíamos comprado en el pueblo de al lado y se mudó al antiguo dúplex. La vivienda estaba ubicada en una zona desfavorecida de Anderson, en la parte oeste. Y las incursiones de la policía en busca de laboratorios clandestinos de drogas de diseño no eran extrañas.

La mudanza y el divorcio le habían bajado los humos a Andrew y nos sorprendía a las tres con sus inesperadas visitas de fin de semana. Poco a poco desaparecieron los gritos. Las intimidaciones fueron sustituidas por breves momentos de irritación o largos suspiros. Yo no sabía si estar lejos de las niñas había contribuido a sofocar su cólera o si era mi ausencia lo que lo apaciguaba.

Subí los dos peldaños de la entrada posterior y golpeé con los nudillos la mitad superior de la puerta, que era de plexiglás. Una cortina impedía ver el interior. Volví a llamar y luego probé a abrir moviendo el pomo. La puerta estaba cerrada con llave.

Temiendo lo peor, el corazón empezó a latirme con tanta fuerza que lo sentí en la garganta.

También las ventanas estaban cerradas, las de los lados y la que había junto a la puerta principal. Tamborileé con los dedos en el cristal de la que daba al comedor.

—¡Andrew! ¡Jenna! ¿Halle? ¡Soy mamá! ¿Estáis ahí?

Nada.

Pegué el oído al cristal y escuché. El silencio me humedeció los ojos y el labio inferior me tembló. Me pegué con más fuerza. La frialdad de la ventana amortiguaba el ardor que la presión me producía en la oreja. Cerré los ojos y recé en silencio para que en la casa hubiera alguien que despejara mis temores.

Al final me aparté de la ventana y miré la calle. Una lágrima me creció en el párpado, se desprendió del ojo y me bajó por la mejilla. Me la limpié con la mano y, al hacerlo, golpeé el cristal con el codo. Sin pensármelo dos veces, di un paso atrás y volví a golpear el cristal, poniendo en el codo todas las frustraciones y temores que me corrían por el cuerpo. La ventana saltó en pedazos. No hizo tanto ruido como pensaba. Se desprendieron grandes trozos de vidrio, unos cayeron dentro del comedor, otros a mis pies.

—¿Andrew? —pregunté en voz alta.

Entré en la casa y miré en todas las habitaciones, en todos los armarios, en todos los rincones. Todo era muy extraño. Las cazadoras de las niñas no estaban tiradas por el suelo, sus cajones no estaban abiertos y en la mesa no había ningún dibujo de Halle. Podía jurar que no habían estado en la casa. Seguramente estaban en la reunión municipal con el gobernador cuando sonó la alarma. Tal vez estuvieran encerradas en algún refugio con el gobernador, o Andrew hubiera huido con ellas. Podían estar en cualquier parte.

—Maldita sea —dije, en voz más alta que en las últimas horas—. ¡Maldita sea! —grité. Levanté una silla y la arrojé al otro lado del comedor, con el impulso perdí el equilibrio y caí de rodillas—. No —murmuré sollozando, encogida como una pelota en el suelo.

Vi las caritas inocentes y asustadas de mis niñas, preguntando dónde estaba yo, si me encontraba a salvo, tal como yo me preocupaba por ellas. No soportaría toda aquella tensión si no estaba con ellas. Necesitaba ver las expresiones escépticas de Jenna, oír las interrupciones de Halle. Y ellas necesitaban que yo les dijera que todo iba a ir bien. No sobreviviríamos al fin del mundo si no estábamos juntas. No quería. Mis sollozos fueron en aumento, subieron de volumen y adquirieron tal intensidad que sufrí convulsiones. Cualquiera habría podido oírme, porque mis gritos y balbuceos probablemente eran los únicos ruidos que se oían en toda aquella ciudad de mala muerte.

—Lo siento muchísimo —dije, dejando que la desesperación y la culpa se apoderasen de mí.

Me doblé y apoyé la frente y los codos en la alfombra, enlazando las manos en la nuca. El agotamiento no tardó en llamar a la puerta de mi consciencia. Los sollozos disminuyeron y poco después me hundía en un vasto mar de oscuridad. Abismos cálidos y serenos me rodeaban por todas partes y al final fui engullida por ellos.

Alarma de tornado. Qué raro. No recordaba que el parte meteorológico de la mañana hubiera mencionado ninguna tormenta. No era un simulacro. Había simulacros todos los jueves a mediodía y aquel día era… no lo recordaba.

Lo primero que vi cuando abrí los ojos fue el suelo y que la alfombra, en los sitios por donde pisaba la gente, estaba más cerca que lejos de la pared. Solía fijarme en estos detalles cuando era niña, ya que por entonces pasaba más tiempo en el suelo: jugando, viendo la tele y aburriéndome. Pasé gran parte de mi infancia en el suelo. Ya de adulta no recordaba la última vez que había visto las cosas desde aquella perspectiva. De todos modos, la alfombra que palpaba no era mía.

Los ojos me ardían. Las lágrimas me habían corrido todo el rímel, me habían ennegrecido las ojeras y me habían dejado los ojos secos y escocidos. En el preciso instante en que recordé por qué había llorado, levanté la cabeza y miré a mi alrededor. La habitación estaba a oscuras. Las alarmas de tornado sonaban a todo volumen. Puede que se hubieran estropeado.

Me acerqué a gatas a la puerta principal. Las calles seguían vacías, pero las sirenas no cesaban. Me vino a la mente la iglesia de Fairview y recé pidiendo que las sirenas enmudeciesen. El ruido atraería a todos los espasmódicos que hubiera en diez kilómetros a la redonda.

Abrí la puerta y pegué la cara al cristal de la contrapuerta. El aliento me salía en forma de vaho, aire visible en nubecillas que desaparecían rápidamente y que dificultaban mi visión. Cuando vi a la primera persona corriendo por la calle, iluminada intermitentemente por las farolas, el vaho me salió a chorro.

Era una señora mayor, de cincuenta y tantos años quizá, pero estaba viva. Incluso a una calle de distancia percibí el horror pintado en sus ojos. Segundos después aparecieron otra mujer y dos hombres, uno con un niño en brazos, y se sumergieron en las tinieblas. Luego cinco personas más y después una docena. Hombres, mujeres y niños. Pasaron por lo menos cincuenta antes de distinguir al primer espasmódico. Sólo alcancé a distinnguirlo porque casualmente había dado caza a alguien al pie de una farola. Instantes después vi más espasmódicos mezclados con la muchedumbre. Los gritos, al principio alaridos intermitentes, pasaron a ser aullidos ininterrumpidos de pánico. La multitud pareció dispersarse, pero todos llegaban de un mismo lugar, seguramente de donde habían estado con el gobernador. Era como si toda la ciudad estuviera ahora en la calle, corriendo para no perecer. Entorné los ojos y busqué ávidamente a Andrew y a las niñas, deseando que en cualquier momento doblaran por aquella calle, procedentes de la principal, pero conforme se adelgazaba el río de gente, empecé a perder esperanzas.

Las lágrimas volvieron a humedecerme los ojos, pero en vez de llorar cedí a un ataque de cólera. Me sentía tan desesperada por no ser capaz de encontrar a mis hijas que la ira se apoderó de mí. Corrí al dormitorio de Andrew y busqué en su armario. Guardaba una carabina de caza y una pistola calibre nueve milímetros. Dejé la carabina por si él volvía, cogí una mochila y la llené de cajas de munición. Me movía con torpeza, a causa de la elevada tensión del momento y porque no empuñaba un arma desde que me había divorciado. Cogí también latas de comida. El abrelatas estaba en el cajón de los cubiertos, pero lo dejé, con la esperanza de que Andrew se acordara de recogerlo si no estaba ya de viaje. También me llevé una botella de agua de plástico.

Sólo cuando me dirigí al cuarto de la lavadora encontré cosas realmente útiles: una linterna, pilas, un destornillador y una navaja.

Cogí otro par de cosas, cerré la mochila y volví a la habitación delantera. Descolgué varios cuadros de la pared y agité el envase que tenía en la mano. El aerosol silbó cuando apreté la válvula y mi brazo bailó al son de la silenciosa música de las despedidas mientras dejaba mi mensaje en grandes y bien visibles caracteres negros:

**RED HILL
ESPERARÉ
OK MAMÁ**

Miré el mensaje, esperando que fuera suficiente para que en medio de aquel infierno mis hijas recordaran el nombre del rancho del doctor Hayes y explicaran a su padre cómo se llegaba. Si Andrew había estado entre la multitud que huía del ayuntamiento, las llevaría.

Dejé caer el envase al suelo y miré otra vez por el cristal de la puerta. Vi muertos espasmódicos más lentos que bajaban por la calle principal, siguiendo el aroma de la carne viva. Andrew había sacado a las niñas al enterarse de la infiltración. Tenía que creerlo y tenía que confiar además en que mi siguiente decisión fuera acertada.

Me colgué la mochila a la espalda y salí deprisa de la casa, sin tomar precauciones y dejando como una idiota que la puerta de tela metálica se cerrase de golpe. Me detuve y giré lentamente sobre mis talones. Vi que los espasmódicos que se dirigían hacia el oeste se volvían al oír el ruido. Eché a correr en dirección este, hacia la casa de mis abuelos, seguramente más rápido que nunca, sabiendo que el sol no tardaría en salir y que ya no podría esconderme en las sombras.

Nathan

—Zoe, procura respirar más despacio —aconsejé. La niña casi jadeaba. Era evidente que se esforzaba por comprender todo lo que había visto, incluso el haberse despedido para siempre de su tía Jill. Le cogí la mano y se la apreté con fuerza—. Estaremos bien, cariño. Encontraremos un lugar seguro.

—Pensaba que la iglesia era segura —dijo en voz baja.

—No lo suficiente. Necesitamos un sitio en el que poder quedarnos mucho tiempo. En el campo, lejos de toda la gente enferma.

—¿Dónde será eso?

Al principio no supe qué decirle, porque no quería mentir.

—Ya lo encontraremos. No te preocupes.

Se enderezó y le alcé la barbilla, y en aquel preciso momento vi la camioneta verde que avanzaba despacio por la carretera. Solté la mano de Zoe y le tapé los ojos para que no viera lo que no tardó en suceder. El hombre apuntó con un arma a una mujer que yacía en la carretera en medio de vómito y sangre. Debajo de su vestido sucio se estaba formando un charco rojo oscuro, como si tuviera un aborto, pero yo sabía que la sangre no se debía a aquello. Estaba consumida, la piel de su cara era casi gris y en ella sólo destacaban líneas rojas que salían de sus ojos, sus oídos y su nariz.

El proyectil le reventó el cráneo, pero la mujer no se movió. Cuando pasamos junto a ellos, el hombre estaba pálido y alzó a la muerta en brazos con ternura. La llevó a la cabina de la camioneta y cerró la portezuela a sus espaldas.

Bajé la mano y volví a apoyarla en el volante. Una en las diez, la otra en las dos.

—¿Te has abrochado el cinturón?

—Sí, papá.

Zoe hacía lo posible por mantener la calma.

Quería parar y abrazarla, darle tiempo para que asimilara aquella nueva vida que llevábamos, una vida en que había que correr para seguir vivos, pero la verdad es que no bastaría ni todo el tiempo del mundo. Si las cosas iban a ser aproximadamente como en las películas de zombis, nuestra vida iba a discurrir entre experiencias cercanas a la muerte.

—Buena chica.

En el cielo aparecieron pinceladas rosáceas y moradas, lo que significaba que se acercaba el ocaso. Sin casas a la vista, ni siquiera un granero, no sabía si preocuparme por encontrar un refugio o consolarme pensando que no era probable que tropezáramos con ningún nutrido grupo de muertos, por lo menos durante un rato.

Zoe daba tirones al dobladillo de su vestido verdiazul y canturreaba tan bajo que apenas entendía lo que decía. Algo de Justin Bieber, a juzgar por la melodía. Esbocé una sonrisa. La radio había enmudecido desde que nos habíamos puesto en camino y me pregunté si alguna vez volveríamos a oír música.

12

Nathan

Menos de media hora después vi una pequeña señal de tráfico que indicaba «ESTATAL 123». Otra pequeña calzada de dos carriles que llegaba hasta Kansas. Kansas estaba a menos de una hora de viaje y si no me fallaban los recuerdos de la última expedición de caza que había hecho con Skeeter, sólo había un pueblo entre el punto en que estábamos y la frontera del estado. Al otro lado no había nada más que kilómetros y kilómetros de tierras de labor y pastos. Puede que allá en el quinto pino encontráramos alguna granja abandonada en la que establecer un campamento. Incluso cabía la posibilidad de que tuviéramos suerte y no estuviese abandonada, y los ocupantes, antiguos o recientes, nos permitieran quedarnos.

Mi imaginación había salido volando cuando doblé hacia la carretera estatal. Puede que fuera por instinto o porque así me lo sugirió el inconsciente. Fuera por lo que fuese, el caso es que Zoe y yo partimos en dirección norte.

—No vamos a volver para recoger los deberes del cole, ¿verdad? —preguntó Zoe.

Ni siquiera se esforzaba por disimular la decepción.

—Lo siento, cariño, pero no creo que sea seguro.

—Entonces, ¿no iré al cole mañana?

—No.

—¿No te detendrán por no llevarme?

—No si todo el mundo se queda en casa y nadie va al cole.

Aquella respuesta pareció apaciguarla momentáneamente, aunque yo sabía que no tardaría en elaborar una lista con más preguntas que me formularía más tarde. A todo el mundo le costaba aceptar que las cosas habían dejado de ser como antes. Especialmente a los niños. Más aún en el caso de criaturas como Zoe que no encajaban bien los cambios. Mi hija había funcionado siempre con rutinas desde que había venido al mundo. Las normas y los límites cimentaban su seguridad. Pero yo no sabía cómo dárselos en las presentes circunstancias.

Observé que balanceaba suavemente la cabeza, siguiendo el compás de la melodía que tarareaba. De vez en cuando arrugaba la nariz para sorber y el gesto alteraba el mapa de pecas que le cartografiaba la cara.

—No te estarás resfriando, ¿verdad?

Me di cuenta de que quería cambiar algunas frases intrascendentes conmigo.

—Creo que no. Me lavo mucho las manos.

Asentí.

—Eso es estupendo…

Interrumpí la frase porque percibí algo delante. Al principio me pareció un coche abandonado en la carretera, pero vi movimiento. Mucho, fluido y lento. Al acercarnos me di cuenta de que era un pelotón de muertos que se movía alrededor del vehículo. La alarma se había disparado y los muertos parecían agitados por el ruido. Trataban de entrar en el coche a toda costa. No veía si había alguien atrapado en el interior. Tampoco quería que lo hubiera.

—¿Papá?

—Espera, Zoe —murmuré, saliendo de la carretera y entrando en el pueblo.

Las primeras casas estaban muy cerca de la carretera. Conducía demasiado deprisa, pero abrigaba la esperanza de rodear al pelotón y volver a la estatal 123 sin perder mucho tiempo. El sol no tardaría en ponerse y no quería a aquellos seres cerca de nosotros en la oscuridad. Todas las calles por las que doblé me llevaban a otra calle demasiado próxima al pelotón o a otro grupo que se dirigía hacia él.

Después de dar tres vueltas en U, se encendió una luz amarilla en el salpicadero y se oyó una campanilla. Me entró el pánico. Nos estábamos quedando sin gasolina, el sol se ponía y yo no conocía el pueblo lo suficiente para buscar un lugar seguro donde Zoe y yo pudiéramos pasar seguros la noche. Por primera vez desde que habíamos dejado la iglesia tuve miedo de haber tomado una decisión equivocada.

Llegamos a un callejón sin salida y pisé al freno al ver una lata de gasolina en el porche frontal de la única casa que había en aquel extremo de la calle. Desde el penúltimo cruce, la calzada era de grava y a mi alrededor no veía el menor indicio de nada. La mayor parte de los vecinos se encontraba en mitad de la carretera.

—Zoe, voy a salir para coger esa lata de gasolina que hay ahí. Tengo que echarla en el depósito para poder seguir viajando.

—¿Viajando hacia dónde?

—Volveré enseguida, cielo. No bajes del coche, ¿estamos?

Asintió. Eché una ojeada a mi alrededor antes de bajar. Me acerqué deprisa al porche esperando con cada paso que daba que en aquel contenedor de plástico rojo hubiera realmente gasolina. Subí los peldaños y me incliné, pero cuando ya tenía la mano en el asa, se abrió la puerta y el ruido que producía una escopeta al montarse me dejó clavado en el sitio. Cerré los ojos.

—No, por favor. Mi hija pequeña nos está mirando.

Dos segundos después, y al darme cuenta de que aún seguía vivo, levanté los ojos. En el otro extremo de la escopeta había un viejo. Sudoroso, sucio y vestido con un mono de rayas blancas y azules que le quedaba grande. Apartó el cañón de mi sien.

—¿Deja usted que su hija le vea robar?

—Mi intención no era robar —respondí, poniéndome en pie muy despacio, con las manos levantadas y separadas del cuerpo. La cuestión era ser lo menos amenazador que pudiese—. Hace nada se encendió la luz del indicador de gasolina. Está oscureciendo. Sólo queríamos encontrar un lugar seguro para pasar la noche.

El hombre entornó los ojos, se rascó el blanco asomo de barba y bajó la escopeta.

—Vaya por la niña. Tráigala a la casa. Dese prisa. Pasan por aquí a menudo.

Una parte de mí quería recoger a Zoe y meterla en aquella casa sin titubear. La otra parte recordaba que hacía menos de un minuto me había apoyado en la sien el cañón de una escopeta. Una mujer se asomó a la puerta y luego salió al porche. Era menuda y llevaba el corto pelo gris de un modo muy parecido al de Zoe.

—Dios mío, Walter. Deja que pase esta pobre gente.

—Ya se lo he dicho, cielo. Pero míralo, no se mueve.

La mujer obligó al hombre a que bajara la escopeta del todo.

—Aparta la escopeta, tontaina. —Acto seguido me tendió la mano—. Soy Joy.

—Nathan Oxford. Mi hija Zoe está en el coche. Mucho gusto en conocerlos.

Walter arrugó la frente.

—Todo eso suena muy bien, hijo, pero será mejor que recoja a su pequeña y entre en la casa.

Manifesté mi conformidad, bajé del porche a zancadas, apagué el motor del coche y convencí a Zoe de que saliera. Había visto a Walter apuntarme con el arma y tampoco estaba segura de que fuera una buena idea. Entramos en la casa detrás de Joy, y Walter cerró detrás de nosotros.

El hombre se secó las manos en los pantalones y se detuvo en el centro de la sala de estar. La casa estaba inmaculada, pero la moqueta llevaba allí por lo menos treinta años, lo que confirmaba el olor que desprendía.

—Dormiremos abajo, en el sótano. Walter irá a clavar la puerta hasta que se haga de día.

—¿Y si entran en la casa? —pregunté sin alarmismos.

Walter llevaba la escopeta pegada al costado.

—Abajo tenemos comida y agua. Joy estaba bajando más. Pero no parece que se hayan fijado en esta casa. Creo que los atrae algo que hay al otro lado del pueblo.

—En la carretera hay un coche con la alarma sonando. Se han agrupado alrededor.

Walter meditó aquello con el entrecejo fruncido.

—Así que los atrae el ruido. Entonces guardaremos silencio. No les daremos motivos para que vengan a fastidiar. Cerraré las puertas. No creo que traten de entrar por las ventanas si no llamamos su atención.

Pensar que no íbamos a tener una salida estratégica me puso nervioso, pero aquello era mejor que nada y más seguro que dormir arriba.

Zoe y yo ayudamos a Joy a bajar comida y agua al sótano. El traslado se remató con un sofá y un par de sillones abatibles de cara a un televisor de pantalla plana.

Walter se echó a reír.

—Joy me lo compró las pasadas Navidades. Ahora sólo se ve nieve.

Zoe y yo nos acomodamos en un sofá de cuadros amarillos y marrones mientras Walter clavaba la entrada del sótano y a continuación clavaba un madero que sobresalía a ambos lados de la puerta. Joy nos tapó con una manta, salida igualmente de los años setenta, y en un abrir y cerrar de ojos Zoe se relajó y se quedó dormida en mis brazos. Tenía miedo de que no pudiera dormir porque estábamos en un lugar desconocido, pero estaba rendida. Yo apoyé la mejilla en su pelo. Sus mechas enredadas y estropajosas me hicieron pensar en todas las comodidades de casa que ya no teníamos. Cosas sencillas como un cepillo.

—Tiene usted una niña preciosa —murmuró Joy sonriendo—. Mi Darla vive en Midland. ¿Ha estado alguna vez en Midland?

Le respondí que no.

—Íbamos a ir a verlos este fin de semana —prosiguió la mujer—. Habríamos tenido que salir ayer, pero antes quise buscar a alguien que regara las flores en nuestra ausencia. —Dio un suspiro y los ojos se le llenaron de lágrimas—. Puede que no volvamos a verla, ni a mis nietos. Por culpa de las dichosas flores.

—Puede que la vea otra vez.

—¿Usted cree? —preguntó con la voz palpitante de esperanza cautelosa.

Sonreí y besé a Zoe en la sien. Apoyé la cabeza en el cojín.

—Gracias —dije—. Por dejarnos pasar aquí la noche.

—Pueden quedarse el tiempo que quieran —susurró Joy, mirando hacia su marido, que seguía atrancando la puerta—. Quién sabe cuándo saldremos de ésta…, si salimos alguna vez.

Miranda

Seguía oscuro cuando abrí los ojos. Los arañazos y golpes de los muertos de fuera habían cesado y Bryce estaba despierto, mirando con fijeza delante de él. Me senté y me estiré para aliviar una contractura muscular en la espalda.

—¿Has dormido? —pregunté en voz baja.

Con un gesto me indicó que no. Se volvió y me sonrió.

—Puede que me haya adormilado unos minutos. Pero me alegro de que tú hayas podido descansar. —Se inclinó para rozarme los labios con los suyos por primera vez en las últimas veinticuatro horas—. Ayer estuviste increíble. No sabía que supieras conducir de ese modo.

Crucé los brazos sobre el estómago para protegerme del frío matutino. Bryce me atrajo hacia él. No era el tipo más musculoso de la facultad, pero tenía una constitución atlética, y cuando sonreía de aquel modo tan dulce, era imposible no enloquecer por él. Su pelo negro pedía a gritos un corte desde hacía dos meses, y cuando se inclinaba para besarme, el flequillo le caía en los ojos. Se lo peinaba con los dedos, ya que se negaba a sacudir la cabeza para apartárselo de los ojos como hacían casi todos los tíos.

«Es que parece que les da un ataque», decía. A mí tampoco me gustaba aquel gesto, pero no me habría importado si el resultado era poder ver sus ojos azules. Su sonrisa era maravillosa y el resto también, pero la parte de su cuerpo que prefería eran los ojos. Creo que me enamoré de ellos antes de enamorarme de él.

Ashley y Cooper yacían abrazados. Con una rebeca, una camiseta blanca y una bufanda de diseño de color azul celeste, no estaba más preparada para pasar frío que yo con mi camiseta de algodón y mi cazadora de nailon. Los tíos no daban a entender nunca si tenían frío o no.

—¿Qué es ese ruido? —preguntó Cooper, girándose hacia la cocina. Peinó el lugar con los ojos mientras escuchaba.

Bryce me cogió la mano, se puso en pie y me condujo hacia la cocina. También aquella estancia se encontraba a oscuras, pero había velas encendidas y la débil luz que emitían nos permitió ver a Skeeter McGee de rodillas, llorando sobre la mujer que yacía en el suelo. Se esforzaba por no hacer ruido. Y si no lo hubiera visto dar hondos suspiros de vez en cuando, no me habría dado cuenta de lo que sucedía.

—Dios mío —murmuró Ashley.

Bryce la hizo callar y volvió a fijarse en Skeeter.

—¿Está…?

Doris llegó del pasillo con una manta que extendió sobre la mujer yacente.

—Dios te bendiga, Jill. Que el Señor te acoja en su seno.

Estábamos inmóviles y observamos en incómodo silencio los mudos sollozos de Skeeter durante otros veinte minutos. Al cabo del rato respiró hondo y se limpió la cara.

—Creo que… creo que será mejor enterrarla.

Doris se removió con nerviosismo.

—¿Cómo vamos a hacer una cosa así con todos esos bichos ahí fuera?

En aquel punto habló un hombre mayor de pelo cano.

—Tampoco vamos a tirarla a la calle, Doris. Y no puede quedarse aquí.

La mujer se removió y finalmente se llevó los dedos a la boca.

—Perdóname, Skeeter, pero yo no pienso salir.

—Yo saldré —intervino Bryce. Skeeter se volvió a mirarlo con ojos húmedos—. Yo lo ayudaré. Necesitaremos que alguien vigile nuestras espaldas y si es posible que distraiga al enemigo, pero yo lo ayudaré a cavar.

Crucé los brazos e hice un esfuerzo para impedir que se me escaparan las palabras que tenía en la punta de la lengua, pero se me escaparon de todos modos.

—Yo también echaré una mano. Yo los distraeré.

—No, tú vigila —ordenó Bryce—. Coop estaba en el equipo de atletismo del instituto. Él puede distraerlos.

—¿Qué? —exclamó Cooper con los ojos como platos—. ¿Yo? Ashley se abrazó a él.

—No —dijo con desesperación en la voz y un frunce en la frente—. No vamos a echarlo a la calle para que haga de cebo.

Cooper rodeó a Ashley con ambos brazos y su mirada se posó en Skeeter.

—Te agradezco mucho que nos ayudaras antes, tío, pero salir en la oscuridad es un riesgo innecesario. ¿Y si entran y acabamos todos abriendo hoyos ahí fuera? Hay mujeres y niños aquí dentro.

—Voy a enterrar a mi mujer —dijo Skeeter poniéndose en pie. Era tan alto como Bryce e imponía mucho más—. No estoy pidiendo ayuda a nadie.

—Ya lo sé —replicó Bryce—. Esperemos un minuto y tracemos un plan en el que todos estemos a salvo.

Skeeter volvió a limpiarse la cara y asintió. El hombre canoso se inclinó junto a la mujer muerta y se puso a rezar en voz baja.

—No tardará en amanecer —advertí—. Tracemos el plan y cuando salga el sol la enterraremos.

Skeeter asintió otra vez.

—Gracias.

Los mayores y los niños volvieron a dormirse mientras los demás planeábamos el entierro de Jill. El cementerio de la iglesia estaba a menos de cincuenta metros. Skeeter quería enterrarla allí. El corazón me daba ya unos mazazos terribles al pensar que estaría rodeada de niebla matutina, en un cementerio, vigilando la aparición de los zombis. Aquello sí que era una historia de terror y no lo que fabricaba Hollywood.

—La enterraré junto a su abuelo —anunció Skeeter—. El viejo descansa en el lado norte.

Bryce estuvo de acuerdo.

—Muy bien. Eric y Gary subirán al tejado y alejarán a los zombis de la puerta posterior. Coop saldrá corriendo y los obligará a dar vueltas detrás de él hasta que terminemos.

—¿Cuánto se tarda? —preguntó Cooper, tragando saliva—. Quiero decir en cavar una fosa.

Bryce se encogió de hombros.

—Lo que haga falta. Trabajaremos lo más deprisa que podamos.

Ashley dio un suspiro.

—No es buena idea.

—Yo vigilaré lo que pase fuera del cementerio mientras los demás cavan —dije—. Cooper correrá como si fuera la oportunidad perdida de los zombis…

—Yo procuraré ser breve —prometió el reverendo, estirándose la corbata. Parecía más nervioso que Ashley—. Y luego volveremos al infierno que tenemos aquí dentro.

—No antes —atajó Skeeter con voz entrecortada—, no antes de que yo me asegure de que no vuelve y de que la cubramos con tierra.

Admití la propuesta. Era un plan. Un plan sencillo. No sabíamos si funcionaría o no, pero por lo menos teníamos un plan.

13

El ruido de fondo que acompañó mi huida de Anderson fue la caótica sucesión de disparos de las patrullas, probablemente aterrorizadas al ver al ejército de no-muertos que ocupaba las calles. Había vuelto a casa de Tavia con intención de convencer a Tobin para que fuera conmigo al rancho del médico.

En el momento en que salvaba el cruce de calles y entraba en el patio delantero de mis abuelos, con la luz de las farolas a mis espaldas, vi una forma oscura en el suelo.

—¿Tobin? —dije en voz baja.

Abrigaba la esperanza de que no fuera mi amigo hasta que vi las trenzas estilo afro sobresalir de su cabeza como las púas de un puercoespín.

—Tobin —insistí.

Me acerqué con cuidado. Yacía de costado y no le veía la cara. Me preparé para salir corriendo si se movía hacia mí. No sabía si se había convertido en otra cosa.

Miré hacia la casa de Tavia y descubrí la multitud de agujeros de bala que habían abierto en el revestimiento de madera, en las ventanas y en la puerta. Me arrodillé al advertir que el cuerpo sin vida del infeliz estaba en las mismas condiciones.

Contuve las lágrimas y las ganas de vomitar. Los mismos cabrones que habían acribillado a la familia del puente habían repetido la hazaña con Tobin. No quise dejarlo en el jardín, pero ¿qué podía hacer? En aquel momento oí zumbar un motor diésel a un par de calles de allí.

—Lo siento, amigo —murmuré.

Salí corriendo como si en ello me fuera la vida. Volví sobre mis pasos, pues no sabía qué temía más, que me cazaran o escapar por el bosque sola en medio de la oscuridad.

Para volver a la ciudad tenía que arriesgarme a cruzar el puente y luego seguir por la carretera. Parecía más seguro que escabullirme entre los arbustos de la orilla del río. Como ya no oía los vehículos militares, volví a cruzar la carretera y la arboleda en busca de mi coche. Cerré la portezuela, eché el seguro y miré a mi alrededor antes de ponerme a dar gritos como una histérica. No estaba preparada para irme de Anderson sin mis hijas ni para ver el cuerpo de Tobin cosido a balazos, ni para sobrevivir en medio de algo que me llenaba de un miedo indecible.

Los faros del *jeep* rasgaron la noche cuando enfilé la carretera estatal 11. Menos de media hora después doblé hacia el norte por la estatal 123. A lo lejos oí el agudo pitido de la alarma antirrobo de un coche. El ruido subía y bajaba con rapidez, como las pistolas de rayos de las viejas películas de cienciaficción que tanto gustaban a mi madre.

—Quiero ver la película, Scarlet. ¿Te importaría dejar de alborotar un rato? ¿Es que nunca voy a tener tiempo para mí? ¡Vamos, largo de aquí! —exclamaba mi madre.

Mi vocecita de ocho años, respondona y diminuta, resonó con toda claridad en mi mente.

—Has estado fuera todo el día, trabajando.

—¡Que quiero ver la tele!

—¡Me siento sola! —gritaba y me echaba a llorar en silencio.

No quería que me oyera. Quería que me viera.

Entonces empuñaba el mando a distancia y subía el volumen con cara de asco. Puede que *Perdidos en el espacio* fuera la única ración de felicidad que le tocaba mientras trabajaba por horas para tres empresas y me educaba sin ayuda de nadie. Parece que mi necesidad de atención destruyó su vida.

—Me pones enferma, Scarlet. Eres igual que tu padre. Una de las personas más egoístas que he conocido —decía, casi destruyendo mi vida en el proceso.

Las palabras eran ocurrencias a posteriori, desahogos de la cólera que le quedaba, pero su fuego traspasaba mis ropas y me marcaba la piel, dejando una huella tan imborrable que aún la percibía a pesar de estar bregando por seguir viva mientras el mundo se derrumbaba. ¿Era egoísta por irme de Anderson? ¿Debería haberme quedado a esperarlas? ¿El paso que acababa de dar me condenaba a una vida en la que no volvería a ver los dulces rasgos de mis hijas?

Los faros del *jeep* iluminaron a docenas de espasmódicos. Deambulaban por la carretera como un rebaño de borregos. Hice una mueca al divisar niños entre ellos. Unos con mordiscos visibles en la carótida. Otros sin pedazos de carne que les habían arrancado con los dientes. Todos cubiertos con su propia sangre. Me vinieron a la mente las caras de Jenna y Halle y las proyecté sobre aquellos niños. Lloré con desconsuelo.

Pisé el freno y esperé con las manos en el volante. Si pasaba entre ellos y me obligaban a parar, tal vez me rodearan. A un lado vi un montículo con hierba. En lo alto destacaba una piedra con el nombre del pueblo, Shallot, tallado en su superficie. El sol empezaba a salir y distinguí la sombra de más espasmódicos que se desplazaban por la carretera hacia el coche que emitía los pitidos. El ruido los atraía.

A la izquierda había campos cultivados. Hectáreas y más hectáreas de trigales todavía empapados por la lluvia que había caído la mañana anterior. Si quería llegar al rancho sólo tenía dos caminos: uno era atravesar el rebaño y subir el montículo esperando que ninguno me rompiera el parabrisas; el otro era arriesgarme a quedarme empantanada en un trigal.

Reuní valor muy despacio. Cada latido del corazón era como una bomba que estallara; tenía las manos apoyadas en el centro del volante, preparada para apretar el claxon. Respiré hondo y toqué el claxon una vez. Docenas de cabezas se volvieron hacia mí. Las explosiones que sentía en el pecho marcaron el ritmo de mil diminutos velocistas. Aunque no me movía, el miedo me obligó a jadear. Segundos más tarde avanzaban de cualquier manera hacia el *jeep*. Volví a tocar el claxon y esperé. A pesar de que los espasmódicos estaban a menos de veinte metros, apreté la palma contra el centro del volante y la retuve allí hasta que todos y cada uno de aquellos horripilantes seres gimieron y estiraron los brazos en busca de la comida que por lo visto deseaba ser capturada. El miedo me agarrotaba la mano encima del claxon. Mientras tanto hacía tiempo, esperaba a que se movieran más deprisa para poder pasar entre ellos en dirección opuesta a la que seguían.

Cuando estuvieron a un metro del vehículo di un volantazo a la izquierda y me dirigí hacia el trigal.

—No te quedes atascado. *No te quedes atascado* —repetía. Giré a la derecha para rodear el rebaño, pero el *jeep* patinó en el barro y el miedo se apoderó de mí—. ¡Vamos! —grité, hundiendo los dedos en la funda del volante.

El coche daba saltos y sacudidas y temí perder el control, aunque los neumáticos de estrías antibarro se adhirieron al suelo y consiguieron devolverme al firme de la carretera. Tras patinar un par de veces el vehículo adquirió firmeza y corrí hacia la torre blanca lanzando gritos de triunfo.

El sol acababa de asomar por el horizonte cuando vi la torre del agua sobresalir entre los árboles. Recordando la canción de Halle, giré el volante; nunca me alegré tanto de pasar a un camino de tierra. Cuando llegué al cementerio y doblé a la izquierda, la oscuridad nocturna se había replegado ante el avance de la azul claridad del nuevo día. Las nubes de tormenta del día anterior habían desaparecido. Si el mundo no se estuviera yendo a pique habría dicho que era un día precioso. Doblé a la derecha en el primer cruce, pero ya no podía reducir la velocidad. Cuanto más cerca estaba del refugio, más miedo sentía. Tenía el pie inmovilizado contra el pedal del acelerador, pero el *jeep*, en vez de ir más rápido, se limitaba a rugir con más fuerza. Habían transcurrido unos cinco minutos desde que había visto la torre blanca, pero me pareció que duraban una eternidad.

Al entrar en el camino de acceso aparté el pie del acelerador de manera instintiva. La camioneta del doctor Hayes estaba en el jardín y al lado había un Mercedes plateado. El buen hombre había conseguido llegar.

Ni siquiera me molesté en cerrar la portezuela del *jeep*. En cuanto pisé el suelo, eché a correr como una liebre y no me detuve hasta llegar a la puerta.

—¿Doctor Hayes? ¡Soy yo! ¡Scarlet! —Golpeé con el puño el marco de la puerta de tela metálica—. ¿Doctor Hayes? ¡Soy Scarlet! No estoy contagiada... Por favor... por favor, déjeme entrar.

Mi emoción y mi alivio se transformaban en decepción con cada segundo que transcurría. El tío era radiólogo, tenía más de un coche. Él y su amiguita, Leah, sólo iban al rancho la semana que el doctor Hayes libraba. Los radiólogos trabajaban dos semanas y tenían la siguiente libre y todos poseían una granja o un rancho al que podían retirarse durante aquellos siete preciosos días. Leah era abogada y vivía a dos horas en coche de allí. Por lo general querían que les limpiara el nido el fin de semana, antes de que ellos se encontraran. El Mercedes del jardín era de ella. Probablemente se habían encontrado en el rancho y se habían ido a otra parte con el coche de él. A recoger a las hijas de Hayes quizá.

La luz del granero parpadeó y se apagó. No tenía otro sitio donde ir. Necesitaba entrar en la casa.

Tiré despacio de la puerta de tela metálica, haciendo muecas cada vez que chirriaban los goznes. El pomo de madera giró sin problemas, empujé con cuidado y escuché.

—¿Doctor Hayes? —llamé en voz baja, deseando por una parte que no me oyera y por otra que sí.

La casa parecía intacta. Cuando hube inspeccionado todas las habitaciones y llegado a la conclusión de que no había nadie, fui al porche de atrás, me subí encima de la secadora y me pregunté qué necesitaría para convertir la casa en un lugar seguro. ¿Clavar tablas en las ventanas? No era mi casa, pero si el doctor Hayes volvía con Miranda y con Ashley, probablemente se alegraría al ver que se había hecho algo en su ausencia. Me fijé en el suelo y sentí alivio y temor casi a la vez. Delante de la puerta había huellas embarradas que se dirigían al patio lateral. Bajé de un salto de la secadora y miré a través del plexiglás que formaba la mitad superior de la puerta. Había salpicaduras en el hormigón. Algo pegajoso y pedazos de otra cosa: vómito. Las pisadas se dirigían al interior y hacia mi derecha, a las escaleras y el sótano.

Había limpiado aquel sótano muchas veces. Se usaba para guardar objetos, estaba enmoquetado, pintado y no tenía nada de siniestro, pero en aquel instante sentí un miedo cerval a descender por aquellos peldaños.

Me quedé mirando el rastro de barro hasta que me decidí a dar el primer paso. El peldaño se quejó bajo mi pie y cerré los ojos con fuerza, esperando que nada extraño saltara sobre mí para castigarme por haber hecho ruido. Como no ocurrió nada, abrí los ojos y busqué un arma inmediatamente. Lo más cercano que vi fue un martillo. Estaba en una caja de herramientas de color rojo y con asa que se encontraba abierta en el suelo. Lo cogí, lo blandí para asegurarme de que lo sujetaba bien, y bajé más peldaños, preparada para enfrentarme a lo que hubiera allí abajo.

«Si está vivo, no le atices. No lo amenaces. Ni siquiera reacciones.» Pensé todo esto en cadena, en bucle, y me lo repetía con intensidad creciente cada vez que descendía un escalón. Con todo y con eso, cabía la posibilidad de que tuviera que reaccionar amenazando.

Se abrió la puerta y en cuanto me agaché para mirar dentro, vi unas piernas tendidas en el suelo. Eran de Leah, y aunque no la veía entera, comprendí que estaba boca abajo. Tras mirar rápidamente a izquierda y derecha, me resolví a entrar siguiendo el rastro. El doctor Hayes estaba sentado, con la espalda apoyada en la pared, una ancha herida en el cuello y un agujero de bala en la sien. Al lado de su mano abierta y sin vida se encontraba una de sus muchas pistolas. También Leah tenía un agujero de bala como el de Hayes, pero su barbilla y su pecho estaban cubiertos de sangre y la carne que faltaba en el cuello de Hayes estaba en su boca.

La sangre había salpicado en varias direcciones: vi manchas en la caja de seguridad que contenía las armas y que estaba abierta en el rincón, vi sangre en la pared, vi sangre en el suelo. Por lo que alcancé a deducir, el doctor Hayes había bajado al sótano en busca de un arma, para protegerse, pero Leah, al parecer, se lo había impedido y le había atacado. Debió de transformarse muy deprisa. Hayes huía probablemente de ella. Supuse que, sabiendo que estaba infectado, después de matarla a ella se suicidó. Tenía lógica.

De súbito me sentí muy sola. No me había pasado por la cabeza la posibilidad de que el rancho estuviera vacío. Las hijas de Hayes no estaban. Leah había muerto. ¿Estaría en camino el resto de la familia de él? Estaba previsto que Miranda y Ashley le hicieran una visita aquel fin de semana. Puede que no tardaran en llegar. No había que descartar la posibilidad de que hubieran tenido la misma idea que yo y aparecieran las dos hermanas con su madre. El rancho era el mejor sitio para refugiarse, y aunque no visitaran muy a menudo al doctor Hayes, éste, como todo padre con hijas, era su protector. Tenía lógica que quisieran dirigirse al rancho. Eso esperaba yo al menos.

El doctor sonreía la mañana anterior al pensar en la visita de sus hijas y yo no podía creer que ahora estuviese sentado en un charco de su propia sangre a pocos metros de mí. Era completamente irreal. No había emociones que respondieran a la situación. No pude apartar los ojos de la macabra escena hasta que se me ocurrió que si las hijas llegaban al rancho, verían a su padre en aquella postura.

—Qué barbaridad —murmuré.

Sin saber por qué, quise saber cuántas veces había visto a Hayes comerse un dónut. Era un hombre fornido y no sabía cómo subirlo por las escaleras.

Me acerqué al lugar de la tragedia y recogí la pistola del suelo. El seguro estaba quitado. Empujé la cadera de Leah con el pie mientras le apuntaba la nuca con la pistola. Vi que tenía un agujero de salida mayor que el de entrada, pero no quería sorpresas. Se inclinó hacia delante, pero no volvió a moverse. Eché el seguro del arma.

Convencida de que no iban a atacarme, volví a la planta baja —pistola en mano— y crucé la casa hasta el porche delantero. Me quedé en la terraza de madera, evaluando lo que me rodeaba y decidiendo qué hacer primero.

El cansancio se apoderó de mí repentinamente y me senté en los escalones con tanta brusquedad que me hice daño en el culo. Lo había conseguido. Nos habían dicho que aquél era el lugar indicado para refugiarse si se producía un apocalipsis. Éste se había producido y allí estaba yo. Pero sin mis niñas.

Alejé la idea sacudiendo la cabeza, negándome a derramar más lágrimas. Se dirigían hacia el rancho, estaban en camino, y yo tenía que arreglar el lugar para recibirlas. Había mucho trabajo que hacer, aunque sabía que no tardaría en venirme abajo y debía tomar algunas precauciones para echarme a dormir segura y confiada. En el granero había tablas viejas, pero allí estaba el toro. Tenía que entablar las ventanas y asegurar el perímetro, y enterrar a Leah y a Hayes antes de acostarme para dormir un poco. Seguramente tardaría todo el día, así que me puse en pie, respiré hondo y me pregunté cuánto tiempo resistiría hasta que el cuerpo me dijera basta.

Rodeé la casa para dirigirme al cobertizo, encontré una pala y luego localicé un bonito lugar al pie de un arce, en el lado sur de la propiedad. Y me puse a cavar.

Nathan

Los ojos casi se me salían de las órbitas. Parpadeé para ver mejor lo que me rodeaba y comprender dónde estábamos. Acababa de tener la madre de todas las pesadillas y Zoe seguía dormida en mis brazos, pero por el olor a moho que nos rodeaba, era evidente que no estábamos en casa.

Cuando conseguí ver bien la habitación, sentí alivio mezclado con miedo. El miedo pudo más que el alivio sin el menor esfuerzo. Estábamos lanzados en una carrera contra la muerte. Jill estaba muerta o pronto lo estaría, mi mujer se había ido, y Zoe y yo no podíamos descansar ni un minuto.

A mi derecha estaban los dos viejos, Walter y Joy. Él se había dormido en su sillón abatible y roncaba. Tragaba aire por la nariz y lo expulsaba por la boca, y el aire se le acumulaba hasta que se le escapaba por entre los labios. Ella estaba despierta y me observaba con una sonrisa.

—Siempre lo ha hecho —dijo en voz baja—. Al principio me crispaba los nervios. Ahora me relaja.

Me incorporé hasta quedar sentado, procurando no despertar a Zoe. El sol iluminaba la habitación por unos tragaluces que había cerca del techo. El televisor estaba encendido, pero en silencio.

—No creo que vuelvan a dar noticias, pero al menos seguimos teniendo electricidad.

Asentí y crucé los brazos.

—¿Le enviarán factura por el consumo?

Se echó a reír brevemente.

—Lo dudo. Ayer por la tarde vi al cartero pasar de largo.

Era retorcido y morboso, pero me pareció tan divertido que no podía dejar de reír. Hasta las tazas temblaron de la risa. También Joy rió por lo bajo. Procurábamos no despertar a Walter ni a Zoe, de modo que nos sacudíamos emitiendo gemidos. Los ojos de Joy empezaron a lagrimear. Se levantó.

—Voy a preparar café. ¿Le apetece?

—Iré con usted.

Comprobé que Zoe estuviera bien tapada con la manta y seguí a Joy escaleras arriba. Puso agua a hervir sin decir palabra mientras yo efectué varias comprobaciones. No había ventanas rotas ni puertas abiertas. Tampoco vi a ningún contagiado. Salí al porche. A lo lejos aún se oía vagamente la alarma antirrobo del coche de la carretera. La batería aguantaba. Pensé en Skeeter, en Jill, incluso en Aubrey: dónde estarían, si estarían a salvo, si habrían conseguido descansar aquella noche. Pensé también en otras personas que habían tenido algún papel en mi vida. Mi jefe, que era un bribón de siete suelas, aunque su mujer y sus hijos eran buena gente; mi primo Brandon y sus seis criaturas; nuestros vecinos; la señora Grace, mi maestra de segundo curso. Cabía la posibilidad de que casi todas las personas que había conocido estuvieran ya muertas. O en un estado parecido a la muerte.

Cuando volví a la cocina, Joy vertía el humeante y negro brebaje en una taza.

—Dije en serio lo de anoche —comentó, invitándome a tomar asiento—. Usted y Zoe pueden quedarse el tiempo que quieran.

Eché en la taza leche en polvo y azúcar y removí el café con una cucharilla.

—Se lo agradezco. Pero ¿no le parece peligroso quedarse en el pueblo? Nosotros venimos de Fairview. Estuvimos en una iglesia con otras personas. Los contagiados querían echar abajo el edificio. Me fui con Zoe porque antes o después acabarían entrando.

—Yo soy incapaz de imaginarme lejos de aquí. No sabría adónde ir.

—¿Conoce a alguien que tenga alguna finca por aquí? ¿Lejos de los caminos? Eso es lo que esperaba encontrar.

Joy reflexionó unos momentos. En vez de responder, tomó un sorbo de la taza. Había bondad en sus ojos, la luz azul de sus iris quedaba acentuada por su pelo blanco, pero también la delataban.

La mujer escondía algo. Yo no conocía de nada a aquellas personas, pero si alguna oportunidad había para saber lo que ocultaba, era aquel momento en que Joy estaba sola.

—Entiendo. No nos conocen, ni a mí ni a Zoe. No era mi intención ser indiscreto.

Joy arrugó la frente. Se notaba que estaba en un conflicto.

—No, no es eso. Es que no estoy segura.

—¿Segura de qué?

La puerta del sótano se abrió en aquel instante.

—Su pequeña se ha despertado, Nathan —anunció Walter—. He tratado de hablar con ella, pero me parece algo confusa. Será mejor que baje usted antes de que se altere demasiado. Dígale que suba para desayunar. Procuraremos que piense en otras cosas.

Asentí y sonreí con gratitud. Me levanté de la mesa esperando no haber perdido mi última oportunidad.

14

Scarlet

En el frigorífico había varias botellas de agua. Cogí una, desenrosqué el tapón y me la bebí. Dos días antes aquella misma cantidad de agua me habría durado toda una mañana, pero ahora me sentía como si no hubiera probado ni una gota en varias semanas. Abrí otra botella y también me la zampé hasta que no quedaron más que unos dedos de líquido en el fondo.

Había invertido casi toda la mañana en cavar una fosa y aún quedaba otra tumba y un montón de cosas por hacer antes de poder sentarme a descansar. Llevaba más de veinticuatro horas sin dormir y me sentía física, mental y emocionalmente agotada.

Volví al patio trasero y me quedé mirando los cadáveres del doctor Hayes y su novia Leah. Subir a rastras por la escalera al doctor era lo más hercúleo que había hecho en mi vida, después de parir. En mitad del ascenso me había detenido para descansar y por poco se me había caído. Lo único que me había animado a perseverar había sido la idea de que la otra alternativa era descuartizarlo y subirlo por partes. Habría sido más sencillo, sí, pero también mucho más sucio.

Me apoyé en el árbol, medio mareada. Todos los músculos me pedían descanso. Para no desmayarme y quedarme indefensa en el exterior, el instinto de conservación me sugirió retirarme al interior de la casa. Con ese solo objetivo en la mente, volví al cuarto de la lavadora, bajé las escaleras y me encerré en el sótano, atrancando la puerta con un viejo y pequeño canapé, y con las últimas fuerzas que me quedaban. Caí redonda sobre los ásperos cojines y antes de que ninguna otra cosa me pasara por la cabeza, perdí el conocimiento.

Cuando abrí los ojos vi una moqueta sucia y una pared que se concretaba y se diluía. El silencio era total. Mi vista resbaló por la moqueta hasta que tropezó con los sólidos restos del forcejeo que habían sostenido el doctor y Leah.

El corazón me estalló en un millón de fragmentos. No sabía qué hora era, ni qué día, sólo que me hallaba en el infierno. Mis hijas estaban en un lugar donde yo no podía protegerlas y me encontraba sola. Aquella vez me costó más recuperarme, pero me concedí un tiempo más que suficiente para llorar. Acto seguido me acerqué a la caja fuerte donde el doctor guardaba armas. Había otras, pero aquella al menos estaba abierta. Me fijé en un fusil, se adaptaba bien a mis manos, y subí con él.

La posición del sol me confundió al principio. Estaba más alto que cuando había decidido descansar. «No es posible», me dije. La única explicación era que había dormido el resto del día y toda la noche.

La ensangrentada camisa del doctor estaba húmeda de rocío. La idea de haber estado allí tanto tiempo resultaba turbadora y sentí mil emociones a cual más tortuosa. ¿Qué habrían estado haciendo las niñas durante la víspera y toda la noche? Fui presa de sentimientos irracionales como el miedo a que no hubieran sobrevivido por no haberme preocupado por ellas cada minuto de cada hora.

Incapaz de poner más orden en mis pensamientos, arrastré a Leah hasta su tumba y eché tierra en el agujero con la pala. Las manos empezaron a quemarme y a resentirse de los esfuerzos de la víspera. La mujer yacía boca abajo y fue desapareciendo poco a poco. Cuando hube llenado el agujero me puse a cavar otro. Cavé la fosa del doctor Hayes un poco más ancha y más profunda. Cavé hasta que el subsuelo era demasiado duro. Empujé el cadáver y cayó al fondo. No le cabían las piernas totalmente estiradas, así que se las doblé.

A mediodía ya había rezado una oración por mis amigos, me había preparado un bocadillo, había buscado cuerda y cordel, y encontrado el cubo de latas reciclables de Leah. Mi plan era acordonar la casa con las latas, para que sonaran si llegaban espasmódicos. No era un sistema infalible, pero me tuvo ocupada.

Pasaron dos días antes de ver al primer espasmódico. Iba en bata y solo, y llegó tambaleándose por la carretera. El cañón de mi fusil lo siguió hasta que lo perdí de vista. Me pasó por la cabeza la idea de dispararle, pero como había visto la reacción de los espasmódicos al oír la alarma antirrobo en las afueras de Shallot, tuve miedo de que el ruido atrajera a más. Lo dejé ir, rogando al cielo que mi cobardía no le diera carta blanca para atacar a cualquier otra persona con la que se cruzase.

Vigilaba la carretera todo el día, por si aparecían las niñas. Para matar el tiempo limpiaba, ordenaba, reordenaba y escribía instrucciones sobre cómo racionar el agua y la comida. Las niñas estaban en camino y tenía que procurar que para cuando llegaran hubiese víveres, sobre todo hamburguesas con queso para Halle y palomitas con doble mantequilla para Jenna.

El cuarto día fue deprimente. Una parte de mí quería creer que las niñas se dirigirían directamente al rancho, pero cada vez que se ponía el sol me convencía de que aquello no iba suceder. No sabía por qué no habían llegado ya. Me negaba a admitir la peor versión posible y en consecuencia me consolaba diciéndome que Andrew estaba tomando precauciones para que nuestras hijas estuvieran a salvo. Sin embargo, la espera era una tortura. Antes de declararse la epidemia, nunca había tiempo para nada. Ahora los días eran desesperantemente largos, cada vez me sentía más sola y me preguntaba si no sería la única persona viva en el planeta. Lo cual desencadenaba pensamientos no menos inquietantes: si la anticipada partida de Christy le habría servido de algo y si su hija Kate se encontraría en un lugar seguro, si David y su familia estarían bien, si David habría conseguido salir del hospital. Si la señora Sisney estaría atacando a la gente... Me estremecí para no seguir pensando en la probable escena, aunque inmediatamente me vinieron a la cabeza otras posibilidades, peores aún. Mi madre. Mi madre estaba sola en casa, igual que mi vecina, la señora Chebesky. Me habría gustado llamarlas para saber cómo estaban las cosas por allí. La primera tarde había probado a llamar por el fijo del doctor, y luego lo había intentado todos los días, pero primero oí unos pitidos continuos que no auguraban nada bueno y después dejó de haber línea.

Al día siguiente vi a otro espasmódico, esta vez una mujer. Una parte de mí quiso utilizarla para hacer prácticas de tiro, pero volví a tener miedo de que el ruido atrajera a otros. Me escondí en la casa, pasó de largo y se internó en el campo contiguo sin que se produjeran incidentes.

Cada vez que pensaba que mi hipótesis había sido acertada, me llenaba de orgullo. El rancho del doctor era el lugar ideal para seguir con vida durante el fin del mundo. Pero no habría supervivencia mientras mis niñas no estuvieran conmigo. Por eso vigilaba la carretera, y a veces oteaba el horizonte con tanta atención que casi las veía.

Pero el jueves por la mañana no fue en la carretera donde vi a alguien. Fue en la colina.

Nathan

—¡Papá! —exclamó Zoe, entre asustada e irritada. Lo dijo con tono de reproche, el que utilizaba para educarnos a Aubrey y a mí cada vez que infringíamos una norma—. ¡Me has dejado sola! —Tenía ya los ojos hinchados y algo húmedos—. ¡Me has dejado sola!

—No te he dejado sola —repliqué, arrodillándome ante el sofá en el que seguía acostada. Me esforcé por hablar con calma y suavidad—. Estaba arriba hablando con la señora Joy.

Dejar que Zoe despertara sola en un lugar desconocido había sido un acto de irresponsabilidad por mi parte. Era una niña sensible a muchas cosas (a ciertos tejidos, ciertos ruidos, ciertas situaciones) y habíamos establecido costumbres para que estuviera tranquila la mayor parte del tiempo. Había transcurrido un año desde su último «episodio», como los llamaba su consejera escolar, pero yo siempre me daba cuenta de las ocasiones en que se incubaba alguno.

Aun sabiendo que necesitábamos guardar silencio para seguir vivos, la pequeña no podía contener las sobrecargas de estímulos, dado que estaba acostumbrada a desahogarse. Pero no podía convertir aquella incapacidad suya en norma. No mientras no encontrara otra forma de desahogo.

—Zoe —le dije con voz suave.

Aubrey no tenía paciencia para esto, pero porque no sabía hablar con voz melosa, como decía ella. Zoe reaccionaba mucho mejor cuando se empleaba la entonación acaramelada con la que yo le hablaba en aquellos momentos.

La niña cerró el puño y me golpeó en el hombro. No me hizo daño, claro. Su intención tampoco era hacérmelo. Simplemente fue su forma de exteriorizar la tensión que no podía expresar de otro modo.

—¡No me dejes sola nunca!

—Nunca. Nunca te dejaría sola. Siento que te asustaras al despertar. Ha sido culpa mía.

Me golpeó el pecho con la otra mano.

—¡Me asusté! ¡Me asusté!

—Muy bien —dije para estimularla—. Di lo que piensas y como lo piensas.

Zoe respiró hondo, lo cual siempre era un buen síntoma.

—¡Tenía una pesadilla! ¡No sabía dónde estaba! ¡Pensé que habías muerto!

Vi turbulencia en sus ojos y toda ella tiritaba, indicio de que no iba cuesta abajo, pero que había llegado a la cima.

—¡Nunca más!

—Sabes que no puedo hacer promesas.

—¡No! ¡Prométemelo! —dijo a gritos.

Asentí.

—Lo que te prometo es que nunca te dejaré sola sin decírtelo antes. Siempre sabrás dónde estoy. ¿Trato hecho?

Inspiró y luego dejó escapar el aire. Parpadeó varias veces y luego sus ojos se calmaron. Abrí los brazos para que me abrazase. De todos modos, no me lo habría permitido antes de estar preparada. Con los años yo había aprendido a proponer y esperar.

Cuando su cuerpecito se pegó al mío, la rodeé con los brazos.

—Lo siento, pequeña mía. Estoy aquí. Estás a salvo y te quiero.

También ella me abrazó con fuerza y rompió en sollozos. Le resultaba agotador y aterrador perder el dominio, y si no hubiera despertado hacía un minuto, se habría acostado para dar otra cabezada. Le limpié los ojos y le cogí la mano.

—La señora Joy ha preparado el desayuno.

La conduje escaleras arriba, incapaz de pasar por alto la cara que podían poner nuestros anfitriones. Me había acostumbrado a ellos. La gente que coincide por casualidad y vive un episodio dramático, o se repele o congenia, sin términos medios. Cierta vez que estábamos en un centro comercial, una mujer se acercó a Aubrey para decirnos que lo que Zoe necesitaba era una buena azotaina. Me daba la impresión de que todos los desconocidos sabían siempre mejor que nosotros cómo había que educar a nuestra hija. Incluso cuando no lo decían, nos lo daban a entender con su expresión. Zoe, al parecer, nunca se daba cuenta. Yo esperaba que nunca se diera cuenta.

—Ya está aquí nuestra Zoe. Espero que te gusten los bollos de canela.

—Sí, muchísimo —exclamó Zoe, con los ojos como platos y sonriendo de oreja a oreja. Siguió la trayectoria de la bandeja hasta que estuvo delante de ella, y no tuvo empacho en coger uno con ambas manos para llevárselo a la boca.

Joy sonrió.

—Ya me figuraba que no necesitaría tenedor.

—Qué va a necesitarlo —respondí—. No tengo palabras para agradecerles lo que hacen por nosotros.

—¿Papá? ¿Dónde está mami? —preguntó Zoe con la boca llena de bollo.

—Pues verás… —tartamudeé mirando a Joy—. Se fue de viaje.

—¿Y volverá? ¿Cómo nos encontrará?

Puse cara de circunstancias.

—No lo sé, pequeña.

Zoe se quedó mirando el bollo mientras procesaba la información.

Se oyó ladrar a un perro. Unas cuantas veces al principio y luego sin interrupción. Joy sonrió.

—Es *Princesa*. Es de nuestros vecinos, los Carson. Hace días que le damos de comer y dejamos que se quede en el patio de atrás. ¿Te gustaría ayudarme a darle de comer, Zoe?

Ella asintió con exagerados movimientos de cabeza. Mientras se acababa el resto del bollo, echó atrás la silla para levantarse de la mesa. La silla chirrió contra el suelo y tuve que cerrar un ojo porque el ruido me daba dentera.

Walter sonrió.

—Este suelo ha sobrevivido a tres nietos, dos de ellos varones. No creo que Zoe consiga echarlo abajo.

Pasamos el resto del día charlando y vigilando la calle. Cuando Joy y Zoe volvieron de dar de comer a *Princesa*, la primera encontró una caja de juegos de mesa y una baraja, y jugó a la pesca con mi hija. Todo parecía tranquilo, aunque de vez en cuando alguien procedente de Shallot pasaba arrastrando los pies, con los ojos blanquecinos y siempre con alguna herida. Me pregunté si la gente que había sido mordida se transformaba poco a poco y se dirigía lentamente a la carretera.

Cuando los dos últimos muertos se alejaron, Walter y yo volvimos al porche y nos sentamos en sendas mecedoras de madera. Joy nos sirvió bocadillos y rodajas de manzana. Le di las gracias y me pregunté cuándo volvería a tener una oportunidad para averiguar qué me había querido decir aquella mañana.

—Ese que ha pasado era Jesse Biggins —comentó Walter, mordiendo una rodaja de manzana. Cabeceó—. Es un gran cazador. Tiene un buen surtido de escopetas en casa. ¿Quiere que le hagamos una visita?

—¿No tiene familia?

Negó con la cabeza.

—Su mujer falleció hace unos años. Sus chicos se mudaron a la ciudad. Les salió una oportunidad y la aprovecharon.

Asentí.

—Podríamos pasar también por un par de sitios para recoger víveres.

—Bueno, tenemos una tienda. Es pequeña, pero es lo que hay. No sé quién más no está enfermo. Puede que todo se haya acabado ya.

—¿Cuántos habitantes tiene el pueblo? Más o menos.

Aspiró hondo por la nariz mientras lo pensaba.

—Unos cien. Tirando por lo alto.

—Basándonos en el grupo que había en la carretera, yo diría que queda menos de la mitad.

El viejo asintió y su expresión se ensombreció.

—Es lo que me temía.

Después de poner en conocimiento de Zoe adónde íbamos y por qué, y cuándo pensábamos estar de vuelta exactamente, Walter y yo partimos con varias bolsas vacías y dos latas para gasolina. Joy estaba detrás de Zoe, con las manos en sus hombros, mientras la pequeña nos decía adiós. La tienda estaba a unas calles de distancia y la casa de Jesse un poco más lejos, así que dimos por sentado que iba a ser un viaje rápido.

Tal como había sospechado, la tienda estaba casi llena de víveres, pero vacía de todo lo restante. Como teníamos presente la sensibilidad de los contagiados a los ruidos, portábamos armas —Walter su escopeta y yo mi pistola— para utilizarlas como último recurso. Él tenía un par de hachas en el cobertizo y también las llevábamos.

Walter fue directo al pasillo del café. Yo metí en mi bolsa todas las botellas de agua que podía transportar y algunos comestibles de larga duración. Cerillas, todos los encendedores que había, linternas, pilas, pantis y compresas.

Walter me miró arqueando las cejas.

—Los pantis sirven para atar, para filtrar líquidos y para muchas otras cosas. Las comprensas son adhesivas y absorben. Son útiles para las heridas.

Asintió.

—Pensé que a lo mejor te vestías de mujer —dijo, recogiendo un par de botiquines portátiles—. Yo no soy tan creativo. Me conformo con lo de siempre.

Sonreí. Mis bolsas estaban casi llenas y aún no habíamos pasado por el domicilio de Jesse.

—¿Y si volvemos ya? Dejamos esta carga y luego vamos a buscar las escopetas, o vamos mañana mejor.

—Está al principio de esta misma calle. De todos modos, echaremos un vistazo.

—Famosas últimas palabras. ¿No ha visto ninguna película de zombis? Lo que acaba de decir es una especie de señal para que los espectadores teman que va a pasar algo si los personajes siguen con lo que están haciendo. Estoy decidido. Volvamos.

Walter me miró ceñudo, pero al final sonrió. En aquel momento sonó la campanilla de la puerta y su sonrisa desapareció como por ensalmo. Los dos percibimos el rumor característico que producía algo que se arrastrara con torpeza por al suelo de baldosas. Señalé la parte trasera de la tienda y en silencio articulé la palabra «vámonos».

Walter me leyó los labios y lo seguí a través de las puertas oscilantes hasta la trastienda, que hacía las veces de almacén. Ambos empuñábamos nuestras respectivas hachas. Escapamos por la puerta trasera sin ver quién había entrado.

—¿Cree que esa cosa sabía que estábamos allí? —preguntó Walter, andando con más premura que antes.

—A lo mejor nos olió.

—A usted quizá, yo me he duchado.

Me eché a reír y traté de que el viejo no me dejara atrás.

Miranda

Me pesaban los párpados. Aunque nos preparábamos para sacar a la esposa de Skeeter en medio de docenas de muertos que esperaban para mordernos, el tiempo parecía haberse detenido. El grifo goteaba y de vez en cuando caía una gota en la pila, dando lugar a un ritmo irritante que rompía el silencio.

Bryce y Skeeter comentaban estrategias mientras el reverendo y los demás hombres escuchaban con atención. Ashley trataba de convencer a Cooper de que no hiciera de cebo para alejar a los muertos de la iglesia, y las mujeres se esforzaban por dar calor y seguridad a los niños que descansaban en los camastros del pasillo para que pudieran dormir durante toda la operación.

Cuando Skeeter dio su conformidad, envolvieron a Jill con dos manteles de plástico. Al principio le molestó que la taparan del todo, se quejó de que así no podría respirar. Sabía tan bien como los demás que había muerto, pero aún no se había hecho a la idea. Nadie se lo reprochó y esperamos pacientemente a que estuviera listo.

Yo estaba sentada a la mesa, en una silla plegable de metal, con la barbilla apoyada en la mano. Era absurdo, pero lo único que me pasaba por la cabeza era que había sido una estupidez no dormir más la noche anterior al apocalipsis. Había estado levantada hasta tarde preparando un examen al que no me presenté porque la facultad clausuró las clases a causa de la pandemia. Y ahora tenía el cerebro lleno de integrales dobles y triples. Nunca había aplicado aquellas cosas en ningún sentido. Y ahora, decididamente, tampoco las aplicaría nunca. La idea de que había malgastado una barbaridad de tiempo estudiando para cosas que ya no importaban me enfurecía.

Podía haber estado recorriendo Europa con la mochila al hombro. Y ahora había un millón de probabilidades muy reales de que jamás conocería aquel continente.

—¿Miranda?

Erguí la espalda parpadeando.

—Sí.

—¿Estás lista? El sol va a salir. Dentro de dos minutos habrá luz suficiente para trasladar a Jill.

—Sí. Estoy lista. Te esperaba a ti.

Me puse en pie y vi que el reverendo movía los brazos y respiraba hondo varias veces. Probablemente pensaba que de aquel modo disimulaba su nerviosismo.

En el momento en que iba a acercarme a Bryce y a Skeeter para ayudarlos con Jill arriba se oyó un quejido. Todos los ojos de la habitación se movieron lentamente hacia el techo para mirar a quien no podían ver desde allí. A continuación se oyó un fuerte impacto, como si alguien se hubiera caído. Gary miró a Skeeter.

—Te lo dije. Es Annabelle.

Skeeter miró el envoltorio en que estaba Jill y sacó un fusil de su petate. Fue un gesto que a mi padre le habría encantado.

—Primero tenemos que encargarnos de Jill.

April, la madre, se rodeó la cintura con los brazos.

—¿Y vais a dejarnos aquí solas con esa cosa paseándose ahí arriba? ¿Y si derriba la puerta?

—Está tapiada —recordó Gary.

—Mi marido entabló las ventanas de nuestra casa. Y ya veis que no está aquí conmigo —señaló April, elevando la voz una octava.

—Muy bien —repuso Skeeter sin perder la calma—. Reduciremos a Annabelle y luego nos encargaremos de Jill antes de llevarla al cementerio. Las mordieron al mismo tiempo y no me perdonaría que agrediera a nadie.

—¡No será en esta iglesia! —exclamó Doris—. ¡Dígalo usted, reverendo!

El reverendo Mathis asintió mirando a Doris.

—No podemos arriesgarnos a sacar a Annabelle, pero tú, Skeeter..., tú quizá puedas esperar hasta que Jill esté fuera para darle descanso eterno.

—Si las mordieron al mismo tiempo... —intervino Bryce, pero Doris le impidió continuar:

—Pobre Annabelle —murmuró, ya con lágrimas corriéndole por las mejillas.

Skeeter quitó el seguro del fusil.

—Acabemos de una vez.

Bryce me dio un beso en la comisura de la boca antes de subir por la escalera, detrás de Skeeter, Gary y Eric. Durante la discusión, Evan había despertado y en aquel momento apareció en la cocina con paso inseguro, procedente del pasillo. No tardó en comprender que algo iba mal y se colgó del brazo de Bob.

—¿Qué pasa, abuelo?

Bob le puso la mano en el hombro.

—Annabelle ha despertado.

—¿Despertado?

—Ahora es como esos seres de ahí fuera.

El miedo que se apoderó de los demás se reflejó en la cara de Evan. A aquellas alturas todos los presentes habíamos visto muertos que andaban, pero ver que una persona moría y luego resucitaba era harina de otro costal. Una persona en la que confiabas y a la que amabas podía convertirse en un animal que deseaba comerte vivo. Yo no conocía a Annabelle y nunca la había visto, pero enterarme de que había conseguido ponerse a salvo y no había vacilado en arriesgarlo todo para salvar a Connor hacía que la considerase una persona extraordinaria. Oír sus torpes pasos arriba mientras la enfermedad ordenaba a su cuerpo descerebrado que se moviera para encontrar comida resultaba increíble. Annabelle se había sacrificado para salvar a Connor, pero la criatura en que se había convertido no titubearía en sacarle las tripas a zarpazos y dentelladas.

Los ruidos que producían las tablas al ser desclavadas del marco de la puerta se oyeron a través del pasillo.

—Sigo sin querer que vayas, Cooper —insistió Ashley—. No tienes por qué.

—Ya lo sé. Tampoco yo quiero ir.

—Pues no vayas.

Suspiré. Ese intercambio de repeticiones me crispaba.

—Tampoco tenían por qué dejar que nos quedáramos. Esto lo hacemos porque es la única forma de devolverles el favor.

—¿La única forma? —replicó Ashley. Por lo general no se enfrentaba conmigo, así que su actitud me sorprendió—. Ésta es la única forma en que pueden matarnos.

—Cooper no ha perdido una sola carrera en tres años, Ashley. Puede correr un día entero, si quiere. Ten un poco de fe.

Mi hermana arrugó el entrecejo.

—No.

—Bryce y yo vamos a salir. Si Cooper no los aleja, nos matarán.

—Eso es cosa vuestra.

—Dios mío, eres una niña mimada.

—¡Y tú una puta! ¿Quién ha muerto y te ha hecho capitana del equipo?

—Oye, Ashley... —terció Cooper.

—¿Capitana del equipo? ¡Aquí no estamos en un campo para animar a nadie! Todo el mundo sabe que en una situación como ésta nadie sobrevive solo. Tenemos que trabajar juntos. Así que deja de portarte como una idiota.

—¿Miranda? —murmuró Cooper.

—¡Cierra el pico, Cooper! —exclamamos Ashley y yo al mismo tiempo.

—Santo Dios bendito —dijo Doris, con la mano en el pecho.

Fue entonces cuando oímos clarísimamente el crujido del plástico y el gemido que salía del envoltorio en que estaba Jill. Evan retrocedió y se pegó a la pared. Bob se puso delante de él con actitud protectora; los demás miramos llenos de confusión y asombro.

No importaba que me hubiera dicho a mí misma muchas veces que era verdad, que era increíble que se moviera una persona que sabías que estaba muerta. Ni siquiera me atrevía a llamar a Bryce. Lo único que podía hacer era mirar a Jill mientras se desprendía de los manteles. Sus ojos blancuzcos barrieron la habitación y luego hizo varios intentos torpes de ponerse en pie.

—¡Mierda, mierda! —exclamó Cooper, tirando de Ashley y poniéndola detrás de él.

—¿Qué hacemos? —preguntó Doris.

Evan dejó escapar un grito, se dirigió a la puerta y se puso a dar manotazos frenéticos al pomo.

—¡No! ¡Están al otro lado!

Las palabras salieron de mi boca a cámara lenta. Cuando empecé la frase, Evan ya había enganchado el cerrojo con los dedos, pero la puerta estaba abierta. El niño se asomó, se envaró de súbito y empujó la puerta para cerrarla. Pero algo empujaba también por el otro lado y oímos los acostumbrados gemidos y los manotazos que propinaban extremidades de diferentes tamaños.

Arriba se oyó un disparo procedente del fusil de Skeeter. Los brazos grisáceos que querían entrar parecieron impacientarse.

—¡Evan! —gritó Bob. El viejo corrió a ayudarlo. Abuelo y nieto empujaron denodadamente, pero al otro lado había demasiados

ejerciendo la presión contraria. Sabían que estábamos dentro y tenían hambre.

April corrió por el pasillo para despertar a los niños. Jill se fijó
en ella y quiso ir detrás. Entonces apareció la señorita Kay por el
pasillo. Antes de que ésta pudiera reaccionar, Jill se le echó encima
y la tiró al suelo. Los alaridos de la anciana nos aterrorizaron, pero
la única vía de escape era ahora la parte de arriba. Bob afianzó el pie
en el suelo.

—¡Vete, Evan! ¡Yo aguantaré la puerta, tú vete!

—¡No! —gritó su nieto.

Así instintivamente a Evan por la camisa y tiré de él hacia el pasillo, siguiendo a April y a los niños escaleras arriba. Doris, Ashley y
Cooper corrieron detrás de mí. Bob aullaba y segundos después se
puso a gritar de dolor. Sus gritos fueron acompañados por los de la
señorita Kay y, muy poco después, por los de Barb.

Skeeter abrió la puerta del final de las escaleras y Cooper la cerró cuando pasamos todos.

—¿Qué demonios es esto? —exclamó Skeeter.

—¡Jill! —gritó Doris—. ¡Y la puerta de atrás está abierta! ¡Están entrando!

La cara de Skeeter, que expresaba desconcierto, se transformó
en una máscara de determinación.

—Los mordedores de la fachada seguirán a los demás hasta el
fondo. Podremos bajar todos por el tejado e irnos de aquí. Yo me
encargaré de Jill.

Cooper sujetó a Skeeter por la camisa.

—La escalera está llena. ¡No puede bajar ahí!

El hombre arrugó la frente.

—Le hice una promesa a mi mujer. Y voy a cumplirla.

Bryce abrió la ventana y ayudó a April y a sus niños a salir al tejado mientras hablaba.

—Skeeter, Coop tiene razón. Jill no querría que usted muriese.

El hombre montó el fusil.

—Mis dos cosas favoritas, mi mujer y mis armas, están abajo. Me voy, chicos.

Abrió la puerta y su fusil empezó a escupir plomo inmediatamente. Eric cerró a sus espaldas y Gary lo ayudó a apuntalar la puerta con un archivador. Lo que quedaba de Annabelle estaba en el suelo, junto a la ventana. Todos tuvimos que pasar por encima de ella para salir.

Tal como había dicho Skeeter, casi todos los muertos habían seguido a la horda de vanguardia hasta el fondo de la iglesia. Gary y Eric saltaron a la calle los primeros, Bryce y Cooper nos ayudaron a los demás a descender del techo y luego bajaron ellos también. La operación duró menos de un minuto. El fusil de Skeeter seguía descargando plomo dentro de la iglesia.

El sol se había levantado completamente por el horizonte. Vi que los últimos ciudadanos vivos que quedaban en Fairview corrían en distintas direcciones. Mi grupo se metió en el Escarabajo, me puse al volante y me alejé de allí con el corazón tan acelerado que si hubiera tenido alas habría llegado al rancho antes que nosotros.

—¡Espera, espera, espera! —exclamó Bryce, señalando el otro carril—. ¡Reduce la velocidad!

Todo mi organismo pugnaba por hacer exactamente lo contrario, pero de todos modos pisé el freno junto a una camioneta verde. Dentro había un tipo de nuestra edad. Bajé el cristal de mi ventanilla.

—¿Qué haces ahí? ¡El pueblo está lleno de zombis! —No respondió—. ¡Eh! ¡Eh!

Levantó los ojos.

—¿Te han mordido?

Negó con la cabeza. Luego pegó la cara a su ventanilla para mirar el desastre que había más abajo. Vi a una chica en bata de hospital, toda piel y huesos, tirada en la calzada. En el cráneo tenía un agujero de bala y sus sesos habían salpicado el asfalto.

Bajó el cristal de la ventanilla. Tenía los ojos hinchados. Había estado llorando, seguramente por la chica muerta.

—Me he quedado sin gasolina.

Miré alrededor. No podíamos dejarlo allí para que lo mataran.

—Anda, sube.

15

Nathan

Joy se arrodilló despacio en el suelo para ayudar a Walter a quitarse las botas. Habíamos vuelto casi a la carrera y estaba sudoroso. Cada vez que ella tiraba, su marido daba un gruñido, hasta que por fin quedó descalzo y se recostó en el sillón.

—¿Podrías traerme un vaso de agua, por favor? Estoy seco.

—Claro —respondió Joy—. Es como si os hubieran perseguido —comentó llena de curiosidad.

Zoe nos miraba desde el otro lado de la habitación y de vez en cuando desviaba los ojos hacia la puerta corredera de cristal. A raíz de aquel comentario de Joy, se puso a vigilar cada brizna de hierba que se movía en el exterior. La puerta daba al patio interior y a otra habitación que estaba en el otro lado de la casa. El dormitorio comunicaba con el jardín trasero a través de otra puerta corredera de cristal, pero quedaba oculto por las cortinas más feas que había visto en mi vida.

—No pasa nada, Zoe. Están todavía en la carretera.

Joy dejó dos vasos de agua en la mesa de la cocina y puso los brazos en jarras.

—¿Bien? Creo que hemos tenido bastante paciencia, ¿verdad, Zoe?

La niña apartó la cara del cristal lo suficiente para manifestar que estaba de acuerdo y prosiguió su misión de vigilancia.

Walter carraspeó y señaló nuestras bolsas con la mano.

—Hemos traído víveres. Se estaba haciendo tarde y un bomboncito que había allí no quería irse sin pantis.

Joy puso cara de no entender nada y esperó una explicación.

—Los pantis sirven para muchas cosas. No voy a ponérmelos. Bueno, la verdad es que podría, si hiciera frío. Son buenos como aislantes. —Los dos viejos parecieron disfrutar al ver que yo mismo me hacía un lío por abrir la boca—. ¿Qué pasa? Fui *boy scout*.

Walter se echó a reír.

—Todo el tiempo temiendo que se infiltrasen gays en su organización y se dedicaran a enseñar mariconadas como ésa.

—Mi guía era un repertorio de ideas para sobrevivir. Aprendí mucho de él.

—¿Como ponerse pantis? —preguntó Walter casi bufando y con voz aflautada.

Me encogí de hombros.

—Ande yo caliente y ríase la gente.

—Entonces no pasaré frío en todo el invierno —intervino Joy.

Su cara se suavizó al volverse hacia Zoe.

—Vamos, pajarito. Apuesto a que *Princesa* tiene un hambre de lobo.

Zoe asintió y la siguió al exterior.

Walter y yo nos dirigimos al porche delantero, nos instalamos en las mecedoras y planeamos el siguiente movimiento. Resolvimos visitar la casa de Jesse al día siguiente. Además, teníamos que llenar las latas de gasolina. Walter no parecía tener prisa, aunque le recordé que nos marcharíamos pronto. Fingió no oírme.

Al día siguiente fuimos andando a la casa de Jesse. Walter tenía razón: poseía más armas que Skeeter. Cargamos con todas las que pudimos, más la munición correspondiente, y volvimos a casa. Repetimos la operación durante tres días, a razón de una expedición diaria. El sótano empezó a parecer un arsenal. Metí varios fusiles y escopetas en mi coche, y una vez más recordé a Walter que Zoe y yo no íbamos a quedarnos.

Los días empezaban a ser más largos y cada vez que tenía que pensar en qué día estábamos, me entraba miedo. El único motivo por el que me importaba el tiempo era mi temor a pasar la noche al descubierto. Que fuera fin de semana o no carecía ya de interés. Había que sobrevivir todos los días, uno tras otro. Viviendo con Walter y Joy, a pesar de la proximidad de los infectados, el apocalipsis parecía menos malo. No obstante, tenía que llevar a Zoe a algún lugar alejado de todo peligro y aún no había tenido un momento con Joy para saber si conocía algún sitio donde pudiéramos instalarnos.

—No me crees, ¿verdad? —susurré.

Walter y yo observábamos a un infectado que pasaba y negó con la cabeza.

—Necesitas dormir más. No razonas bien.

—Voy a aventurarme fuera del pueblo. Para explorar la zona. Para ver si encuentro una casa.

—Ya tienes una casa aquí, zoquete —replicaba Walter gruñendo.

La puerta delantera quedaba abierta. Joy solía sentarse cerca del umbral y miraba a su marido con sonrisa de comprensión. Él cabeceaba tan despacio que si no me hubiera mirado al mismo tiempo apenas me habría dado cuenta de lo que hacía. Al parecer, la pareja no estaba de acuerdo en algún detalle.

Joy se adelantó para situarse detrás de Walter, le apretó los hombros y entonces habló.

—Me preguntaste por un sitio apartado.

—Sí —dije.

Me puse rígido instintivamente y presté la máxima atención a lo que iba a decir.

—Hay un médico que viene a veces a la tienda del pueblo. Compra cosas en gran cantidad. Yo sólo he hablado con él una vez. Parece un hombre razonable, no lo que podría esperarse de un médico de una gran ciudad. Sé que tiene dos hijas y vive al noreste de aquí. Está a varios kilómetros de distancia, eso quiere decir que la casa tiene que estar suficientemente aislada para que tú y Zoe estéis allí a salvo.

Walter miró ceñudo a su mujer.

—Yo nunca entraría por las bravas, Walter. Espero que sepas eso. Pero tengo que encontrar el lugar más seguro para Zoe.

Joy sonrió.

—No es eso. Lo que pasa es que le gusta que los dos estéis aquí. No quiere que os vayáis.

Él cruzó los brazos y se recostó en la mecedora con mala cara.

—¿Es verdad eso?

Enemistarme con Walter no era buena idea, pero la situación era demasiado graciosa para pasarla por alto.

—Vete a la mierda —murmuró con la frente arrugada.

Joy rió con malicia y cabeceó.

—Es más tozudo que una mula —dijo, frotándole el hombro.

Walter se puso en pie de súbito con el fusil en la mano.

Yo miré a mi alrededor sin comprender.

—¿Qué pasa?

Ya con el fusil preparado para disparar y los ojos entornados, Walter anunció:

—Jóvenes.

Miranda

El sol caía sobre nosotros cuando doblamos por la estatal 123 en dirección norte. Las manos me temblaban al pensar en lo cerca que estábamos ya del rancho de mi padre. Imaginaba su reacción cuando viera el Escarabajo detenerse delante de la casa y lo que sentiría yo cuando sus fuertes y cálidos brazos me rodeasen; sus mejillas hinchadas de preocupación y cubiertas de lágrimas de felicidad.

No sé por qué le reprochaba que se hubiera divorciado. Había sido mamá quien había decidido que no quería seguir casada con su profesión. Le rompió el corazón a papá cuando se lo dijo con esas mismas palabras, pero sin saber por qué yo me puse de parte de ella.

Me parecía más frágil, menos capaz de seguir adelante sola. Yo no estaba segura de lo que habría hecho papá para cambiar la situación. ¿Dejar el trabajo? ¿Echar por la borda años de aprendizaje? ¿Qué otra cosa podía hacer? Hasta que empecé el segundo semestre del primer año de universidad no comprendí que no sólo se trataba de fiestas y amigos. Fueron horas de estudio, preocupaciones y redacción de trabajos que no saldrían de las manos de los profesores. Pero yo le echaba la culpa a él. Y lo castigaba con mis ausencias.

Tenía los ojos llenos de lágrimas cuando pisé el freno para detener el Escarabajo. A unos cien metros de nosotros había una abundante horda de muertos. La alarma antirrobo del coche me confundía. Me perforaba los tímpanos; sin embargo, había estado tan ensimismada pensando en mi padre que no me había percatado de los pitidos ni del parpadeo de los faros, perceptibles entre las docenas de cadáveres ambulantes, hasta que estuvimos casi encima de ellos.

—¿Qué te propones? —preguntó Bryce en voz baja.

—Apaga las luces —sugirió el chico que habíamos recogido, con voz cansada y melancólica. No nos había dicho su nombre y nadie se había molestado en preguntárselo. Supongo que teníamos cosas más importantes en que pensar, pero no dejaba de ser extraño. Era otro indicio que nos revelaba que el mundo nos había transformado en pocos días.

Unos días antes, Ashley se habría desecho en risitas y melindres de coqueteo, y lo primero que habría hecho habría sido preguntar al muchacho cómo se llamaba. En aquellos momentos ni siquiera parecía darse cuenta de que estaba en el mismo coche que ella, a pesar de que iba sentada en un muslo del desconocido y en uno de Cooper.

Apagué la luz del techo y esperamos en punto muerto. El trigal de la derecha seguía mojado por el agua de la última lluvia. Un coche había dejado surcos profundos en el suelo, muy profundos en determinados puntos. A la derecha había un montículo de hierba. Me pregunté por qué la persona causante de los surcos había optado por dirigirse al trigal. Entonces vi la carretera que se dirigía al pueblo llamado Shallot. Ashley y yo habíamos pasado junto a aquel pueblo y a aquel trigal tantas veces que no les habíamos prestado la menor atención. En aquellos instantes, el trigal era una señal de peligro y el pueblo un misterio que despertaba el terror. El montículo ocultaba parte del pueblo y los surcos que se dirigían al trigal me invitaban a pensar que la persona que los había producido había querido alejarse al máximo del montículo.

El salpicadero emitió un pitido y bajé los ojos. La aguja del indicador de combustible estaba un centímetro a la derecha de la línea roja.

—Lo que faltaba —comentó Ashley—. ¿Cómo íbamos a protagonizar una película de miedo sin que ocurriera algo así para catalizar el suspense?

—¿Catalizar? —murmuró Cooper con una sonrisa.

—Vete a freír espárragos —replicó ella sin darse cuenta de que Cooper sólo estaba bromeando.

La verdad era que Ashley había hecho infinitamente mejor que yo la prueba de selectividad. Siempre había sido la primera de la clase, incluso en los cursos universitarios que daban en el instituto. Había heredado el cacumen de nuestro padre, pero también la incapacidad de nuestra madre para desenvolverse en medio de la tensión. Era una pelota emocional de nervios y lágrimas. Cooper me dijo cierta vez que su madre estaba cortada por el mismo patrón y que por eso era de los pocos tíos de la facultad que no la consideraban absorbente y egocéntrica. Una noche de borrachera, cuando todos se habían quedado ya fritos, me confió que Ashley, en su opinión, era una persona llena de carencias que necesitaba continuamente seguridad y muestras de confianza, lo cual me pareció... no sé, un poco raro, porque en cierto modo dependían el uno del otro, por eso eran tal para cual. Cooper comprendía a Ashley y sabía hacerla feliz como nadie. Y se lo creían y por eso estaban tan enganchados.

No sé. Supongo que era una historia guay. Incluso los bichos raros merecen ser felices.

—Bueno —sugerí, odiándome por lo que estaba a punto de decir—, fijaos en el lado positivo. En Shallot hay una gasolinera.

—Pero estamos ya muy cerca —objetó Ashley—. Un poco más y nos plantaremos en casa.

—No podemos dirigirnos a casa.

Una muerta pareció fijarse en el Escarabajo y dio un paso hacia nosotros. Era joven y su largo pelo rubio habría sido tan bonito como el de Ashley si no lo hubiera tenido tan mugriento ni tan cubierto de sangre y de… otras cosas. Su movimiento llamó la atención de otro difunto, y luego de otro. No tardó en formarse un grupito que avanzaba con lentitud, pero con una idea fija. Tenían los ojos blancuzcos y sin vida, y la boca abierta. El labio superior de alguno temblaba, como el de un perro que gruñera. La rubia estiraba los brazos hacia mí y de su garganta brotaba un gemido gutural de entusiasmo.

Puse la marcha atrás y apreté a fondo el acelerador. Unos días antes había estacionado el Escarabajo en un lugar perdido para evitar abolladuras en las puertas y ahora movía el volante como si estuviera haciendo *karting*. Salí disparada hacia atrás para alejarme de los muertos y doblé a la derecha para tomar la carretera de Shallot, rezando para que no hubiera otro rebaño detrás del montículo y no cayéramos en una encerrona.

—¡Guau! —exclamó Bryce cuando pasé por encima de la mediana. Todas las cabezas menos la mía tocaron el techo.

—¡Lo siento! —dije, cruzando las manos sobre el volante para enderezar la dirección.

—Tómatelo con calma, muñeca —recomendó Bryce—. Estamos bien.

El pueblo estaba vacío y di un suspiro de alivio al ver delante una tienda de comestibles y una gasolinera al otro lado. Paré junto a los surtidores y todos bajamos del coche, para estirarnos y respirar un momento.

Me gustó que a pesar de lo temprano que era hiciese más calor que la víspera. La lluvia había traído un frente frío y me preocupaba la posibilidad de que Ashley y yo nos pusiéramos a tiritar antes de llegar al rancho. La idea de sacar el móvil para ver la previsión del tiempo duró una fracción de segundo, pero entonces recordé que no había habido servicio desde el día anterior. Ningún teléfono había funcionado.

Bryce rodeó el coche mirando los neumáticos.

—¿He roto algo? —pregunté.

—No, pero deberías tener más cuidado.

—Estaba asustada. No sabía lo que habría detrás del montículo. ¿Viste los surcos del trigal?

—Claro —respondió con toda naturalidad, moviendo los ojos entre los neumáticos y el paisaje que nos rodeaba. Una vez convencido de que no estábamos en peligro inminente, se dio cuenta de que no acababa de apañármelas con el surtidor—. ¿No funciona?

Miré el pitorro de la manguera, que seguía dentro de la boca del depósito del coche.

—Me he puesto nerviosa porque es un trasto antiguo. Ni siquiera tiene ranura para pasar la tarjeta de crédito.

—Voy a ver. A lo mejor hay un interruptor para activarlo.

Me dio un beso y se alejó al trote hacia la oficina de la gasolinera. Abrió la puerta y saltó el mostrador. Miró la caja registradora y sus alrededores con un frunce de concentración. Antes de convertir la reacción en pensamiento, di un salto y eché a correr hacia la oficina.

—¡Bryce!

Nos miramos a los ojos, convencida de que supo leer mi cara. Se volvió y casi se dio de bruces con el muerto que se le había acercado por detrás. En el momento en que abrí la puerta, brotó de mí la palabra «no». Bryce pegó la frente al pecho del hombre para impedir que le diera un mordisco y palpó el mostrador en busca del lápiz atado con un cordel a la caja registradora. Lo arrancó de un tirón y sin pensárselo dos veces se lo hundió al zombi en la cara, pero éste no desistió y Bryce volvió a apuñalarlo; esta vez el lápiz le penetró por el rabillo del ojo y el individuo se derrumbó hacia mi novio.

Percibí movimiento a mi izquierda. Dos mujeres muertas, una adulta y una niña, avanzaban despacio hacia mí. La adulta estaba gorda, la falda le colgaba hasta los tobillos y toda ella estaba cubierta de sangre seca y mugre. No tenía piel en la cara ni labios. Se los habían comido otros muertos antes de resucitar. La niña no parecía tener heridas, pero sus ojos estaban tan blancos como los de la adulta.

—¡Bryce! —chillé.

Apartó al hombre, saltó el mostrador y me tiró del brazo mientras abría la puerta y me conducía al coche.

—¡Vamos, sube!

Giró sobre sus talones con el brazo estirado y dio órdenes a todos los que estaban alrededor del vehículo. Todos forcejearon para subir al Escarabajo menos yo. Yo me quedé sentada al volante, con la portezuela abierta, mirando los zarpazos que daban los muertos al vidrio de la entrada de la gasolinera.

—¡Miranda! —gritó Ashley.

—Fijaos en ellos —dije con voz tranquila y llena de pasmo.

No podían salir. Aunque las puertas se abrían un poco cuando empujaban, carecían de coordinación suficiente para empujar y andar al mismo tiempo. En consecuencia, las puertas se cerraban otra vez en sus narices, y ellos seguían dando zarpazos al vidrio como si fuera una pared. El vientre hinchado de la mujer tropezó con la puerta. Al comprender que no estaba gorda, sino embarazada de muchos meses, di un respingo.

Finalmente cerré la portezuela del coche, todavía jadeando.

—¿Encontraste el interruptor?

Bryce negó con la cabeza.

—¿No podemos llegar al rancho de tu padre?

—No creo que debamos intentarlo. Podríamos quedarnos tirados por el camino.

—Ir a pie es demasiado peligroso. Tenemos que idear la forma de entrar y poner en marcha el surtidor.

—Yo tengo esto —ofreció el chico al que habíamos recogido.

Nos enseñaba una pistola.

Arrugué el entrecejo.

—¿Viste antes a esas cosas apelotonadas alrededor del coche? El ruido las atrae.

Ni siquiera parpadeó.

—Podríamos buscar en estas casas algo más silencioso —propuso—. Bates de béisbol, tijeras, cuchillos de cocina. Bryce se cargó a uno con un lápiz.

—Podríamos tardar días —objeté.

Se encogió de hombros.

—¿Tenéis algún sitio donde estar?

—Sí, yo sí.

—Pues nadie podrá llegar mientras no pongamos gasolina en el depósito.

Aparté la cara con un bufido. El tipo tenía razón, pero no me gustó su tono de listillo. Lo fulminé con la mirada por el espejo retrovisor. Era alto y tenía un aspecto ridículo allí metido en el asiento de atrás, con las rodillas casi tocando el techo. Tenía los ojos negros y hundidos y en su cara había aún salpicaduras de sangre de la enfermera muerta. Si a esto le añadíamos el corte de pelo, casi al rape, y los músculos, el aspecto general era el de un asesino en serie. Y le había dejado subir a mi coche. Por todo lo que sabíamos, podía haber matado a la enfermera antes de que se transformase.

—Bueno, ¿y cómo te llamas?

—Joey.

—¿Y ese corte de pelo, Joey?

—Acabo de volver de Afganistán.

—Oh —dije.

La respuesta fue más mordaz de lo que había pretendido. Mi intención había sido no expresar sorpresa ni admiración.

—Tío —dijo Cooper, sin ocultar que estaba impresionado. Le estrechó la mano—. Me caes bien, tío. Y de pronto me siento mucho más seguro.

—No te precipites —replicó Joey—. Sólo tengo las balas que quedan en el cargador.

—Es igual —repuso Cooper—. Eres un tipo peligroso.

No supe si Bryce quedó tan impresionado como Cooper y trataba de ocultarlo como yo o si el historial de nuestro nuevo compañero le trajo sin cuidado. Lo sorprendí poniendo los ojos en blanco al oír a Cooper y le di un codazo. Intercambiamos una sonrisa. No era raro que supiéramos lo que pensaba el otro. Llevábamos juntos tanto tiempo que no me habría sorprendido que supiera lo que yo pensaba antes de pensarlo. Por eso seguramente no hablaríamos de casarnos hasta después de terminada la carrera. A menudo nos acusaban de comportarnos como un viejo matrimonio.

—Que nadie mueva un músculo —advertí a todos al ver que un muerto se desplazaba lentamente por el espejo retrovisor. Se dirigía a la carretera.

Nos quedamos como estatuas. Las mujeres de la gasolinera seguían golpeando las puertas y esperaba que no llamasen la atención del muerto recién aparecido. Tenía el tobillo roto y andaba más despacio de lo que parecía habitual. Ashley quiso volverse para mirar, pero Cooper se lo impidió, del mismo modo que Bryce se contuvo las ganas de decirle que se estuviera quieta.

El muerto desapareció. Volvimos a bajar temblando de miedo y nos quedamos en el agrietado hormigón. El sol subía hacia el cenit… y empezaba a apretar. Me quité la cazadora y me até las mangas a la cintura con doble nudo. Sólo unas cuantas nubes rezagadas manchaban el azul del cielo, que estaba más azul que en mucho tiempo, aunque también era posible que hiciera mucho tiempo que no me fijaba en él. Una suave brisa acariciaba las hojas de los árboles y producía un rumor de olas en retirada por una playa arenosa.

Pese a ser un pueblo bonito y tranquilo, estar en la calle era jugarse la vida, y la ausencia de coches en la carretera e incluso del habitual perro vagabundo ponía la nota perfecta para que aquello fuese un día aterrador.

A lo lejos sonaron escopetazos. Retumbaron tantas veces que fue difícil saber de qué dirección venían. Sonaron demasiado lejanos para que los disparos se hubiesen efectuado en el pueblo, pero todos menos Joey miramos a nuestro alrededor, intranquilos y sin saber qué hacer.

—Cojamos lo que necesitamos y larguémonos —propuse.

Todos estuvieron de acuerdo. Nos pusimos en marcha hacia la tienda de comestibles, más cautelosos sabiendo que todavía quedaban vecinos muertos de Shallot que aún no habían emprendido el periplo hacia el ruidoso coche de la carretera. Joey avanzaba de costado, como en las películas, con los brazos estirados y empuñando la pistola con las dos manos. Tenía su punto sexy, pero seguía pensando que era un capullo arrogante. A mi madre le gustaba contar lo que aprendía mientras naufragaba en el mar de los posibles ligues y lo que más me repetía era que hacía falta tener personalidad para ser militar, policía y bombero. A mí no me atraían estas profesiones, pero fuera cual fuese el motivo, ver a Joey moverse como un héroe de acción me removía algo por dentro.

Cooper había vaciado su petate y lo llevaba en una mano, mientras sujetaba con la otra la de Ashley. Todos nos detuvimos delante de la puerta, trémulos y nerviosos. Detestaba no saber qué podíamos esperar, sobre todo cuando podía estar dentro algo que quería comernos vivos, e imaginaba que el resto de los presentes pensaba lo mismo que yo.

Joey miró el petate de Cooper.

—Agua, armas y municiones, comida. Por ese orden.

Todos asentimos.

Joey se agachó y Cooper hizo lo mismo. Parecía un niño que se esforzara por imitar a su superhéroe favorito. Introdujo el pie entre las asas de nailon y arrastró la bolsa mientras avanzaba.

Joey reaccionó inmediatamente al ruido que producía el petate al deslizarse por el suelo.

«¿Qué haces?», preguntó a Cooper sin palabras, moviendo sólo los labios.

«Manos libres», respondió él del mismo modo, levantando los brazos.

Joey miró al cielo y suspiró cabeceando. Cooper puso cara de perrito regañado, sacó el pie del petate y lo recogió con la mano. Momentos después oímos un ruido procedente de la parte posterior.

Cuatro pares de ojos se dilataron y Ashley corrió a pegarse al costado de Cooper. Joey desapareció por uno de los cortos pasillos de estantes. Todos miramos a nuestro alrededor, sin saber qué hacer. Joey volvió enseguida, con actitud más relajada y la pistola en el costado.

—Debe de haber sido un animal. No he visto nada.

—Pongamos manos a la obra —dijo Bryce. Cogió una cesta pequeña, ideal para una tienda pequeña, y se puso a recorrer pasillos conmigo detrás. Eligió botellas de agua, carne en lata, sopa de fideos a la japonesa (imprescindible para todo universitario), dos destornilladores grandes, cuchillos de varios tamaños, un mazo para macerar carne, un paraguas y varias escobas.

—¿Vas a limpiar alguna casa? —pregunté para pincharle.

Bryce desenroscó el manojo de cerdas y escogió un cuchillo.

—Lanza.

Asentí y sonreí.

—Impresionante.

Me guiñó el ojo y nos reunimos con el resto del personal en la puerta de la tienda.

Joey llevaba en los brazos cajas de condones, un botiquín portátil, cerillas, un rollo de bolsas de basura y cuatro botellas de agua. Cuando Bryce vio los condones, se puso inmediatamente a la defensiva.

—¿Es en serio?

Joey no se inmutó.

—Muy en serio. Cada uno puede contener dos litros de agua.

Bryce relajó los hombros y me miró.

—Podríamos llevar esto al coche. No creo que nadie de aquí proteste.

—Curioso, ¿verdad? —comenté.

Cuando volvimos al Escarabajo y utilizamos el viejo truco de encajar el máximo de objetos en el mínimo espacio, los chicos hablaron de registrar las casas y garajes en busca de latas de gasolina. Joey sugirió que si no había más remedio, la tomáramos de otros vehículos aplicando la ley de los vasos comunicantes.

—Según lo que encontremos y con qué rapidez, podríamos pasar aquí algunas noches.

—No —Ashley fue taxativa—. Miranda, díselo. Tenemos que llegar al rancho de papá.

Miré a Bryce.

—Es probable que papá esté muy preocupado por nosotras.

Joey no esperó a que Bryce respondiera.

—No iremos a ninguna parte sin gasolina y creo que todos estamos de acuerdo en que necesitaremos más de la que cabe en un depósito lleno. Pensemos con calma. Aquí tenemos recursos. Aprovechémoslos antes de irnos.

Bryce hizo una mueca.

—Cuando te encontramos te habías quedado sin gasolina.

—Exacto —respondió Joey—. Aprended de mi error. No hace ninguna gracia quedarse estancado en un coche, rodeado de esas cosas. Y nuestro coche es descapotable. No nos protegerá.

—Esas cosas ni siquiera saben cruzar una puerta oscilante —replicó Bryce.

—¿Quieres arriesgarte?

Bryce me miró y luego posó los ojos en Joey.

—No.

—De acuerdo entonces. Buscaremos hasta llenar el depósito y luego toda la gasolina que podamos transportar. Si no queréis que las chicas busquen solas, los tíos podéis formar dos grupos.

—Yo iré sola —propuse.

—De eso nada —atajó Bryce inmediatamente.

—No estoy indefensa. Sé manejar un arma.

Él me cogió la punta de los dedos.

—Soy yo quien no quiere ir solo.

Me lo dijo con su sonrisa más encantadora, la sonrisa a la que era incapaz de resistirme. Asentí y me apretó la mano.

Joey se frotó el cuello.

—Lo primero es lo primero. Necesitamos instalar un campamento. Lo ideal sería un sitio alejado de las casas. En las afueras del pueblo quizá.

—Bueno. Bastará alejarse dos calles —dijo Ashley.

—En marcha entonces —indiqué—. Encontraremos algo.

Joey siguió haciendo sugerencias mientras avanzábamos.

—Varias salidas. Buena visibilidad.

—No seas tan exigente —dije.

Él me sonrió. Yo no quería, pero al final también le sonreí.

Ashley estaba en lo cierto. Tardamos sólo veinte minutos en encontrar un lugar que satisficiera los requisitos de Joey. Era una casa amarilla situada al final de una larga hilera de viviendas. Delante y detrás corría un extenso campo y había dos parcelas vacías entre ella y la casa siguiente. Además, tenía un patio trasero vallado y ventanucos a lo largo del semisótano.

Subimos los peldaños del porche y llamé a la puerta. Los demás me miraron como si estuviera loca.

—¿Qué haces?

—Comprobar primero si está despejado, luego dejamos lo que traemos y volvemos por el resto.

Bryce estiró el brazo hacia un lado e indicó por señas a Joey que entrara. Lo miré ceñuda. Joey se limitaba a hacer lo que creía más seguro para todos, pero Bryce era un gilipollas en ese aspecto.

Joey estuvo dentro un rato largo. Cuando estaba a punto de decir que entráramos a buscarlo, apareció por la puerta.

—Despejado.

—Tienes manchas de sangre —señaló Cooper—. Quiero decir, más de las que ya tenías.

Joey se levantó la camiseta para limpiarse la cara. Antes de bajársela pudimos ver una serie de músculos abdominales perfectos.

—Bueno, despejado del todo.

—No he oído la pistola —observó Bryce.

—He utilizado un tenedor.

Cooper asintió y por su cara cruzó una sonrisa de admiración.

—Buen trabajo.

16

Nathan

—¿Jóvenes? —pregunté.

—En la casa de la esquina. Tres… no, cuatro. Dos chicos y dos chicas. Parecen adolescentes. Pero están vivos.

Bajé el arma e indiqué por señas a Zoe que se quedara dentro de la casa.

—Entonces creo que deberíamos darnos a conocer.

Mientras cruzaba la calzada y seguía pegado a las casas procuré mantener el paso relajado y el arma apuntando al suelo. Sólo pude ver a un muchacho de pelo negro. Era una bola de testosterona y músculos, igual que yo a su edad.

Me detuve en el cruce y levanté la mano.

—Hola. Somos pacíficos. No hay motivo para preocuparse.

El muchacho no dijo nada y se limitó a mirarme. Una chica, rubia, pálida y muy guapa, salió de detrás de él. Su mirada oscilaba entre sus amigos y el dúo formado por Walter y yo.

Walter llegó a mi altura y se detuvo.

—¿Son de Shallot? —pregunté.

—No.

—Bueno… —empecé—. ¿Estáis bien?

Apareció otra chica. Ésta era baja, con pelo caoba y largo. Sus ojos castaños me atravesaron.

—No podemos accionar los surtidores de la gasolinera.

—¿Os habéis quedado sin combustible? —dije.

Los muchachos se miraron. O eran muy listos y no querían que les sacara ventaja o estaban demasiado asustados para hablar. Ni por un instante se me ocurrió que lo segundo pudiera aplicarse a la pelirroja. Dudaba que en toda su vida se hubiera cortado un pelo a la hora de decir lo que pensaba.

La puerta de tela metálica de Walter se cerró de golpe y me volví. Zoe había salido y estaba al lado de Joy. Saltaba a la vista que quería abandonar la seguridad del porche para estar más cerca de mí, pero Joy la retenía suavemente con una mano en el hombro. No alcancé a oír lo que le decía, pero creo que tranquilizó a mi hija. Me volví para seguir hablando con los jóvenes.

—Entonces, ¿estáis de paso?

—Sí, pero como ya le he dicho, necesitamos gasolina. Los surtidores de la gasolinera no funcionan —repuso Pelodecaoba—. ¿Saben ustedes de esas cosas?

Me fijé en los detalles de cada miembro del grupo. El más alto tenía una cara simpática. El siguiente en estatura parecía haber hecho alguna clase de instrucción militar. El calzado y las manos del chico alto me indicaban que era un niño rico, pero sus ojos me decían que era un buen muchacho. El otro tenía aspecto de deportista y posiblemente pertenecía a una fraternidad universitaria. Miraba mucho al soldado y a Pelodecaoba. El soldado era el duro del grupo, aunque los otros dos también podían causar problemas. A pesar de que dominaba el elemento masculino y la exhibición muscular, me parecía que quien cortaba allí el bacalao era Pelodecaoba. Sonaba extraño, pero parecía la más confiada de los cinco. Miré a Walter.

—También yo necesito gasolina. —Miré al grupo—. Viajo con mi hija Zoe —señalé hacia el porche—. Queremos irnos pronto. Busco un lugar apartado de todo. Un lugar seguro.

Un muchacho sonrió a Zoe y la saludó con la mano. Lo miré con fijeza e inmediatamente se puso serio.

—Es que tengo una hermana de su edad —explicó.

—Este pueblo está alejado de las carreteras principales. ¿Adónde os dirigís? —pregunté.

Volvieron a mirarse. Era evidente que se dirigían a un lugar concreto. Tenía que ser bueno cuando querían ocultarlo.

—Os ayudaremos con la gasolina —propuso Walter— y vosotros, a cambio, ayudáis a Nathan y a Zoe a encontrar un sitio seguro. Os doy mi palabra de que es un buen hombre. La verdad es que, si he de ser sincero, no quiero que se vayan, pero tiene razón. Tienen que alejarse más de esas cosas.

Los cinco nos observaban, sobre todo Pelodecaoba y el soldado.

—Lo pensaremos —respondió la muchacha, dando media vuelta y llevándose a los demás.

Se alejaron de dos en dos, exceptuando al soldado, que cerraba la retaguardia. Pelodecaoba iba con el más alto y la rubia con el deportista. Me pregunté dónde encajaba el soldado en aquel grupo, y cuando vi que los cinco formaban corro delante de un Volkswagen Escarabajo, me pregunté muy en serio dónde y cómo encajaba.

Walter y yo volvimos al porche para reunirnos con Joy y Zoe. Me senté en una mecedora. Mi hija se subió a mis rodillas y se quedó mirando a los chicos que conferenciaban junto al coche.

—Parecen simpáticos —comentó escuetamente.

—Yo también lo creo. Aunque no los conozco.

—¿Son desconocidos?

—Supongo.

—¿No dices que no hay que hablar con desconocidos?

—No. Los niños no deben hablar con desconocidos.

Zoe me miró.

—¿Y si los desconocidos son niños?

La besé en la mejilla y la apreté contra mí. La mecí sin prestar atención a los golpes que sus talones propinaban a mis espinillas. Su pelo empezaba a oler menos a champú y más a piel sudada. Pensé que tampoco yo debía de oler a rosas.

—¿Joy? —dije.

—Sí, querido.

—¿Podemos utilizar el servicio? Me gustaría causar buena impresión a ese médico.

Joy rió por lo bajo.

—No creo que él vaya con la ropa de los domingos,¿no te parece?

—Es verdad.

De pronto cabeceó con una mueca.

—El Señor se apiade de mí por ser tan grosera. Claro que sí, Nathan. En el cuarto de baño del pasillo hay una ducha. Te llevaré toallas.

—Gracias.

La rubia se había sentado en el primer escalón del porche de Walter mientras los demás se quedaron de pie delante de nosotros. Ser blanco de tantas miradas amedrentaba un poco, aunque sólo eran críos. Bajé los ojos para mirar una mancha que tenía en la camisa. Nos habíamos duchado hacía poco, la ropa olía a rayos y la sentíamos pesada por culpa del polvo y el sudor. Joy se había ofrecido a lavarla, pero tuve miedo de que tardara demasiado en secarse y los muchachos estaban deseosos de seguir viaje y olvidarse de nosotros.

Pelodecaoba habló primero.

—Soy Miranda Hayes y ésta es mi hermana Ashley —señaló a la rubia de los peldaños—. Nuestro padre es el doctor Hayes. Vive a unos doce o trece kilómetros al norte. La carretera de más allá llega hasta allí y luego dobla al oeste. Es un lugar perfecto para usted y para Zoe. Si nos ayuda a llenar el depósito de nuestro coche y algunas latas más, puede venir detrás de nosotros. Aunque no le prometo que mi padre permita que se quede.

—Ni hablar —dije con los ojos entornados.

—Seguramente se lo permitirá —intervino Ashley, alzando la cabeza para mirarnos—. No podrá negárselo a su pequeña.

—Pero no sabemos a cuánta gente habrá ayudado ya. Yo espero que no ponga pegas, pero no se lo puedo prometer. ¿Lo entiende?

—¿Y los chicos que van con vosotras? ¿Cómo lo convenceréis para que les permita quedarse?

—Tenemos una invitación —respondió el deportista—. Bueno, él no.

Lo había dicho por el soldado. Seguramente lo habían recogido por el camino. Llegué a la conclusión de que si lo habían subido al coche era porque pensaban que al padre no le importaría mucho aumentar el número de huéspedes.

—Me arriesgaré.

—Se hace tarde —recordó Walter—. Nos reuniremos en la gasolinera por la mañana. ¿Tenéis reloj?

El soldado.

—A las ocho en punto.

Miranda

—Hogar, dulce hogar —murmuró Ashley, con una lata de gasolina vacía y mirando el edificio de dos plantas que estaba a cuatro calles de la tienda.

—Yo no diría tanto —replicó Cooper, moviendo los hombros para redistribuir el peso de la abultaba mochila.

Yo me limité a cabecear. ¿Por qué los tíos se empeñarían en meter en una bolsa pequeña todo lo que necesitaban para un fin de semana? Como si fuera poco viril necesitar más de una muda limpia.

La casa no tenía nada especial. Las sucias cortinas oscurecían las ventanas. La pintura medio desconchada —en la casa y en el porche de hormigón— revelaba años de descuido. Un pequeño y humilde palmo de tierra en el patio delantero suplicaba a los visitantes que creyeran que no todo estaba perdido. Aunque el resto de la casa pudiera dar demasiado trabajo para que la persona propietaria la conservara en buen estado, el arriate contenía todas las variedades cromáticas de las trinitarias. Ni un solo hierbajo en el muestrario. Cada hoja de hierba se había cortado cuidadosamente en los bordes del cuadrilátero floral y hacía poco se había añadido tierra fresca.

La casa se alzaba al final de la calle sin salida. Pero para llegar a ella había que abrirse camino por entre las altas hierbas y un centenar de cabezas de ganado. La casa más cercana estaba a dos parcelas de distancia y en la esquina opuesta. La primera noche habíamos atrancado las entradas con muebles y tapado las ventanas con tablas de la valla de madera, y dormimos en el sótano, turnándonos cada dos horas para hacer guardia. Bueno, exceptuando a Joey. Él no parecía dormir nunca.

Al día siguiente por la mañana aseguramos las puertas y las ventanas, pero seguimos durmiendo en el sótano. Bajamos los colchones. Sobre todo después de haber visto unos días antes a Nathan y al viejo bajar por la calle con armas en la mano y volver cargados con quince o veinte más. Cuando los vimos regresar al día siguiente, miramos adónde iban, esperamos a que salieran de la casa de ladrillo rojo de la manzana de más allá y fuimos a registrar nosotros. No nos costó mucho averiguar por qué iban y venían tantas veces. En la casa había toda clase de armas de fuego. Superaban en número las de la colección de mi padre. O las de cualquier colección que hubiera visto en mi vida, y eso que mi padre me había llevado de visita a más de una casa de entusiastas de las armas. Elegimos unas cuantas con la correspondiente munición y volvimos rápidamente a la casa que nos servía de refugio. Cuando vimos que el dúo volvía a la casa de ladrillo rojo, los seguimos por el otro lado del pueblo. Fue un paseo que no duró ni veinte minutos, pero fue entonces cuando nos localizaron y cuando convinimos enseñar a Nathan el camino del rancho de mi padre a cambio de que nos ayudaran con los surtidores de gasolina.

Subí los peldaños detrás de Ashley y nos detuvimos cuando los brazos de Joey aparecieron delante de nosotras.

—Esperad. Voy a ver si está despejado.

Esperamos. Ashley mordiéndose las uñas y yo dando puntapiés al felpudo de la entrada, como si fuera del todo normal que el soldado que acabábamos de conocer registrara nuestro domicilio temporal en busca de muertos llenos de curiosidad.

Me volví al intuir el cabreo de Bryce. Se estaba mordisqueando la mejilla y ponía su cara más rara. Y cuando lo hacía, sus preciosos ojos verdes se transformaban en piedras extrañas de color esmeralda.

—¿Qué pasa? —pregunté.

Se disponía a decir algo cuando Joey apareció en la puerta con un asomo de sonrisa.

—Despejado.

Desempaquetamos los últimos tesoros, entre los que se contaban más cajas de condones y maíz en latas. Bryce entró en el dormitorio del fondo, se sentó en el somier de muelles y se puso a cerrar los puños y luego a estirarse los dedos.

—Cuéntamelo —lo incité, sabiendo que estallaría si guardaba el secreto un minuto más.

Se puso en pie, dio un paso y luego un empujón a la puerta, que se cerró ruidosamente. Los hombros se me subieron hasta las orejas.

—Sospecho que estás un poco mosca.

—¿Quién es ese tío? —preguntó Bryce, señalando la puerta cerrada—. Lo sacamos de aquella camioneta de mierda con la chica a la que había matado, y cuando nos damos cuenta, el soldado se ha puesto a dirigir la orquesta.

—¿Crees que es eso lo que hace? —le pregunté con toda tranquilidad.

Bryce se estaba desahogando, nada más. Le daba aquella vena cada vez que estaba en tensión durante cierto tiempo, como cuando su padre había dejado a su madre para irse con Danielle, la manicura, durante tres o cuatro semanas, hasta que había comprendido que estaba casado con la mujer más perfecta que había encontrado en su vida. A veces me gritaba por teléfono, como la vez que la hermana menor de Cooper se puso enferma y Bryce accedió a recogerla en la escuela con el coche y llevarla a casa. Al final de la conversación telefónica sollozaba, prácticamente incapaz de describir lo mucho que le pesaba la preocupación y la tristeza por su familia.

Bryce tenía una fe ciega en el amor que sentía por él, incluso en sus peores momentos, más o menos como cuando recriminaba a mi padre ciertas cosas que escapaban a su control. Mi padre siempre escuchaba con paciencia y al final, dijera lo que le dijese y sin que importase la furia con que lo dijera, respondía con palabras de un amor incondicional. Cuando mi madre y él se separaron, no necesitamos recuperar ninguna confianza, porque él se tomó la responsabilidad de esa confianza muy en serio. No era la única cosa que yo fingía no haber aprendido de él.

—Esperad —dijo Bryce estirando el brazo e imitando la voz profunda de Joey. Había puesto cara de suficiencia y pintado en sus rasgos la expresión más ridícula del mundo, mil veces más arrogante que la del soldado—. Despejado.

Elevó los ojos al techo y suspiró.

—Ha vuelto de Afganistán. Los militares hablan así, ¿no?

—¿Y a quién coño le importa? —explotó—. No para de decirnos qué debemos hacer. No lo aguanto. Ya sabíamos arreglarnos antes de que apareciese.

—Es verdad —le concedí.

—No lo necesitamos. Deberíamos dejarlo aquí. Probablemente sabe cómo poner en marcha un coche haciendo un puente en el motor. Aquí tiene docenas de coches. —Como esta vez no le dijera nada, sus cejas se juntaron y me miró a los ojos—. ¿Qué es lo que no te atreves a decir? ¿Quieres que siga con nosotros?

Bryce y yo llevábamos tanto tiempo juntos que no me hacía falta decirlo todo. Era una de las muchas cosas que me gustaban de él.

—Es militar. Tenerlo cerca es una ventaja, ¿no crees?

Con su imponente físico y su mirada penetrante, la sola presencia de Joey bastaba para intimidar a cualquier persona viva que quisiera hacernos daño y su particular paquete de habilidades lo convertían en un valor positivo frente a los muertos. Bryce era más alto, pero sus bíceps no hinchaban tanto sus mangas como los de Joey, cuyos músculos, ahora que lo pensaba, parecían traspasar la ropa.

—¡No! ¡No! —exclamó con incredulidad. Su furia me ayudó a liberar el pensamiento de las macizas cachas del soldado, es decir, de todo él.

Bryce no podía estarse quieto, pero al cabo de unos minutos su respiración se relajó y dejó de hacer ademanes nerviosos.

—¿De veras… de veras piensas que lo necesitamos?

Me encogí de hombros.

—No si tú crees que no. Pero es buen tirador y además un tipo listo. Y puestos a elegir, prefiero que vaya él primero a inspeccionar una casa a que vayas tú.

Me miró ceñudo y se esforzó por no sonreír.

—Te quiero, lo sabes, ¿no?

Lo abracé por la cintura mientras se estiraba cuan largo era.

—No tienes alternativa. Estoy como un tren. O eso me han dicho.

Se echó a reír.

—Creo que te lo dije yo. No: estoy segurísimo de que te lo dije yo. Soy tu admirador más ferviente.

—Mi admirador más alto —dije sonriendo y poniéndome de puntillas para darle un beso cuando él se inclinó.

Sus labios suaves rozaron los míos, trayéndome recuerdos de días mejores. Días normales.

Bryce me arrastró hasta el somier y nos abrazamos sobre el desnivelado armazón de muelles y madera que no tenía más cobertura que una tela. Me bajó la cremallera de la cazadora y volví a besarlo, accediendo en silencio a su demanda igualmente silenciosa.

—Celebremos el apocalipsis zombi —me susurró en el oído.

—Qué romántico —respondí, viendo con una sonrisa los movimientos que hacía para bajarme los tejanos hasta las caderas, las rodillas y finalmente los tobillos.

Se arrodilló a mis pies, se desabrochó el cinturón y se desabotonó los tejanos. Se quitó la zapatilla izquierda con la puntera de la derecha y repitió la operación cambiando de pie. Se quitó la camiseta color crema y la tiró encima del creciente montón de ropa.

Me bajé las bragas. Desnudarme había dejado de ser romántico para él hacía ya más de un año. En los últimos días era lo único que no había cambiado sobre la faz de la Tierra. Sacudí los pies varias veces hasta que las bragas volaron hacia un rincón del dormitorio. Bryce aprovechó mi postura para quitarme los calcetines. Sonreíamos; estábamos relajados y cómodos; hacía mucho que nuestros encuentros sexuales habían dejado de ser tanteos nerviosos y experimentos eróticos.

Después de quitarse los pantalones, se puso encima de mí. Me besó en la comisura de la boca. Fue una sorpresa advertir que se limitaba a besarme, sin hacer nada más. Cuando ya iba a preguntarle si todo iba bien, abatió la cabeza y enterró la cara en mi cuello.

—No puedo.

—¿Que no... puedes?

Se ladeó y se tendió de espaldas en el somier, a mi lado, y se quedó mirando al techo.

—Creo que estoy demasiado tenso. O cansado. O las dos cosas.

—Ah, ah.

No debería haberme extrañado tanto. Había veces, por ejemplo antes de un partido de baloncesto, en que tampoco conseguía tener una erección. El fin del mundo podía considerarse una legítima causa de ansiedad. Supongo que el hecho de haber transcurrido ya más de una semana me había hecho suponer que estaría más que capacitado.

—Tranquilo, no pasa nada —susurré, abrazándome a su pecho—. También me gusta estar así.

Respiró hondo y expulsó el aire con fuerza, agitándome el pelo, que me hizo cosquillas en la cara.

—Mañana llegaremos al rancho de tu padre. Puede que nunca más podamos acostarnos juntos. No digas que no pasa nada.

Me reí por lo bajo.

—No sería la primera vez que nos viéramos a escondidas.

Me rodeó con ambos brazos y me besó en la sien.

—No querría estar en ningún otro sitio. Me alegro de que haya sucedido de este modo.

—¿En serio?

—No saber de ti me habría vuelto loco.

Cerré los ojos y escuché su aliento, el ritmo de su respiración. Estaba más agitado que de costumbre y supongo que se sentía inquieto por multitud de motivos. Volví a imaginar la cara que pondría mi padre cuando nos viera aparcar en el camino de acceso y me pregunté cómo reaccionaría ante Nathan y Zoe. No creía que se negara a ser hospitalario con la niña, pero la gente hace cosas extrañas en tiempos desesperados.

—¡Y un huevo! —exclamó Cooper en la sala de estar.

Bryce y yo nos incorporamos con rapidez para vestirnos y volvimos al mundo real con alguna torpeza, sintiéndonos como si todos supieran lo que teóricamente habíamos hecho, pero no habíamos hecho. Los dedos se me agarrotaron cuando me recogí el pelo para hacerme un moño que me salió un churro y me senté en el suelo con mi hermana. Ashley estaba al lado de Cooper y Joey se encontraba junto a la ventana, mirando intermitentemente por una rendija. El soldado sonreía con discreción.

—No, hombre. Lo digo totalmente en serio.

—¿De qué habláis? —pregunté, advirtiendo que Bryce había adoptado ya una expresión indiferente.

Cooper estiró las piernas, cruzó los tobillos y se recostó en el sofá y al mismo tiempo sobre Ashley.

—Nos contaba batallitas de la guerra.

—Es información de carácter secreto —bromeó Joey.

—¿De excursión dominguera? —pregunté señalando las bolsas vacías de patatas fritas que había en el suelo, junto con algunas latas de refrescos.

—Lo que necesitamos es palomitas de maíz —sugirió Ashley—. Joey nos está contando unas películas estupendas.

El aludido dio un bufido de queja y miró por la ventana.

—¿Ves algo? —preguntó Bryce.

El soldado asintió.

—Una zombi pasó antes por el cruce. Probablemente acababa de transformarse y se dirigía a la carretera.

Me estremecí. Fuera quien fuese, habían debido de morderla, de lo contrario habría estado ya en la carretera.

—¿Por qué creéis que es diferente?

—¿Qué es diferente? —preguntó Joey.

—El tiempo que tardan en transformarse. Unos tardan días, otros sólo unas horas.

Ashley se mordisqueó la uña del pulgar.

—Jill no murió inmediatamente después de ser atacada, ¿verdad?

—Pero se puso muy enferma —recordé.

—Quizá… quizá se reaniman cuando llevan muertos cierto tiempo —prosiguió mi hermana—. ¿Cuánto tiempo llevaba muerta Jill?

Me encogí de hombros.

—¿Y la mujer que estaba arriba? ¿Anabeth? Ana… nosequé.

—Annabelle —puntualizó Cooper mirando al suelo.

—Es diferente en cada caso —afirmó Joey. El tono de broma había desaparecido de su voz—. Antes de dejar de emitir, dijeron en la radio que tenía que ver con la vacuna contra la gripe. Que los vacunados se transformaban más deprisa.

—¿Y la chica con la que estabas? —preguntó Bryce.

—Está muerta —respondió Joey con naturalidad.

Bryce no insistió. Lejos de ello, se dirigió a los recipientes de la comida y rebuscó hasta que encontró lo que buscaba. Al cabo de unos minutos volvió con dos emparedados idénticos de mantequilla de cacahuete y dos latas tibias de Sprite.

—Te quiero —dije, dando un mordisco al bocata. No me había dado cuenta del hambre que tenía hasta que abrí la boca y mi nariz percibió el aroma de la mantequilla de cacahuete.

—Disfrútalo —dijo Bryce mientras masticaba—. Nadie sabe si volveremos a comer pan cuando se nos acabe el que tenemos.

—Comer eso deprime —comentó Ashley—. Aunque el chocolate deprime más.

Cooper hizo una mueca.

—Pues espera a que se nos acabe el papel higiénico.

Todos nos miramos.

—Esto es una mierda —protestó mi hermana, y todos estuvimos de acuerdo.

Joey y yo estábamos sentados en el suelo. La casa en la que nos encontrábamos podía perfectamente haber sido la primera que se había construido en Shallot. Era más vieja que las demás y crujía y se quejaba como una anciana se habría quejado de sus articulaciones. Los ocupantes anteriores habían sido ancianos, cosa que se deducía fácilmente de la diferencia que había entre los marcos que cubrían las paredes y los portarretratos de las superficies horizontales. Los seres queridos se encontraban protegidos por láminas de cristal, petrificados en diversas edades, todavía vivos y sonrientes. Unas fotos tenían decenios de antigüedad, otras eran recientes. Nos rodeaban como un muro de vida y alegría que impidiera el paso al infierno de la calle.

Los brazos del sofá estaban raídos, como el resto de la casa. Los cojines presentaban concavidades que se habían formado con el paso de los años y las visitas de familiares y amigos. Yo me sentaba en el suelo porque no me parecía bien utilizar aquellos muebles. La casa no era mía, ni siquiera en el caso de que los propietarios vagaran sin rumbo ni objetivo por la carretera, sin acordarse ya de todo lo que les había importado anteriormente.

No sabía a qué pareja de ancianos retratados pertenecería la casa, pero simpatizaba con ellos. La vivienda que ya no habitaban hacía que me sintiera segura y el amor que habían dejado en ella me infundía esperanza. Los desconocidos de las fotos probablemente estarían librando su batalla personal por sobrevivir, lo mismo que nosotros, y también era muy probable que se estuvieran buscando entre sí. Por lo menos era lo que yo quería creer.

El viento arreciaba y sacudía la casa lo suficiente para que volvieran a oírse sus gemidos. Era inquietante, como los lamentos de los difuntos cuando divisaban una víctima y se excitaban ante la perspectiva de comer. Aparte de eso, la noche era tranquila. Incluso los movimientos de Joey parecían carentes de sonido.

Bryce dormía como un tronco desde hacía horas. Había tratado de relajarme junto a él, pero los ojos se negaban a cerrarse en la oscuridad y permanecía a la escucha, aquilatando cada ruido que emitía la vieja casa. Finalmente aparté las frazadas, subí las escaleras del semisótano y me reuní con Joey en la sala de estar.

Éste había permanecido fielmente junto a su rendija favorita de la ventana, forzando la vista para ver en la oscuridad. Tropecé con una mesa lateral y ahogué una exclamación. Me preguntó si me encontraba bien y me ofreció asiento en la penumbra en el centro de la habitación.

—Disculpa por tener esto a oscuras —dijo sentándose delante de mí—. No sé si los atrae la luz.

Me encogí de hombros, aunque hacer aquello no tuvo sentido. Seguramente no pudo ver mi gesto. Pese a todo, no sentí la necesidad de responder verbalmente, seguramente porque pasaba mucho tiempo con Bryce, que sabía en todo momento lo que pensaba.

Estuvimos un rato largo sin hablar, aunque no nos sentíamos incómodos con el silencio. Yo estaba atenta a cualquier sonido que representara problemas y suponía que él hacía lo mismo.

El pelo empezaba a crecerle. En la penumbra pude observar sus facciones; la pronunciada barbilla con el hoyuelo en el centro y su labio superior, un poco delgado. Tenía los ojos hundidos y un poco pequeños, pero esto no le restaba atractivo. No me parecía que hubiera en él nada falto de atractivo. Todo lo tenía en su punto y todo contribuía a su perfección, un poco como algunos defectos dan personalidad a una casa.

El viento silbaba entre los árboles y a lo lejos se oyó un retumbo sordo.

—Mierda. ¿Ha sido un trueno?

Joey asintió y señaló varias veces con la pistola.

—Creo que al sur de donde estamos.

Abrí una lata de anacardos y me llevé uno a la boca.

—No dejo de preguntarme dónde estará mi madre. Si está bien, ¿volverá?

—¿Dónde está?

—Se fue a Belice con mi padrastro.

—Ah.

—¿No te haces preguntas sobre tus padres?

—Sí.

—¿Y sobre tus amigos del instituto?

—He estado fuera mucho tiempo. Me alisté nada más terminar la secundaria. Los contactos se pierden.

Hablar con él era muy frustrante. No ofrecía información de más.

—¿No estás preocupado por ellos? Digo por tus padres.

—Mi madre es hija de viuda de guerra y ella acabó siendo viuda de guerra también. Si alguien es capaz de seguir con vida con esto encima, es ella.

—¿Crees de verdad que lo habrá conseguido?

—Somos de Carolina del Norte y los primeros lugares afectados fueron las costas. Hablé con ella mientras Dana estaba en cirugía. Me detalló toda la locura que estaba desatándose, pero se encontraba en casa del vecino, un ex marine de lo más curtido. Creo que estará a salvo con él. Tengo que creerlo.

—¿Son militares todos tus conocidos?

Rió entre dientes y negó con la cabeza.

—Todos no. Vivíamos en Jacksonville. Al lado de Camp Lejeune, que da la casualidad de que es la base de marines más grande de la Costa Este. Yo diría que mi madre tiene muchas posibilidades de sobrevivir.

Sonreí.

—Seguramente tienes razón. Así que eres marine. Iba a probar suerte y a decir que no me parecías de la fuerza aérea.

Sonrió.

—¿Por qué?

—No sé. Cuando pienso en la fuerza aérea, pienso en pilotos desgarbados con gafas. Pero tienes aspecto de marine.

—¿En serio?

—Si no quieres responder, dilo.

—Estoy paladeando el comentario. La verdad es que soy de la fuerza aérea. Un pe erre.

—Pe erre. Supongo que no te refieres a ninguna variedad de portador de radio.

Volvió a reír entre dientes.

—No. Soy paracaidista de rescate.

—Ah.

—¿Ah? Lo has dicho como si supieras lo que es.

—Me hago una idea —respondí, quizás un poco más a la defensiva de lo que me habría gustado.

—Estupendo —dijo levantando las manos—. La mayoría de la gente no lo sabe. Bueno, alguna gente.

—*Alguna gente.* Quieres decir mujeres.

—Sí, eso he querido decir.

Puse los ojos en blanco.

—Vaya, vaya. O sea, que eres de *esos* tíos.

—No. No me pongas esa etiqueta. Siento mucho respeto por…

—¿La chica que estaba en tu camioneta? —aventuré para comprobar sus reacciones.

—Dana. —Sus cejas se juntaron y se toqueteó las botas—. Yo acababa de volver y nuestros amigos celebraron una fiesta de bienvenida. Fue una idiotez. Debería... debería haberme quedado en casa con ella. Para pasarlo bien con ella. Era la única persona a la que tenía verdaderas ganas de ver.

—Era tu chica.

Asintió y torció la boca, alzó los ojos rápidamente y suspiró.

—Sí. Fue atacada después de la fiesta. Se puso realmente mal.

—¿Por eso llevaba bata de hospital?

—Le dieron hora para hacerle un reconocimiento. Salió fatal. Había perdido diez kilos en dos días, por eso supe... supe que... se la llevaron inmediatamente a cirugía. Yo iba a quedarme esperando todo el tiempo que hiciera falta. Me habría quedado. —Movió la cabeza afirmativamente—. Pero en menos de una hora se les fue. Acababan de abrirla y de cerrarla. Estaba muerta por dentro. No podían hacer nada.

Lo miré mientras repasaba recuerdos y su cara se contrajo, la estancia se llenó con su sufrimiento, tanto que apenas quedó sitio para respirar.

—Despertó y a los pocos minutos la locura se apoderó del hospital. Aquellas cosas corrían por todas partes, atacaban a la gente, y poco después hablé por teléfono con mi madre. Yo sabía lo que estaba pasando, pero no sabía qué otra cosa hacer. Recogí a Dana y corrí. La maldita camioneta se quedó sin gasolina en las afueras de Fairview y allí me quedé con ella. Desfallecía y se recuperaba, le ocurrió muchas veces, pero cuando por fin llegó a... se moría de dolor. La habían cosido con grapas. Había sido un trabajo canallesco. Imaginaron que al cabo de unas horas ya no le importaría. Yo había visto que muchas personas se reanimaban como uno de esos seres mientras tenía a Dana en la camioneta, así que cuando sucumbió... cuando murió supe que tendría que eliminarla. Tenía la Glock debajo del asiento.

Se apoyó en la sien el cañón de la pistola. Sin duda habría querido borrar de su mente aquel pensamiento.

—Es horrible.

Su mirada se apartó bruscamente del suelo para salir de la pesadilla que recreaba en su mente.

—En el ejército he tenido dos destinos. He visto miembros reventados, huesos que sobresalían de la piel..., huesos machacados. He visto entrar y sacar de mi helicóptero cadáveres mutilados de niños. He visto a más de un hombre con los intestinos fuera. He visto globos oculares colgando de las órbitas. He visto a adultos que lloraban y pedían a sus madres que los salvaran de una muerte que sabían que les iba a llegar al cabo de unos minutos. He visto auténticos horrores. Y he visto morir en mis brazos a la mujer con la que quería pasar el resto de mi vida, la he visto morir dos veces, la segunda cuando yo mismo le metí una bala en el cerebro. Fue la peor experiencia de mi vida.

Yo lo miraba incapaz de decir nada. Cada palabra que pronunciaba y cada imagen que evocaban sus descripciones se me grababan a fuego en la mente con un chirrido espantoso. Quise llorar, vomitar, echar a correr. Lejos de ello, me arrojé sobre aquel desconocido y lo estreché con fuerza contra mi pecho. Mis dedos se engancharon en su camiseta, esperando que cuanto más fuertemente lo retuviera, de más dolor se liberaría. Su barbilla se hundió entre mi clavícula y la parte carnosa de mi hombro, pero el dolor que yo pudiera sentir no era nada comparado con el sufrimiento que sentía él. Después de la sorpresa inicial, me devolvió el abrazo y todo su cuerpo se sacudió mientras lloraba la desaparición de tantísimas cosas. Como su abrazo se volviera demasiado apretado, me limité a quedar suspendida de él y a dejar que hiciera lo que necesitase para dar rienda suelta a su tristeza.

Finalmente me soltó, me dio las gracias con un gesto, se levantó y volvió a la ventana para reanudar la vigilancia.

De súbito, el espacio que mediaba entre los dos se volvió denso, se llenó de energía, pero no de la positiva. El momento, a pesar de su inocencia, había sido más íntimo de lo que debería y ninguno de los dos se dio cuenta hasta que pasó. Estar en su presencia se me hizo insoportablemente incómodo.

—Yo, bueno…, me voy a la cama —murmuré, pero en voz tan baja que seguramente ni me oyó. Aquella declaración de intenciones me pareció igualmente fuera de lugar y me entró una vergüenza horrible, y esperé que no lo tomara por una invitación.

Me doblé para levantarme del suelo, y cuando me alejaba, tropecé con la figura que estaba en la puerta. Ahogué una exclamación, pero me tranquilicé enseguida al reconocer a Bryce. El alivio no duró mucho, sólo hasta que vi la expresión que había en su cara. No me miraba a mí. Estaba ocupado abriendo un agujero con los ojos en la nuca de Joey.

—Venga. Vamos a la cama —y tiré de él mientras bajaba la escalera.

La tensión se palpaba en los dedos de Bryce, como si hubiera sostenido un carbón encendido y no mi mano. Se tendió en la cama junto a mí, pero porque no tenía otro sitio donde ir, no porque quisiera estar conmigo. No tuvo que decirlo; la desconfianza que sentía emanaba de él como el vapor que sale del asfalto de las carreteras cuando el sol aprieta. Yo no sabía qué hora era, pero no me seducía iniciar a las tantas de la noche una conversación que probablemente degeneraría en disputa, así que cerré los ojos y recé para que los crujidos de las paredes no me desvelaran. Al margen de lo que yo hubiera dicho, convencer a Bryce de que aquel abrazo tan personal no era lo que parecía iba a ser difícil cuando estuviese calmado e imposible si seguía enfadado. Hacía apenas unas horas me había confiado que detestaba al hombre al que luego me había visto abrazar con tanta vehemencia. En aquel momento me pregunté si Bryce preferiría estar fuera con los muertos a permanecer acostado junto a mí.

17

Nathan

—Buenos días —saludó Walter al acercarse al grupo de jóvenes con el fusil en la mano.

Miranda esbozó una sonrisa forzada. Parecía cansada y de mal humor.

—Éste es mi novio Bryce. Aquel es Cooper.

Yo los saludé moviendo la cabeza.

—Terminadas las presentaciones, vayamos al grano. —Walter señaló hacia la gasolinera—. Parece que hay dificultades.

Saltaba a la vista cuál era el problema de los muchachos. Dentro de la gasolinera había dos infectadas empujando frenéticamente la puerta doble de cristal. Una era una niña poco mayor que Zoe.

—Sí —respondió Cooper, frotándose la nuca con nerviosismo—. Ya hemos tenido un encuentro con esa gente.

—En teoría sólo quedan dos —apuntó Bryce—. A menos que haya más vagando por el interior. Yo abatí a un tío. Tiene que seguir tendido junto a la caja registradora.

Walter indicó a los chicos que lo siguieran.

—Será mejor que nos encarguemos nosotros de solucionarlo, Nate. No quiero que pienses en esto cada vez que mires a Zoe.

A riesgo de quedar como un cobarde, me volví de espaldas y me esforcé por no escuchar cuando Walter y los chicos eliminaran a las infectadas dentro de la gasolinera. Miranda no perdía prenda de lo que sucedía, pero Ashley hizo lo que yo y miró para otro lado.

—Despejado —anunció el soldado.

La jerga y su tono confirmaron mis sospechas.

Me quedé con las muchachas mientras Walter los ayudaba a encontrar el interruptor que accionaba los surtidores. Era una suerte que el propietario se hubiera resistido a aplicar las nuevas tecnologías. No sé si hubiéramos podido repostar combustible si los surtidores hubieran sido de fabricación reciente.

—¡Vale! —exclamó Walter—. Levantad la palanca y prestad atención.

—¿Atención a qué? —preguntó Miranda.

Levanté la palanca y el surtidor zumbó.

—A esto.

Sonriendo de oreja a oreja, la chica empezó a llenar el depósito mientras Ashley abría el maletero y sacaba tres latas grandes.

—¡Ya estamos en ello! —dijo Miranda a su novio.

El susodicho trotó a su lado, y cuando lo vio con sus propios ojos, entrelazó los dedos en lo alto de la cabeza.

—Gracias a Dios.

—Voy por mi coche para llenar también el depósito. Luego nos pondremos en camino. Cuando terminéis, llevaos el coche a casa y esperad allí. Cargad toda la que podáis.

Miranda asintió.

—Tranquilo, jefe.

Todos estaban radiantes y sonrientes, emocionados ante la perspectiva de irnos pronto. Cuando llegué a casa de Walter, saludé con la mano a Joy y a Zoe y subí a mi coche, que seguía estacionado en mitad de la calle sin salida.

—Voy a llenar el depósito y vuelvo a buscarte.

Mi hija sonrió.

—Os prepararé algunas cosas —dijo Joy. También ella sonreía, aunque vi tristeza en sus ojos.

Bryce llenaba la última lata de gasolina cuando detuve el coche a su lado. Por el camino me había cruzado con Walter. No me miró.

Supuse que también él estaría triste y que la responsabilidad de sobrevivir en soledad pesaría sobre él. La culpa me quemaba las entrañas, pero no tanto como para rectificar mi decisión. Podían irse con nosotros; otra solución era que también nosotros podíamos pedir permiso al doctor Hayes y volver en busca del anciano matrimonio. No estaban tan mal las cosas en Shallot para que no pudieran sobrevivir otro par de días. Siempre, como es lógico, que los infectados se limitaran a deambular por la carretera y no entraran en el pueblo.

Bryce metió las últimas latas de gasolina en el maletero y los chicos subieron al Escarabajo. Ashley iba medio encorvada en el asiento de atrás, sentada encima de Cooper y del soldado. Me pareció que debía de ir muy incómoda.

Miranda sonrió.

—Nos veremos en casa de Walter.

—¿No quiere quedarse ninguno conmigo? Ahí vais todos muy apretados.

Miranda miró al chico que estaba sentado junto a ella y luego a los de atrás.

—Claro. Apostaría a que Joey iría más cómodo en su coche.

El soldado me saludó levantando la mano.

—Joey.

—Encantado —dije, devolviéndole el saludo con la cabeza.

Arrancaron y se alejaron por la calle. Yo cogí la manguera y esperé a oír la señal del mecanismo. Como no oí nada, troté hacia la oficina y moví lo que pensaba que era el interruptor, pero como no había estado presente cuando Walter se lo indicó a los chicos, no sabía bien cuál era.

Acababa de cruzar el aparcamiento y de pisar la calle cuando vi a una infectada, a una manzana de mí, que se dirigía a la carretera. Giré sobre mis talones y corrí hacia el coche. Saqué la bolsa de armas que me había dado Skeeter.

Skeeter. Mientras deshacía lo andado pensé en él y mi cuñada. Lo más probable era que ya estuviesen muertos los dos. Aubrey seguramente también. Mis suegros habían fallecido años antes, pero saber que todos habían desaparecido volvía la situación mucho más triste. Zoe era lo único que me quedaba.

Al acercarme al porche, Walter hizo una mueca.

—¿Has olvidado algo? —preguntó al ver que mi coche seguía junto a los surtidores.

Me reí para no pensar en nada peor. Walter y Joy eran buena gente. Que cambiaran de idea y nos acompañaran a casa del médico seguía siendo una posibilidad abierta. Tenía intención de volver por ellos cuando Zoe y yo estuviéramos instalados.

—El surtidor no funcionaba.

—¿No? —exclamó Walter—. ¿Quieres que vuelva a ver qué pasa?

—Si no te importa…

Bajó los peldaños del porche apoyándose en la barandilla.

—No tengo nada mejor que hacer, hijo.

Miranda había estacionado el coche delante de la casa de Walter. En aquel momento, los muchachos rodeaban el Escarabajo y comentaban lo que hacer a continuación. Joy y Zoe acababan de volver al porche, mi hija con una bolsa llena, colgada del hombro. Walter y yo dimos un par de pasos por la calle y entonces oímos disparos. Los habíamos oído a lo lejos todos los días, pero esta vez habían sonado más cerca. Mucho más cerca. Segundos después oímos retumbar el rugido de un motor en las calles silenciosas y apareció un coche por la principal, procedente de la carretera, haciendo eses, como fuera de control.

—¡Papá! —chilló Zoe en el momento en que el vehículo se empotraba en el mío, aplastándose los dos contra los surtidores.

Se oyó una explosión tremenda y una bola de fuego envolvió la gasolinera y se elevó en el aire. Los carbonizados vehículos se divisaron un segundo antes de que el humo espeso y negro lo envolviera todo y se oyeran más disparos donde habían estado los surtidores.

—¿Qué hacemos? —preguntó Joy con las manos en la boca.

Los chicos seguían junto a su coche, aturdidos y conmociona-dos. Yo me había llevado las manos a la cabeza y tenía los dedos agarrotados, hundidos en el pelo.

—No, ¡no!

La segunda exclamación fue un grito, pues no podía creérmelo. Sabía que mi coche había dejado de existir, pero cada segundo que pasaba me daba cuenta con horror creciente de todo lo que significa-ba quedarnos sin coche. Estábamos atrapados, sin posibilidad de viajar a pie, y lo que era aún peor, todos los infectados que poblaban la carretera serían atraídos al pueblo por la explosión.

Mientras la idea me entraba en el cerebro vi al primer infectado. Llegaban en procesión, uno tras otro, trastabillando por la calle, hasta que formaron pequeños grupos y luego un ejército de no-muertos que avanzó como una unidad.

—¿Nathan? —murmuró Miranda con la cara crispada de miedo.

Buscó en el interior de su vehículo y sacó un fusil. Los otros hi-cieron lo mismo antes de retirarse despacio hacia el porche, sin apar-tar los ojos del repugnante y ensangrentado desfile.

—Moveos despacio —advirtió Walter en voz baja mientras re-trocedía conmigo hacia la casa—. No llaméis su atención para que no sepan que estamos aquí.

Los muchachos se comportaron con prudencia suficiente para no hacer movimientos bruscos. Miré a Zoe, que lo observaba todo con cara inexpresiva como si ya hubiera visto aquello cientos de ve-ces. A semejanza de esa reacción que impulsa a levantar la pierna cuando nos golpean en la base de la rótula, me pasó por la mente la idea de comentar la impavidez de mi hija durante su siguiente sesión terapéutica, pero entonces caí en la cuenta de que no iba a haber más consejeros, ni evaluaciones, ni planes de política educativa.

Cuando comprendimos que Zoe no era como las demás niñas, habíamos dedicado nuestra vida a celebrar reuniones, a concertar citas con médicos, a buscar asistencia y orientaciones relativas a su conducta. La existencia diaria ya era un auténtico purgatorio para quienes podíamos canalizar normalmente las tensiones y las sobreestimulaciones. Pero la vida no iba a ser fácil para ella, ni siquiera cuando contamos con instrumentos aparentemente ilimitados para ayudarla a reaccionar con normalidad o a enfrentarse a las desgracias inesperadas. Había aparecido otro motivo de terror del que no podíamos escapar: las cosas que dábamos por sentadas ya no estaban a nuestro alcance. Al comprender esta verdad yo había temblado de pánico. La rutina sentaba bien a Zoe, que venía resistiendo sin tratamiento esta reducción radical de todo lo conocido. Pero aquella epidemia podía durar meses, o años…, o eternamente. Zoe tendría que superar ambas cosas.

—Podríamos esperar fuera —sugirió Walter, sacándome de mis especulaciones.

El temblor de su voz me indicó que ni él creía en lo que decía.

Yo llevaba la bolsa en la mano y daba gracias por haberla sacado del coche antes de la catástrofe.

—No podemos quedarnos aquí, Walter. Con las calles tomadas por esas cosas, el pueblo ya no es seguro.

Joy dejó de mirarme y llena de resignación posó los ojos en su marido.

—Puede que nunca lo haya sido.

Walter apretó los labios con firmeza.

—¡Maldita sea! ¡Malditas sean esas asquerosas cosas!

Nos retiramos al interior de la casa. Joy fue de aquí para allá recogiendo víveres y los muchachos se apostaron junto a las ventanas para vigilar. Miranda y Ashley ayudaron a Joy a guardar en bolsas toda la comida que encontraron y luego nos reunimos en la cocina.

—Yo tengo la Taurus en el garaje —informó Walter, descolgando de un clavo de la pared un juego de llaves. La anilla era de plástico multicolor y en ella podía leerse: «ORLANDO».

—De acuerdo. Zoe y yo iremos con Walter y Joy. Problema resuelto.

Miranda asintió con nerviosismo.

—¡Empiezan a desplegarse! —anunció Bryce.

De la casa contigua brotó un gemido agudo y ahogado. Nos quedamos inmóviles. Joy se puso pálida.

—Dios mío, es *Princesa*.

Bryce y Cooper se pegaron a las ventanas para ver mejor la calle. La perra siguió ladrando con furia a la aterradora procesión. No tardó mucho el primero de la columna en percatarse de los ladridos ni en separarse de los demás.

—No podemos esperar aquí —dijo Bryce—. Tenemos que irnos antes de que lleguen más por esta calle.

Miranda asintió y me miró.

—Tiene razón, Nate. Hay que irse.

—¿Y *Princesa*? —preguntó Zoe.

Joy se agachó delante de mi hija con lágrimas en los ojos.

—Volveremos a buscarla, cariño.

Walter hizo una seña a su mujer y fuimos tras él hacia el garaje. Miranda y Joey levantaron la puerta mientras Ashley y Bryce cargaban los bultos de Joy en la parte de atrás. Zoe y yo nos instalamos en el asiento trasero de la Taurus y esperamos a que Walter pusiera en marcha el vehículo. Segundos después, el motor emitió un ruido chirriante y Walter se volvió hacia mí.

—¿Qué ocurre? —lo interrogué con la mirada.

—No… no sé qué pasa. Cambié hace poco el aceite y el filtro pensando que iríamos a ver a Darla.

—Prueba otra vez —dije, esforzándome porque no se me notase la alarma en la voz.

—¡Ya vienen! —gritó Ashley.

—¡Mierda! —aulló Cooper, tirando de Ashley hacia la casa.

Walter volvió a girar la llave, pero esta vez el motor ni siquiera dio un suspiro.

—Puede… puede que sea el… el alternador. El año pasado ya me dio problemas…

—No tenemos tiempo para suposiciones. ¡Vámonos! —exclamé, abriendo la portezuela y tirando de Zoe.

Bryce y Joey peleaban ya con algunos infectados cuando entramos volando. Dispararon una vez y entraron con nosotros.

Cooper tenía la perplejidad pintada en el rostro.

—Lo siento —dijo con una pistola en la mano—. Casi mordió a Joey.

Corrí a la ventana. Había más en la calle. Los ladridos de *Princesa* se volvieron más agudos cuando los infectados subieron a su porche y dieron zarpazos a la ventana donde estaba asomada la perra. Bryce y Miranda arrastraron el frigorífico hasta la puerta de la cocina que conducía al garaje. En el porche y alrededores había una docena larga de infectados, golpeando la puerta principal y las ventanas. Saltaron cristales. Encaramé a Zoe sobre mi hombro.

—¡Los dormitorios! ¡Salgamos por detrás!

Cuando llegamos al dormitorio, los chicos atrancaron la puerta con el tocador. Joy quitó una larga pértiga de madera de la base de la puerta deslizante. Se puso en pie con la cara contraída por el pánico.

—¿Walter? ¡Walter! —gritó.

Walter estaba junto a la otra puerta que daba al patio interior, haciendo esfuerzos denodados por abrir el cristal deslizante. Había tomado un camino mientras nosotros íbamos por el otro y, a diferencia de nosotros, carecía de ayudantes para atrancar la puerta del dormitorio mientras trataba de huir al patio trasero. Detrás de él apareció un grupo de infectados. Sus ojos se abrieron como platos cuando se lanzaron sobre él. Walter siguió aferrado a la puerta, comprendiendo demasiado tarde que se había olvidado de quitar la pértiga de madera que ponían en el suelo para protegerse.

Joy estaba detrás de mí y los gritos que daba por su marido me perforaban el oído derecho. Los infectados lo aplastaron contra el cristal y empezaron a morderle. Walter se deshacía en alaridos y su voz, aunque amortiguada, me puso los pelos de punta.

—¡Walter! —sollozaba Joy con la cara cubierta de lágrimas.

Golpeó el cristal, tiró de él y lo abrió. Corrió hacia la otra puerta y se puso a golpearla frenéticamente para liberar a su marido.

—¡Joy! ¡Joy! ¡Joy! —gritaba Zoe, alargando la mano hacia su amiga.

Su voz oscilaba cada vez que yo daba un paso. La sujeté con fuerza, temiendo que se soltara con sus pataleos.

Joey abrió la puerta de la verja de atrás y condujo a los muchachos hacia el Escarabajo.

Los vi subir atropelladamente. Bryce cerró la portezuela.

Entonces me di cuenta de lo que nos había reservado la suerte.

—Por favor, lleváosla —supliqué ante la puerta del copiloto.

Miranda puso en marcha el motor.

Bryce miró detrás de nosotros, sin duda a la multitud de infectados que avanzaba hacia donde estábamos.

—No tenemos sitio. Lo siento.

—¡No, papá! —gritó Zoe. Se aferró a mi camisa con tanta fuerza que los brazos le temblaban.

—¡Por favor! —dije, sin apartar la vista de los ojos de Miranda—. No tengo otro modo de sacarla de aquí. Es pequeña. Cabrá dentro.

Miranda miró a Bryce. Éste negó con la cabeza.

—Vamos, Miranda, ¡vámonos! ¡Vámonos!

Ella movió el cambio de velocidades, pero entonces Cooper empujó a Bryce hacia delante y alargó la mano hacia el tirador de la portezuela. La abrió y bajó de un salto.

—¿Qué haces? —gritó Ashley.

—Cedo mi asiento a la niña —dijo Cooper a Bryce.

—No, Coop —exclamó Bryce, mirando con ojos dilatados lo que teníamos detrás—. No tenemos tiempo para esto, ¡vámonos!

Cooper recogió a mi hija de mi hombro y con la otra mano plegó el asiento de Bryce y puso a Zoe en el interior. La niña no quería soltarse, pero Joey se hizo con ella. Cooper cerró la portezuela.

—Ayudaré a Nathan a llegar a Red Hill.

—¡Está a quince kilómetros, Coop! ¡No lo hagas! —exclamó Ashley, estirándose sobre los asientos delanteros para llegar hasta él.

—¡Papá! —gritaba Zoe, tratando de soltarse de Joey.

—Nos veremos muy pronto, cariño. No pasa nada. Papi estará contigo muy pronto.

Cooper me puso la mano en el hombro.

—Conozco el camino, Zoe. Te prometo que te lo llevaré sano y salvo, ¿estamos? No te preocupes.

—¡Tenemos que irnos! —clamaba Bryce—. Si queremos tener una oportunidad, hemos de irnos inmediatamente.

Miranda lo miró ceñuda con la cara torcida por la culpa.

—Corre rápido, Coop.

Cooper asintió y guiñó el ojo a Ashley.

—Hago quince kilómetros en una hora, pequeña. Ningún problema.

—¡No lo dejes aquí, Miranda, por favor! —rogaba Ashley, alargando la mano hacia su novio—. ¡No, por favor! ¡Por favor! ¡No!

Sus gritos dejaron de oírse cuando se alejaron.

Cooper apuntó con la pistola detrás de mí y disparó. Me volví y vi a un infectado caer al suelo.

—En el instituto fui campeón estatal durante cuatro años. En la universidad nadie puede conmigo. Espero que sepa correr, Nathan, porque le he hecho una promesa a Zoe.

Asentí.

—Yo también.

18

Scarlet

Mariposas de luz y luciérnagas saltaban y revoloteaban por los arbustos de la pradera, no muy lejos de mí. Estaba sentada en el peldaño superior de la terraza de madera que hacía de porche delantero, apartando con la mano los mosquitos que me zumbaban en los oídos. La roja carretera de tierra por la que podían estar acercándose Jenna y Halle remontaba la cuesta bañada por los rayos del sol poniente. Podían llegar a la seguridad de Red Hill de muchas maneras. ¿Y si Andrew no había vuelto a la casa y no había visto el mensaje que les había dejado en la pared? ¿Y si las niñas estaban demasiado asustadas para entender su significado? ¿Y si habían olvidado la canción de Halle? Cargar con estas preguntas día y noche era muy pesado y hacía que me sintiera agotada; así que procuraba distraerme limpiando la casa y preparándola para cuando llegasen las niñas.

Con estacas de madera y sedal de pesca que había encontrado en el granero había construido un cerco alrededor de la casa. El suelo estaba todavía demasiado blando por la lluvia de la noche anterior y fue fácil clavar las estacas. En cosa de medio día recorrí la propiedad, até el hilo a las estacas, abrí agujeros en las latas y las colgué del hilo, con un metro de distancia entre ellas, aproximadamente. El hilo estaba suficientemente alejado de la casa para que, si despertaba en plena noche, tuviera tiempo de empuñar un arma y defenderme. Atar el hilo fue fácil. Lo difícil fue no quedarme en vela esperando el ruido de las latas.

Seis días después del fin del mundo no habían sonado las latas ni una sola vez. Los pocos espasmódicos que había visto se habían quedado siempre en la carretera, por el motivo que fuese. Puede que ya hubieran visitado otras casas y aprendido que un edificio no significaba necesariamente comida. Si me quedaba quieta y en silencio, no me molestaban.

Me senté en el porche, sabedora de que desde la parte de atrás podía contemplarse un hermoso crepúsculo. Pero cuando no comprobaba los listones de madera que había clavado en las ventanas, cuando no comía, dormía o practicaba con las armas del doctor Hayes, me quedaba vigilando la roja carretera de tierra, esperando a que el blanco Tahoe de Andrew apareciese lanzado como una flecha, deseoso de llegar a su destino; o a que viera asomar las cabezas de mis pequeñas por la parte superior de la cuesta, más arriba con cada paso que dieran. Imaginaba ese momento cien veces al día. Llegarían cansadas y sucias, pero vivas y coleando. Ni siquiera me importaba que su llegada supusiera volver a vivir con Andrew. Si volvía a recuperar a mis pequeñas, lo aceptaba.

Todas las noches naufragaban mis esperanzas y se me rompía el corazón. Nunca desistía hasta que se hacía demasiado de noche para viajar con seguridad. En esos momentos me deshacía en lágrimas. Y sacudía la vara que empuñaba, enfrentándome a la desesperación e impotencia que se apoderaban de mí.

Aquel día me pareció oír un trueno, pero retumbó por el este y las nubes de tormenta se habían ido por el oeste. Al principio pensé que eran figuraciones mías, pero luego vi elevarse una columna de humo por encima de la copa de los árboles. Recé a Dios pidiéndole que, fuera lo que fuese, no tuviera nada que ver con Jenna y Halle.

Cuando oí el ruido que venía del otro lado de la colina, delante de la casa, me fié de mi oído. Una voz gritaba intermitentemente. Luego le respondió otra. Entorné los ojos y el corazón me dio un vuelco al ver dos cabezas que se bamboleaban por encima de los altos arbustos de la pradera. Cuando los dos hombres fueron visibles, me levanté. Nada más remontar la colina vi que los seguía una partida de espasmódicos. Maldije en voz baja y entré en la vivienda.

—¡Ayúdennos! —gritaba un hombre.

Empuñé la carabina de caza del doctor Hayes y observé por la mira telescópica. El primer hombre era más joven, un adolescente o un veinteañero. El otro era dos palmos más alto, pero mayor que el otro, quizá de unos treinta y cinco años, como yo, y su pelo rubio oscuro se agitaba mientras corría. Llevaba traje y corbata, mientras que el joven vestía tejanos con camiseta y calzaba botas. Las botas no le impedían correr. Probablemente llevaba corriendo varios kilómetros y aún era capaz de mantener el ritmo. El trajeado casi le pisaba los talones, pero resoplaba y estaba empapado de sudor.

Monté la carabina y apunté al espasmódico más cercano.

—Que te jodan —murmuré, sabiendo que el ruido podía atraer a los espasmódicos de los dos pueblos más cercanos.

Apreté el gatillo y aquel ser desgraciado desapareció. Los dos hombres, sin aflojar la marcha, se agacharon y bajaron la cabeza. Los espasmódicos avanzaban a un ritmo que estaba entre la caminata y el trote. El hombre trajeado iba por lo menos cinco metros por delante de los espasmódicos más veloces, pero los estaban conduciendo directamente al rancho.

—¡No disparéis! ¡Soy yo! —gritó el joven, agitando los brazos en el aire.

«¿Qué está diciendo?», pensé. Supuse que estaba muerto de miedo y decía sandeces. Cargué el arma y disparé al siguiente espasmódico. Esta vez fallé. El corazón empezó a martillearme la caja torácica. Había salido al porche con una caja de proyectiles, pero detrás de aquellos hombres correteaba ya por lo menos una treintena de espasmódicos en lo alto de la colina. Unas semanas en un campo de tiro cuatro años antes no me habían convertido en tiradora de primera.

El fugitivo más joven tropezó con el sedal, y cuando quiso soltarse, se enganchó más aún. El hombre del traje miró atrás para ver a sus perseguidores y se inclinó para ayudar a su compañero.

—¡A mí me la vais a pegar vosotros! —dije, apoyándome la culata en el hombro y pegando el ojo a la mira telescópica. No quería precipitarme, pero una docena de espasmódicos estaría encima de ellos en pocos segundos. Apreté el gatillo y sentí en el hueso el retroceso del arma. Le di al primero y fallé el segundo, pero lo alcancé con el tercer disparo, y los otros dos estaban cada vez más cerca. Antes de tener que disparar por sexta vez, el muchacho se soltó y los dos corrieron hacia la casa.

—¿Dónde está el coche? —preguntó el joven, perplejo al verme.

Les indiqué con un gesto que entraran.

—Las explicaciones después. Hay fusiles en el sofá. Coged uno cada uno y salid al porche lo antes posible. En menos de un minuto estarán aporreando la puerta.

Observé otra vez por la mira telescópica y seguí disparando. No tardó en haber dos tiradores más en el rancho, uno a mi derecha, otro en el lado opuesto.

Cuando llegaron al sedal de pesca, la manada se había reducido mucho. El ruido de las descargas pareció adquirir cierto ritmo. Luego pensé que había sido una suerte para todos que los dos hombres supieran disparar con armas de fuego. La verdad es que en su momento no se me ocurrió preguntarlo.

Seguimos disparando hasta que no quedó ninguno en pie. Observé unos momentos a los espasmódicos hasta estar segura de que todos se habían ido al otro barrio. Como no detecté ningún movimiento en un minuto largo, me volví y me di cuenta de que los dos hombres me miraban con cara de desconcierto. Retrocedí hasta la puerta y mantuve el arma en posición de tiro, sólo por si se daban cuenta de que estaba sola y aprovechaban la situación para robarme... o algo peor.

—Me llamo Stanley Cooper. Soy el novio de Ashley. ¿La ha visto? ¿Han estado aquí? —Antes de darme tiempo a decir nada, el chico pareció sufrir un ataque de pánico. Se frotó la nuca y miró a su alrededor—. No están aquí, Nate. No lo han conseguido.

Al comprender la situación, Nate miró mi arma durante una fracción de segundo y se volvió hacia la carretera. Entornó los ojos y enfocó la cima de la cuesta de tierra roja con la misma cara de desesperación y expectativa que yo durante los últimos seis días.

—Muy bien, volvamos entonces a la carretera y busquémoslos —dijo.

—Un momento —intervine yo, bajando ligeramente el cañón del arma—. ¿Ashley Hayes?

—¡Sí! —saltó Stanley—. ¿La ha visto?

—No.

Su rostro se ensombreció al desaparecer el último rayo de esperanza que yo acababa de darle.

—¡Ya tendrían que estar aquí!

—Casi ha anochecido —dije—. No deberían marcharse. Salen más por la noche. Si salen de improviso, no hay salvación posible.

Stanley entrelazó los dedos sobre la coronilla. Tras deliberar unos momentos miró a Nate.

—Me voy.

Nate asintió y me miró.

—¿Tiene alguna linterna de la que pueda prescindir?

Entré en la cocina, cogí una de debajo del fregadero y luego otra del dormitorio, y volví al porche. Los dos me las quitaron de las manos.

Nate respiró hondo. Estaba agotado, pero por el motivo que fuera estaba deseoso de encontrar a Ashley.

—Nos llevaremos los fusiles.

No respondí, sabiendo que no debía decir lo que pensaba en el fondo: no conseguirían volver. Vagar en la oscuridad era buscar la muerte. Entorné los ojos y miré la carretera hacia la que querían ir. Apenas visible en la creciente oscuridad divisé una nube de polvo rojo.

—¡Esperen! ¡Miren! —dije y señalé hacia la carretera.

Nate y Stanley habían bajado ya del porche, dispuestos a seguir corriendo, cuando vieron un Escarabajo blanco que bajaba la cuesta. Dio un bote al llegar al camino de acceso, como si lo persiguieran, y puso a prueba la suspensión metiéndose en todos los baches hasta que se detuvo.

Stanley corrió hacia una portezuela, Nate hacia la otra. Conducía Miranda, la hermana de Ashley, y su novio Bryce bajó por la puerta del copiloto. Yo nunca había visto a Stanley y al verlo tirar de Ashley, que iba en el asiento de atrás, me pregunté si sería un nuevo novio. Recordé que el doctor Hayes llamaba al novio de Ashley por un nombre distinto cada vez.

La chica estaba casi histérica, gemía y daba manotazos a la camiseta de Stanley. Tenía los ojos rojos e hinchados, sin duda por las muchas lágrimas que había derramado durante aquella separación. Nate se agachó y tiró de una niña muy pequeña que estaba también en el asiento trasero. La niña lo rodeó con los brazos y las piernas mientras él la abrazaba llorando en silencio, emocionalmente agotado a todas luces. Al ver a la pequeña sentí ardor en el pecho. Tenía el tamaño de Halle y supe inmediatamente que era hija de Nate. Al ver aquel reencuentro se me volvió intolerable la ausencia de mis hijas.

Del asiento trasero del vehículo bajó otro hombre, dos palmos más alto que los demás, exceptuando a Bryce. Observó la casa con ojos fatigados, un gesto que me puso los nervios de punta. Era diferente de los demás. Se movía de modo diferente y sus ojos lo registraban todo.

—¿Dónde habéis estado? —preguntó Stanley.

Las facciones de Miranda se crisparon con irritación.

—Nos obligó a esperar en el cruce, junto a la torre del agua. Sólo cuando empezó a oscurecer conseguí convencerla.

Stanley se giró inmediatamente para mirar a Ashley.

—Te dije que nos reuniríamos aquí —le soltó—. Lo lógico era que nosotros viniéramos campo a través. ¿Por qué esperar en la carretera? Es de locos.

Por las enrojecidas mejillas de Ashley corrieron más lágrimas. Miranda arqueó las cejas.

—Eso le dije yo. Habríamos podido estar aquí con papá mucho antes y no alucinar con los comentarios de Zoe durante estas últimas cuatro horas.

Nate abrazó a su hija con más fuerza.

El hombre sin nombre sonrió con superioridad. Destacaba por encima de casi todos. Bastaba mirarlo para que se me cerraran los dedos alrededor del fusil. Tenía la camiseta manchada de sangre y debajo un pecho musculoso. También tenía manchas en los tejanos, manchas que oscilaban entre la salpicadura y el brochazo.

—¿Vamos a quedarnos aquí?

Evidentemente no se sentía impresionado por el sentido del tiempo de los demás.

Stanley señaló con la cabeza la parte superior de la colina y los muertos esparcidos por el patio.

—Vinimos por donde pudimos y con compañía. Tuvimos que sortear colinas y un arroyo. No fue un camino sembrado de rosas. Tratamos de despistarlos para que no se acercaran a la casa, pero siempre aparecían más. Y Nathan tuvo que detenerse a descansar varias veces.

Ah. Se llamaba Nathan. Le pegaba más que Nate.

—Bueno, ¿y de dónde venís? —pregunté.

Nathan dejó de susurrarle cosas a su hija.

—De Shallot. Está a unos quince kilómetros en línea recta.

Miré a mi alrededor, le cogí la linterna a Nathan y corrí hasta el sedal. Los espasmódicos lo habían soltado y algunos tramos estaban en el suelo. Saqué el sedal de debajo de los putrefactos tobillos de algunos espasmódicos y volví a anudarlo a las estacas, tirante.

Me pasó por la mente la idea de amontonar a los espasmódicos en el campo e incinerarlos, pero era casi de noche. Resignada a posponer la operación hasta el día siguiente, me reuní con los demás dentro de la casa.

Miranda salió a mi encuentro cuando crucé la puerta.

—¿Dónde está mi padre?

Miré a Ashley. Las dos hermanas ya habían pasado un infierno y detestaba empeorar su estado.

Miranda bajó la barbilla.

—¿Qué?

—Cuando llegué estaba… y Leah había… Los enterré. Junto al árbol.

Miranda giró sobre sus talones, cruzó corriendo la sala, la cocina y el cuarto de la lavadora y empujó la puerta. Bryce fue tras ella. Me acerqué a la ventana y miré entre los listones de madera. Miranda cayó de rodillas y se tapó la cara. Bryce quiso acariciarla, pero luego hizo como si no supiera dónde ponerle la mano. Al final se la llevó a su propio cuello. Se puso a pasear junto a su novia, pronunciando frases de consuelo.

Ashley sollozaba y lloraba en silencio. Probablemente se le habían agotado las lágrimas para aquel día.

—Deberías entrar —dije en voz baja—. No es seguro estar ahí fuera.

—Gracias —dijo Nathan. Su voz era suave y tranquilizadora—. Por ayudarnos. Ha sido impresionante.

—De nada —respondí—. Me alegro de que todos hayáis llegado sanos y salvos.

Nathan se alejó con el tronco medio doblado y susurrando algo al oído de su hija. Su pelo estropajoso y sucio era como una negación de su traje gris y su aburrida corbata. Giró la cabeza para mirarme y desvié los ojos. Hasta entonces no me había dado cuenta de que lo había estado mirando fijamente. Había estado varios días sin sentir otra cosa que miedo. Al lado de la pesadilla que estábamos viviendo, sentir un poco de turbación y vergüenza no me pareció tan malo.

Volví a mirar a aquel hombre, esta vez de reojo, esperando que no volviera a sorprenderme. La niña tenía los ojos hinchados y tuve deseos de conocer su situación: dónde estaba su madre y si el hecho de que estuvieran juntos guardaba algún parentesco con la situación en que estaría Andrew con las niñas.

—Es un buen tío —murmuró Stanley. Su voz sonaba cansada y triste, pero las comisuras de su boca se habían elevado ligeramente—. Lo digo por si se lo estaba usted preguntando.

—No me lo estaba preguntando —respondí bajando los ojos al suelo.

Nathan

Cuatro horas de preocupación y de encierro en una situación nada habitual habían agotado a Zoe en todos los sentidos, y mientras observaba a la mujer de pelo de fuego y fascinantes ojos azules que explicaba a Miranda y a Ashley que el padre de ambas había muerto, me fijé en las puertas de cristales de la derecha de la sala de estar, y al mirar por ellas descubrí una cama de matrimonio que ocupaba casi toda la habitación en que se encontraba. Había montones de ropa por todas partes y tocadores con los cajones abiertos. No dejaba de ser curioso porque el resto de la casa parecía intacto.

Zoe no se resistió cuando aparté las frazadas y la deposité en el colchón coronado con una almohada. La espléndida almohada de plumón y aquellas sábanas de no sé cuántos hilos no pegaban en la granja. Pero cuando recordé la mesa de centro de la sala, hecha por encargo, y el televisor de pantalla plana de setenta pulgadas, llegué a la conclusión de que no era verdad. Había objetos caros esparcidos del modo más extraño por toda la vieja y anticuada casa. Aquello me desconcertó, tanto como aquella valiente mujer que sostenía el fusil en la sala de estar.

Esperé hasta estar seguro de que Zoe se había dormido y volví a la sala, donde vi a Ashley que lloraba en silencio, apoyada en el hombro de Cooper. Preguntaba a la mujer misteriosa cómo había muerto su padre y por una mujer llamada Leah. Recibió respuestas vagas, imagino que a propósito. Los detalles no importaban, sólo que las dos chicas habían perdido a su padre; y todo lo que esperaban encontrar allí había desaparecido con él.

Cooper abrazaba a Ashley mientras la joven tiritaba y gemía, y le acariciaba la cara y la consolaba con impotencia mientras ella oscilaba entre la postración y la ira. Finalmente miró a la mujer a los ojos.

—¿Por qué estás aquí, Scarlet?

Scarlet suspiró y se rascó la cabeza.

—Me pareció el lugar más seguro y sabía que mis hijas encontrarían la forma de llegar.

Ashley se incorporó mientras Scarlet tomaba asiento en el sofá. Parecía repentinamente cansada, como si hablar en voz alta la hubiera dejado sin fuerzas.

La joven se sorbió las lágrimas y se limpió la nariz con la manga de la cazadora.

—¿Por qué no están contigo?

Me preparé para lo que fuera a decir Scarlet.

Pero se demoró y fue evidente que hacía esfuerzos por no venirse abajo. Ashley la conocía, eso saltaba a la vista, pero por lo que podía deducir de las frases que había oído antes, la media naranja del padre estaba enterrada con él en el jardín. La mujer de pelo de fuego no parecía ser de la familia, así que me pregunté cómo conocía aquel lugar, tan alejado de todo.

—¿Scarlet? —insistió Ashley—. ¿Dónde están tus hijas?

—Ya vendrán.

—¿Aquí? —preguntó la joven con un deje de sorpresa en la voz—. ¿Cómo lo sabes?

—Porque les dejé un mensaje en casa de Andrew. Escrito en la pared.

La conversación adquirió un carácter absurdo conforme se desarrollaba y Ashley tampoco pareció entender qué ocurría. Llena de agitación, Scarlet se puso en pie y se fue al fondo de la casa. Ashley y Cooper se miraron y a continuación miramos todos la puerta lateral que conducía al lugar donde tal vez estuviera enterrado el padre.

Bryce entró con Miranda y cerró la puerta. La mitad inferior era de madera, la superior de plexiglás.

—Vamos a tener que entablar vanos —sugerí—. Esta misma noche.

Joey asintió y se levantó del rincón en que estaba. A causa de su silencio casi me había olvidado de que estaba allí.

—Yo le ayudaré.

Bryce señaló la puerta sin apartar los brazos de Miranda.

—Tiene que quedar madera en el granero. Tened cuidado. Hay un toro allí.

Cuando Joey pasó por delante de Miranda, ésta lo siguió con los ojos, y por la forma en que la joven bajó la mirada al suelo pensé que allí sucedía algo fuera de lo corriente. La convivencia con Aubrey me había enseñado a detectar los problemas y a solucionarlos antes de que se fueran de las manos. Para mí seguían siendo unos desconocidos, pero sentía un miedo muy real a que si se rompían las delicadas fibras del grupo, Joey, mi hija y yo fuéramos los primeros en saltar. Los demás parecían conocerse. Nosotros éramos los extraños, y para mí era de vital necesidad asegurar el sitio que ocupábamos Zoe y yo.

Nos abrimos paso en la oscuridad con la linterna que me había dado Scarlet hasta que el haz de luz iluminó el lateral del granero. Oí los mugidos y movimientos del toro. Por suerte, las tablas no estaban en el mismo sitio donde tenían encerrado al animal.

—Carguemos con lo que sea y volvamos rápido —propuse—. No nos interesa que nos ataque nadie mientras estamos fuera.

Joey asintió y se llenó los brazos de tablas con un gruñido. Yo recogí otro montón y volvimos a la casa. Scarlet llegó con una pequeña caja de herramientas roja y la puso encima de la secadora.

—No cerré esta entrada porque quedaban pocos clavos.

—Nosotros la cerraremos —dije, sacando el martillo de la caja.

Mientras daba martillazos y veía hundirse el clavo en la tabla para ensartar la madera del otro lado, pensé en Gary y Eric, allá en la iglesia de Fairview, y me pregunté si seguirían vivos. Y entonces pensé en Skeeter y en Jill, y en el hijo que no pudieron ver nacer. No había tenido mucho tiempo para llorar por ellos, así que desahogué la ira y el dolor con cada clavo que enterraba en las tablas.

Utilizamos el último clavo que nos quedaba para fijar la segunda tabla que cruzaba horizontalmente el centro del plexiglás. No bastaba, pero resistiría lo suficiente para darnos tiempo a reaccionar.

Dejamos los demás listones en el cuarto de la lavadora y volvimos a la sala, donde vimos a Ashley y a Miranda consolándose la una a la otra. Scarlet se había unido al grupo y se había sentado en el mismo sitio en que había estado menos de media hora antes. Me pregunté por sus hijas y por qué no estaban allí con ella, pero no quise atormentarla dirigiéndome a ella personalmente. Seguí la dirección de su mirada y vi que observaba una foto colgada en la pared del otro lado de la estancia. Una foto arrugada de Scarlet, un hombre y dos niñas.

Fuera de las paredes de la casa se extendía la negrura que sólo podía proyectar un lugar alejado de las luces urbanas. Incluso la luna se había ocultado detrás de una espesa capa de nubes. La mujer volvió a ponerse en pie y se dedicó a colgar telas oscuras encima de las tablas. Luego fue en busca de cerillas e iluminó la estancia con velas. Guardamos silencio durante un rato que pareció una eternidad y oímos un retumbo a lo lejos.

—Truenos —murmuró Ashley, mirando a su alrededor.

—Antes vi nubes muy oscuras por allí —dijo Scarlet señalando el este con el pulgar—. Y el viento sopla del oeste.

—Esta vez no nos libraremos —comentó Joey.

Scarlet miró al soldado y en sus ojos destelló algo parecido al reconocimiento. Él le sostuvo la mirada, tal vez pensando que la mujer iba a decirle algo, pero ella fue la primera en apartar los ojos. La torpeza que parecía envolver a todos empezaba a tocarme las narices.

—Entonces, ¿sois familia? —pregunté a Miranda, haciendo un gesto hacia Scarlet.

La chica negó con la cabeza.

—Scarlet trabaja con mi pa... trabajaba con mi padre.

La mujer asintió y sonrió.

—Soy radióloga. El padre de Miranda es el doctor Hayes.

—*Era* el doctor Hayes —la corrigió la joven, mirando fijamente la bailoteante llama de la vela que había en la mesa de centro.

—Déjalo ya —murmuró Ashley con voz silbante.

—No me porté bien con él —murmuró Miranda, llevándose la mano trémula a la boca—. Ya no podré pedirle perdón. Nunca más volveré a hablar con él.

Bryce la estrechó contra sí. También el muchacho tenía los ojos húmedos y era evidente que había tenido un trato personal con el médico.

—Sabía que lo pasaste mal durante el divorcio. Pero también que lo querías mucho.

—¿Lo dices de verdad?

Ashley perdió la batalla por contener un sollozo. Se arrodilló delante de su hermana y apoyó la cabeza en sus rodillas.

Scarlet asintió.

—Lo sabía, Miranda. Te juro que es verdad.

Las dos hermanas volvieron a llorar al unísono, flanqueadas por Bryce y Cooper.

—¿Sabían todos los que trabajaban con el doctor Hayes dónde vivía? —pregunté.

Cuanto más hablaban, más confuso me sentía.

A Scarlet pareció hacerle gracia la impertinente pregunta.

—Yo venía a limpiar cuando estaba en la Facultad de Radiología. —Sus ojos relampaguearon—. Era muy amable. Los dos lo eran.

—¿Los dos?

—Wes y Leah —respondió.

Ashley se apoyó en Cooper.

—Leah era la novia de mi padre. Era muy cariñosa.

—Es cierto —confirmó su novio.

Ashley movió la cabeza con lentitud.

—No puedo creer que haya muerto. Que los dos hayan muerto. —Miró a su hermana—. No lo soporto más. Quiero despertar y que todo esto sea una pesadilla. —Se meció un poco hacia delante y hacia atrás, esforzándose por hacer frente a la realidad que todos encarábamos—. No quiero esto.

—Nadie lo quiere —dijo Miranda. Dio un suspiro al darse cuenta de su brusquedad—. Ha sido un día muy largo. Bryce y yo ocuparemos mi habitación. Ashley y Cooper tienen la suya. Scarlet, ¿has estado durmiendo en el cuarto de papá?

—Sí, pero ahora está allí la niña. Me echaré en el sofá.

—¿Seguro? —pregunté.

Ella esbozó una leve sonrisa y miró a Joey.

—En el sótano hay otro sofá, pero a lo mejor es pequeño para ti. Si quieres, podemos intercambiarlo.

Él negó con la cabeza.

—Me gustan los sótanos. Si es necesario, me haré un camastro.

—Te enseñaré dónde está el armario de la ropa blanca. —Scarlet se puso en pie. Su iniciativa impulsó a los demás a levantarse igualmente. Antes de desaparecer emitió un sonido de cordialidad y añadió con la voz quebrada—: Me alegro de que todos lo hayáis conseguido. Empezaba a pensar que era el último ser vivo del planeta.

Estaba claro que sabía cuidar de sí misma y que no tenía nada de frágil, pero cuando oí que se le quebraba la voz, me entraron ganas de abrazarla para que no se desplomase. Desapareció finalmente con Joey y la distancia redujo mi necesidad de consolarla. Cabeceé y me hice un reproche en silencio. Acababa de conocerla y probablemente no necesitaba que nadie mejorase su condición humana, aunque no creía que nadie pudiera mejorar la condición de quien echaba en falta a sus hijas en aquellos tiempos.

Entré en el dormitorio del médico y cerré la puerta de cristales. Me introduje en silencio bajo las mantas, al lado de Zoe. A pesar de que seguía pensando en los horrores de los últimos días, el calor se apoderó de mí y sentí la tranquilidad de saber que aquél era el lugar más seguro para cuidar de mi pequeña. Por lo menos hasta que alguien encontrase un remedio para la enfermedad que se había ensañado tanto con todos los que estábamos bajo aquel techo. Lo más confortable era saber que no estábamos solos y que esperábamos a más personas. La posibilidad de ayudar a Scarlet a seguir adelante no era una quimera.

19

Miranda

Había imaginado muchas veces en la última semana lo que sería estar por fin en mi cama, sentir la seguridad de las paredes de la casa de mi padre, pero ni siquiera estar bajo el conocido edredón y con la cabeza apoyada en una almohada que reconocía lograba que me sintiera en paz y, como suele decirse, en casa. Me sentía mal, desplazada y atemorizada.

Bryce yacía a mi lado, pegado a mí. Yo me había encogido hasta formar casi una bola y él se había adaptado a mi postura y me rodeaba con su calidez y con su amor, como si de ese modo mantuviera lejos la realidad.

—No recuerdo qué fue lo último que le dije, pero creo que no fue algo agradable —murmuré.

—Estaba emocionado porque ibas a venir. Si no fuiste agradable con él, seguro que no lo notó.

—Quería abrazarlo. —Sorbí por la nariz, girándome para que la manga de la sudadera recogiera las lágrimas—. Quería que llegáramos sanos y salvos porque él estaría aquí para protegernos. No sé dónde estará mi madre y mi padre ha muerto. Leah también. No tengo a nadie.

Bryce apoyó la cabeza en su mano.

—Tienes a Ashley y me tienes a mí.

Aquellas palabras deberían haberme consolado más de lo que me consolaron. Estuve inmóvil y en silencio hasta que la lluvia empezó a tamborilear en el techo y la respiración de Bryce se volvió lenta, profunda y rítmica. Los relámpagos proyectaron bruscos fogonazos y sombras sobre las paredes y también sobre mí cuando me acerqué a la puerta y pasé a la sala de estar.

Scarlet dormía en el sofá abrazada a un fusil, como si fuera un niño. Siempre había sido amable con nosotras y sus niñas eran una monada. Una vez que papá quiso que Ashley y yo lo ayudáramos a quemar la maleza, Jenna y Halle nos acompañaron, y nos entretuvimos tanto que cuando terminamos fue como si acabáramos de empezar.

Me acerqué a la puerta principal y giré el pomo.

—Yo no lo haría —susurró Scarlet en la oscuridad.

Di un respingo. Cuando me calmé, me senté en la mecedora que había junto al sofá.

—Ha sido inteligente. Me refiero a las latas. A mí no se me habría ocurrido.

No levantó la cabeza. Si no me hubiera hablado unos momentos antes, habría jurado que seguía durmiendo. Otro relámpago iluminó la habitación durante un segundo y vi que le resbalaba una lágrima por la nariz.

—Seguro que también ellas están preocupadas por ti —dije.

Consolar a otra persona hacía que me sintiera mejor. Alejaba de mi mente la idea de que tal vez fuera ya huérfana de ambos padres.

—Lo que me preocupa es la posibilidad de que estén al descubierto con este temporal —repuso incorporándose—. Y me preocupa la posibilidad de que Andrew haya resultado herido o muerto y ellas estén solas.

—Preocuparte no las ayudará.

—Ya lo sé —replicó en voz baja—. No deberías salir. Estas noches he estado vigilando desde la ventana. A veces se ven espasmódicos en los campos. No son rápidos ni inteligentes. Pero si te pillan con la guardia baja, estás perdida. Eso o que te rodee un grupo numeroso, como en la carretera.

—¿Cerca de Shallot?

Scarlet asintió.

—Pasamos por allí, por Shallot —añadí—. Estaban todos en la carretera, pero ahora han invadido el pueblo.

—¿Estás completamente segura?

—Alguien empotró el coche en la gasolinera y todo saltó por los aires. El ruido los atrajo a todos.

Scarlet arrugó el entrecejo y cerró los ojos.

—¿Sabes si fue un Tahoe blanco?

—¿Qué?

—El coche que se estrelló contra la gasolinera. ¿Era un Tahoe blanco?

—No. ¿Es ese el coche de tu ex?

Scarlet dilató los ojos y suspiró.

—Entonces están con él. —Tras una breve pausa apoyó los codos en las rodillas—. Espero que sea así —añadió—. Andrew fue a la escuela a buscarlas. Cuando salí del trabajo y todo se fue a la mierda, estaban en Anderson. —Esperé. Vi que sus ojos recorrían la oscuridad en busca de algo—. Traté de localizarlos —prosiguió. Ahogó un suspiro—. Me colé en la ciudad como pude. No estaban en casa. La ciudad fue tomada. No sabía qué hacer. —La voz se le quebró y se llevó la mano a la boca. Estaba temblando—. Entonces les dejé un mensaje diciendo que vinieran aquí. No sé si fue una decisión correcta… quiero decir marcharme. ¿Crees que las abandoné?

—Te vi —dije. Se giró para mirarme a los ojos—. En un *jeep*. Te vi pasar por la carretera hacia Fairview. ¿Te cruzaste con ellos?

—¿Con quiénes? —preguntó.

—Con los tipos armados con fusiles. En el puente.

—Sí —respondió en voz baja, mirando al suelo—. Me crucé con ellos.

—Tuviste suerte —informé—. Nosotros nos quedamos atascados debajo del paso elevado. Dispararon a todo el mundo.

Scarlet sonrió con muestras de cansancio.

—Entonces también vosotros tuvisteis suerte.

—¿Quién os disparó? —preguntó una voz profunda.

Me volví y vi a Joey en la oscuridad de la cocina.

—Vaya, me has dado un susto de muerte —refunfuñó Scarlet exhalando el aire de los pulmones.

—Hombres apostados con armas en el puente de Anderson. En realidad eran críos y disparaban a todo el que quería entrar —dije.

Joey se sentó en la moqueta, a mi lado.

—Menos mal que nos quedamos sin gasolina. Nosotros íbamos a Anderson. El padre de Dana vivía allí.

—El mundo es un pañuelo —comentó Scarlet, cuya sonrisa había desaparecido.

Él dio un suspiro.

—Más pequeño que un pañuelo.

Estuvimos un rato en silencio, escuchando el retumbar de los truenos y el chasquido de los rayos que atravesaban el aire. El cielo se abrió y empezó a llover a cántaros, empapando la casa hasta que la tormenta avanzó lentamente hacia Shallot y luego hacia Fairview. Pensé en los muertos, en si serían conscientes de la tormenta, en los niños pequeños de Shallot con aquellos ojos blanquecinos, niños que unos días antes habrían podido asustarse con los truenos y los relámpagos. Ahora estarían deambulando por los campos, insensibles a la lluvia, al viento y a los monstruos que vagaban junto a ellos.

—A Dana le gustaban las tormentas —contó Joey—. Habría querido salir y bailar bajo la lluvia.

—¿Dana es tu mujer? —preguntó Scarlet.

—Iba a serlo.

—La has perdido —murmuró ella, más como una afirmación que como una pregunta.

—Dos veces.

Scarlet arrugó la frente. Iba a explicárselo, pero no era mi historia.

—¿Viste a mi padre? —pregunté en su lugar.

—Lo vi en el trabajo —repuso—. Le emocionaba la idea de que fuerais a venir a pasar el fin de semana. No hablaba de otra cosa.

Volví a sentir en los ojos la quemazón de las lágrimas.

—Teníamos mucho trabajo —añadió Scarlet— y no tuvimos tiempo de hablar mucho. Y precisamente aquella mañana... —Pareció perder el hilo de lo que decía, pero entonces levantó los ojos—. ¿Joey?

—Dime.

—¿Has dicho que tu novia se llamaba Dana?

Él asintió y Scarlet se mostró pesarosa.

—¿Estuvo el viernes en el hospital?

Joey volvió a asentir.

—Entonces la conocí. —Sonrió y se llevó la mano al pecho—. Yo le hice la radiografía. ¡Y conoció al padre de Miranda!

Su sonrisa parecía completamente fuera de lugar en aquella conversación, pero esperé a ver qué cara ponía Joey. Al principio se limitó a mirar a Scarlet con impavidez. Segundos después sonrió ligeramente.

—Era muy guapa.

—Sí, es verdad, lo era y mucho. Y estaba loca por ti, además. Que estuvieras allí la tranquilizaba mucho.

Joey asintió. A pesar de la poca luz que teníamos, vi brillar lágrimas en sus ojos.

Scarlet bostezó.

—Guau. Cuando pienso cómo hemos acabado todos aquí... Es de locos.

Se recostó en el sofá y apoyó la cabeza en el brazo doblado.

Joey y yo nos pusimos en pie; fue como una señal. Él dio unos pasos hacia el cuarto de la lavadora, pero se detuvo y se volvió.

—Suelo dormir poco. Si quieres, puedes venirte abajo conmigo.

Sabía que no debía hacerlo. Miré a Scarlet en busca de una opinión o de alguna indicación, pero ya había cerrado los ojos.

—Está bien —dije, siguiéndolo.

Había subido y bajado muchas veces aquella escalera desde que mi padre había comprado el rancho, pero aquella vez fue distinto. Sentía el calor de la sangre en las mejillas y el ardor crecía con cada paso que daba. Cuando nos adentramos en el amplio espacio del elegante sótano, Joey abrió los brazos.

—Bienvenida a mi casa.

Sonreí.

—Técnicamente es mía.

Se sentó en el suelo y yo en el canapé. Miré a izquierda y derecha. No dejaba de ser gracioso que Scarlet hubiera tenido que adivinar si Joey iba a caber en el mueble. Le habrían colgado las piernas de rodillas para abajo.

Pasamos horas charlando del tiempo que hacía que mi padre era dueño de la finca, de los veranos que Ashley y yo pasábamos allí y de los bretes idiotas en que nos veíamos en ocasiones, como la vez que ella perdió un zapato en el barro porque nos escabullimos en plena noche para reunirnos con Bryce y sus amigos e irnos todos a la presa para asistir a la fiesta cervecera de Matt Painter.

Me sentí tan bien riendo y recordando cosas que perdí la noción del tiempo. Recordar buenos momentos era ahora lo más importante.

Los ojos de Joey empezaron a enrojecer y sus párpados a descolgarse. También yo sentía ya los efectos del cansancio, así que me levanté y me dirigí a la escalera. Algo me detuvo y me volví.

—¿Joey?

—Dime.

—¿Por qué te puso tan contento saber que Scarlet le hizo radiografías a Dana? ¿No estaba enferma todavía?

Él asintió.

—Sí, lo estaba, pero no sé. Hablar con alguien que la había conocido cuando estaba viva la convierte en alguien real, de carne y hueso, ¿entiendes? Cuesta muy poco olvidar que nuestra vida anterior no fue un sueño. Esto no es la realidad, cómo nos vemos obligados a vivir. La realidad es cómo éramos hace siete días, y que Scarlet recordase a Dana cuando estaba viva lo hace más real.

Cabeceé. No entendía nada.

Joey se encogió de hombros.

—Consuela saber que Dana vive también en los recuerdos de otra persona.

Con una sonrisa hundí las manos en los bolsillos de la sudadera.

—Buenas noches.

Nathan

Abrí los ojos y tardé un momento en recordar dónde estaba y por qué. Entonces recordé que Zoe tenía que estar dormida junto a mí y su lado de la cama estaba vacío. Lleno de temor, salté de la cama, crucé corriendo la puerta de cristales y entré en la sala de estar. Estaba sentada a la cabecera de la mesa del comedor masticando una barrita de cereales y cuchicheando con Scarlet, que estaba sentada junto a ella, con la barbilla apoyada en la mano, escuchando con atención cada palabra que pronunciaba mi hija. Las dos reflejaban la felicidad de la otra en aquel momento y casi me atraganté al verlas juntas. Zoe volvía a sonreír con dulzura y el cabello ígneo de Scarlet brillaba al sol matutino que entraba a raudales entre las ranuras de los listones de la ventana. No recordaba haber visto nada más hermoso en toda mi vida.

Cuando se percató de mi presencia, se apartó de la mesa y salió fuera. Zoe volvió a llenarse la boca de cereal. Le guiñé el ojo y salí para reunirme con Scarlet en el porche. Estaba observando la carretera de tierra, imagino que suspirando por sus hijas.

—Mi hija Halle no es mucho mayor que Zoe —me contó, con un par de dedos cruzados en la boca.

La laca de las uñas se le había desprendido casi totalmente, pero sus dedos seguían siendo elegantes.

—¿Cuántos años tiene la otra? Porque tienes dos hijas, ¿no? —Me miró con extrañeza—. Vi la foto de la pared.

—Sólo esas dos —respondió con una sonrisa discreta—. Jenna tiene trece. —Lancé una exclamación jovial y Scarlet asintió—. En efecto, ella, ella y ella.

—No me digas.

—Sí, te lo digo. —Su sonrisa desapareció—. Tenían que reunirse conmigo aquí si sucedía algo. Estaban con su padre cuando... No pude llegar donde estaban.

—¿Conocen el camino?

Asintió.

—Halle compuso una canción. Compone canciones sobre todas las cosas. Antes me sacaba de mis casillas. Quiero recordar alguna, pero no puedo. —Dijo esto último medio suspirando—. También me cabreaba que me llenara el Suburban con dibujos de la escuela. Recuerdo que se lo reproché muchas veces y ahora no sé lo que daría por tener uno de aquellos papeles. La foto es lo único que me queda.

Sus ojos azules relampaguearon y sentí deseos de estrecharla entre mis brazos. Pero mientras daba forma racional a esta idea, su pelo suave y rojo se acercó a mi barbilla y sus manos se unieron en mi espalda. Tardé un segundo en darme cuenta de lo que sucedía y entonces pegué la mejilla a su pelo y la abracé con fuerza. Lloró en silencio entre mis brazos y esperé con paciencia a que dejara de temblar.

Fue la primera en soltarse. Se limpió los ojos.

—Perdona. Es extraño, no sé qué me ha ocurrido.

—Nada es extraño en estos días —respondí sonriendo a medias.

Se echó a reír, tal vez por vez primera desde que había comenzado todo aquello. Fue una risa musical, llena de luz.

—Tienes razón.

Se volvió para mirar la cima de la colina y esperamos un rato en silencio hasta que oí a Zoe que me llamaba. La dejé para ir con mi hija. Una hora después, Zoe me tiró del pantalón.

—¿Se va a quedar fuera todo el día?

—No lo sé —respondí.

Scarlet no se había movido del porche. Vigilaba la carretera como si esperase que sus hijas apareciesen en lo alto de la cuesta de un momento a otro.

Minutos después, desistió y volvió a la casa. Inmediatamente se puso a comprobar los clavos de los listones. No tardó en encontrar algo que organizar o limpiar.

Miranda y Bryce salieron de su dormitorio. La chica tenía los ojos hinchados, como si hubiera estado llorando otra vez. Él le cogía la mano. Le dio un apretón y la soltó para ir a preparar el desayuno.

—Deberíamos racionar lo que consumimos —aconsejó Joey—. Es probable que tengamos que volver a Shallot para reponer víveres.

—Aún falta mucho para eso —replicó Bryce, abriendo un armario. Estaba lleno de comida—. Además, está la despensa. Y es muy grande.

—¿Y el agua? —preguntó Joey.

—Sin problemas —respondió Ashley, que en aquel momento salía de su cuarto detrás de Cooper.

Parecía que estos dos se trataban con más cariño que Bryce y Miranda. Se tocaban continuamente, como delfines que subieran a la superficie para respirar.

—¿Sin problemas? —inquirió Joey.

—Tenemos un pozo.

—¿Y la bomba para extraer el agua es eléctrica?

—Sí —intervino Scarlet—. ¿Por qué?

—No sabemos cuánto durará el suministro. Tampoco qué haremos cuando nos corten la electricidad —dijo Joey con sentido práctico.

Todos nos miramos. La preocupación de Joey se me contagió. Hasta entonces no se me había ocurrido que, en aquellas circunstancias, quedarnos sin luz era cuestión de tiempo. Ashley lo miró.

—¿Cuánto crees que durará?

—Depende de si los operarios y las centrales se han enterado con tiempo para tomar medidas que garanticen la continuidad temporal del suministro —apunté—. Lo más probable es que la energía de esta zona venga de alguna central hidroeléctrica, de lo contrario ya nos habríamos quedado sin luz.

—¿Cómo sabes todo eso? —preguntó Miranda.

—Es mi trabajo —respondí—. Era mi trabajo. Si los operarios han tenido tiempo de aislar ciertos sectores clave de la red para reducir conexiones y derivaciones, y cortar así el suministro a zonas propensas al consumo excesivo, una planta hidroeléctrica podría funcionar fácilmente durante semanas o meses. En teoría tienen una cantidad ilimitada de combustible, siempre que el régimen de lluvias sea normal. Lo único que podemos temer es que algún componente esencial se estropee o se desgaste.

—Por eso deberíamos estar prevenidos —sugirió Joey—. Tenemos comida, tenemos armas, pero sin agua estaremos perdidos.

—¿Te parece que busquemos contenedores y los llenemos ya? —preguntó Cooper.

Joey manifestó su aprobación.

—Eso servirá durante un tiempo, pero acabaremos necesitando una solución a más largo plazo. Necesitamos algún sistema para filtrar el agua.

Ashley se sentó a la mesa.

—Pero ¿cuánto creéis que durará esto? No será permanente..., ¿verdad? Lo solucionarán.

—¿Quiénes? —preguntó Joey.

—El gobierno —respondió Cooper.

El soldado negó con la cabeza.

—No podemos dar por sentado que esto sea temporal. Deberíamos tomar medidas ahora que...

—Me gustaría saber quién ha muerto y te ha puesto a ti al frente de la orquesta —intervino Bryce, interrumpiendo a Joey.

—Bryce... —murmuró Miranda.

—Vale, vale, chicos —dije alzando las manos—. Estamos cansados y tensos. Seguro que por culpa de la tormenta de anoche no hemos descansado todo lo que debíamos. Bryce, has puesto el dedo en la llaga. Necesitamos trabajar unidos y trazar un plan. Joey, tú pareces saber de lo que hablas. ¿Has recibido adiestramiento?

—Estuvo en Afganistán hace poco —dijo Miranda.

Bryce se alteró un poco más al oírla.

—Muy bien —proseguí, tratando de evitar una escena—. Joey, tú podrías echar un vistazo por aquí y ver con qué podemos contar. Necesitamos construir un recipiente grande para el agua, una especie de cisterna, y tendremos que volver al pueblo para conseguir filtros de bomba y pastillas para depurar el agua, en el caso de que las haya.

—Eso es mucho pedir —replicó Miranda—. Encontraríamos todo eso en cualquier tienda para excursionistas. La más cercana que se me ocurre está a más de dos horas en coche.

—Yo veía esos programas de supervivencia que daban en la tele —dijo Scarlet—. Enseñaban a potabilizar el agua filtrándola por una capa de arena y luego por una tela. La arena es un filtro excelente. Y hay carbón al fondo. Sólo necesitamos un barril, grava, arena, carbón y una tela. Lo volcamos y ya está. Así se filtra el agua... en teoría.

—Yo creo que es una teoría muy buena —dije sonriendo por lo bajo.

Scarlet me devolvió la sonrisa.

—Pero no deja de ser una teoría —protestó Bryce gruñendo.

Joey lo miró, apretó los dientes, y se fue por la puerta lateral.

Miranda fulminó a su novio con la mirada y siguió preparando su tazón de cereales.

Bryce abrió los brazos.

—¿Qué he hecho?

Vi que Scarlet se había escabullido para salir nuevamente al porche, apostarse en el mismo sitio de antes y seguir vigilando la carretera. Llevaba una camiseta masculina que impedía ver sus formas y un pantalón de hospital de color azul marino.

—Ahora sé por qué el dormitorio parecía un patio de colegio —comenté en son de broma—. Entraste a saquear el guardarropa del médico.

Bajó los ojos para mirarse y tal vez pensando en otra cosa se puso una mecha de pelo detrás de la oreja y se alisó el resto con la mano.

—Sólo la camiseta —respondió—. Pero no fui yo quien rebuscó en ese cuarto. Ya estaba así. Iba a ponerlo en orden. La verdad es que lo necesitaba después de haberlo adecentado todo. Ya no tenía otra cosa que hacer. Pero pensé que era su dormitorio y por alguna razón lo dejé como estaba. Tal vez lo hice por las chicas.

—¿Por sus hijas?

Asintió, pero sus cejas se juntaron inmediatamente después y comprendí demasiado tarde que mi pregunta le había hecho recordar a quiénes estaba esperando.

—No me imagino esperando a Zoe, preguntándome si estará bien o si aparecerá.

Rió.

—Eso no me sirve de mucho.

—Pero necesitas creer que aparecerán.

Cerró los ojos y una lágrima se descolgó de sus párpados.

—Naturalmente. —Se volvió a mirarme—. Lo creo de verdad, no te quepa duda. Andrew era insoportable como marido y no muy buen padre, si he de ser sincera, pero todo lo que le faltaba en comprensión y paciencia lo compensaba con eficacia y sentido común. Es un hombre inteligente. Piensa rápido, ¿entiendes? No se entretiene especulando. Si alguien puede traerme a mis pequeñas, es él.

—Seguro que tienes razón.

Bajó los ojos para mirarse los pies y durante un momento pareció reprimir una sonrisa de esperanza. Luego volvió a observar la carretera. Estuvimos juntos en silencio, oteando juntos el horizonte, hasta que Zoe volvió a llamarme. Estaba jugando con caballitos de plástico y Cooper la miraba con una sonrisa de orgullo.

—Eran de Ashley.

Asentí.

—Has sido muy amable.

—Me recuerda mucho a mi hermana pequeña. —Alzó los ojos para mirarme—. Ashley se estaba especializando en educación de la primera infancia. Es buena con los niños. Apuesto a que podría ayudar a Zoe a estudiar un poco cada día.

Ashley pasó en aquel momento, camino de no sé dónde, y alargó el brazo hacia Cooper. Sin volverse, el muchacho echó las manos atrás y sus dedos rozaron los de su chica. Para mí fue un misterio cómo se había dado cuenta Cooper de que era su novia quien se acercaba.

—Claro que podría —confirmó la joven, que cruzó el comedor y se alejó por el pasillo del fondo. Su dormitorio quedaba en aquella dirección, así que supuse que se dirigía allí.

—Le vendrá bien. No puedes imaginar hasta qué punto. Nunca te lo agradeceré lo suficiente.

Hablaba a Cooper, pero lo decía por Ashley. Hablar con uno era como hablar con los dos.

Resultaba curioso verlos interaccionar y moverse, orbitando uno alrededor del otro, como un par de ancianos que llevaran cincuenta años casados. Si existía la reencarnación, estaba convencido de que aquellos muchachos se habían emparejado muchas veces a lo largo de las épocas.

Una hora después Scarlet volvió dentro. Sonrió a Zoe.

—¿Tenéis caballos? —preguntó.

Mi hija levantó un caballito en cada mano.

—Sólo éstos.

Scarlet hizo un gesto afirmativo con la cabeza, sin atisbos de superioridad en su expresión.

—Mejor eso que el toro de ahí fuera. Te lo garantizo.

—¿*Butch?* —intervino Cooper—. No es un bicho malo. Sólo está harto de tanto encierro. Le has dado de comer tú, ¿no?

—Tiene paja y agua —respondió Scarlet—. Temí que atrajera a los espasmódicos.

—¿A quiénes? —preguntó Cooper, riendo por lo bajo.

Scarlet me miró y luego miró al chico. Era evidente que la pregunta la pillaba desprevenida.

—Los espasmódicos. No puedo llamarlos zombis. —Puso los ojos en blanco al pronunciar la palabra—. Los zombis son cosa de Hollywood, no son seres reales. Y esos seres necesitan un nombre que sea real.

—Sí, pero ¿espasmódicos?

Cooper hizo una mueca.

—Bueno, andan con movimientos espasmódicos, ¿no? —replicó ella, medio a la defensiva.

La conversación atrajo la atención del resto del grupo y todos acabaron reunidos en la sala de estar.

—Yo los llamo enfermos o infectados —aduje.

—Esos seres —repuso Ashley. Todos se volvieron a mirarla. La chica se encogió de hombros—. Así los llamo yo: seres o cosas.

Miranda cruzó los brazos.

—Yo tampoco puedo llamarlos zombis. Yo los llamo muertos.

—Mordedores —sugirió Joey.

—Me gusta mordedores —admitió Miranda cabeceando.

—Pues a mí me gusta espasmódicos porque se mueven con espasmos —alegó Scarlet.

Joey rió sin hilaridad.

—También muerden.

Scarlet arrugó el entrecejo, aunque todos parecían divertirse con aquella polémica.

—Deberíamos llamarlos vacas —intervino Zoe, que seguía jugando con los caballos—. Mugen como las vacas.

Me eché a reír.

—Gruñen y rugen.

—Mmmm… —murmuró Zoe mientras cavilaba—. ¿Y tuertos? Rima con muertos. «¡Ay, socorro! ¡Hay un tuerto! ¡Escondeos! ¡Corre, Cooper! ¡Mata al tuerto, Scarlet!»

Estuvo haciendo muecas según escenificaba distintas situaciones en las que podíamos gritar «tuertos». Todos sonreíamos menos Scarlet.

—¿Por qué yo? ¿Por qué tengo que matar yo al tuerto? —preguntó.

—Porque tiras mejor que nadie —razonó la pequeña.

—Me caes muy bien —repuso Scarlet con ojos risueños.

—Tú a mí también —respondió Zoe.

Scarlet levantó los brazos y se golpeó los muslos.

—Está bien. Cedo ante los tuertos. ¿Alguna objeción?

Todos negamos con la cabeza.

—Buena elección, Zoe —elogió Cooper.

Mi hija le dedicó la sonrisa más amplia que le había visto en muchos años y en aquel momento prácticamente nada impedía creer que todo iba a ir de perlas.

20

Nathan

Zoe pasaba mucho tiempo en el porche antes y después de sus clases con Ashley. Puede que Scarlet la inspirase, eso no podía saberlo. Cuando le preguntaban qué hacía fuera, respondía con vaguedades.

—Espero —decía.

Unas veces se miraba los dedos, mientras apoyaba las manos en el regazo, y otras entornaba los ojos y escrutaba la colina.

Yo ya había aprendido a no preguntarle qué esperaba. No quería decírmelo. Me preocupaba la posibilidad de que echara de menos a su madre, pero si no era a Aubrey a quien esperaba, no quería turbar a mi pequeña pronunciando el nombre de su madre. También me preocupaba la posibilidad de que estar a salvo no le bastara. La verdad era que volvía a estar contenta, hacía más de una semana que no tenía ningún ataque de nervios y quizá todo se redujera a que estaba demasiado acostumbrado a tener motivos de preocupación.

—¿Zoe? —dije, reuniéndome con ella en el porche. Llevaba en silencio casi media hora y Ashley la esperaba en la mesa—. Ashley te ha preparado unas tarjetas con multiplicaciones para que las resuelvas.

—No me gustan las mates —replicó.

Sonreí.

—Tampoco a mí me gustan, pero a veces tenemos que hacer cosas que no son divertidas.

Se puso meditabunda.

—Es que eso lo hacemos mucho.

—Unos días más que otros. ¿Estás lista?

Negó con la cabeza. Aquella reacción me pilló desprevenido. Zoe nunca se había negado de plano hasta entonces. No supe qué hacer.

—¿Por qué no?

Señaló la carretera. Me volví y vi a un hombre y a una muchacha que acababan de remontar la cuesta. Al principio me asusté, pero luego me di cuenta de que no estaban enfermos.

—¿Son la familia de Scarlet? —preguntó Zoe.

—No. Bueno, no lo parecen.

El hombre era muy alto y desgarbado, y bajo el sol matutino se le veía perfectamente la calvicie. Tenía los brazos anormalmente largos, y cuanto más cerca estaban, más largos me parecían.

—¡Scarlet! —exclamé, deseando darme a mí mismo una bofetada en el momento exacto en que había pronunciado su nombre. Tal como había temido, ella acudió corriendo a la puerta, jadeando ya a causa de la expectación.

—¿Son ellos? —preguntó mientras los desconocidos echaban a correr hacia la granja.

—No, perdona, lo siento —murmuré, sintiéndome un completo asno.

Scarlet los miró con fijeza y tragó saliva. Toda ella se puso en tensión y se dobló de tal modo que temí que el corazón fuera a salírsele del cuerpo. Le cogí la mano, sin saber qué otra cosa hacer.

—¡Eh! —gritó el hombre, que llevaba a la joven de la mano.

Su rostro estaba quemado por el sol y presentaba muy mal aspecto; tenía los ojos hundidos y le sobresalían mucho los pómulos. La chica no parecía tan afectada por el sol o por el hambre y ni siquiera levantaba los ojos del suelo. Aunque conducida de la mano por el hombre, no iba pegada a él.

—Me llamo Kevin y ésta es mi hija Elleny —sonreía y hablaba entre jadeos.

—Hola, Elleny —dijo Scarlet, con una suave voz maternal que le salió de modo espontáneo.

La chica no pareció darse por enterada. Kevin se encogió de hombros.

—Lo ha pasado muy mal.

Scarlet ladeó la cabeza.

—¿Cuántos años tienes, Elleny?

—Tiene catorce —respondió Kevin—. ¿Vivís aquí?

Scarlet lo miró y luego me miró a mí. Era un poco extraño, pero ella y yo sabíamos que no había que rechazar a los menores bajo ningún concepto.

—Sí. Dentro hay comida y agua —dijo, haciendo un gesto hacia la puerta—. Pero tendrás que dejar el arma fuera.

Scarlet señaló con los ojos el atizador que llevaba en la mano.

Kevin no perdió el tiempo, dejó el atizador y tiró de Elleny hacia la puerta. Scarlet los condujo a la cocina mientras yo sentaba a Zoe a la mesa con Ashley.

—¿Quién es ése? —preguntó la joven entre susurros.

—Supervivientes —respondí—. Un padre y su hija.

Ashley hizo una mueca. Sabía lo que estaba pensando, que Kevin parecía un esqueleto y Elleny era una gordinflas, una pepona con unos mofletes tan lustrosos que aparentaba menos de catorce años. Sus ojos verdes y su pelo castaño no parecían tener mucho que ver con los ojos de Kevin, de un azul hielo. Los rasgos amorcillados de la joven contrastaban con la cara huesuda y la nariz afilada del padre.

—Tampoco Zoe se parece a mí.

—Sí se parece —respondió Ashley sonriendo a Zoe, que le devolvió la sonrisa.

Ambas se enfrascaron en las tablas de multiplicar y leyeron durante media hora, luego se pusieron a completar un viejo puzzle de Ashley, consistente en reconstruir los cincuenta estados de Estados Unidos. Cuando terminaron, Zoe volvió al porche.

—¿Qué piensas entonces? —pregunté a Scarlet.

Estaba limpiando el frigorífico, tirando la comida sin consumir.

—Que es un auténtico derroche, eso es lo que pienso.

—Me refiero a Kevin.

—Le dije que podían dormir en la cama del doctor hasta que resolviéramos la situación. No me dijo si pensaban quedarse o no. Pensé que tú y Zoe podríais dormir abajo por el momento. La verdad es que no quería enviarlos al sótano, dado que allí están todas las armas y los víveres. Bueno, a menos que creas que a Zoe no le gustará el cambio.

—No, no. Se lo explicaré. Tendrá mucho tiempo para prepararse.

Miré hacia la sala y vi a Elleny sentada sola en el sofá. Me dirigí al porche para preparar a Zoe para la operación mudanza y vi a Kevin sentado junto a ella en el peldaño superior. Apoyaba la mano en el suelo, un poco por detrás de ella.

—Zoe —dije, abriendo la puerta con brusquedad—. Necesito que entres un minuto. Tenemos que hablar.

Kevin apartó la mano inmediatamente, aunque su expresión era de calma y tranquilidad.

—Es una niña muy simpática.

Asentí y mantuve abierta la puerta para que pasara Zoe. Fui con ella al cuarto de Ashley y llamé a la puerta. La joven abrió y nos hizo pasar, aunque me pareció que estaba algo desconcertada.

—Zoe —dije, arrodillándome delante de ella—. Primero, no conocemos a Kevin todavía, así que mientras yo no diga lo contrario ¿qué es ese hombre?

—Un desconocido —respondió con seguridad.

—¿Y cuál es la regla con los desconocidos?

—No hablar con ellos.

Asentí.

—Buena chica.

—Yo también le conté la regla a Kevin, pero dijo que era un hombre bueno y que ya te conocía y por eso no era un desconocido.

Sentí que se me revolvía el estómago, aunque procuré ser razonable diciéndome que Kevin también tenía una hija y que tal vez por eso sabía hablar con los niños.

—Ver a alguien y conocerlo son dos cosas distintas. Hasta que yo te lo diga, no quiero que estés sola con él, ¿trato hecho?

—Trato hecho —contestó.

Ashley y Cooper estaban junto a nosotros, a la expectativa y en silencio. De vez en cuando, mientras Zoe y yo hablábamos, se miraban con intensidad, sin decir nada, pero evidentemente leyéndose el pensamiento.

—Lo segundo que tengo que decirte es que hemos de hacer sitio a Kevin y a Elleny, así que tú y yo nos mudaremos al sótano.

Zoe hizo una mueca, pero yo ya estaba preparado.

—Me gusta nuestra habitación.

—A mí también. Será sólo unos días. Luego volveremos a ella.

Frunció el entrecejo .

Ashley se arrodilló a nuestro lado.

—Zoe, ¿qué te parece si bajamos tus cosas y te ayudo a decorar el sótano como te guste?

Mi hija lo meditó unos momentos y manifestó su conformidad. No estaba del todo contenta con la mudanza, pero por el momento la había aceptado sin pataleos. No pude ocultar la gratitud que sentí hacia Ashley, y cuando nos pusimos en pie, la atraje hacia mí y pegué mi mejilla contra su pelo.

Ashley se llevó a Zoe a recoger sus cosas y Cooper y yo pasamos a la sala de estar, donde Kevin y Elleny compartían un bocadillo.

—Prepárate otro para ti —dije.

Él estaba tan delgado que no podía imaginar por qué no comía más. Tal vez pensara que comer demasiado era abusar de la hospitalidad que les habíamos dispensado.

—Es que lo compartimos todo, ¿sabes? —respondió, acariciando afectuosamente el muslo de Elleny.

La niña no dijo nada, ni reaccionó. Se limitó a seguir sentada junto a Kevin, masticando el bocadillo. Me pregunté si habría perdido a su madre o a alguna otra persona capaz de sumirla en aquel completo mutismo. Scarlet había intentado comunicarse con ella desde el principio, pero la chica permanecía ajena a todos y a todo.

Hasta cierto punto lo comprendía. Lo que no alcanzaba a entender era la indiferencia de Kevin ante la conducta de su hija.

Elleny permaneció igualmente en silencio mientras cenaba, aunque en esta ocasión comió más que antes, ya que tenía un plato para ella sola. No obstante, comía muy despacio, como saboreando cada bocado. En la mesa no comentamos nada de lo que solíamos. Todos sabíamos que teníamos que proteger nuestra casa, nuestros secretos y a nuestra familia de los desconocidos. Incluso de aquel estrafalario sujeto y su extraña hija.

Kevin fue el primero en terminar.

—Caramba, qué cansado estoy. ¿A qué hora os vais a la cama?

—Eso depende —respondió Scarlet—. Si quieres, puedes ir a acostarte ya.

Kevin puso la mano sobre la de su hija.

—¿Vamos a acostarnos?

La muchacha tomó otro bocado.

El padre apartó la mano.

—Venga, vamos. Creo que ya has comido bastante. Es hora de acostarse.

La muchacha se sirvió más arroz.

—Aún tengo hambre —murmuró Elleny con voz apenas audible.

Kevin pareció enfadarse.

—No tienes tanta hambre. Estoy cansado. Vamos a dormir.

Scarlet apoyó los codos en la mesa.

—Sé que no nos conocemos, pero Nathan y yo tenemos hijas. No permitiríamos que le ocurriera nada a Elleny. En cuanto termine, se irá a dormir.

Kevin perdió su indiferencia durante una fracción de segundo.

—Esperaré.

Elleny tomó otro bocado y masticó con lentitud. Los demás procuramos no hacer caso de la delicada situación que se creó. Diez minutos más tarde, Kevin se puso en pie y tiró de su hija para que se levantase.

—Ya has terminado. Vamos.

Ella se fue con él, pero a regañadientes.

—Yo... todavía... —alcanzó a decir, pero el padre la acalló antes de que prosiguiera.

Desaparecieron en el dormitorio. Kevin cerró la puerta de cristales y todos nos levantamos para limpiar la mesa.

—Qué raro, ¿verdad? —comentó Joey, abriendo el grifo.

Todos convinimos en que sí lo era, pero nos esforzamos por comportarnos como siempre, incluso con aquellos invitados tan singulares. Scarlet fregó los platos y las cacerolas como si quisiera desahogar su nerviosismo. En cierto momento se le cayó un plato que resonó al chocar con los de abajo. Apoyó los puños en la encimera, respiró hondo y reanudó la faena.

—Ve más despacio —sugirió Joey, que en aquel momento era el encargado de aclarar y secar—. No puedo ir a tu ritmo.

—Perdona —murmuró Scarlet, que no obstante siguió frotando con brío.

—¿Qué te ocurre? —pregunté, poniéndome detrás de ella.

Mi barbilla quedó encima de su hombro, pero a ella no pareció importarle.

—No lo sé.

—Sí lo sabes.

—Aquí hay algo raro.

—Estoy de acuerdo.

Bajé con Zoe al sótano y extendí sus mantas mientras se ponía el pijama. Se metió en la cama y la arropé.

—Tararéame algo, papi.

Sonreí a medias. No le tarareaba melodías desde que todo se había ido al garete. Por un lado habíamos vivido jornadas llenas de acontecimientos y por lo general se quedaba dormida inmediatamente. Por el otro, tarareando era una auténtica calamidad. No tarareaba nada concreto, y por lo visto era suficientemente relajante para que Zoe se durmiera.

Me puse a tararear y ella cerró los ojos. No sé por qué sigo pensando en aquella noche como en el comienzo del verdadero infierno. Había habido buenos momentos. Pasaba todo el día con mi hija sin preocuparme por trabajar ni pagar facturas, y había conocido a Scarlet. Es verdad que más allá de las fronteras del rancho había cosas que ponían los pelos de punta, pero habría podido ser mucho peor. Algunos días llegaba a pensar que una cosa compensaba la otra.

La respiración de Zoe se regularizó. Le di un beso en la punta de la nariz y volví arriba. Joey estaba en lo alto de la escalera, sentado en la lavadora.

—Scarlet me ha preparado un camastro en la sala de estar. Me sentiría raro durmiendo ahí abajo con vosotros.

—Está bien —dije, estrechando su mano—. Lo siento, chico.

—Tranquilo.

Bajó de la lavadora y entramos juntos en la sala de estar. En el suelo había mantas y almohadas. Scarlet se encontraba en el porche. Joey se sentó en el sillón abatible. Crucé los brazos.

—Me gustaría estar un rato fuera con ella, pero tengo la impresión de que la atosigo. Es como si invadiera su tiempo. ¿Tú qué crees? —pregunté.

Joey sonrió.

—Lo que yo creo es que le gusta que salgas a hacerle compañía. Puede que salga tanto por eso.

—No —repuse, negando con la cabeza—. Sale tanto porque sabe que uno de estos días aparecerá su familia en lo alto de la cuesta.

—Venga, tío, ¿de veras crees eso? No sé, ha pasado ya mucho tiempo.

—Cooper y yo tardamos un día entero en llegar de Shallot y vinimos por un camino despejado. El terreno no es llano. Hay arroyos, piedras, colinas, edificios abandonados, maquinaria agrícola... y zombis.

—Bah... —desestimó Joey en son de broma, agitando la mano—. Ni que fuera tan difícil.

Scarlet entró en la casa, pálida y con los ojos llenos de lágrimas, aunque no parecía triste. Su expresión me dejó atónito y pensé inmediatamente que tenía que ver con sus hijas. Había estado fuera muchísimo menos tiempo del que acostumbraba.

—¿Qué ocurre? —pregunté en voz baja, avanzando hacia ella.

No quería alarmar a la pareja que estaba en el dormitorio del doctor.

Le temblaba la barbilla y por la mejilla le corrió una lágrima.

—Voy a matar a ese cabrón.

Cruzó la sala a toda prisa, empuñó el fusil y sin que pudiera impedírselo abrió de un empujón la puerta de cristales. Quise gritarle que se detuviera, pero entonces vi que apuntaba con el arma la nuca de Kevin. Éste estaba encima de Elleny, sin camisa, en una postura más bien inesperada.

La niña sollozaba en silencio. Aún tardé un poco en entender qué ocurría, como si mi cerebro se negara a creer lo que mis ojos acababan de ver.

—¡Levántate! —ordenó Scarlet—. ¡Sal de aquí! ¡Ya!

La voz se le quebró con la última palabra.

Kevin estaba petrificado encima de la muchacha. Su espalda desnuda y huesuda era perfectamente visible por encima de las sábanas.

Joey entró detrás de mí.

—¿Qué coño es esto?

Yo era incapaz de moverme. Kevin se levantó de la cama con las manos en alto. Estaba completamente desnudo. Fue entonces cuando se me revolvió el estómago, y temí que iba a vomitar lo que había comido.

Kevin se escabulló hacia la sala de estar y Scarlet fue tras él sin dejar de apuntarle con el fusil.

—Eres un monstruo. Peor que esas cosas de ahí fuera —dijo Scarlet—. ¡Vete de aquí, así no tendré que manchar la moqueta con tu sangre!

—¿El muy hijo de puta estaba…? —preguntó Joey, mirando a Kevin y girándose hacia el dormitorio.

Miranda, Bryce, Cooper y Ashley habían salido ya de sus respectivos dormitorios, conmocionados por el alboroto y la escena que veían en la sala de estar.

—Ay, joder, pero ¿qué pasa? —preguntó Bryce.

—No querrás saberlo —contestó Joey—. Mátalo, Scarlet.

—¡Me iré! —replicó Kevin, con los brazos todavía levantados.

—Pero ya.

Kevin miró hacia el dormitorio.

—No sin mi hija.

—Y un huevo que no —le espetó Joey—. Estará más segura con nosotros que contigo.

—¡Vamos! ¡Dejad al menos que me vista! —gimió Kevin.

—Calla, maldito cabrón —exclamó Scarlet sin poder creérselo. Montó el arma, le pegó la punta del cañón al estómago y lo obligó a retroceder hasta la puerta. Se quedó mirándolo un momento y volvió al dormitorio—. Observa adónde va —ordenó a Joey.

El soldado se quedó de guardia en la puerta.

Scarlet estaba a los pies de la cama.

—Elleny, ¿es realmente tu padre ese hombre?

La muchacha, tapada sólo con la sábana que se había subido hasta el cuello, negó con la cabeza.

—Me lo imaginaba —murmuró Scarlet—. Vuelvo enseguida.

—¡Scarlet! —llamé.

No me hizo caso y se dirigió a la puerta principal, pasando por delante de Joey.

—Ha ido hacia el sur —informó el soldado.

Scarlet abrió la puerta y todos nos miramos sin saber qué hacer.

—¿La sigo o qué? —pregunté mirando a Bryce y a Joey. Ninguno de los dos respondió. Incluso expresarse con palabras era difícil en aquellos momentos.

Hacia el sur se oyó un grito y a continuación un disparo. Todos dimos un respingo. Segundos después se oyó otro disparo.

Salí corriendo, seguido por los demás. Nos detuvimos cuando vimos a Scarlet. También ella se detuvo y bajó el cañón del arma hacia el suelo.

—¿Lo has matado? —preguntó Ashley con voz aguda y llena de nerviosismo.

Scarlet no se inmutó.

—No podía permitir que vagara por esos campos estando mis hijas fuera.

Pasó como una tromba entre nosotros, cruzó la puerta y cerró de golpe.

Pasados unos segundos salimos de nuestro estupor y volvimos a la casa. Scarlet estaba en el dormitorio, hablando con Elleny, cuyos gemidos eran quejas sonoras.

—¿Qué hacemos? —preguntó Miranda.

—Parece que ya está todo resuelto —respondió Bryce.

Le tiró de la mano y la muchacha volvió con él al dormitorio.

Cooper y Ashley hicieron lo mismo, aunque ella seguía alterada y aún hacía preguntas.

Joey y yo nos quedamos solos en la sala de estar, escuchando las palabras de consuelo que Scarlet dirigía a Elleny. Una hora después, salió del dormitorio.

—Se ha dormido.

—Nunca había visto nada igual en mi vida —dijo Joey—. ¿Tú sí?

—No, yo tampoco —respondí, un poco escandalizado porque hubiera tenido que preguntármelo.

—Todos deberían acabar así. —Scarlet apoyó el fusil en la pared, al lado de la puerta, y se dejó caer en el sofá, encima de las mantas—. Será mejor que durmamos un poco. Es demasiado tarde para enterrarlo esta noche, así que tendremos trabajo por la mañana.

—Disparaste dos veces —recordé—. ¿Fue para que no resucitara?

Scarlet asintió.

—Primero le volé los cojones.

Joey cabeceó con satisfacción.

—Qué hijoputa. ¿Qué hizo? ¿Llevársela aprovechando el caos?

Scarlet respiró hondo.

—Sus padres habían muerto. Él vivía en la misma calle y ella pensó que no tenía otra salida, ni siquiera cuando él... Bueno, ahora está a salvo. Se recuperará.

Me arrodillé a su lado.

—Ha sido una decisión insólita. Eso lo sabes, ¿no? Halle y Jenna están con Andrew, y están seguras.

Scarlet asintió.

—Todo el mundo está un poco más seguro ahora.

21

Miranda

Elleny fue detrás de Scarlet como una niña asustada, a pesar de que ya habían enterrado a Kevin. Todos estuvimos como en trance durante unos días. No sabía qué me escandalizaba más, si lo que había hecho Kevin, lo que hacía cuando lo sorprendieron, o que Scarlet lo hubiera matado. La casa no parecía ya la misma y no sabía si era por la nueva y extraña adquisición o porque nos dábamos cuenta de que no era a los «tuertos» a los únicos que debíamos temer.

Como Elleny estaba tan cerca de Scarlet y tan alejada de los demás, costó llegar a conocerla. De todos modos, yo no sabía de qué hablar con ella. Nunca había conocido a nadie que hubiera pasado aquel trago. No quería meter la pata, así que no le decía nada.

Nathan y Zoe habían vuelto al dormitorio principal, Scarlet se mudó al sótano con Elleny y Joey se instaló en el sofá. El nuevo arreglo me facilitó las conversaciones nocturnas con él, y así pareció más que eran encuentros amistosos de dos personas desveladas que reuniones clandestinas en el sótano como si fuéramos… otra cosa. Me sentía tan confusa que ni siquiera me atrevía a decir la palabra exacta.

Fuera lo que fuese, no podía negar que me gustaba estar con Joey. No sólo me gustaba. Era algo más. Porque yo aprovechaba cualquier momento en que nadie nos veía. Bryce se enfadaba incluso cuando no estábamos charlando de nada en concreto, así que me escabullía siempre que podía, porque cuando estaba mucho rato sin él me asfixiaba.

Todo el mundo parecía asfixiarse. Estábamos sobreviviendo, pero cada día que pasaba se parecía menos a la vida.

Cada mañana y cada noche Scarlet se apostaba en el porche construido por mi padre y vigilaba la roja cuesta, esperando a sus hijas. Nathan se sentaba con ella y le repetía que tarde o temprano aparecerían. Ashley se ponía en plan maestra. Los tíos hacían lo posible por estar ocupados con el mantenimiento de la casa, se turnaban para patrullar alrededor del rancho, y Joey y yo fingíamos no estar pendientes el uno del otro, pero lo que en principio iba a ser nuestro refugio empezaba a ser una cárcel.

Nathan, sin embargo, no parecía sentir la misma opresión que los demás. Él y Scarlet se pasaban las horas hablando. Una vez que pasé cerca de la puerta, los vi esperando juntos en el porche, cogidos de la mano. Después de aquello me pareció que pasaban más momentos a solas, intercambiaban secretos y se contaban chistes que sólo ellos encontraban graciosos. Joey y yo estábamos hablando una madrugada en la oscuridad del salón cuando vimos que se abría la puerta de cristales. Nos llevamos un susto. Era Scarlet.

—Hola —murmuró con cara de sorpresa—. Sólo estábamos hablando.

Yo me encogí de hombros y Joey hizo lo mismo.

—Nosotros también —respondí.

Scarlet se dirigió al sótano para reunirse con Elleny.

Joey me miró. Había poca luz, pero pude ver que arqueaba una ceja.

—¿Y si estaban…?

—No creo. Zoe está ahí dentro.

—¿Y qué?

—No digas tonterías —repliqué, indignada en nombre de Zoe—. Cuando era pequeña entré una vez en el dormitorio de mis padres y todavía recuerdo el susto que me llevé.

—Mis padres se separaron cuando yo tenía cuatro años —contó Joey—. No los recuerdo juntos en la casa.

—¿Tu madre no tuvo novios?

—Salió un par de veces con alguno. Yo hacía lo posible por ahuyentarlos. Era un crío odioso.

—Me lo imagino —dije sonriendo.

Nathan

No era mi intención seguir haciendo comparaciones, pero Aubrey fue la primera mujer a la que amé. Así que al darme cuenta de lo que sentía por Scarlet tuve que preguntarme si la amaba de otro modo que a Aubrey, o si en el fondo no había amado a Aubrey en absoluto.

Mi vida iba de decepción en decepción, pues no hacía más que comparar el tiempo que pasaba con Scarlet y el tiempo que no estaba con ella. Nos sentábamos en el porche y esperábamos juntos, y me hablaba de sus niñas, de lo divertidas, inteligentes y dotadas que eran, y de lo que había representado para ella traerlas a este mundo. Hablaba de su matrimonio, de su decisión de separarse. Yo ya tenía la fuerte convicción de que era la mujer más fuerte y valiente que había conocido, pero cuando la oí hablar de lo sola que había estado al tomar aquella decisión, sin apoyos por ninguna parte, sentí un gran respeto por ella.

Cada noche era una preparación para el momento en que reuniera valor suficiente para tocarla. A veces ensayaba rozándola con el codo o dándole una palmada de broma en la pierna, y a ella no le importaba si el contacto se prolongaba. Infantil, pero me sentía intimidado por ella, y era tan hermosa que perdía mi concentración. Me costaba no quedarme embobado mirándola, y agradecía la penumbra cuando el sol se ponía, porque la oscuridad me daba un pretexto para concentrarme en su boca mientras hablaba.

Parecerá extraño que sintiera tanta felicidad en tiempos tan desdichados. Pero con Zoe satisfecha de nuestra casa y de la rutina que habíamos establecido, y haber encontrado a Scarlet... Lo único que me angustiaba era qué habría sido la vida si la muerte no hubiera extendido su sudario sobre el mundo. ¿Significaba alguna cosa que yo hubiera tenido tanta suerte cuando tantos lo habían perdido todo?

Sentado en el peldaño superior del porche, al lado de Scarlet, era fácil olvidar la pesadilla que había al otro lado de aquella cuesta, era fácil olvidar que ella no se encontraba allí para estar conmigo, sino que estaba matando el tiempo mientras esperaba a sus hijas, el verdadero amor de su vida.

—Sudo sin parar —comentó, soltándome la mano para levantarse el cuello de la camiseta y secarse la frente—. El verano no perdona.

Las cigarras y los grillos habían tomado el relevo de la sinfonía de cantos que los pájaros habían dejado de entonar.

—Llegaremos a cuarenta grados. Otra vez. Seguramente.

Alargó la mano para cruzar sus dedos con los míos.

Me la llevé a la boca. Me moría de ganas de sentarla en mis rodillas y acariciarla de arriba abajo. Era una idiotez, pero lo deseaba de veras. Algo que nunca había experimentado con Aubrey.

—¿Tenías pareja? ¿Antes?

Antes era el término general con el que describíamos el tiempo anterior al primer día de epidemia.

—No. Me gustaba estar sola.

—Ah.

Se echó a reír y me apretó la mano.

—Tal vez fuese porque aún no había encontrado a la persona idónea.

—Tal vez no —respondí, sonriendo como un imbécil.

Joder, qué mal lo estaba haciendo.

—Puede que la persona idónea estuviera casada.

Arrugué el entrecejo durante un segundo, pero lo desarrugué antes de que ella lo viese. Técnicamente yo seguía casado y me preocupaba la posibilidad de que Scarlet me valorase menos por ese detalle.

—¿Te molesta eso realmente?

Meditó unos momentos.

—El mundo es diferente ahora. Se fue y te dejó una nota diciendo que vuestro matrimonio se había acabado. Yo diría que en estos tiempos eso equivale a un divorcio. Pero lo siento por Zoe.

Mi amor por ella aumentó.

—No sabe nada todavía.

—Venga, esa niña sabe más de lo que estás dispuesto a admitir.

—¿Tú crees?

—Lo sé. Mis niñas se enteraban de todo lo que yo no quería que supieran. Creo que es un rasgo femenino.

Sonreí.

—Tienes razón.

Scarlet me miró a los ojos. Al sentir el empuje de aquella intimidad, parpadeé. Me acerqué un centímetro a ella. Ardía en deseos de besarla.

Apoyó la cabeza en mi hombro.

—Necesito a mis niñas.

Expulsé el aire que retenía. Su rechazo me deprimió.

—Lo sé.

—No, quiero decir tenerlas aquí conmigo, a salvo. No me sentiría con derecho a ser feliz de otro modo.

Entendí lo que quería decir y por primera vez me di cuenta de que me había estado engañando a mí mismo. La infección no había perdonado a nadie, nadie había quedado intacto.

Miranda

Bryce estaba sentado en la cerca observando a *Butch*, que olisqueaba la tierra. Se nos habían acabado ya los temas de conversación. Yo compartía ahora mis pensamientos y sentimientos con Joey, y Bryce había dejado de decirme que se los repitiera. En cualquier caso me parecía una pérdida de tiempo; una redundancia. Mi yo de catorce años quería abrazarlo y garantizarle que siempre lo amaría. Mi yo de dieciocho quería pedirle perdón, porque había sido fiel a una persona tan egoísta que no sabía ver más allá de sus impulsos. Pero era demasiado cobarde para decírselo, así que seguía fingiendo ante él —del peor modo posible— que todo iba de perlas entre nosotros, y mientras, cuando se hacía de noche, me escabullía para pasar las horas con Joey.

Así como yo apenas soportaba mirarme a mí misma, Scarlet apenas podía dejar pasar un día sin observar la colina. Verla la ponía furiosa y cada vez pasaba más tiempo con los ojos fijos en el mismo sitio, esperando ver allí a sus hijas. Su estado de ánimo cambiaba de un momento a otro y al cabo del rato ni la voz ni la proximidad de Nathan conseguían calmarla.

Dejó de permitirle esperar con ella, aunque de todos modos él se quedaba cerca de la puerta, sentado en el brazo del sofá, por si la veía llorar, cosa que sucedía de vez en cuando.

Después de pasarse tres semanas vigilando, vi que entraba y cogía el fusil y una mochila que llenó de cartuchos.

Nathan se levantó del sofá.

—¿Scarlet?

Introdujo más cajas en la mochila, una bolsa de patatas fritas, dos botellas de agua, y la cerró.

—Acabo de ver a otro tuerto por el campo. Iba en dirección sur.

—¿Y qué te propones? ¿Abatirlo? Pensé que habíamos convenido en que era un riesgo innecesario.

Scarlet se colgó la mochila de los hombros y cogió un hacha de detrás de la puerta principal.

—Mis niñas están ahí fuera, Nathan.

—Sí, pero no sabes por qué no han llegado ya ni cuándo aparecerán.

—Tal vez no puedan llegar. Tal vez estén solas y demasiado asustadas para pasar de Shallot. Ya no puedo quedarme aquí de brazos cruzados.

Nathan dio un suspiro.

—Muy bien. Entiendo que te sientas impotente, pero tenemos que hablarlo.

Ella arrugó la frente.

—¿Qué hay que hablar? Me voy y se acabó.

—Muy bien, te vas, pero ¿no podríamos hablarlo primero? ¿Trazar juntos un plan?

Scarlet se encogió de hombros.

—Recorrer caminos y matar tuertos. No necesito otro plan.

—No es seguro que vayas sola.

Ella negó con la cabeza y se dirigió a la puerta.

—Nathan, tienes una hija. Si te ocurriera algo, no querría sentirme responsable.

—Y tú tienes dos hijas.

Scarlet miró a los demás.

—¿Sería alguien tan amable de decirle a Nathan que no es buena idea?

—Iré contigo —se ofreció Elleny en voz baja.

Scarlet sonrió y le acarició la mejilla.

—Tienes que quedarte. Aquí estarás segura. Si tengo que velar por ti también, no podré concentrarme. ¿Lo entiendes?

La niña asintió, aunque era evidente que no le gustaba aquella decisión.

Joey se puso en pie.

—Yo también iré.

Scarlet alargó la mano.

—A él lo acepto, pero tú —señaló a Nathan—, tú tienes que quedarte.

—No me obligues a esto —suplicó él.

Se acercó a Scarlet, la asió por los brazos y le habló al oído con expresión compungida. Se estaba poniendo muy nervioso, cosa impropia de él.

—¿A qué? —replicó Scarlet, poniéndose a la defensiva.

—A elegir entre mi hija y tú.

Scarlet se quedó sin habla, como los demás. Finalmente se apartó de él y dijo:

—Yo nunca te pediría que eligieras. No es cuestión de elegir, Nathan. —Se dispuso a abrir la puerta, pero él le asió las muñecas—. Suéltame —protestó ella.

—Scarlet, te lo pido por favor. No lo hagas.

—No pienso esperar más. Tengo que ayudarlas. Y no sé otra forma de hacerlo.

—¿Y si te matan y al final aparecen? ¿Qué les diremos? ¿Que han hecho el viaje en balde?

Scarlet miró a Nathan, se liberó y miró a Joey.

—¿Vas a venir o no?

—Detrás de ti.

Echó a andar detrás de Scarlet, y al llegar a la puerta se volvió.

—No le pasará nada, Nate.

Nathan asintió

Bryce me dio un beso en la mejilla.

—Yo voy también.

—¿Qué? —exclamé—. ¿Por qué?

—Para estar seguro de que no la matan antes de que sus hijas lleguen aquí. Hace un mes que la veo esperar en el porche. Que me ahorquen si no da con ellas porque no la hemos ayudado.

—Entonces iré con vosotros —dije.

—No, tú y Ashley tenéis que quedaros con las niñas —intervino Bryce—. ¿Coop?

—Sí —repuso Cooper, inclinándose para besar a Ashley. A pesar de los continuos ruegos de Ashley, empuñó un bate de béisbol y siguió a Bryce al exterior.

Cuando Cooper se alejó, la casa quedó sumida en un repentino y ominoso silencio. Nathan llevó a la mesa a Zoe y a Elleny y sacó comida para el desayuno. Ashley se había quedado en la puerta para presenciar la partida de su novio.

—¿Crees de verdad que sus hijas están en camino? —preguntó Ashley sin perder de vista al grupo—. ¿Crees que estarán vivas todavía?

—Sí —respondió Nathan desde la cocina.

—No deberías haber dejado que se fuera —le solté—. Todas las personas que amamos están ahora ahí fuera.

La angustiada expresión de Nathan se suavizó al posar los ojos en su hija.

—No podía discutir con ella. Yo habría hecho lo mismo.

Scarlet

Cuatro pares de zapatos en la tierra y la grava: no se oía otra cosa. Nadie decía nada mientras se dirigían al este por la roja carretera de tierra que subía la cuesta y bajaba por la otra cara de la colina, que seguía en línea recta hasta el cruce y luego doblaba hacia el norte, hacia el cementerio, durante casi dos kilómetros más. Bryce y Cooper cerraban la retaguardia a unos tres metros de Joey y de mí, supuse que intencionadamente.

A pesar de estar decidida a no escucharlas, las súplicas de Nathan para que me quedase no hacían más que ir y venir en mi cerebro. Miré por encima del hombro y vi a Ashley en la puerta. Me pregunté dónde estaría Nathan y si estaría enfadado conmigo. Si tenía un modelo de hombre, Nathan no encajaba en él. Lo supe nada más verlo aparecer con el nudo de la corbata aflojado y sus pantalones informales. La víspera del gran cambio que cayó sobre nosotros lo habría seguido vagamente con los ojos y luego lo habría olvidado. Hasta que acabé conociendo a Nathan pensaba que un hombre que pasaba demasiado tiempo en el gimnasio era o un vanidoso o un sujeto con problemas de autoestima. Yo prefería a los hombres de ojos oscuros, ojos de los que no pudiera apartar la mirada y que fuera al menos dos palmos más alto que yo, aunque cuando llevaba tacones era más alta que Andrew. Si Andrew me había enseñado algo, era precisamente lo que no quería en un hombre. A veces recurría a mi estricta lista de elementos imprescindibles para descalificar intereses potenciales. A mí me funcionaba. Como madre soltera, tenía que ser exigente. Después de haber fallado tantas veces a Jenna y a Halle, se lo debía a las dos.

A pesar de que había desaparecido la mitad de la población, quizá más, no me parecía oportuno prescindir de la lista, ni siquiera sintiendo la extraña excitación que sentía cada vez que Nathan estaba en la misma habitación que yo.

Estábamos a cosa de un kilómetro de la entrada del rancho cuando Joey me rozó el hombro y señaló a nuestra izquierda. Probablemente no había sido una ocurrencia genial salir tan temprano, con el sol en los ojos, pero vi claramente los movimientos convulsos de la mujer entre la hierba que le llegaba a la rodilla.

—Tuerta a las diez —avisó Joey a los demás.

Nos acercamos con cautela. Nos había advertido inmediatamente después de verla nosotros a ella y había virado en nuestra dirección. Sus leves gemidos nos indicaban la excitación que le producía la perspectiva de saciar el apetito. Adelantaba las manos conforme se nos acercaba, y cuando la tuve al alcance, levanté el hacha y la descargué sobre su cráneo con toda la fuerza de que fui capaz. El acero partió el hueso y se hundió en el cerebro. Se quedó inmóvil en el acto y a continuación cayó redonda al suelo.

Me doblé, le puse el pie en la cabeza y tiré del hacha para desencajarla de su cráneo. Joey, Cooper y Bryce me miraban con expresiones que mezclaban el asco con el temor.

—¿Qué?

Joey miró a los otros dos y luego volvió a posar los ojos en mí.

—La verdad es que no creo que nos necesites en esta escapada, salvo para chismorrear un poco de vez en cuando.

Me eché a reír y seguimos andando.

—No nos detengamos. No es la tuerta que vi desde el porche. La otra tiene que estar por aquí. Hacia el sur.

Cruzamos el campo en busca de un fornido ejemplar masculino que vi trastabillar entre las espigas de trigo. Tuvo el mismo fin que la tuerta. Quise volver a la carretera. Las niñas sólo conocían el camino del rancho por la canción de Halle, de modo que lo primero que teníamos que limpiar de tuertos era la carretera.

A la hora de la comida habíamos eliminado alrededor de una docena. Nos detuvimos a descansar y picamos de la bolsa de patatas que llevaba yo en la mochila.

—Entonces… Nathan… —dijo Cooper con una sonrisa.

—¿Qué le pasa a Nathan? —pregunté, tomando otro trago de agua.

—Parecía muy preocupado por ti. Los dos os lleváis muy bien.

Me sequé la boca con el dorso de la mano y arqueé una ceja.

—¿En serio te apetece hacer de casamentero en este momento?

Él escupió el bocado de sándwich que tenía en la boca y rió a mandíbula batiente. Bryce y Joey lo corearon por lo bajo.

Puse los ojos en blanco.

—Ya está bien.

—Tranquila, Scarlet —intervino Joey—. No tienes por qué estar de mala uva todo el tiempo.

—¿Y eso qué quiere decir? —pregunté.

Bryce me alargó las sobras para que las guardase en la mochila.

—Nathan es un buen tío. De los mejores. Incluso antes de todo esto. No deberías ser tan dura con él.

—¿Que yo soy dura con él? —pregunté, ligeramente ofendida. ¿En qué sentido era dura con él? ¿Porque no le echaba los brazos al cuello? ¿Y qué hacía yo hablando de aquellos asuntos con una pandilla de críos? La cosa tenía guasa.

Joey sonrió.

—Ser feliz no tiene nada de malo.

—¿Tú eres feliz, Joey? —Nada más decir aquello, lo lamenté. La pregunta borró la sonrisa de su cara y los otros dos guardaron silencio—. Perdona, perdona. Lo siento muchísimo —dije.

—Tranquila —respondió él poniéndose en pie—. Será mejor que prosigamos.

Me levanté y me limpié las briznas de hierba con la mano.

—Creo que Nathan es estupendo.

Joey recuperó la sonrisa y cerró un ojo para mirarme a contraluz.

—Entonces, ¿te gusta?

—Un poco, creo.

—Yo creo que un montón —me pinchó Cooper.

—Cierra esa bocaza —repliqué.

—¿Y si le pasara algo? —preguntó Bryce.

Estuve un rato en silencio y luego dije:

—Me rompería el alma.

Seguimos andando hasta la hora de la cena. Por entonces ya habíamos vuelto a la casa. Yo había abatido catorce tuertos y los chicos al menos diez cada uno. Habíamos tropezado con un rebaño poco antes de llegar a la carretera pavimentada y allí aumentamos significativamente la cantidad de víctimas.

Ashley casi derribó a Cooper al suelo cuando entramos. Los demás cogimos ropa limpia y buscamos sitios discretos para lavarnos.

Yo estaba sucia, cubierta de sudor, polvo y costras de sangre seca de espasmódico. Salí al patio por la puerta del cuarto de la lavadora, me quité la camiseta y la dejé caer al suelo. Me quité las zapatillas de deporte con los pies y luego los tejanos. Eran de Leah y me venían un poco apretados, pero los pantalones de hospital no estaban hechos para el apocalipsis y se hicieron trizas a la segunda semana.

Desenrollé la manguera y abrí el grifo. El agua salió a chorro en el instante en que apareció Nathan por la puerta. Sus ojos recorrieron mi cuerpo. Un mes antes me habría dado vergüenza estar en bragas y sostén delante de un hombre, pero ahora vivíamos en un mundo diferente. La verdad es que me sentía una más del grupo.

Pero la forma en que me miraba Nathan en aquel momento no se parecía a su forma de mirar a nadie del grupo. Me quitó la manguera de la mano, me doblé por la cintura y me mojó la espalda y el pelo.

—Parece que ha sido un viaje productivo —comentó.

Me enderecé y me froté la cara mientras seguía rociándome con la manguera, y luego me froté los brazos y las piernas.

—Sí. Encontramos un rebaño. No creo que mañana pueda superar la marca de hoy.

—¿Mañana? Scarlet…

Me volví para darle la cara.

—Comprendo que no quieras que salga, pero lo necesito.

—Lo sé —respondió, dando un paso hacia mí. Se inclinó para recoger la ropa limpia de la estufa oxidada que había junto a la puerta y me la tendió—. Pero no soporto quedarme aquí mientras tú estás fuera.

Estaba a unos centímetros de mí. Aunque hacía calor, yo tenía la piel de gallina. Me puso una mano en la cadera y otra en la cara.

Su boca estaba muy cerca de la mía, pero lo empujé apoyando la punta de los dedos en su pecho.

—¿La querías?

Fue una pregunta dolorosamente fuera de lugar, pero yo necesitaba la respuesta. Ya habían pasado mis días de adolescente timorata, y aunque hubiéramos sido la última pareja que quedaba con vida en la Tierra, seguía siendo legítimo preguntar si era sólo la situación lo que nos había unido o si sus sentimientos eran auténticos. De todas formas, aun así, puede que en el fondo no importara.

—No durante mucho tiempo y nunca como te quiero a ti.

Aunque me di cuenta de que yo probablemente sentía lo mismo, sus palabras me sorprendieron. Parecía esperar que yo le confirmara que le correspondía, pero como no lo hice, quiso besarme precipitadamente para saltar por encima del embarazoso silencio en el caso de que equivaliera a una respuesta embarazosa. Dejé que pusiera nuestras pieles en contacto. Entreabrí los labios y le faltó tiempo para introducirme la lengua y repasar con la punta todas las cavidades de mi boca. Nunca se me había ocurrido pensar si era hábil besando o no, pero me besó tan bien que por un lado me asombró y por el otro deseé más.

Retrocedí hasta la parte trasera de la casa y él avanzó conmigo, sin despegar la boca de la mía. Enredó los dedos en mi pelo mojado mientras me apretaba contra el revestimiento de madera de la pared. No había el menor espacio entre nosotros, pero seguí acercándolo a mí y ciñéndome a él. Mis muslos palpitaron al sentir la dureza que le tensaba los pantalones.

Le desabroché el cinturón, le solté el botón de la pretina y le bajé la cremallera. Nathan me soltó durante un brevísimo segundo, miró a su alrededor y se bajó un poco los pantalones con los pulgares.

Me levantó la pierna hasta que mi rodilla estuvo a la altura de su cadera y con la otra mano apartó el tejido que cubría la región que buscaba. La punta de su piel rozó la mía y lancé un gemido que resonó en su boca. Hasta aquel momento no me había dado cuenta de lo mucho que lo deseaba ni de lo mucho que echaba de menos un buen polvo.

Se afianzó sobre las piernas y balanceó las caderas hacia arriba y hacia delante, para introducirse dentro de mí. Volví a gemir. No supe bien si porque no follaba desde hacía un año o porque me sentía divinamente.

Apartó la boca de la mía y me abrazó con fuerza para penetrarme hasta el fondo. Me dolía la pierna que tenía en alto, pero no me importó. Nathan me acometía con fuertes embates y mi culo golpeaba la madera de la pared. Se mecía sin cesar, adoptando las posturas más incómodas y asombrosas. Me lamió y mordisqueó el lóbulo de la oreja, yo le hundí los dedos en la espalda y tuve que morderme el labio para no prorrumpir en gritos. Cuando el muslo empezaba a entumecérseme y a temblarme a causa del cansancio, Nathan pegó la cara a mi cuello y lanzó un largo gruñido y se introdujo en mis profundidades otro par de veces.

Nos quedamos inmóviles durante un momento y nuestras piernas se fueron aflojando hasta que caímos despacio en el suelo. Nathan me miró, yo lo miré a él y lo besé en los labios, enrojecidos ya a causa de lo mucho que los había frotado contra mi piel.

Sonrió y me bajó las bragas hasta el tobillo.

—Un poco tarde para eso, ¿no te parece? —pregunté sonriendo con la comisura.

Me sujetó por las caderas y me puso encima de él. Me puse a horcajadas sobre su bajo vientre, me incliné y muy despacio, con mucho cuidado, volvimos a entrar el uno en el otro.

Yo estaba oxidada por la falta de práctica, pero Nathan se movía conmigo, esta vez más despacio. Me dobló por la cintura para que lo besara en la boca y me sorbió el labio inferior, me lo puso entre sus dientes con el mínimo de presión. Me moví más deprisa, me senté en él con más contundencia y de pronto todo el cuerpo se me puso tenso y tuve un orgasmo más largo de lo esperado.

Por último, me derrumbé sobre su pecho y él me rodeó con los brazos.

—¿No es una locura pensar que el fin del mundo pueda ser lo mejor que me ha ocurrido hasta ahora? —preguntó, acariciándome la cara.

Sonreí deseando poder decirle lo mismo.

22

Miranda

Estaba encima de la mesa como si fuera su lugar natural, semejante a un florero, a un lápiz o a un juguete. Zoe jugaba a la pesca en el suelo con Elleny y allí estaba la Glock de nueve milímetros, con el cargador puesto, a metro y medio de ellas. La cogí para ver si tenía el seguro puesto: no lo tenía.

—¿Quién co...? ¿De quién es esto? —dije, levantando la pistola—. ¿Qué retrasado mental ha dejado una pistola cargada y sin seguro al lado de las niñas?

Nathan entró en la cocina, probablemente sólo por curiosidad, porque yo sabía que él no era tan idiota. Scarlet entró inmediatamente después, seguida por Joey.

—Ah. Es mía —dijo éste—. Bueno, la subí del sótano y me fui a mear. Ahora volvía para recogerla.

Señalé el seguro con mucha teatralidad.

—¿Y si a una de las niñas se le hubiera ocurrido cogerla? Deberían darte una buena tunda en el culo.

—Lo siento —respondió, asombrado por mi arranque de ira—. La he dejado sólo un segundo. No volverá a ocurrir.

La recogió y se fue por la puerta del cuarto de la lavadora.

Scarlet y Nathan cambiaron una mirada.

—Gracias por ahorrarme el sermón —dijo Scarlet—. Te estás volviendo toda una mamá osa.

—Sí —murmuré, cabreada porque seguía cabreada.

Salí por la puerta principal y me quedé en el porche, esperando que el aire fresco me calmara. Pero hacía mucho calor. Y el calor no sólo me ponía de mal humor, sino que además me recordaba los veranos que había pasado allí con mi padre. Ese padre al que no volvería a ver porque se lo había comido su novia.

Oí un disparo y por el rabillo del ojo vi a Joey apuntando a unas latas puestas encima de una valla. Disparó más veces y se acercó a la valla para volver a colocar las latas.

Me dirigí hacia él. Hizo como si no me viera.

—Perdona —dije—. Creo que he sido un poco brusca.

—¿Un poco brusca? Casi esperaba que te saliera puré de guisantes por la boca.

—No seas crío. No fue tan malo. ¿Vas a decirme que Dana no te gritó nunca?

—No. En realidad nunca gritaba. Siempre nos llevamos bien.

—Bueno, seguro que no dejabas armas de fuego por ahí cuando estabas con ella.

—Seguro que no. Fue una estupidez. Ya lo he comprendido.

Miré el cielo, procurando evitar el sol. No estaba segura, pero teníamos que estar cerca de junio, si no estábamos ya en ese mes. Me notaba el sudor en la frente, en el nacimiento del pelo. Joder, lo que habría dado por un desodorante.

Joey levantó la Glock con ambas manos, apuntó y disparó. *Bang, bang, bang, bang*. De la valla saltaron cuatro latas seguidas.

—Qué puntería —murmuré, poniéndome la mano sobre los ojos a modo de visera—. ¿Puedo probar?

—No. Esta pistola es alérgica a la mala leche.

—¿Me estás llamando vaca?

—No. Sólo digo que estás de mala leche. De dónde te salga es cosa tuya.

—Ya veremos.

Le quité el arma, la sostuve delante de mí y disparé una vez. Fallé, pero acerté con los tres tiros siguientes.

—No está mal —opinó Joey.

—He estado practicando con Bryce.

—Ya lo sé. Os he visto.

—Ah, ¿sí?

—Sí, y eres bastante buena.

—Gracias.

—De nada. Todavía estás de mala leche.

Fruncí el entrecejo.

—Y tú todavía eres un retrasado mental.

También él frunció el entrecejo. Su camiseta estaba ya empapada de sudor. Cada vez que flexionaba los brazos, sus músculos se hinchaban y patinaban, y yo no dejaba de preguntarme cómo sería el resto de su cuerpo.

—¿Por qué eres tan cascarrabias todo el tiempo? —preguntó, escupiendo al suelo, junto a él—. ¿Es porque quieres ocultar que me deseas?

Toma ya, qué arrogante.

—No te desearía ni aunque fueras el último hombre vivo del planeta.

—Eso es una mezquindad.

Estaba un poco dolido, se lo vi en los ojos; ante mi sorpresa, su reacción me suavizó un poco. Di un suspiro.

—Es que no quiero que sepas que… que me gustas. Un poco. Mucho no.

—Te gusto —murmuró, más como una afirmación que como una pregunta.

—Mucho no —maticé.

—Tú y Bryce estáis juntos desde que nacisteis, ¿no?

—Casi.

—No le caigo bien.

—No, la verdad es que no —respondí.

—¿Es por eso? ¿Porque sabe lo que sientes por mí?

—No lo sé. Ni siquiera sé lo que siento.

—Acabas de decir que te gusto.

Me encogí de hombros.

—Me gusta todo el mundo.

—Mientes.

—Es la verdad.

Joey puso el seguro a la pistola, me lo enseñó para que lo viese y dio un paso hacia mí. Estaba tan cerca que sentía su aliento en la cara y vi gotas de sudor brillándole en el rastrojo de la barba. Era muy diferente de todo lo que normalmente me atraía, pero una vez más me sentía confusa a propósito de la atracción, porque llevaba con Bryce muchísimo tiempo.

—Tú también me gustas —dijo.

Dio media vuelta y se fue, dejándome en un charco de santa mierda y pensamientos poco dignos.

Momentos después volví al porche y me senté en el peldaño superior. La puerta se abrió y se cerró, pero no supe quién era hasta que vi dos piernas perfectas.

—Hola —dijo Ashley.

—Hola.

—¿Sabes qué echo de menos?

—¿Tu plancha de hierro?

—Los encuentros nocturnos. Tú y yo emperifolladas reuniéndonos con Bryce y Cooper para ir a un sitio divertido. Solamente eso, salir y hablar de las tonterías que hacíamos cuando éramos pequeñas.

Sonreí.

—Sí, era divertido.

—¿Y sabes qué otra cosa echo en falta? La música.

—Y las hamburguesas con queso.

—Y Facebook.

—Y la tele a la carta.

Ashley se echó a reír y cabeceó.

—Echo de menos el centro comercial.

—Dentro de una semana echaremos de menos el dentífrico.

Me miró horrorizada.

—¿En serio?

Me encogí de hombros.

—Papá tenía varias cajas, pero entre nueve personas... ya casi no queda.

—¿Y sabes qué más echo de menos? —insistió—. A ti enamorada de Bryce.

Me giré hacia ella. La fulminé con la mirada.

—No sabes nada de nada, Ashley.

—Sé lo que he visto en el campo, hace un minuto. Será mejor que tengas cuidado. Ese tío está colado por ti. No creo que quieras caer en esa historia.

—No es mi intención.

—Pues para.

—Para tú.

Ashley me miró con ojos entornados y cabeceó.

—Estamos atascados aquí. Es absurdo que todos seamos desdichados.

Me mordí la uña.

—Sólo yo, ¿verdad?

—¿Eres desdichada con Bryce?

—No.

—Entonces cállate.

Tras lo cual se puso en pie y entró en la casa.

De pronto percibí movimiento en lo alto de la cuesta. Antes de dar un grito para avisar a los demás, Scarlet apareció hacha en mano. Despachó al tuerto en un abrir y cerrar de ojos y volvió al porche como si hubiera ido a arrancar una flor o algo parecido. Se quedó junto a mí, oteando la carretera. Puesto que ya estaba fuera, supongo que pensó que era buen momento para esperar a sus niñas.

—¿Sigues creyendo que van a venir? —pregunté, sintiéndome fatal mientras me salían las palabras de la boca.

—Sí —respondió sin vacilar.

Nathan salió en aquel punto y se puso junto a ella. Por el rabillo del ojo vi, a la altura de mi cara, que se rozaban los dedos y los entrelazaban.

—Creo que me voy adentro —dije, sin dirigirme a nadie en particular.

Pasé por delante de Joey y me reuní con Bryce en la cocina. Él y Cooper estaban cocinando con Zoe. Esto consistía en que ella estuviera sentada en la encimera mientras Cooper la entretenía y Bryce cocinaba.

Me senté a la mesa y di un suspiro.

—Bryce dice que estás de mala leche —me soltó Zoe sin pestañear.

Él se quedó de piedra y me miró en busca de una reacción. Yo miré a Joey de reojo, que reía por lo bajo.

—Sí, imagino que lo estoy —respondí, suspirando otra vez.

—¿Por qué? —preguntó Zoe.

—Pues no lo sé. Mi padre ha muerto. El mundo se ha acabado. Y nosotros estamos juntos en esta casa esperando a que a Scarlet le dé un soponcio cuando llegue a la conclusión de que sus niñas no van a venir…

—¿Quieres decir que aquí estamos seguros y que somos como una familia? —interpretó Zoe.

La miré y su dulce sonrisa hizo que me sintiera a la vez culpable y animada.

—Sí. Eso es lo que quiero decir.

Scarlet

Nathan esperó a que Zoe se durmiera y luego apareció en el cuarto de la lavadora con una sonrisa y un guiño. Elleny también acababa de dormirse en el sótano y yo estaba sentada en la secadora, aguardándolo. Se abrió paso entre mis piernas y me besó en la boca.

—¿Cuál es el plan? —pregunté.

—Dormir contigo.

—¿Eso es todo? —sonreí y dejé que me condujera al dormitorio delantero. Se comportaba con extrema dulzura. Saberlo me obligaba a preguntarme con qué clase de tarada terminal había estado casado. Zoe roncaba suavemente en el otro extremo de la cama de matrimonio. Nathan se puso en el centro y yo me tendí junto a él, sobre el costado izquierdo. Sus brazos me rodearon y enterró la cara en mi pelo. Aspiró profundamente.

—He pensado en esto todo el día.

Sonreí.

—¿De veras? Yo he pensado todo el día en lo que pasó ayer.

—No me lo recuerdes. No puedo llevarte secuestrada al patio trasero en plena noche.

Me estrechó contra sí.

La conversación fue decayendo hasta que quedamos en silencio, ya que ninguno de los dos necesitaba llenar el tiempo con naderías sin importancia. Su respiración se normalizó antes de lo que esperaba y sus brazos se relajaron. De vez en cuando se le tensaba la mano, me apretaba el brazo y todo él daba una sacudida. Hacía tanto tiempo que no dormía con nadie, exceptuando a las niñas, que había olvidado que los adultos también dormían juntos.

Las niñas. Hacía meses que no las veía. Me sentía culpable por yacer junto a Nathan, llena de felicidad, cuando tal vez ellas estuvieran acurrucadas en alguna parte, muertas de miedo.

Patrullar por la carretera me convencía al menos de que estaba haciendo algo para facilitarles la llegada a Red Hill, aunque fuera insuficiente. Si no aparecían pronto tendría que salir a buscarlas.

Me levanté, procurando no despertar a Nathan, y salí en silencio de la habitación. Cuando llegué a la cocina, se abrieron las puertas de cristales.

—Scarlet —murmuró Nathan. Tenía los ojos soñolientos, aunque no había dormido tanto—. ¿Todo bien?

—Sí, es sólo que me voy a la cama.

—¿No ibas a quedarte conmigo toda la noche?

—No sé si sería conveniente. Zoe podría alarmarse.

Sonrió.

—Es magnífico que pienses en ella, pero no creo que sea eso. ¿Por qué no me lo explicas?

Se adentró unos pasos en la sala de estar.

—Pensaba ir mañana a Shallot con los chicos. Necesito descansar toda la noche. Además, no estoy acostumbrada a dormir contigo y me cuesta conciliar el sue...

—¿A Shallot? ¿Quieres decir que vais a entrar en el pueblo? —Cabeceó y dio un paso hacia mí—. Pero si está tomado.

—Por eso necesitamos despejarlo. ¿Y si Andrew lleva allí a las niñas en busca de víveres o de refugio?

Nathan me puso las manos en los hombros.

—Scarlet, tú no has visto ese lugar. Toda la población se transformó. Habrá por lo menos trescientos infectados.

—Tuertos.

—Lo que sea. No podréis despejar el pueblo. Os matarán.

Sonreí y lo besé en la mejilla.

—¿Todavía no te has dado cuenta de que sé cuidar de mí misma? Ya has oído las anécdotas que cuentan los chicos en la cena.

—Sí, y se me ponen los pelos de punta. Me he esforzado por entenderlo, pero no puedo permitir que lo hagas, Scarlet.

Nunca me había hablado con tanta firmeza. Yo tenía las mejillas ardiendo.

—No tienes derecho a decirme qué debo hacer sólo porque hayamos echado un polvo en el patio.

Se quedó atónito ante mi reacción, pero lo único que se le ocurrió fue arrugar el entrecejo.

—No sigas por ese camino.

Aquello me pilló desprevenida. Andrew me había replicado siempre con tanta rapidez y dureza que no estaba preparada para reanudar una disputa frente a alguien que conservaba la calma.

—Pues no me digas lo que debo hacer.

Me cogió la mano con dulzura y me besó la palma. Quise apartarla, pero la retuvo.

—No puedo saber lo que sufres todo el día mientras esperas a tus hijas. No las conozco, pero estoy muy preocupado por ellas. Recházame todo el día si te apetece, pero estoy enamorado de ti. Te quiero, Scarlet, y me moriría si te pasara algo.

Dejé que la culpa penetrara en mí con aquellas palabras, aunque sólo durante un instante. Y en aquel instante pensé en quedarme allí con él, donde todos estábamos a salvo. Pensé en quedarme para tener la seguridad de que seguiría allí cuando las niñas llegaran. Pero entonces pensé también en Jenna y Halle pasando cerca de Shallot, tropezando con una manada. Por pequeña que fuera ésta, representaría una sentencia de muerte. Eran sólo unas niñas. Ni siquiera podía estar segura de que Andrew estaría con ellas para protegerlas o ayudarlas a tomar decisiones.

—No puedo —respondí, tirando de la mano para soltarme.

—¿No puedes qué?

—Hacer esto. No me centro.

Cabeceó.

—No sé qué quieres decir.

—Que necesito preocuparme por ellas, Nathan. Necesito salir y pensar en ellas, y preocuparme por ellas cada segundo del día, porque tengo miedo de que si no me movilizo les pasará algo.

Volvió a cabecear. Era evidente que mis galimatías no le aclaraban nada.

—Sé que no es muy coherente lo que digo —añadí—, lo veo en tu cara, y lo siento en todas partes, pero no en mi corazón. Pensar en ellas las mantiene vivas.

—Sí, eso lo entiendo, pero una cosa es preocuparte por ellas y otra muy distinta tomar decisiones peligrosas.

—Eso es desviar la cuestión y tú me estás confundiendo. No pienso en ellas tanto como antes. A veces pienso en ti, o en Zoe, o en… No puedo preocuparme por ti. Hace que olvide lo que necesito hacer para que Jenna y Halle estén conmigo. No soy responsable de tus sentimientos. Para mí, lo primero son mis hijas. Siempre serán lo primero.

—Claro. Así debe ser, pero...

—Pues entonces entiendes que no pueda hacer esto. Contigo... no puedo.

—Scarlet —murmuró, alargando la mano hacia mí. Había una pincelada de desesperación en la voz—. Pensemos... en otra solución. Tiene que haber otra.

—Pero no la hay.

Nathan permanecía con la boca entreabierta, medio jadeando, esforzándose por pensar en algo, en cualquier cosa que me hiciera cambiar de idea, modificar las decisiones que había tomado. Bajó los ojos al suelo, buscando las palabras en la oscuridad.

—No puedo ir contigo. Tengo que quedarme con Zoe, yo...

—Lo sé.

Me miró a los ojos. A pesar de la oscuridad que nos envolvía distinguía en ellos la desesperación.

—Pensaré en ellas contigo.

Maldito fuera aquel hombre. Malditos él y su buena educación. Aquella actitud me impulsaba a admitir que yo también lo amaba, pero no podía. Aceptar sus sentimientos se interponía en el camino de lo que necesitaba hacer para que mis niñas llegaran sanas y salvas al rancho.

—Es el último resquicio de cordura que me queda, Nathan. No me lo quites.

Me alejé de él con rapidez y bajé al trote la escalera del sótano. No supe si siguió allí, en la oscuridad de la sala de estar, atónito, enfadado, confuso o asqueado. No me atreví a volverme para verlo.

Salimos de Red Hill al despuntar el alba. Íbamos a pasar todo el día en Shallot y, como cabía la posibilidad de que no fuéramos capaces de reducir sensiblemente la población tuerta del lugar, quise partir en cuanto la luz nos permitió viajar con seguridad. Nada más oír la puerta principal, Nathan se levantó para despedirnos, pero no me dijo nada ni me dio un beso.

Al cabo de una hora pisamos la carretera pavimentada, aunque llegar a Shallot, limpiarlo y volver antes de que oscureciera nos iba a costar Dios y ayuda. Establecí el ritmo marchando a paso ligero. Cuarenta minutos después, Cooper mantenía el ritmo, pero el mío se había reducido al paso ordinario. Todos íbamos cargados, pero él no parecía notarlo, lo cual me cabreaba hasta cierto punto. A pesar de mis años estaba en buena forma. A veces corría. Me pasaba las horas andando en el hospital, algunos días sin parar para comer o sin sentarme siquiera. Imaginaba que la excursión a Shallot iba a costarme un poco, pero poner un pie delante del otro empezaba a ser un suplicio, y no estábamos aún ni a mitad de camino.

—Tengo que descansar —dije deteniéndome.

—¿De quién fue la idea de ir andando? —preguntó Joey sonriendo.

—Todos lo acordamos —respondí—. Usar los vehículos sólo en caso de urgencia.

—Por tu aspecto, yo diría que tu caso es urgente —replicó él, sin perder la sonrisa.

Le dirigí una mirada asesina.

—Cierra el pico.

—No conseguiremos volver antes de la noche si descansamos ahora —dijo Cooper sin detenerse.

—Si seguimos a este ritmo, estaremos demasiado cansados para hacer nada en el pueblo —adujo Bryce—. Podríamos buscar un refugio para pasar la noche.

—¿En Shallot? —pregunté, masajeándome las rodillas. Me puse en pie e hice un esfuerzo para dar el primer paso—. ¿No dijisteis que allí mataron a algunos amigos vuestros?

—Amigos de Nathan —aclaró Joey.

Asentí, pero no dije nada más. Alternamos el paso ordinario y el paso ligero, hasta que por fin vi el coche en mitad de la carretera. Ya no sonaba la alarma antirrobo. Seguramente se había agotado la batería. Los tuertos habían desaparecido.

Aún se veían las huellas de neumáticos del *jeep* que se internaban en el campo del otro lado. Era como si hubiera transcurrido una vida entera desde aquel día.

—Vamos —dije—. Iremos despacio. No nos separemos.

23

Nathan

Por la tarde, casi sin darme cuenta, miraba la cuesta de la carretera cada vez que pasaba por la puerta principal. A la hora de la cena me costaba ocultar la preocupación que sentía. Los nerviosos comentarios que hacía Ashley cada cinco minutos me servían de muy poco, pero cuando Zoe señaló que no tardaría en ser de noche, la verdad empezó a abrirse paso.

—Ya deberían haber vuelto —anunció Elleny en voz baja, pero con inquietud—. No se atreverían a andar de noche, ¿verdad? El sol se ha puesto ya.

Ashley se sentó a la mesa y cerró los ojos.

—Volverán, Elleny, no te preocupes. Todos no pueden haber resultado heridos. Si les hubiera ocurrido algo, ya estarían aquí. ¿Sabes qué significa que no hayan vuelto aún? Que todos están bien.

—Dijeron que volverían esta misma noche. Si no aparecen, es porque han herido a alguno —insinuó Zoe, sin darse cuenta del efecto que sus palabras podían causar en los demás.

Elleny dejó escapar un sollozo. Ashley se tapó la boca con las manos.

—Todo el mundo tranquilo, ¿vale? —exigí, también yo al borde de la histeria—. Shallot está a veinte kilómetros. Puede que fueran demasiado optimistas al creer que podrían recorrer a pie cuarenta kilómetros y además despejar el terreno, todo a la luz del día. Eso no significa que las cosas hayan ido mal. Puede que signifique sólo que son listos y no quieran arriesgarse a viajar de noche.

Elleny asintió.

—Scarlet no haría eso. Volverán por la mañana.

Tomó una cucharada de puré de patatas.

—Exacto —admití.

—Puede que esta misma noche manden por delante a Cooper para que nos avise —intervino Ashley—. Anda y corre más deprisa que los demás.

—Es posible —terció Miranda—. Pero que no te dé un ataque si no aparece. Propongo no preocuparse hasta que sepamos algo preocupante.

Miranda se había expresado con tranquilidad, pero por su forma de mirarme comprendí que sólo trataba de ayudarme a mantener la calma. No sabía si los ausentes iban a volver, como tampoco el resto. En cuanto me llevé la primera cucharada a la boca, se fue la luz. Zoe y Elleny dieron un grito.

—Silencio —ordené—. Sabíamos que esto tenía que ocurrir antes o después, así que no os pongáis nerviosas. Quedaos donde estáis.

Me acerqué a los armarios y busqué debajo del fregadero. Cogí dos linternas. Encendí una y alargué la otra a Miranda.

—Voy a buscar velas —anunció ésta—. Ven conmigo, Elleny.

Ashley se quedó en la mesa con Zoe y le cogió la mano. Sonreí a las dos.

—No es una noche distinta de las demás. Siempre dormimos con las luces apagadas.

—Pero si queremos encenderlas, podemos hacerlo —apuntó Zoe temblando.

Ashley atrajo a la niña y la abrazó.

—No te preocupes. Estoy aquí contigo.

—Yo también estoy aquí contigo —respondió Zoe, acariciándole la mano.

Scarlet

—¡Entrad aquí! —indiqué a Joey y a Bryce, manteniendo la puerta abierta.

Cooper nos había conducido a la casa en la que habían estado antes. Ya estaba entablada y, según los chicos, estaba cerca de otro edificio lleno de armas y municiones.

Bryce y Joey habían llamado la atención de un numeroso grupo de tuertos, para alejarlos de la casa, y habían vuelto sobre sus pasos. Una vez dentro, accioné el conmutador de la luz. Nada.

—¿Han cortado la luz? —preguntó Joey. Se desprendió de la mochila y sacó una pequeña linterna—. Tiene que haber velas debajo del fregadero, pero no tengo cerillas.

—Yo sí —dije, abriendo mi mochila.

Nos sentamos en círculo en el suelo, bebiendo agua y recuperando el aliento. Al llegar a Shallot sólo disponíamos de una hora hasta el momento de volver. La población estaba tan llena de tuertos que perdimos la noción del tiempo, y cuando nos dimos cuenta, era demasiado tarde incluso para plantearnos el regreso. Despejamos el terreno hasta que oscureció e incluso entonces nos faltaba todavía por liquidar a más de la mitad.

Joey descansó un poco y fue el primero en ponerse en pie.

—Voy a comprobar las ventanas y las puertas. A ver si las tablas que clavamos han resistido y si seguimos contando con otra salida.

Bryce alzó los ojos al techo y puso los ojos en blanco. Cuando Joey desapareció, murmuró con voz gutural:

—El soldado al rescate.

—Oye, tú —dije tomando un sorbo de agua—. Hoy nos ha salvado el culo más de una vez. Ten más respeto.

Él apoyó los brazos en las rodillas con cara de infelicidad.

—Eh, gente… —susurró Joey entrando en la estancia con los brazos en alto. Iluminados sólo por las velas, sólo alcancé a distinguir a Joey y un cañón de fusil pegado a su nuca.

Cooper, Bryce y yo nos pusimos en pie inmediatamente y empuñamos nuestras armas. Detrás de Joey había un hombre que por lo visto lo había hecho prisionero.

—¿No os enseñaron vuestras madres que no se entra en casa ajena sin llamar?

—Perdona —respondí—. Nos marcharemos.

—¿Cómo habéis llegado? —preguntó—. ¿En coche?

—No, andando —repliqué—. Lo sentimos mucho. Por favor, deja que nos vayamos. —Bajé mi arma para dar ejemplo—. ¿Ves? No queremos que nadie resulte herido.

—Demasiado tarde para eso —dictaminó el hombre.

Joey cerró los ojos con fuerza, pero no pasó nada. Empuñé mi linterna y enfoqué al desconocido. El hombre retrocedió ante la luz. Tenía el pelo estropajoso, los dedos y las uñas negros de mugre, y su mono y guerrera de camuflaje manchados de sangre. Era más alto que Joey y me pregunté si atacarlo todos a la vez daría resultado.

—¿Skeeter? —aventuró Bryce.

El desconocido entornó los ojos y ladeó la cara para mirar a quien había pronunciado aquel nombre.

—¿Quién eres?

—Soy yo, Bryce. Y Cooper también está aquí. No puedo creer que lo hayas conseguido.

Levanté la linterna para que la luz se reflejara en el techo e iluminara débilmente toda la habitación. Skeeter apartó de Joey la boca del cañón y estrechó la mano de Bryce y luego la de Cooper.

—¡Por todos los diablos, chicos! —exclamó quitándose el gorro que le cubría la cabeza.

—¿Y qué haces aquí? —preguntó Cooper, sonriendo de oreja a oreja.

Yo no entendía nada. Bryce y Cooper parecían conocer a aquel tipo, pero Joey no.

—Skeeter McGee, encantado de conocerte —anunció, alargándole la mano a Joey—. Perdona lo de antes. He tenido algunas escaramuzas con esos cabrones. Ya sabéis cómo son estas cosas.

Joey, tan confuso como yo, le estrechó la mano.

—Sabía que la casa del padre de las chicas estaba por aquí. Se me ocurrió ir a reunirme con vosotros, pero me quedé atascado en este lugar. Está lleno de reptadores.

—Reptadores. —Cooper rió por lo bajo—. Me gusta.

—No —objeté—. Son tuertos. A Zoe no le gustaría que les cambiáramos el nombre.

Skeeter se puso serio y blanco como la tiza.

—¿Qué ha dicho?

Miré a mi alrededor. Nadie pareció entender por qué había cambiado de actitud tan bruscamente y temí que los chicos no lo conocieran tan bien como pensaban. Lo conociesen o no, necesitábamos proteger a los que se habían quedado en casa.

—Tomamos una decisión colectiva sobre cómo llamar a esos seres. En realidad es un nombre tonto...

—No, no. Acabas de decir Zoe y yo conozco a una niña llamada Zoe. Así de alta más o menos, pelo castaño claro... —describió, llevándose la mano a la barbilla para determinar la estatura de la pequeña.

—¿De qué la conoces? —pregunté, repentinamente llena de suspicacia.

Skeeter se acercó a mí.

—Es mi sobrina. ¿La has visto? ¿Dónde está? ¿Está con su padre?

—¿Su sobrina?

Me pregunté por qué Nathan no me había dicho que tenía un hermano.

—Aubrey es mi hermana. La mujer de Nathan. ¿Los has visto?

La mujer de Nathan. Aquellas palabras me dolieron.

—Sí, los hemos visto —intervino Bryce—. Están en el rancho Red Hill. A salvo.

Skeeter lanzó una carcajada, retrocedió y se desplomó en el sofá.

—Gracias a Dios —murmuró, llevándose la mano a la mejilla.

Segundos después, se llevó la otra mano a la cara, se dobló por la cintura y el gigante se echó a llorar.

Todos nos miramos sin saber qué hacer. Lo único de lo que yo estaba segura era de que desde aquel momento íbamos a ser diez en el rancho.

—¿Skeeter? —Le toqué el hombro—. Skeeter. Mañana despejaremos esto un poco y nos iremos. Será un honor que vengas con nosotros.

—¿Despejar esto?

—Sí. Mis hijas tienen que reunirse conmigo en Red Hill y queremos despejarles el camino para que no tengan dificultades.

Asintió.

—Entonces os ayudaré.

El día siguiente fue más caluroso que la víspera. Dos horas después de salir el sol ya hacía bochorno. Los cabellos que me colgaban del moño se me pegaban a la nuca y las olas de calor bailoteaban encima del asfalto. No creí que fuera posible, pero la subida de la temperatura cargaba el aire con el olor agrio de nuestras ropas y formaba una mezcla heterogénea de comida podrida y mal aliento. Yo apenas soportaba aquel tufo y procuraba mantenerme algo alejada de los demás.

En Shallot cada uno de nosotros abatió cinco tuertos y emprendimos el regreso al rancho. Skeeter nos contó cómo se había abierto paso entre la horda de zombis hasta que llegó junto a su mujer, que ya se había transformado. Tuvo que abatirla para que no hiciera daño a nadie. Cuanto más hablaba aquel hombre, mejor me caía y me pregunté si Aubrey se parecería en algo a su hermano. Ya no me parecía tan insensato decir a Nathan que lo nuestro había terminado. En cualquier caso, ahora que Skeeter viviría con nosotros, habría resultado extraño. De súbito, la idea de estar cerca de Nathan sin ninguna perspectiva de concretar mi actitud era muy deprimente. Cuanto más nos acercábamos al rancho, peor me sentía.

—No puedo creer que conozcas a Nate. Qué cosas tiene la vida —dijo Cooper.

—Lo curioso es que lo conozcáis vosotros —replicó Skeeter—. Faltó poco para que os cruzarais con él en la iglesia.

—¿Estuvo en la iglesia? —preguntó Bryce, sonriendo.

—Sí. Allí estuvo. Se fue con Zoe en cuanto se presentó la primera oportunidad porque sabía que antes o después acabarían entrando.

—¿Qué iglesia? —pregunté, deteniéndome en mitad de la carretera.

Skeeter sonrió de oreja a oreja.

—La iglesia baptista de Fairview.

—Válgame Dios —murmuré al comprender que las personas que había visto salir corriendo de la iglesia habían sido, tal vez, Nathan y Zoe.

Skeeter asintió.

—Válgame Dios, eso digo yo.

Alternamos el paso ordinario y el paso ligero. Cooper estaba deseoso de volver con Ashley, que estaría muerta de preocupación. Cuando llegamos a lo alto de la cuesta, miré hacia atrás con la esperanza de que mis niñas remontaran pronto aquella misma subida.

Ashley salió corriendo por la puerta principal y se arrojó en brazos de Cooper. Se puso a llorar inmediatamente. Elleny bajó del porche de un salto y me abrazó, haciendo esfuerzos denodados por no derramar ninguna lágrima. Nathan, Zoe y Miranda nos esperaban de pie en el porche, desconcertados al ver al gigante desastrado que cerraba la retaguardia.

—¿Skeeter? —dijo Nathan.

Por sus solas palabras era evidente que no podía creer lo que estaba viendo, aunque miraba a su cuñado con cara de fastidio.

—¡Tío Skeeter! —chilló Zoe, bajando a toda velocidad los peldaños del porche para arrojarse en brazos del recién llegado. Éste la abrazó con fuerza.

La niña arrugó la nariz.

—Qué mal hueles.

Él se echó a reír.

—¡Ya lo sé! Dan ganas de vomitar, ¿eh?

Nathan bajó del porche y rodeó a su cuñado con los brazos.

—No puedo... no me lo creo.

Los dos hombres se fundieron en un fuerte abrazo y luego todos nos abrazamos por turno. Cuando Nathan y yo estuvimos frente a frente, me estrechó fuertemente y me estampó un beso en la boca. Fue una conmoción muy breve, pero me fundí con él mientras duró. Sus dedos se hundieron en mi espalda y yo no lo soltaba tampoco.

—Lo siento muchísimo —murmuré sin despegar la boca de la suya.

—No digas nada. Deja que te abrace y nada más.

Enterré la cara en su cuello, sintiéndome más segura que nunca. Nathan me amaba más de lo que yo merecía después de lo que le había dicho. ¿Era demasiado pedir a Dios que realizara otro milagro?

Bryce subió al porche y besó a Miranda en la mejilla.

—Por Dios todopoderoso —exclamó Skeeter con voz grave—. Deberías haberme avisado.

—¿De qué? —preguntó Bryce.

—Dos pelirrojas en la casa. —Skeeter dio un suspiro—. Si lo hubiera sabido me habría quedado en Shallot.

Miranda lo miró entornando los ojos y yo me eché a reír.

—No te falta razón.

—Me alegro muchísimo de que hayas vuelto —dijo Nathan, abrazándome otra vez. Me dio un beso en la mejilla antes de llevarme de la mano dentro de la casa. Me dejó lo imprescindible para enseñar a Skeeter dónde estaban los servicios y darle ropa limpia. Luego reapareció—. Hay malas noticias. No tenemos luz. He mirado los plomos, pero no ha servido de nada.

—Ya sabíamos que sucedería.

—Así que has conocido a mi cuñado.

—Sí. ¿Te va a resultar... incómodo?

—No. Skeeter sabe que Aubrey se marchó. Hace ya mucho que sabía que todo había terminado. ¿Te sientes bien?

—Sí —dije, estrechándolo contra mí. Pegué la mejilla a su hombro, contenta de que no se hubiera tomado en serio lo que le había dicho antes—. Lo que te dije... antes de irme...

—Déjalo..., olvidémoslo. Ya está todo arreglado.

—No, no está todo arreglado. Lo que te dije fue horrible y te pido perdón. No era muy hábil en esto antes del fin del mundo y por lo visto no he mejorado.

—¿Hábil en qué?

—En amar a otra persona.

Arqueó las cejas, sonrió y volvió a abrazarme y a besarme en la boca.

—Nunca he pedido la perfección.

Reí a medias.

—Pues yo la tengo. —Le puse las manos en las mejillas y le atraje la cara para besar sus labios. Sólo me faltaba una cosa para ser totalmente feliz y me moría de ganas de que aparecieran mis niñas para poder estar todos juntos—. No es verdad —añadí—. No la tengo del todo. Todavía.

—Pero la tendrás —replicó Nathan, que nunca perdía ninguna ocasión para apoyarme y consolarme.

—Tío Skeeter —dijo Zoe—, ¿te vienes a conocer a *Butch*?

Él acababa de salir del cuarto de baño, tenía la piel brillante y el pelo mojado. Su cara parecía aún un poco sucia, pero era sólo la línea del bronceado que las gafas de sol le habían dejado alrededor de los ojos.

—¿Quién es *Butch*? —preguntó abrochándose el último botón de la camisa limpia.

Tiró de la tela donde le quedaba demasiado tirante. Era una camisa blanca de rayas horizontales y parecía cara. No tenía aspecto de ser de las que Skeeter se ponía normalmente.

Zoe le tiró de la mano y él la siguió como si lo arrastrara una fuerza demasiado impetuosa para oponer resistencia.

—¡Él es una vaca!

—¿Quieres decir que es un toro?

Skeeter miró a Nathan y fingió interesarse.

Me eché a reír.

—Parece un buen tío.

—Lo es —repuso Nathan sonriendo y mirándolos a los dos.

—No se diría que es pariente de la Aubrey que me has descrito.

—No se parecen en absoluto. Pero ella era muy diferente al principio.

Skeeter fingió asustarse de *Butch* e hizo ademanes teatrales para soltarse de Zoe.

—Sabe tratar a los niños. ¿Tiene alguno?

—No —respondió Nathan con repentina tristeza—. Su mujer estaba embarazada cuando se desencadenó toda esta historia. —Me miró—. Se llamaba Jill. Era encantadora.

—Lástima —comenté, maldiciéndome por haber tocado el tema.

Me besó en la mejilla.

—Todos hemos perdido a alguien —dijo—. Así son las cosas en estos tiempos.

Cooper y Ashley aparecieron en la puerta. Se abrazaron y besaron como cada vez que él se iba de patrulla.

—A ver si convences a Nate para que esta noche tengamos pollo asado.

Cooper guiñó el ojo a Nathan y se colgó el fusil del hombro.

Solté el brazo de Nathan.

—Eres el mejor cocinero que tenemos.

—¡Te quiero! —exclamó Ashley para despedir a su novio.

—¡Yo a ti más! —respondió Cooper abriendo los brazos.

Acto seguido se alejó al trote hacia el este.

—Vomitivo —dije para pinchar a Ashley.

Ashley le sacó la lengua.

—¡Envidia cochina!

—¿Envidia cochina? —preguntó Nathan.

—Tranquilo —respondí—. Aprenderás estas expresiones cuando Zoe crezca.

En los labios de Nathan se dibujó un «Oooh» silencioso.

Skeeter llegó trotando hasta nosotros, jadeando después de haber jugado con Zoe.

—No da tanto miedo. Incluso podríamos comérnoslo.

—¡Eso no tiene gracia! —protestó Ashley sin dejar de sonreír. Se volvió para entrar en la casa—. ¡Es una mascota!

Nathan dio un codazo a su cuñado.

—Fanfarroneas porque está encerrado. ¿Quién crees que ganaría si lo soltáramos?

Skeeter levantó la nariz y se sorbió.

—Yo.

Todos nos echamos a reír. Nathan levantó el índice y orientó el oído como quien escucha algo. Entonces lo oí yo también. Eran gritos. Miramos a nuestro alrededor, Nathan señaló con el dedo y vimos a Cooper que corría y gritaba. Al principio no entendimos qué decía, pero entonces Nathan se quedó helado. Ahogó una exclamación.

—Dios mío, Zoe.

Echó a correr, seguido por Skeeter y por mí. Corrimos hacia el sur, en la dirección de Cooper, aunque el granero nos ocultaba la escena. Llena de horror vi a Zoe con los brazos abiertos, andando despacio, trazando círculos en el campo. A menos de tres metros de ella había un hombre que avanzaba trastabillando.

Cooper seguía gritando.

—¡Zoe! ¡Detrás de ti! ¡Corre!

La niña dejó de dar vueltas, pero estaba de espaldas a la criatura.

—¡Zoe! —chilló Nathan mientras corría—. ¡Escúchame! ¡Corre hacia mí, pequeña! ¡Ven con papá! ¡Corre!

Ella miró a su padre sin comprender; entonces dio media vuelta y vio al infectado que se acercaba a ella. La niña no se movió. Todo parecía progresar a cámara lenta, como en un sueño. Por mucho que yo corriera siempre iría demasiado despacio. Entre el miedo y el impulso que daba a mis piernas, el corazón parecía a punto de explotarme.

Percibí el gruñido gutural, el ruido que hacían cuando se excitaban. Lo único que los excitaba era satisfacer su hambre insaciable. Alargó los brazos hacia la niña. Zoe no se movió.

—¡Corre, Zoe! —gritaba Nathan con voz quebrada.

Yo sabía que estaba llorando. Yo también lloraba.

En el instante mismo en que el monstruo bajaba el brazo para asir a Zoe, Cooper alcanzó a derribarlo. La niña cayó al suelo con ellos.

Nathan volvió a gritar agitando los brazos, todavía a seis o siete metros de la escena. Cuando por fin llegamos, Zoe estaba de espaldas, mirando al cielo, mientras Cooper machacaba el cráneo del infectado con la culata del fusil.

Nathan incorporó a Zoe y la examinó detalladamente.

—¿Te ha mordido? —preguntó, mirándole los brazos y las piernas, levantándole la camiseta para verle la espalda. Le alzó la barbilla, comprobó el estado de su cuello.

Zoe se echó a llorar ruidosamente y él la abrazó. Skeeter y yo nos reunimos con ellos. Entonces vimos la pulpa en la que se había convertido la cabeza del monstruo. Cooper me miró a los ojos y entonces le vi la sangre del hombro.

Él se miró la herida y cayó al suelo de rodillas. Me arrodillé junto a él para inspeccionarle la herida. El infectado le había dado un feroz mordisco en el hombro y le había arrancado un pedazo de carne hasta el hueso.

Skeeter se quitó la camisa, la dobló y me la tendió. Quise vendarle la herida, pero yo sabía tan bien como los demás que no iba a servir de nada. Cooper hizo una mueca al sentir la presión de mi mano. Volvió a mirarme a los ojos.

—¡Cooper! —llamaba Ashley, todavía lejana.

Su voz tenía un timbre de temor. Se había dado cuenta de que había sucedido algo.

El chico me miró.

—Que no lo vea ella.

Asentí y miré a Skeeter.

—Que no se acerque.

—Dile que la quiero —murmuró Cooper con labios temblorosos.

Las lágrimas me inundaron los ojos y se me enturbió la vista.

—Ya lo sabe. Se lo has demostrado cada segundo de cada día.

Sonrió mientras Ashley insultaba gritando a Skeeter porque no la dejaba pasar.

—¡Se pondrá bien! —gritaba de lejos—. ¡Scarlet! ¡Se pondrá bien! ¡No le hagáis nada!

—Va a odiarme —dije.

Cooper adelantó el busto, su frente rozó mi cara como para abrazarme de la única forma que podía.

—No quiero transformarme y atacaros. Hazlo ahora.

Nathan cogió a Zoe en brazos y se secó los ojos.

—Gracias, Cooper. Has salvado a mi pequeña.

Él asintió.

—Salva a Ashley, ¿quieres? Favor por favor.

—Con mi vida —respondió Nathan—. Te lo debo.

—¡No le hagáis nada! —gritaba Ashley—. ¡Por favor!

Me incliné para darle un beso en la mejilla. Me incorporé, le apunté a la sien con el fusil y apreté el gatillo.

24

Miranda

Cuando se puso el sol nos reunimos al pie del árbol, cerca de donde yacían enterrados mi padre y Leah. Esta vez, alrededor de otro montón de tierra. Ashley había confeccionado una cruz atando con cordel el palo vertical y el travesaño, y la había rodeado con flores silvestres. Estuvo horas confeccionándola, tallando adornos y grabando en la madera el nombre de Stanley Leonard Cooper II. La única vez que habló con los demás fue para decir que no permitiría que se celebrara el entierro hasta que la cruz estuviera terminada.

No habíamos tenido tiempo de enterrar a Jill y Scarlet había inhumado a mi padre antes de que llegáramos nosotras, de modo que fue nuestro primer entierro. Yo no podía creer que el muerto fuera Cooper. Era el más fuerte y bondadoso de todos, y no me parecía justo que le hubiera tocado a él.

Skeeter, Nathan y Bryce se cubrieron de sudor y tierra de tanto cavar y luego transportaron el cadáver de Cooper. Yo me había quedado dentro de la casa consolando a mi casi inconsolable hermana. Cuando terminó la cruz y los hombres empezaron a cavar la fosa, Ashley volvió a revivirlo todo, y eso que había estado histérica casi todo el día.

Cuando por fin la convencí de que saliera, guardaba silencio. Todos callábamos. Nathan carraspeó.

—Stanley Cooper era el mejor de cuantos estamos aquí. Deberíamos esforzarnos todos los días para llegar a ser tan trabajadores, amables y cariñosos como él. Fue buen amigo, buen hermano...

—Y buen marido —murmuró Ashley.

Su cara se contrajo y toda ella se sacudió a causa de los sollozos.

—Y buen marido —repitió Nathan con voz trémula—. Fue un héroe. Salvó una vida. Y deberíamos aprender a vivir como él para poder reunirnos todos finalmente en el cielo. Cooper me habló en cierta ocasión de Savannah, su hermana pequeña, de lo unidos que estaban, de lo mucho que la quería, y también me dijo que todos los días pensaba con preocupación en si ella y su madre estarían vivas. Si no lo están, se ha reunido ya con ellas. Consolémonos pensando en esa posibilidad.

Bryce sonrió.

—Recuerdo el día en que conocí a Coop. Fue en clase, estaba mirando a Ashley. Yo salía ya con su hermana, así que en cuanto se enteró, fue automáticamente mi mejor amigo. No fingía ser mi amigo. Lo era realmente, era y fue el mejor amigo. —Tosió para aclararse la garganta—. Lo echaré de menos. El mundo no será tan bueno sin él, pero el cielo es mejor ahora.

Scarlet sonrió.

—Eso ha sido muy bonito.

—No hables —dijo Ashley—. No hables aquí, Scarlet.

Nathan dio un paso hacia la joven, pero ésta se apartó.

—No fue culpa suya, Ashley. No tuvo más remedio que hacer lo que hizo, y tú lo sabes.

—No pasa nada —intervino Scarlet, haciendo un gesto a Nathan—. Tiene motivos para estar enfadada.

—No te hagas la buena conmigo —replicó Ashley, cuyo estado emocional iba de mal en peor—. No me jodas haciéndote la buena. No hables. No quiero oír tu voz, ¿entendido?

Scarlet bajó la mirada y asintió. Era una de las mujeres más fuertes que conocía y dejaba que mi hermana le hablase de aquel modo delante de los demás. Aunque sabíamos que Ashley no había hablado realmente en serio, la paciencia de Scarlet me produjo un profundo respeto.

Nathan intentó hablar otra vez en defensa de Scarlet, pero ésta le rozó el brazo y con un gesto le indicó que desistiera.

Estuvimos allí media hora, llorando, contando anécdotas, riendo y recordando. Ashley empezó a tambalearse; estaba tan agotada emocionalmente que apenas se tenía en pie. La llevé dentro, dejando que se apoyara en mí mientras andábamos. Fue directamente a la cama y estuvo llorando hasta que se durmió.

—Oye —dijo Bryce cuando cerré la puerta de Ashley. Me llevé el dedo a la boca. Y él preguntó con voz queda—: ¿Cómo está?

—Igual.

—¿Y tú?

—Igual. —Me pasó el brazo por los hombros y me condujo a la sala de estar, vacía en aquel momento—. ¿Dónde están todos?

—Joey de guardia. Scarlet dijo que sería buena idea vigilar desde el tejado, así que Joey se agenció una escalera y subió. Dijo que tenía buena vista. De este modo sabremos lo que pasa con más antelación.

Asentí.

—Nathan está con las niñas. Scarlet y Skeeter se fueron a la carretera.

—¿A despejar el terreno? —pregunté.

Bryce me dio a entender que sí.

—¿Los dos solos? ¿Después de lo que ha ocurrido?

—Yo voy con ellos. Sólo quería asegurarme de que estabas bien.

Tragué una profunda bocanada de aire.

—Sé que Scarlet siente la necesidad de hacerlo, pero creo que ya es hora de que admitamos que sus hijas no van a venir. Han pasado ya casi cuatro meses.

Él se encogió de hombros.

—No sé. Nate y Coope tardaron casi todo un día en recorrer veinte kilómetros. Es un largo camino para dos niñas si van a pie.

Creo que si no han aparecido cuando llegue el invierno, podemos desistir.

—Es mucho tiempo para alimentar su esperanza.

—No suficiente, si quieres mi opinión. —Me dio un beso en la frente—. Hasta luego.

—Ten cuidado.

Lo vi alejarse al trote para alcanzar a Scarlet y a Skeeter, que ya no se veían en la carretera. El estómago se me cayó a los pies y me pregunté si sería prudente que anduviera solo, aunque sólo fuera durante los minutos que tardaría en reunirse con los otros dos.

Cuando Bryce llegó a lo alto de la cuesta, abrí la puerta y entonces vi la escalera apoyada en el alero. Subí al tejado y vi a Joey sentado en el caballete, con un fusil de caza, una caja de cartuchos y lo que indudablemente era la mejor mira telescópica de mi padre.

—¿Quieres compañía? —pregunté.

Miró hacia el sol con los ojos entornados.

—Siempre.

Me senté, pero como desde allí veía un fragmento de la tumba de Cooper, me arrastré hacia el centro del tejado. Nathan miraba a las niñas hablar con el toro en el corral. Apartaba la mirada de vez en cuando para echar un vistazo alrededor, luego volvía a observar a las pequeñas.

—Zoe parece estar bien —comentó Joey—. Es extraño, ¿verdad?

—Creo que no es como nosotros.

—No sé a qué te refieres.

—Creo que es un poco distinta, eso es todo.

Él asintió.

—Nathan es un santo. Me alegro de que él y Scarlet estén juntos.

Sonreí.

—Yo también.

Miró a su alrededor, en todas direcciones, y entonces estiró el brazo y señaló algo.

—Mira.

En el centro del campo septentrional se alzaba un árbol. De sus ramas salió volando una bandada de pájaros que había estado posada en ellas. Joey observó por la mira telescópica.

—Son cuatro. ¿Los ves?

Entorné los ojos; el trigo había crecido, tallos y espigas eran de color dorado y todo parecía listo para la siega. Era fácil distinguir a un tuerto cuando avanzaba por un trigal. Miré a Joey. Vi tres cabezas y espigas apartándose alrededor de la de un tuerto más bajo. O era una persona de escasa estatura o un niño.

—¿Los ves bien? ¿Seguro que son tuertos y no humanos?

—Sin la menor duda son tuertos.

—¿Los tienes?

—Los tengo —respondió, montando el fusil.

Uno. *Vuelta a cargar.*

Dos. *Vuelta a cargar.*

Tres. *Vuelta a cargar.*

Y tras una breve pausa, cuatro.

Joey apartó el ojo de la mira, observó el aspecto general de la zona y dejó el fusil en sus muslos.

Nathan había recogido a las niñas y gritó a Joey desde abajo.

—¿Despejado?

—Despejado —respondió Joey.

—¿Ves a Scarlet?

—No.

Aquello pareció contrariar a Nathan. La muerte de Cooper había sido una confrontación con la realidad para todos. Nadie podía convencer a Scarlet de que no organizara aquellas batidas de limpieza porque no había forma de vencer sus argumentos, pero seguía siendo un riesgo enorme.

Joey se secó la frente con un trapo sucio. Nos estábamos cociendo a pesar de la sombra parcial que proyectaba el roble. Él se echó atrás, apoyándose en ambos brazos. Su índice me acarició el meñique y luego entraron en juego todos los dedos. No lo admitimos ni lo hablamos; nos limitamos a estar allí, empapados en sudor y contentos por no tener que fingir durante un rato.

Scarlet

—¡Atención! —gritó Skeeter.

Una brisa ligera soplaba en nuestra dirección y percibíamos el olor a carne corrompida de los tuertos que se aproximaban. Esta vez, sin embargo, el hedor era especialmente intenso. Al principio pensé que era por las altas temperaturas del verano, pero entonces los vi.

Skeeter rió sin ganas.

—Quemados y crujientes, como el pollo frito de Nathan.

—No huelen precisamente a pollo —dijo Bryce con cara de asco.

No habíamos llegado aún a la carretera pavimentada cuando tropezamos con un grupo. Venían del sur y mientras me dedicaba a abrir cráneos con el hacha, con golpes en vertical y en horizontal, me pregunté por qué veíamos tantos. Hacía semanas que estábamos despejando la zona; no tenía sentido que hubiera más en la carretera; aquella sensación de impotencia me cabreaba muchísimo.

Skeeter y Bryce me ayudaron a empujar los cadáveres corrompidos hacia la cuneta. Había establecido aquella norma desde el principio. Enterrarlos era demasiado fatigoso, amontonarlos e incinerarlos demasiado arriesgado, a causa del calor, el viento y la sequía del último mes. Tampoco quería que las niñas anduvieran pisándolos cuando llegaran al rancho.

Me enderecé, jadeando y limpiándome el polvo y el sudor de la cara.

—Creo que vienen de Shallot.

—Yo también —dijo Skeeter—. Debieron de acercarse demasiado al incendio de la gasolinera.

Bryce señaló hacia el sur.

—El incendio tuvo que apagarse hace mucho —razonó— y en el pueblo ya no hay nada que los atraiga.

—Y se estarán muriendo de hambre —añadí, señalando otro grupo que trastabillaba por la carretera a cosa de medio kilómetro.

Eran piel y huesos. No sabía si realmente necesitaban comer o si era su natural estado de descomposición, pero decididamente parecían morirse de hambre.

—Fijaos en ellos. Puede que al final se rompan en pedazos o que la falta de alimento acabe con ellos.

—Es una idea esperanzadora —comentó Skeeter—. Pero yo no la tendría en cuenta. Los que acabamos de eliminar estaban achicharrados. Y sin embargo se movían.

—Se dirigen al norte —dijo Bryce—. Podríamos dejarlos pasar.

—Puede que alguna persona viera al que atacó a Cooper y lo dejara pasar. Es mejor acabar con todos. Con todos los que podamos.

Nathan

Mientras la cena se cocinaba, me paseaba por la sala de estar y cada pocos segundos iba a la puerta para comprobar si los veía. Mis emociones iban de la preocupación a la cólera y de la impotencia al miedo.

—Estarán ya al caer —me aseguró Miranda—. Se te va a quemar la cena.

Fui al cuarto de la lavadora, salí por la puerta lateral y corrí a la parrilla.

—¡Maldita sea! —exclamé, apartando el pollo con las manos desnudas. Me lamí los dedos y cabeceé como si me sirviera de algo.

Miranda me había seguido y estaba en la puerta.

—Ya sé que es duro para ti ver que se pone en peligro de este modo.

Miré a mi alrededor. Mirar por encima del hombro era ya para mí como un reflejo; no sabía bien cuándo se me había desarrollado, pero lo hacía cada vez que estaba en el exterior, como un tic.

—Bryce también está fuera... y Joey.

Las mejillas de Miranda se pusieron como un tomate. Miró hacia atrás antes de dar un paso al frente.

—¿Tanto se me nota? —La miré con fijeza y bajó la cabeza avergonzada—. No fue adrede. Ocurrió y ya está.

—Es una situación complicada —dije—. No estoy en condiciones de juzgarte.

—No sé qué hacer. No hay nadie con quien pueda hablarlo.

—Háblalo conmigo. No creo que te sirva de mucho, pero te escucharé.

Sonrió y apoyó la sien en la jamba de la puerta.

—Gracias, Nate.

Entré con la bandeja del pollo y miré las tres sillas vacías dando un suspiro. Miranda había ido a buscar a Ashley, pero volvió sola.

—No le apetece comer.

—Le daré permiso esta noche, pero mañana por la mañana tendrá que tomar algo.

Miranda asintió.

Nos sentamos a comer. Elleny y Zoe comentaban los sucesos del día. Se llevaban realmente bien. Elleny no hablaba mucho, pero era buena chica. Yo había tratado de hablar con ella de su familia, pero se lo guardaba todo para sí. Scarlet decía que había hablado de sus padres una vez tan sólo, pero que era muy reacia a hacerlo y no había vuelto a probar suerte. Esperaba que recuperase su capacidad para comunicarse con los demás después de lo que la había hecho padecer aquel degenerado. Era demasiado sufrimiento para que una muchacha tan joven lo reprimiera.

—Y entonces *Butch* hizo muuuuuuuuuuuuuuuuuuuuu —dijo Zoe echándose a reír.

Elleny también rió y muy poco después reían las dos tan a gusto.

—¡Papá! —exclamó Zoe, poniéndose de rodillas en el asiento. Señalaba la puerta que Bryce acababa de abrir.

Joey entró detrás de él y a continuación Scarlet. Corrí hacia ella y la abracé. Los primeros segundos que seguían al regreso de sus correrías me quitaban siempre un gran peso de encima, lo cual me permitía volver a respirar libremente.

—Estoy pringosa y cubierta de sesos —avisó.

—No me importa —repliqué, estrechándola contra mí y besándola en la boca.

Scarlet se apartó bajando la barbilla.

—Se marchan de Shallot. Emigran.

—En busca de comida —comenté pensativo.

—Si van de caza, tendré que redoblar mis esfuerzos.

—Scarlet —protesté, pero levantó la mano y sonrió.

—Voy a lavarme. Hablaremos luego.

Se alejó y di un suspiro. Estaba realmente decidida.

Durante la cena Scarlet expuso las líneas básicas de su plan. Después, cuando estuvimos juntos en la cama, me lo explicó con más detalle. Esperaba que yo estuviera de acuerdo en que era lo mejor que podía hacerse, aunque lo cierto era que se me estaban acabando las razones para aceptar sus incursiones diarias en el peligro.

—Durante una semana —me contó entre susurros— nos dedicaremos a despejar la carretera, de ese modo no habrá ninguno que pueda llegar aquí desde Shallot. Luego haremos otra expedición a Shallot. No creo que queden ya muchos en el pueblo, ¿no te parece?

—Es difícil juzgarlo.

—Yo creo que se ha reducido mucho la población. Nos quedaremos en Shallot hasta despejarlo del todo y luego limpiaremos el camino que hay entre Shallot y la otra carretera.

Me incorporé a medias en la cama.

—¿Has contado esto a los demás?

—Lo mencioné mientras volvíamos. Skeeter y Bryce lo comprenden. En cuanto a Joey, le preguntaré si quiere venir.

—Por el amor de Dios, Scarlet, ¿cuándo parará esto? ¿Cuándo tendrás bastante?

—Baja la voz.

—Lo intento, Dios sabe que lo intento, pero tienes que decirme cuándo pondrás punto final a esta historia.

—¿Esta historia?

Arrugué el entrecejo.

—¿Tienes idea de lo que paso cada mañana cuando te vas? ¿De lo que sufro todo el día hasta que vuelves?

—Sí, tengo una idea —replicó saliendo de la cama.

—Por Dios, Scarlet... —murmuré, sintiéndome fatal—. Perdona.

Se fue sin decir palabra y me recosté en la almohada, mirando al techo mientras dejaba que la culpa me invadiera y me asfixiara.

25

Miranda

Después de hacer operaciones de limpieza durante ocho días seguidos, Scarlet y los muchachos se tomaron un día libre. Todos lo habíamos esperado con impaciencia. Cuando se iban, Nathan y yo nos turnábamos para vigilar desde el tejado. Hacía tanto calor allí que, aun teniendo agua a mano, estábamos al borde de la insolación cuando bajábamos. Y además teníamos que vigilar a las niñas. Era agotador. No alcanzaba a imaginar cómo se sentirían los muchachos cada día.

Ashley había hecho las comidas en el dormitorio, pero aquel día se arriesgó a ir al comedor. Nos esforzamos por mantener una conversación intrascendente. Comió y habló poco, pero sentarse a la mesa con nosotros fue un gran paso para ella y todos nos dimos cuenta.

Me tocaba a mí fregar los platos. Joey entró con un cubo de agua y se quedó para secar mientras yo aclaraba.

—Espero que llueva pronto —comentó—. Queda poca agua en el depósito.

No habíamos tenido ocasión de hablar a solas desde que habíamos estado en el tejado, y aunque yo estaba a la defensiva, y aunque él hubiera llegado con malas noticias, casi saltaba de alegría cuando se ofrecía a ayudarme.

—Te estás volviendo muy hogareño —dije para pincharle.

Me respondió con un codazo y se rió.

Bryce entró en la cocina en aquel momento y cogió un trapo.

—Deja, ya lo haré yo —dijo a Joey.

—Ya casi hemos terminado —tercié yo, esperando que no pareciese que quería retener a Joey conmigo; porque era exactamente eso lo que quería.

Bryce nos miró a los dos con expectación. Joey y yo nos miramos.

—De todos modos iba a hacer prácticas de tiro al blanco.

Joey y yo habíamos aprovechado aquellas prácticas, hacía unas semanas, para estar juntos un rato. Sonreí, comprendiendo que era una invitación.

—Será mejor que aviséis a Skeeter —sugirió Bryce—, no vaya a alcanzarlo una bala perdida —añadió en voz baja.

Nada más oír que se cerraba la puerta empecé a buscar excusas para irme fuera con Joey. Bryce y yo terminamos con los platos y él se dedicó a ponerlos en su sitio. Scarlet, Nathan y Zoe jugaban a un juego de tablero en el suelo de la sala de estar.

—Ashley salió hace un rato —anunció Bryce cerrando un armario—. Cuando termine con esto, iré a ver si se encuentra bien.

—Ya lo hago yo —dije, conteniendo la impaciencia que me roía.

Las manos me temblaban porque aquello me daba el pretexto que había buscado, y me alegraba que el propio Bryce me lo hubiera servido en bandeja. Así habría menos preguntas después. Me esforcé por parecer natural cuando salí por la puerta delantera.

No lo vi en la parte posterior de la casa, donde nos habíamos reunido la última vez. Pasaron los minutos y seguía sin ver a Joey... ni a Ashley.

—Eh, Skeeter —llamé, alzando los ojos hacia el tejado. El interpelado asomó la cabeza por el alero—. ¿Has visto a Joey o a Ashley?

Él señaló hacia el sur, pero no dijo nada.

Me dirigí al granero, pero allí sólo estaba *Butch*.

En la superficie de mi mar emocional burbujearon elementos dispares: confusión, preocupación e incluso sospechas. Unos ruidos que salían de detrás del granero picaron mi curiosidad, así que me asomé al llegar a la esquina. Joey y Ashley estaban juntos allí, en el campo. Mi hermana sostenía el fusil y Joey la ayudaba a sujetarlo correctamente. Él dijo algo y ella bajó ligeramente el cañón hacia el suelo. La mano de Joey se posó en la cadera de Ashley durante una fracción de segundo. Los dos se echaron a reír con esa risa espantosa que desata las lágrimas. Él incluso se dobló por la cintura y apoyó las manos en las rodillas.

Las mejillas me ardieron y los ojos se me empañaron. Al principio me enfadé con Ashley. Había estado deambulando por la casa casi como una autómata, sin hacer caso a nadie ni a nada. Lo único que había hecho en los últimos diez días había sido llorar y dormir. Pero allí en el campo, con Joey, parecía ser ella misma otra vez. Riendo y bromeando como si a Cooper no le hubieran volado los sesos delante de ella hacía menos de quince días. Y mira por dónde, se iba con Joey y se sentía bien.

Reprimí un sollozo. Los celos y la culpa se cebaron en mí por turnos. Dios, era lógico que Ashley quisiera hacer algo para mitigar el sufrimiento, y además se lo merecía. ¿Cómo me atrevía a decir que la amaba si me enfadaba con ella por buscar un momento de paz? Poco a poco resbalé por la pared y acabé sentada en tierra. Sentí que se me formaba sudor en la frente y noté que me corría una gota hasta la oreja. Aquello parecía un horno, incluso a la sombra, pero Ashley y Joey estaban al sol y no parecían advertir que se estaban cociendo.

Mi hermana estaba sola y Joey también. Seguramente hablarían de los seres queridos que habían perdido, se consolarían mutuamente y yo tendría que contentarme con mirar porque no tenía ningún otro sitio donde ir. Cerré los ojos y apoyé la cabeza en la pared del granero. Dios, me sentía una egoísta, una mala puta.

Las voces de Ashley y Joey subieron de volumen y me di cuenta de que se acercaban. Me quedé completamente inmóvil, sin atreverme ni a respirar, temerosa de que me sorprendieran espiándolos y llorando como una histérica. Estaba segura de que los dos comprenderían por qué en cuanto me vieran. Por suerte estaban demasiado enfrascados el uno en el otro y siguieron andando hacia la casa sin percatarse de mi presencia. Finalmente, tomé una profunda bocanada de aire y lloré en silencio. En cierta ocasión le había dicho a Joey que no lo desearía aunque fuera el último hombre vivo que quedara en la Tierra. En aquellos momentos, sin embargo, me sentía tan dolida que habría deseado que él y yo fuéramos los últimos seres vivos del planeta, para que fuera únicamente mío.

Aquella noche, en la cena, Ashley y Joey se sentaron juntos. Habían practicado toda la tarde y qué mala tiradora era la pobre. La voz de mi hermana me daba cien patadas en el estómago y también toda la conversación que sostenían. Nadie más intervino en ella. Los demás se limitaron a escucharlos, que si esto, que si lo otro, y ay qué bien, qué divertido había sido, cuánta risa, y él haciéndose el chulo, porque la pobre Ashley necesitaba mucha ayuda.

—Hemos llegado a la conclusión de que necesita que la ayuden en serio, y habría que trabajar en ello diariamente, hasta que se ponga mejor.

—Parece buena idea —comentó Nathan.

—Ashley, tú ya has manejado armas antes. No entiendo por qué ahora eres tan patosa disparando —dije.

Ella rió por lo bajo, pero cuando se dio cuenta de que no lo había dicho en broma, dejó de reír.

—No he disparado tantas veces.

—Tantas como yo. Por lo que habéis dicho, creo que estáis tergiversando todo este maldito asunto.

—Miranda —intervino Nathan con una vocecita que me sulfuró.

—Sólo siento curiosidad.

Esbocé una sonrisa forzada, esperando que disimulara el vitriolo que me quemaba por dentro y lo mal que me sentía por el hecho de que la felicidad de mi hermana me enfureciera.

JAMIE McGUIRE

Ashley clavó la vista en la mesa y el brillo que había recuperado su mirada se apagó.

—Nunca hasta ahora me había interesado aprender a disparar.

Se puso a remover la comida con el tenedor, y volvió a transformarse en el ser sin vida en que se había convertido a la muerte de Cooper.

Bryce me fulminó con la mirada. No hizo falta preguntarle en qué pensaba: yo sabía que estaba enfadado por haber sido tan dura con mi hermana, y estaba en su derecho. También yo estaba enfadada conmigo misma.

—Perdona, Ashley, no era mi intención...

—No pasa nada —respondió ella con cara inexpresiva.

Me retrepé en la silla, sintiéndome el blanco de las críticas de todos los presentes. Me lo merecía, así que me quedé allí para que me torturaran o apuñalaran con los ojos o se limitaran a mirarme cabeceando. No supe quién me detestaba más. No tuve valor para levantar la mirada de mi plato.

Cuando se apagaron las luces, Bryce tiró de mí para que me levantara del sillón abatible.

—¿Vienes?

—Dentro de un rato. En realidad no estoy cansada.

Hizo un gesto de conformidad y resignación. Me levanté cuando desapareció por el pasillo y cerró la puerta.

Joey hacía flexiones de brazos en el suelo y respiraba con esfuerzo, pero con regularidad. Tenía la cara roja y húmeda, y como de costumbre, el tórax desnudo. Las venas de manos y brazos se abultaban. Levantó los ojos para mirarme al ver mis pies cerca de su cara.

—¿Podemos hablar fuera un momento? —pregunté.

Sin esperar respuesta salí al porche delantero. Joey apareció inmediatamente y cerró a sus espaldas sin hacer ruido.

Ahora que estábamos solos y él medio desnudo, me esforcé por recordar cuál había sido el origen de mi enfado.

—¿A qué ha venido todo esto? —preguntó.

—A que os vi.

—¿Qué?

—A ti y a Ashley. Antes. ¿Qué creías que estabas haciendo?

Joey cruzó los brazos y se apoyó en la otra pierna con nerviosismo.

—Bueno…, enseñarle a disparar.

Reí con desgana.

—Y una mierda. También me estuviste enseñando a mí y no recuerdo que me manosearas como a ella.

—¿Que yo… *qué?*

—Ya me has oído. ¡Os vi!

Su expresión pasó de la sorpresa a la ira.

—Yo no la manoseaba, Miranda, eres ridícula. Y tú sabías lo que hacías antes de que saliéramos, porque ya sabías disparar.

—¡Y ella también!

—Bueno, lo que pasa es que no es tan hábil como tú.

—Está triste, Joey. Te propongas lo que te propongas, no lo hagas.

—¿Que no haga qué? Puede que sea idiota, de modo que tendrás que explicarme de qué hablas exactamente.

Se había puesto a la defensiva y aquello aumentaba mi enfado.

—Lo que te digo es que Ashley es mi hermana. La quiero. Ha perdido al amor de su vida y está indefensa. No sé si puedo explicártelo con más claridad, pero te diré sólo una cosa: no quiero que se aprovechen de ella.

—No pensarás en serio que yo iba a hacer una cosa así —replicó Joey, echando humo.

Como yo no dije nada, su expresión volvió a cambiar.

—¿Tan mal piensas de mí que crees que quiero sacar provecho de la situación para meterme en sus bragas? ¿Mientras llora por el difunto?

—No, no digo eso, yo sólo...

—Bien, porque si crees realmente que soy un canalla, ¿qué hemos estado haciendo tú y yo?

—¡No hemos estado haciendo nada!

—¡Ya sabes a qué me refiero!

—Un momento: ¿quieres decir que cuando deje de llorar tratarás de meterte en sus bragas?

—¿*Qué?* —preguntó, esforzándose por recordar cuándo había dicho algo remotamente parecido. Cabeceó lleno de confusión—. Tú me conoces mejor, no puedes pensar eso. Sabes lo que siento por ti. Es tu hermana y yo nunca...

—Sí, te conozco y sé que también tú has perdido a alguien, por eso pensé que creerías que los dos teníais algo en común.

—O sea, que no es que pensaras que me estaba portando como un cabrón, sino que querías advertirme que no me portara como un cabrón.

—¡No! No creo que seas un cabrón. Pero pensé que los dos... Bueno, quizá no pensaste en las consecuencias de estar los dos juntos porque os sentíais solos.

—Así que fuiste a cerciorarte de que yo no trataba de acercarme a tu hermana porque pensabas que no sería capaz de acercarme a tu hermana. ¿Es eso?

—¡Sí!

—¡Pero eso no tiene lógica! —Me dio la espalda y se alejó unos pasos en otra dirección. Se detuvo y giró sobre sus talones para mirarme—. Bueno, a lo mejor sí la tiene.

Lo miré largamente. Yo ya no sabía si estaba avergonzada, o furiosa, o las dos cosas a la vez, pero entonces vi en su cara aquella sonrisa de suficiencia que tanto detestaba y amaba al mismo tiempo. Levanté el puño y le hice una peineta

—Y a lo mejor eres un cabrón.

Me volví para bajar los peldaños, pero Joey me rodeó por la cintura y pegó su boca a la mía. Tras la sorpresa inicial, me aferré a su carne y lo apreté contra mí mientras su lengua me exploraba el interior de la boca. Olía como si no se hubiera duchado en dos días y creo que yo también olía así, pero quería fundirme con él en aquel abrazo. También quería que siguiera besándome, que sus brazos siguieran rodeándome, que sus manos siguieran acariciando mi piel, pero entonces se apartó.

Por la expresión de su cara y el brillo de tristeza que había en sus ojos, comprendí que el beso le había hecho recordar algo. Puede que me mereciera aquello, amar a alguien que amaba a otra persona.

—Perdona —susurró retrocediendo—. No puedo creer que haya hecho esto.

—No pasa nada —dije, alargando los brazos hacia él, deseosa de que se sintiera a gusto.

—No puedo hacerle esto a Dana.

Los ojos se me llenaron de lágrimas.

—No has hecho nada malo. La querías, pero ya no está aquí.

—Pero Bryce sí está.

Aquellas palabras me penetraron como un cuchillo. Él no había hecho nada malo, pero yo sí.

—Vamos a regresar a Shallot —anunció—. Tengo que levantarme muy temprano. Será un largo día, y cuando volvamos, Skeeter quiere que cavemos zanjas alrededor del rancho. Necesito descansar.

Retrocedí unos pasos hasta que por último abrí la puerta. Sólo me habría faltado tropezar con alguien, sobre todo con Bryce, mientras me retiraba a la sala de estar con las mejillas húmedas. Cuando entré en la casa, vi que estaba sola. Era más que probable que Nathan y Zoe nos hubieran oído salir y luego gritar. Seguramente todos habían oído nuestros gritos.

Me sequé los ojos rápidamente y di unos pasos hacia el cuarto de la lavadora. Oí susurrar a Scarlet en mi mente. «Yo no lo haría.» Si aún estuviera casada con Andrew y encerrada en aquella casa con él y con Nathan, es posible que lo hiciera.

Me entró un gran desánimo, entré en mi dormitorio, vi que Bryce dormía en mi lado de la cama y me senté en el sillón del rincón. Por lo general se dormía enseguida, nada más apoyar la cabeza en la almohada; era lo que le había pasado mientras me esperaba, sabiendo que se despertaría cuando yo apartase las sábanas para acostarme. No sabía si había permanecido con él tanto tiempo porque lo amaba o porque no había tenido una buena razón para decir que se había acabado. Fuera como fuese, me metí en la cama con el hombre que me quería, deseando que fuera el hombre al que quería yo.

26

Nathan

—¿Quieres más agua? —preguntó Miranda.

Me asomé por el alero.

—Claro —respondí.

Costaba decirlo en el tejado, pero habría jurado que la temperatura rebasaba ya los cuarenta grados centígrados.

Miranda subió por la escalera de mano con otro vaso y se llevó el que le alargué casi vacío.

—¿Sabes qué echo de menos? —observé—. El hielo.

Sonrió.

—Yo también. Pero seguro que tendremos de sobra este invierno y entonces no lo añoraremos tanto.

Me eché a reír.

—Tienes razón.

La muchacha desapareció escalera abajo y me protegí del sol entornando los ojos. Scarlet y los demás habían estado despejando el terreno durante tres días y esperaba que volvieran pronto. Por la mañana había visto una columna de humo en aquella dirección y no me habría gustado que fuera una señal para indicarme que necesitaban ayuda. No me molesté en contárselo a Miranda. No podíamos arriesgarnos a llevarnos a las niñas con nosotros y era demasiado peligroso para que el viaje lo hiciera uno solo.

Comí en el tejado. Cuando bajé, esperé a que Miranda llegara al caballete y luego entré en la casa. Elleny estaba recogiendo la mesa y Zoe hacía dibujos con los lápices de colores que le quedaban. Esperaba que si Scarlet tenía tiempo para pasar por la tienda de Shallot, se acordara de coger algunos para Zoe, si es que los había en la tienda, aunque luego me reí de la extraña normalidad de aquella idea.

—¡Nathan! ¡Los veo! —gritó Miranda.

La muchacha tenía la voz apagada y no estaba seguro de haber oído bien

—¿Los ves? —pregunté al salir al porche.

Miranda no respondió, así que subí por la escalera. La vi con la mira telescópica pegada al ojo derecho. El labio le temblaba.

—¿Qué es? ¿Qué es lo que ves?

Me miró y vi que tenía los ojos enrojecidos, a punto de llorar.

Cuando estuvieron más cerca, miré hacia las figuras en movimiento con los ojos entornados.

—No te alarmes —añadí, comprendiendo qué había asustado a la joven—. Podría ser otra cosa.

Me volví para mirar al grupo que cruzaba el patio. Bajé por la escalera, seguido por ella, y me reuní con Scarlet delante del porche. Saltaba a la vista que traía malas noticias.

—Lo siento —murmuró con los ojos puestos en Miranda—. Lo siento mucho.

Las manos de la joven temblaban cuando se alzaron hasta su boca.

—No.

—Nos rodearon. Se apartó de nosotros para alejarlos, pero no volvió.

Miranda ahogó una exclamación. Elleny y Zoe salieron en aquel momento. Elleny abrazó a Scarlet con fuerza y Zoe se abrazó a Skeeter.

—¿Estás segura? ¿No lo buscasteis? —pregunté.

—Lo encontramos —respondió Skeeter y en su mirada se reflejaba el pesar—. Tuvimos que abatirlo.

Miranda cayó de rodillas y se puso a gemir con las manos en la cara. Ashley llegó entonces con los ojos dilatados y se arrodilló junto a su hermana.

—¿Estás bien? —preguntó. Miró a los demás—. ¿Y Joey?

Bryce miraba a su novia sin expresión.

—No lo consiguió.

Miranda se dobló hacia delante y se puso a gritar, incapaz de contener el dolor. Ashley la abrazó y alzó la vista para mirar a Bryce. Éste estaba desolado viendo a su novia llorar por Joey como Ashley había llorado por Cooper. Hasta que no pudo más y entró en la casa.

Skeeter me miró ceñudo.

—¿Soy el único que está hecho un lío?

—Sí —respondí, sin saber qué otra cosa decirle.

—Puede que no fuera él —murmuró Miranda sorbiendo por la nariz. En sus ojos brillaba un asomo de esperanza.

—Era él —confirmó Scarlet—. Lo siento mucho. Fue culpa mía.

Miranda apretó las mandíbulas y su rostro se tensó. Se levantó y apartó a Ashley de un empujón.

—Tienes toda la razón al decir que fue culpa tuya. Todo el mundo piensa aquí que soy una egoísta de mierda, pero tú te llevas la palma, Scarlet. ¡Ha muerto por tu culpa! ¿Y en nombre de qué? ¿De tus crías muertas?

—Miranda, basta ya —refunfuñé.

Incluso a mí me sorprendió mi tono de voz.

Ella aspiró profundamente por la nariz. Ashley alargó la mano para tocarla.

—¡Déjame en paz! —exclamó sollozando entrecortadamente—. Déjame en paz.

Subió al tejado por la escalera de mano para llorar a solas.

Scarlet tragó saliva y me miró con la cabeza gacha.

—¿Crees que tiene razón?

—No —dije abrazándola.

La besé en el pelo sin saber qué más decir.

Scarlet

Ninguno de nosotros estaba de humor para comer, así que me limité a preparar una bandeja de galletas saladas con mantequilla de cacahuete y listos. Me senté en el sofá, bebí agua, y me esforcé por olvidar el aspecto de Joey antes de que Skeeter le abriese un agujero en la frente.

No le había contado a Miranda toda la verdad. Joey alejó a los tuertos de la casa de seguridad y no volvió, pero cuando salimos a buscarlo con la primera luz del día, fui yo quien lo encontró. No tuve agallas para apretar el gatillo. Joey avanzaba trastabillando hacia mí, con el cuello y los brazos desgarrados, comidos en algunos puntos hasta el hueso. Yo sabía que había muerto por mi culpa y no quería ser la responsable de su muerte por segunda vez. Skeeter me sostuvo con un brazo mientras abatía a Joey.

Tomé otro sorbo de agua y salí al porche a esperar. Oí a Miranda en el tejado. Aunque sabía que era la persona a quien menos querría ver, decidí reunirme con ella.

—Eh —dije cuando pisé el último peldaño.

Ni siquiera se molestó en responder. Rió como si mi presencia le pareciera algo que no podía creerse.

Me senté a un metro de ella. No hablamos. Yo quería esperar donde pudiera ver la parte más lejana de la carretera. Al cabo de diez minutos cambió el cielo y comenzó el ocaso.

—Haces esto para que yo vea que sigues creyendo que aún viven. Para demostrar que Joey no murió inútilmente.

—No. Me limito a esperar a mis niñas.

—Ya tienes dos dentro.

Di un suspiro.

—Sí, dentro hay otras dos.

—¿Sabes una cosa? No importa que creas que están vivas. Su vida no es más valiosa que la de Joey, la de Bryce, la de Skeeter... o la de Nathan.

—¿La de Nathan?

—Se moriría si te ocurriera algo. ¿Ves a Ashley? ¿Vacía y sin esperanza? Así estará Nathan uno de estos días, cuando consigas que te maten.

La idea me revolvió el estómago, pero no alteró mi determinación.

—Asumo totalmente la responsabilidad de lo que le ocurrió a Joey. Tienes razón. Fue culpa mía. Pero no puedo dejar de hacer lo que yo crea que puede ayudar a mis hijas a llegar aquí sanas y salvas, y no rechazaré a nadie que quiera ayudarme.

Miranda se giró para mirarme.

—Nadie más te lo diría, pero yo voy a hacerlo, Scarlet. Podéis iros a la mierda tú y tu estúpida idea de despejar el camino a tus niñas. Hay más infectados que humanos. Nunca los eliminarás a todos y uno de estos días le darás un hachazo a uno y advertirás demasiado tarde de que se trata de Jenna o de Halle. Pero ya no importará ¡porque estarán muertas!

Estas últimas palabras me las dijo gritando y con los ojos cerrados. Cabeceó para sacudirse las mechas pegadas a la cara por el sudor.

Cerré los ojos con intención de que sus palabras no crearan imágenes en mi mente.

—Miranda…

—¿Lo admitirás entonces? —preguntó con los ojos llenos de ira y desesperación.

—No lo sé. No sé qué sería de mí si tuviera que admitir que no van a aparecer.

—No… van… a… venir.

Sentí que me resbalaba una lágrima por la mejilla y me la limpié rápidamente.

—No me lo creo.

—¡Scarlet! —gritó Nathan en el porche. Subió por la escalera con los ojos dilatados—. ¿Has visto?

—¿Qué?

—¡Mira! ¡La cuesta!

Entorné los ojos para aguzar la vista y vi dos pequeñas figuras que avanzaban por la rojiza colina. Skeeter estaba en el patio, gritando y agitando los brazos. Las figuras echaron a correr y fue entonces cuando me di cuenta de que eran Halle y Jenna. De mi garganta brotó un sollozo.

—¡Santo Dios! —exclamé—. ¡Son ellas! ¡Son mis niñas!

Estaban solas. No era capaz de interpretar el significado de este dato ni de figurarme lo que debían de haber soportado; lo único que pude hacer en aquel momento fue bajar deprisa por la escalera de mano. Nathan bajaba por delante de mí y al ver mi prisa saltó al porche cuando sólo le faltaban unos peldaños.

—¡Scarlet! ¡Scarlet! —gritó Miranda.

Me volví a mirarla y luego miré hacia el campo, hacia el punto que me señalaba con el dedo. Una docena de infectados avanzaban dando traspiés hacia mis hijas.

—¡Por Dios bendito! ¡No! ¡No!

Seguí bajando la escalera, pero Nathan me detuvo.

—Quédate en el tejado. Eres la mejor tiradora. Yo iré por ellas.

Asentí a regañadientes y volví a subir para situarme en el puesto de observación de costumbre. Comprendí que Nathan tenía razón y que lo más que podía hacer por mis hijas era liquidar a los infectados desde una altura ventajosa. Nathan, Skeeter y Bryce, con armas en la mano, corrían para llegar a las niñas antes que la manada.

Jenna y Halle seguían corriendo hacia la casa, pero la manada que cruzaba el campo acabaría cortándoles el paso. Las niñas no se habían dado cuenta de la presencia de aquellos monstruos que las altas espigas de trigo les impedían ver, pero no dejaron de correr, ni siquiera cuando empecé a pegar tiros desde el tejado.

—¡Dios mío, Dios mío, Scarlet! —murmuraba Miranda.

Se deslizó hacia la escalera y bajó también. Cuando llegó al porche, echó a correr a toda velocidad hacia la carretera, gritando a las niñas que se dieran prisa.

Ashley corrió tras ella, pero Miranda se volvió y señaló detrás de su hermana.

—¡Quédate con las niñas! ¡Quédate con las niñas!

Ashley arrojó a su hermana una pistola y me miró. Me eché el fusil a la cara, pegué el ojo a la mira telescópica, tiré del cerrojo, apunté, apreté el gatillo y derribé al primer infectado. Levanté la cabeza:

—¡Corre, Jenna! ¡Corre hacia la casa! ¡Están en el trigal! ¡En el trigal!

Jenna aminoró la velocidad y miró a su alrededor. No podía ver al enemigo.

—¡Corre! —grité.

Jenna miró a su espalda, cogió a Halle de la mano y corrió hacia Nathan y Skeeter. Oía a los hombres llamar a mis hijas, veía los gestos que hacían para incitarlas a seguir corriendo. Oía los gritos de miedo de Halle rasgar el aire cargado de la tarde estival.

Volví a tirar del cerrojo, apunté y disparé. Cogí otro proyectil, lo introduje en la cámara y repetí la operación. Había practicado tanto aquel verano que apenas tenía que mirar para cargar la munición, pero cuantos más espasmódicos liquidaba, más aparecían.

El primer infectado salió del trigal. Jenna se detuvo y se echó atrás con tanto ímpetu que cayó al suelo arrastrando a Halle consigo.

Seguí disparando mientras los hombres y Miranda gritaban para llamar la atención de la horda. Entre mis amigos y mis hijas se fue formando una pared de cadáveres, y los infectados avanzaban ya en todas direcciones.

Las niñas se abrazaron gritando.

—¡Mamá! —chillaba Jenna—. ¡Mamá!

Contuve el miedo y seguí apretando el gatillo con la mira del fusil puesta en los muertos vivientes que iban en pos de mis hijas. Estaba convencida de que Nathan y los demás despacharían a todos los no-muertos con que se cruzaran, pero las niñas estaban indefensas.

Las manos me temblaban mientras recargaba el arma, pero me esforcé por no perder la calma y por abatir a todo bicho muriente que se acercara demasiado a mis niñas. De súbito salió Nathan del trigal de enfrente y abrazó a las niñas. Las dos gritaron al principio y Nathan las puso tras él. Apunté al infectado que estaba más cerca de él y lo eliminé, pero había otros tres pisándole los talones y yo no podía recargar el arma con tanta rapidez.

Nathan dio un empujón al más cercano. Aún estaba recargando mi arma cuando se oyó otro disparo. El infectado cayó al suelo. Skeeter recargó su arma y volvió a disparar. A través de la mira telescópica vi que Nathan decía algo a las niñas. Éstas asintieron y desaparecieron en el trigal del norte.

Cuando las perdí de vista, estuve a punto de desmayarme, pero seguí disparando contra los monstruos que trataban de seguirlas. Oí entonces un horrible alarido de dolor y peiné la zona con la mira telescópica. Localicé a Bryce, que repelía a los espasmódicos que tenía delante, pero que también era atacado por detrás. Miranda, casi a quemarropa, disparó en la sien al agresor de Bryce y a continuación se arrojó al suelo junto a su novio. No supe dónde habían herido a éste, pero vi que los dos estaban manchados con la sangre de Bryce.

Me aparté el fusil de la cara, volví a cargar el arma, volví a buscarlos con la mira telescópica. Miranda retrocedía deprisa, tirando de Bryce con una mano y disparando con la otra.

—¡No! —gritaba mientras apuntaba a los espasmódicos que se acercaban a ella—. ¡Ayudadnos!

Los fui abatiendo uno tras otro. Skeeter también colaboró, pero Miranda sólo consiguió derribar a dos antes de que cinco o seis monstruos se interpusieran en mi campo visual y se lanzaran sobre la pareja. Los gritos de angustia de Miranda llenaron el aire y cerré los ojos con fuerza. Skeeter apretó el gatillo dos veces más. Pero incluso después de que acabara con el sufrimiento de la muchacha, el eco de sus gritos siguió oyéndose en los trigales durante unos segundos.

Alcé la cabeza y vi que Nathan, Jenna y Halle salían del trigal y cruzaban corriendo la carretera, camino del porche. Las estuve mirando hasta que Ashley las introdujo en la casa y entonces volví a pegar el ojo a la mira telescópica. Nathan corría hacia la horda con mi hacha en la mano para ayudar a su cuñado. Ardía en deseos de entrar en la casa para abrazar a mis pequeñas, pero sabía que nadie estaría a salvo hasta que cayera con el cráneo perforado el último de la manada.

Durante unos momentos fue como si se hubieran multiplicado por mil, pero cuando me di cuenta ya sólo quedaban en pie unos cuantos. Skeeter apretaba el gatillo y Nathan repartía hachazos. La carretera y las zanjas estaban sembradas de cadáveres. Era como una escena sacada de una película de terror, una matanza. Nathan y Skeeter no volvieron a la casa. Se quedaron mirando los cadáveres de Bryce y Miranda. Éstos yacían juntos, mordidos y cubiertos de sangre. Skeeter sacó una pistola y disparó a Bryce en la frente. Ya había dado cuenta de Miranda al verla caer. No tenía sentido malgastar otra bala.

Bajé por la escalera de mano y me quedé inmóvil, conmocionada por el horror, mientras veía que Jenna y Halle abrían la puerta de tela metálica y corrían a abrazarme. No sé si me desmayé entonces o se desmayaron ellas, pero cuando recuperé la consciencia, las tres estábamos sentadas en el porche formando un confuso y sollozante grupo.

Ashley se quedó unos momentos junto a nosotras y luego corrió hacia la carretera. Sus gemidos eran la música de fondo que presidía el reencuentro con mis hijas. Elleny y Zoe estaban en la puerta, igualmente conmocionadas. Ninguna de las dos parecía entender lo que había sucedido ni lo que tenía lugar en el porche. Todas llorábamos, pero eran lágrimas de felicidad y de tristeza.

La tarde caía y Skeeter y Nathan condujeron a Ashley a la casa. La muchacha lloraba, quería quedarse con su hermana. Skeeter tuvo que obligarla a volver.

Nathan miró a la chica y a su cuñado hasta que desaparecieron detrás de la puerta y luego a mi familia, sonriendo a medias.

—Tus hijas son auténticas heroínas.

—¿Y Miranda? —pregunté, aunque ya sabía la respuesta.

Dio un suspiro.

—Bryce fue agredido. Ella quiso salvarlo. No llegué a tiempo.

Halle había hundido la cara bajo mi brazo y me clavaba en la piel las uñas cubiertas de tierra. La besé en la coronilla.

—Vamos, niñas. Ya estáis conmigo. Entremos.

Nathan nos ayudó a levantarnos y entramos juntos. Las niñas estaba sucias y, aunque no podía asegurarlo, me pareció que llevaban la misma ropa que se habían puesto la mañana de nuestra despedida.

Yo no podía dejar de mirarlas ni de sonreír. Me parecía una situación irreal.

—Vimos tu mensaje —dijo Jenna, esforzándose por no llorar.

Cabeceé.

—¿Dónde está vuestro padre?

—Le mordieron —murmuró Halle con voz aflautada.

—Quiso que nos fuéramos sin él —añadió Jenna con voz trémula—. Nos obligó.

—Chiss, chiss —susurré, abrazándolas—. ¿Cuánto tiempo habéis estado solas?

No sabía por qué lo preguntaba. La verdad es que no estaba segura de querer saberlo ni de si tenía importancia.

—No sé —respondió Jenna—. Una semana. Supongo.

—Guau —exclamó Skeeter—. Duras como su mami.

Jenna sonrió, asintió y apoyó la cabeza en mi pecho.

—Eso dijo papá cuando nos fuimos sin él. Dijo que lo conseguiríamos porque éramos duras como tú.

Miré a Nathan, que estaba allí mismo, rodeando con un brazo a Zoe y con el otro a Elleny. Me ponía enferma pensar en todo el tiempo que habían estado solas mis pobres criaturas y no sabía si quería enterarme de todo lo que habrían pasado.

—Si no les hubieras despejado el camino, les habría sido muy difícil, si no imposible, pasar solas por Shallot —dijo Nathan—. Tenías razón. No ha sido un esfuerzo inútil.

Asentí y volví a abrazar a mis niñas.

—Venid, pequeñas. Vamos a lavaros. —Halle gimoteó, pero le di un beso en el pelo—. Ya estáis a salvo. —Miré a Jenna—. ¿Cuándo comisteis por última vez?

La niña arrugó la frente.

—Hace tiempo.

La estreché contra mí.

—Está bien, está bien, ya ha pasado todo. ¿Nathan?

—Ahora mismo les preparo algo —respondió éste, dirigiéndose a la cocina.

Ayudé a las niñas a lavarse y les cepillé el pelo. Era todo muy irreal, hacer cosas tan cotidianas mientras me contaban detalles de su espantoso periplo. Me senté con ellas a la mesa y las vi llenarse la boca de comida, y cuando tuvieron el estómago lleno, las conduje al dormitorio de Bryce y Miranda y las metí en la cama.

Oí a Nathan tararear a Zoe y a Elleny en el otro dormitorio.

Halle me asió la muñeca con fuerza.

—No te vayas, mami.

Me llevé su mano a la boca y le di un beso.

—No nos separaremos nunca más.

—¿Lo prometes?

—Lo prometo. Habéis sido muy valientes. —Besé a Halle en la frente. Miré a Jenna a los ojos y le acaricié la mejilla—. Muy valientes.

Las niñas buscaron la mejor postura y se quedaron profundamente dormidas antes de diez minutos. Nathan entró y las miró unos instantes con una sonrisa.

—Son guapas.

—Gracias —dije, respirando hondo para contener el sollozo que me subía por la garganta.

—¿Vas a dormir con ellas? —preguntó.

—En el sillón. Para estar aquí cuando despierten. Seguramente no sabrán dónde están.

Nathan se arrodilló junto a mí y me dio un beso debajo de la oreja. Lo rodeé con los brazos.

—¿Y Ashley?

—Skeeter está con ella. Se siente muy sola.

—Ya me imagino —dije y suspiré.

—Los dos han perdido al amor de su vida. Tienen ese horror en común. Tal vez puedan ayudarse a sobrellevarlo.

Estuvimos abrazados un rato, observando el sueño de mis pequeñas. Jenna sufría una sacudida de vez en cuando, incapaz de olvidar por completo la lucha por la supervivencia, incluso en sueños. Esperaba que con el paso del tiempo llegara a dormir tranquila otra vez, ella y todos los demás.

—No puedo apartar los ojos de ellas —murmuré—. Una parte de mí teme que desaparezcan si desvío la mirada o caigo dormida.

—Están aquí, créeme. Están a salvo y procuraremos que sigan así.

Lo miré, le acaricié la cara y pegué mis labios a los suyos.

—No te entendí del todo cuando dijiste que el fin del mundo era lo mejor que te había ocurrido y que se acercaba a la perfección. Pero ahora que toda nuestra familia está aquí... a salvo..., lo entiendo.

—Nuestra familia, ¿eh?

Sonrió.

—Están por fin aquí —dije, cabeceando como si aún no acabara de creérmelo. Sonreí cuando pensé en una idea tonta—. Cuatro niñas. ¿Son demasiadas para ti?

—Creo que podré arreglármelas.

Reí levemente.

—Te quiero.

Arrugó el entrecejo y sonrió como si aquellas palabras lo hicieran tan feliz que le doliera.

—Ahora es perfecto.

Epílogo

Scarlet

Jenna se concentró sin dejarse distraer por el sudor que le goteaba en los grandes ojos castaños. Apretó la culata del fusil contra el hombro. Aquel día cumplía quince años y Skeeter la llamaría en cualquier momento para que paseara con él por el campo. Por motivos desconocidos para los demás, Skeeter había decidido celebrar el cumpleaños de todos y cada uno con una competición de tiro al blanco. Quien ganase se llevaría una lata de melocotón en almíbar, un manjar que guardábamos para las ocasiones especiales. Aunque Skeeter podía vencernos a todos cuando era él quien cumplía años, siempre se las arreglaba para perder por un punto frente a los demás.

—Este año le voy a dar una paliza, mami.

—¿De veras? —dije, mirando alrededor del rancho. Era mi turno de vigilancia, aunque ya había transcurrido un año de la declaración de la enfermedad y los pocos tuertos que pasaban por allí estaban tan mustios que no necesitábamos esforzarnos para abatirlos. Por lo general bastaba con darles un empujón para que cayeran al suelo y reventarles el cráneo a pisotones. Este método se parecía mucho a pisar una lata de refresco vacía; por dentro eran papilla. Incluso Elleny eliminó a más de uno de aquel modo.

Pese a todo hacíamos turnos de vigilancia en el tejado de la casa. Un ataque sorpresa podía ser peligroso, sobre todo en días como aquél, en que todo el mundo correteaba por los alrededores, celebrando el cumpleaños y olvidando las precauciones.

Bajé los ojos para mirar las cruces que había al pie del roble. Sobre las tumbas había crecido ya la hierba.

Ashley bajó del porche y nos miró a Jenna y a mí con la mano sobre los ojos a modo de visera.

—¿Bajáis o qué? —preguntó sonriendo.

Jenna le devolvió la sonrisa.

—Estoy ajustando el alza y la mira.

—Vas a dejarlo boquiabierto —comenté, dándole un golpecito en el brazo.

—Voy a dejar boquiabierto a todo el mundo.

Dicho esto, se acercó a la escalera con cuidado y bajó al porche. Alcanzó a Elleny y se cogieron del brazo. En el curso del año transcurrido habían intimado y eran ya grandes amigas, quizá porque las dos habían pasado experiencias que ninguna adolescente debería pasar. Elleny llevaba grabada en el recuerdo la pesadilla de Kevin y Jenna la culpa de haber dejado morir a su padre. Exceptuando la noche que había llegado al rancho, hacía meses que no dormía bien, torturada por los últimos momentos que había pasado con su progenitor. Elleny comprendía su sufrimiento mejor que nadie y se habían vuelto inseparables.

—¡Mami! —gritó Halle, subiéndose las gafas por el puente de la nariz—. ¿Vas a bajar?

—No, cariño. Estoy de guardia.

—Uch —gimió, dando un puntapié a la tierra.

Nathan bajó del porche cargando a Zoe en un brazo y con el otro alzó a Halle para cargarla del mismo modo. La besó en la mejilla.

—Vamos de paseo, muñeca.

Se volvió para mirarme, me guiñó el ojo y siguió a Elleny y a Jenna hacia el descampado.

Escruté los alrededores del rancho, sirviéndome de la mira telescópica. Luego volví a contemplar a mi alegre familia que desfilaba hacia donde Skeeter había instalado el campo de tiro.

Ashley se había quedado detrás, ante las tumbas de su padre, su hermana, Bryce y Cooper. Miraba las cruces que ella misma había confeccionado amorosamente y murmuraba palabras que no alcanzaba a oír. Por último se oyó un portazo y apareció Skeeter. Se acercó a ella y le rodeó la cintura con el brazo. Estuvieron inmóviles un momento, Ashley ligeramente apoyada en el pecho del hombre. Él se dobló para besarla en la mejilla y luego le cogió la mano para alejarse con ella.

Skeeter y Ashley se habían apoyado el uno en el otro para soportar las pérdidas que habían sufrido. Que la amistad se estuviera convirtiendo en algo más no resultaba sorprendente, pero era interesante observarlos y ver el nacimiento de su amor mientras seguían llorando el uno a Jill, la otra a Cooper. Vivíamos en un mundo extraño en el que incluso las relaciones exigían un enfoque nuevo.

Mientras las personas que yo amaba se alejaban cogidas de la mano o del brazo, oí a lo lejos un ruido a la vez conocido y singular. Lo reconocí inmediatamente, pero hacía tanto tiempo que no oíamos ni veíamos un avión que podía atribuirse a la imaginación con mucha facilidad.

Me puse en pie para saber de qué dirección procedía aquel apagado zumbido. Me volví hacia un lado y hacia otro, con la mano sobre los ojos para que el sol no me deslumbrara. El zumbido de los motores estaba allí, pero los aviones propiamente dichos no. Nathan, las niñas, Ashley y Skeeter estaban en el campo, todos con la cara vuelta hacia el cielo.

El zumbido aumentó de volumen y segundos antes de tenerlos encima aparecieron dos reactores de combate que se dirigían juntos hacia el noreste.

Instintivamente llamé a Jenna y ésta, también instintivamente, arrebató a Halle de brazos de Nathan y corrió hacia la casa. Todos corrieron hacia el porche hablando al mismo tiempo con inquietud.

—¿Adónde crees que van? —preguntó Ashley en voz alta, probablemente a mí.

—Yo diría que a Wichita. Está a hora y media en esa dirección —respondí.

Jenna animó a Halle a subir por la escalera y las dos se sentaron cerca de mí, en el tejado. Habíamos perdido de vista los aviones, pero seguíamos mirando el horizonte.

Nathan puso a Zoe en el suelo.

—A esa velocidad ya estarán allí.

Nada más terminar la frase, una luz cegadora eclipsó el sol y se formó una nube que parecía un hongo y ascendió varios kilómetros. Todos la miramos con incredulidad. Recordaba haber visto hongos atómicos en la televisión, pero en directo... no parecía real.

—¿Qué es? —preguntó Halle, rompiendo en prolongado silencio.

—¿Es una bomba nuclear? —preguntó Ashley con voz que evidenciaba su creciente pánico.

—¿A qué distancia estamos de Wichita? Aproximadamente —preguntó Skeeter.

Nathan se encogió de hombros.

—Yo diría que a cien kilómetros, quizá ciento diez.

—Deberíamos entrar en casa. No sé qué clase de bomba será, pero...

—¡Santo Dios! —exclamé al ver una ola de polvo que se elevaba por encima del horizonte. Se dirigía hacia nosotros—. ¡Vete, Jenna! ¡Vete!

Entre Nathan y yo ayudamos a las niñas a bajar por la escalera. Descendí unos peldaños y al ver que la nube se acercaba muy deprisa, salté al suelo.

—¡Entrad! —grité. Cerré la puerta y corrí en busca de toallas para tapar las ranuras. Ashley y Skeeter tiraban de las mantas que utilizábamos para tapar las ventanas por la noche, y Nathan introducía toallas por debajo de la puerta trasera.

Nos quedamos en la sala de estar, jadeando, mirándonos. Cabeceé mirando a Nathan para indicarle que no se me ocurría qué más hacer. Oímos un rugido en el exterior, un rugido creciente. Jenna, Halle y Elleny corrieron hacia mí y abracé a las tres. Nathan hizo lo mismo con Zoe.

Ashley se acurrucó bajo el brazo de Skeeter y lo miró.

—¿Qué hacemos?

Él recorrió la estancia con los ojos mientras el rugido se volvía ensordecedor.

—¡Cuerpo a tierra todo el mundo!

Nos apelotonamos en el suelo y esperamos hasta que el rugido estuvo encima de nosotros. El ímpetu de la ola hizo crujir la estructura de madera y el polvo se estrelló contra la pared del norte. Las tres ventanas de aquel lado reventaron. El suelo y la mesa del comedor se cubrieron de cristales. Yo mantenía gacha la cabeza de las niñas, rezando para que aquello fuera todo.

La ola se fue con la rapidez con que había llegado. Todos levantamos lentamente la cabeza para mirarnos, preguntándonos qué hacer a continuación.

Ashley sorbió por la nariz.

—Si hay radiación, ¿estamos bastante lejos?

—No me lo puedo creer —respondió Nathan—. No puedo creer que hayan bombardeado la ciudad. ¿Un año después del comienzo? Es absurdo.

—¿Y si los tuertos se han apoderado de las ciudades y ésta es la forma de limpiarlas? —preguntó Skeeter—. Así eliminarán miles de tuertos.

—¿Significa eso que no hay curación? —preguntó Elleny.

—Aún no sabemos nada —señalé. Halle se había encogido y era una pelota trémula pegada a mi regazo—. Tranquila, pequeña. Todo va a ir bien.

—¿Nos van a bombardear a nosotros? —preguntó Jenna.

—No —respondí—. Estamos muy lejos de todo…

—Pero ¿y Shallot? —preguntó Elleny—. Estaba lleno de tuertos. ¿Tirarían una bomba tan cerca?

—No lo creo, cariño. Casi todos los tuertos de allí se fueron. Seguramente a Wichita.

—Espero que no quede ninguno vivo —comentó Ashley—. Después de tanto tiempo es horrible que ahora ocurran estas cosas.

—No creo que ninguno sobreviva mucho tiempo en las ciudades —apuntó Skeeter—. Creo que por el momento deberíamos quedarnos aquí. Esperar hasta que el aire se despeje. Vigilaremos un par de días para ver cómo se comporta *Butch* y si hay lluvia de residuos. No entiendo por qué se han arriesgado a lanzar una bomba nuclear. Una convencional serviría para lo mismo.

—Estoy de acuerdo —comentó Nathan—. No tiene sentido destruirlo todo.

—Muy bien —dije levantándome y tirando de las niñas para que me imitaran—. ¿Habéis oído lo que han dicho? La fiesta de cumpleaños se traslada al interior.

Jenna torció la boca. Le puse las manos en las mejillas.

—Lo primero es lo primero. Hay una lata de melocotón con tu nombre escrito.

—¿Me darás un poco, Jenna? ¡Porfaaaa! —rogó Halle.

Bajé al sótano y rebusqué en la despensa. Nathan bajó también. Cogí la lata del estante y lo miré.

—No habremos estado aquí todo este tiempo para morirnos ahora por culpa de la radiación, ¿verdad? ¿O lo dijiste para que nos sintiéramos mejor?

Nathan me abrazó.

—No, cielo. Skeeter tiene razón. ¿Qué sentido tendría arrojar una bomba termonuclear? A menos que haya una razón concreta, resulta absurdo.

—¿Lo dices en serio?

—Lo digo en serio.

Respiré hondo, le di un fuerte abrazo y volvimos arriba. A pesar de sus palabras sentía por dentro un miedo asfixiante. Jenna y Elleny se acercaron a la ventana y apartaron la manta.

—¡Mami! ¿Eso es nieve?

Me levanté, fui a la ventana y miré por una rendija que había entre las tablas.

—No —respondí tranquilamente, observando las motas oscuras y esponjosas que caían flotando al suelo.

—Es lluvia de residuos, ¿verdad? —preguntó Skeeter.

Nathan se inclinó para ver mejor por la rendija más amplia.

—La lluvia de residuos no es necesariamente radiactiva. Podría tratarse del polvo y los escombros lanzados al aire por la explosión.

Todos bajamos mantas y almohadas al sótano para pasar allí aquella noche, esperando estar más protegidos al poner una barrera más entre nosotros y las cenizas que cubrían la hierba exterior. Al anochecer había caído en cantidad suficiente para que todo estuviera cubierto por una capa de lana sucia.

Cuando las niñas se durmieron, Skeeter y Nathan comentaron, entra otras cosas no menos horribles, los posibles efectos de la lluvia de residuos —radiactivos o no— en nuestras reservas de agua; Ashley tuvo que pedirles que callaran. De todos modos, era ya muy tarde; incluso después de acomodarnos y de tratar de dormir, yo me desvelé y me quedé mirando al techo con preocupación.

Nathan me dio un beso en la sien.

—Creo que todo irá bien, Scarlet. De verdad lo creo.

—Pero ¿y si no es así? ¿Cómo salvaremos a las niñas?

No respondió, lo cual me asustó aún más de lo que estaba.

Ya se me cerraban los ojos cuando Skeeter se acercó a un ventanuco abierto en la parte superior de la pared oriental. Aunque estaba de pie y de puntillas, apenas alcanzaba a ver nada.

—Que me ahorquen —dijo en voz baja.

—¿Qué ocurre? —preguntó Nathan. No era tan alto como Skeeter y tuvo que dar un brinco para ver algo.

Se miraron.

—¿Qué es? ¿Qué habéis visto? —pregunté, incorporándome y apoyándome en los codos.

Los dos hombres corrieron a la escalera. Sus pasos se aceleraron cuando cruzaron la cocina y la sala de estar. Me levanté del camastro y fui tras ellos. Cuando vi lo que les había llamado tanto la atención, me quedé boquiabierta. La ceniza seguía cayendo y era gris como un día nublado de invierno.

—¿Habrá tormenta? —pregunté.

—No —respondió Nathan, mirando alternativamente la materia que caía y la que se acumulaba en tierra—. Los residuos están en la atmósfera.

—¿Cuánto tiempo durará?

—No lo sé, cielo —respondió Nathan. —Me miró. Por vez primera había preocupación en su voz—. No lo sé.

Seis días después de la explosión todos sentimos los efectos de permanecer encerrados. Las niñas reñían y los adultos éramos propensos a los ataques de cólera. Como no podíamos salir a cazar, tuvimos que recurrir a los preciados y escasos artículos enlatados que teníamos en la despensa.

Me encontraba en el sótano, cargada con tres latas de judías y con lágrimas en los ojos. Ashley me quitó las latas de las manos y pegó su mejilla a la mía.

—Todo irá bien, ¿verdad? Te sientes impotente y eso es todo, pero todo va a salir bien, ¿verdad?

Me limpié las lágrimas y volví a hacerme cargo de las latas.

—Sí. Todo nos irá estupendamente.

—Muy bien —dijo Ashley con un suspiro de alivio.

No era muy convincente, pero como quería creerme, no costaba mucho engañarla.

Subimos juntas y saludamos a las niñas, que ya estaban sentadas a la mesa del comedor. Nathan me miró con atención y supo inmediatamente que me había pasado algo. Saqué el abrelatas de un cajón y me puse a repartir las judías entre los platos, no sin advertir la ausencia de nuestros animados comentarios de la hora de la comida y, en realidad, de toda clase de comentarios. Las niñas miraban los platos con cara de abstraídas y Skeeter y Nathan parecían haber agotado sus frases tranquilizadoras.

—Cuando aclare fuera, tendremos que proseguir la fiesta de cumpleaños de Jenna —propuse, sentándome con los demás—. Se ha esforzado mucho y seguro que te derrota, Skeeter.

Él sonrió forzadamente.

—¿De verdad, Jenna?

Ella no levantó los ojos del plato. No pronunció palabra. El desánimo que había en su rostro me partió el corazón.

—Pequeña —dije en voz baja. Levantó aquellos preciosos ojazos que tenía y me miró fijamente—. Esto no durará eternamente. Te lo prometo.

Se volvió lentamente hacia la sala de estar para mirar por la ventana. Enarcó las cejas y se puso en pie.

—¡Mamá!

Después de transcurrir casi una semana había dejado de caer ceniza. Miré a Jenna y luego a Nathan. Todos nos levantamos a la vez y corrimos a la ventana. La casa se llenó de risas y suspiros de alivio.

Elleny puso la mano en la puerta, pero Nathan la detuvo.

—Todavía no.

—¿Qué quieres decir? ¿Por qué no? —preguntó Jenna con los ojos repentinamente llenos de lágrimas.

Nathan se disponía a responder, pero se detuvo. En el silencio que siguió oímos un ruido lejano y reiterativo.

—¿Qué es eso? —preguntó Ashley. Volvió a escuchar—. ¿Es lo que creo que es?

Un helicóptero negro pasó por encima de nosotros y trazó una amplia curva. Vimos con inquietud que volvía, quedaba en suspenso unos instantes sobre la carretera, descendía y aterrizaba entre la carretera y el camino de acceso a la casa. Bajaron cuatro hombres con armas y de repente me aterrorizó más su presencia que la de la ceniza. Se acercaron al trote y todos dimos un respingo al oír los golpes en la puerta.

—Elleny, llévate a las niñas al sótano —dije, sin apartar los ojos de la puerta.

—Pero... —objetó.

Se abrió la puerta y Nathan se puso delante de mí para protegerme. No eran militares. Parecían más bien policías de Operaciones Especiales, negros de pies a cabeza, con casco y grandes viseras protectoras de plástico transparente. El que dirigía el grupo miró a sus colegas, tan sorprendido de vernos como nosotros de verlos a ellos.

Las aspas del helicóptero seguían gimiendo, de modo que el hombre tuvo que elevar la voz.

—¡Soy el cabo Riley Davis, señor! ¡Busco a Skeeter McGee!

—Yo soy —dijo Skeeter.

—Tenemos en el helicóptero a una señora llamada April Keeling. La recogimos en Fairview. Dijo que tal vez hubiera aquí supervivientes, usted entre ellos, señor —explicó el cabo. Elevó las comisuras de la boca—. Me alegro de que no se equivocara.

Skeeter se volvió hacia Ashley.

—¡April! ¡La de la iglesia! —Volvió a mirar al cabo—. ¿Y sus hijos?

—Todos bien, señor.

—La ceniza —intervino Nathan—. La explosión. ¿Saben algo de eso?

—Sí, señor. La fuerza aérea recibió orden de bombardear las mayores concentraciones de infectados, señor.

—Pero ¿era radiactiva la lluvia de estos días? —pregunté.

—No, señora —respondió el cabo—. Llovieron sólo residuos de la explosión inicial. Han lanzado bombas sobre las principales ciudades.

—Entonces, ¿ya no queda nada? ¿Ni nadie? —insistí.

—Las ciudades estaban tomadas, señora —respondió el cabo Davis—. Lo están arrasando todo. Nosotros recogemos a los supervivientes que se refugiaron lejos.

Miré a Nathan y volví a posar los ojos en el cabo Davis.

—¿Todo significa todo? ¿Hasta dónde llegó la epidemia?

El cabo puso cara de circunstancias.

—Llegó a todas partes. Está en todas partes.

Nathan se removió con inquietud.

—¿Van a bombardear las afueras de las ciudades?

—Por ahora respetan el campo, así que no tiene que preocuparse —respondió el cabo, colgándose el fusil del hombro.

Lancé un suspiro de alivio y miré hacia la cocina. Las niñas miraban asomadas al pasillo. Les hice una seña para darles a entender que todo iba bien, que podían acercarse. Tras unos momentos de duda, vinieron una tras otra. El cabo miró a las pequeñas.

—Habríamos venido a buscarlos hace días, pero la ceniza atasca los rotores de los aparatos. Disculpe, señor, pero no tenemos mucho tiempo. ¿Están aquí todos los que hay? Tenemos orden de recoger a todos los supervivientes que estén dispuestos a venir para trasladarlos a nuestro campamento.

Nathan me miró y luego se dirigió al cabo.

—¿Dónde está ese campamento?

—A unos setenta kilómetros al sur de nuestra posición, señor. En el hospital McKinney.

—Pero eso no es un campamento —repliqué, pensando a cien por hora.

Llevábamos tanto tiempo sin ver a nadie que me costaba asimilarlo todo a la vez.

El cabo sonrió.

—Ahora sí. Hemos levantado murallas e instalado agua corriente. La electricidad vuelve a funcionar.

Ashley se volvió hacia Skeeter, sonriendo de oreja a oreja al pensar en aquellos lujos.

—¿Cuántos supervivientes hay hasta ahora? —preguntó Nathan.

El cabo torció la boca. Me di cuenta de que le habría gustado darnos mejores noticias.

—No tantos como nos gustaría, pero todos los días llegan más civiles. Lo siento, señor, pero deberíamos irnos ya. No tardará en oscurecer y andamos escasos de combustible.

Nathan y Skeeter cambiaron miradas. Nathan se volvió hacia mí.

—¿Qué dices tú?

Hice un gesto negativo con la cabeza. Era una decisión demasiado importante para tomarla en aquel momento. No sabíamos quiénes eran aquellos hombres. Podíamos llegar al McKinney y descubrir que más que un refugio era un campo de prisioneros. Miré a las niñas.

—Quieren llevarnos a un lugar seguro.

Jenna arrugó la frente.

—Ya estamos seguros aquí.

Zoe miró a Jenna y adoptó su expresión.

—Y seguramente no dejarán que nos llevemos a *Butch*.

Sonreí, las besé en la frente y me volví hacia Nathan. Éste miró a Skeeter y a Ashley.

—¿Nos quedamos? —preguntó Ashley. Miró la cara de los demás, respiró hondo y esbozó una sonrisa de resolución. Se volvió hacia el cabo—. Nos quedamos.

—¿Señor? —preguntó el cabo a Skeeter.

Skeeter estrechó a Ashley contra su costado.

—Diga a April que le agradecemos que nos haya enviado un equipo a rescatarnos, pero nos las apañamos bien aquí.

El cabo se volvió para mirar a sus hombres. Todos parecían confusos. El cabo nos miró.

—Si cambian de opinión, pongan algo llamativo en el tejado, una sábana o algo así. Estaremos patrullando por los alrededores. ¡Buena suerte, señor!

El cabo se llevó a la boca un pequeño transmisor.

—Pedro a base, responda, cambio. —El hombre de la base confirmó la recepción mediante unos crujidos—. Estamos en Red Hill. Los civiles quieren quedarse, cambio. —Tras una pausa, la radio volvió a emitir crujidos—. Entendido.

El cabo se despidió con un ademán de la cabeza y los hombres volvieron al helicóptero. Momentos después se elevaron y se perdieron de vista.

—¡Hay gente! —exclamó Zoe sonriendo.

Dio una palmada y entrelazó los dedos.

El cielo estaba casi despejado, hasta que por fin quedó limpio de residuos de la explosión. Subí por la escalera de mano y uno por uno me siguieron todos los demás. Ya podíamos ver el paisaje, kilómetros de paisaje, en todas direcciones. En los últimos meses habíamos visto un número menguante de muertos vivientes. Había transcurrido casi un mes sin que viéramos ninguno cuando se produjo la explosión. No sabíamos por qué. Puede que todos hubieran emigrado a la capital o quizás hubiera otros como nosotros que habían eliminado a más espasmódicos. Al final el planeta se vería libre de ellos. No íbamos a vivir con miedo eternamente.

Nathan buscó mi mano y suspiró, compartiendo mi tácito alivio por haber tomado la decisión justa. Labraríamos nuestro futuro en Red Hill, criando a nuestros hijos del modo más seguro posible y protegiéndonos entre nosotros en un mundo hecho de pesadillas e incertidumbres. Los ocho nos habíamos forjado un lugar allí y estábamos haciendo algo más que sobrevivir. Estábamos viviendo.

Zoe y Halle se abrazaron a mis piernas mientras contemplaban la fantástica escena que tenían delante. El rancho y sus alrededores estaban totalmente cubiertos de ceniza de un gris monótono, excepto en los puntos en que el helicóptero había dejado al descubierto el rojo oscuro de la carretera de tierra. El paisaje tenía el aspecto que podría tener el fin del mundo. Sonreí y apreté la mano de Nathan. Si el último año me había enseñado algo era que el fin sólo conducía a una cosa: a otro comienzo.

Agradecimientos

Escribir suele ser un trabajo solitario, pero ningún autor trabaja en completa soledad. Si yo no hubiera tenido en mi campo a mi entrenador, mi animador más entusiasta y mi hincha más incondicional, las distracciones de la vida cotidiana no me habrían dejado mucho tiempo libre para escribir una sola frase, y no digamos toda una novela. Mi marido es para mí todas esas cosas. Querido, te doy las gracias por calmar las aguas a mi alrededor en todo momento.

Gracias también a Wes Hughes por su inagotable amabilidad. En 2008, siendo una esforzada estudiante, me ayudabas a llegar a fin de mes, y en 2013, siendo una escritora que se esforzaba por entregar el manuscrito en el plazo previsto, me permitiste alojarme en tu casa para terminar *Red Hill*. Tu cara sonriente y tus continuas palabras de ánimo estarán siempre conmigo.

Lo mismo le digo a Amy Tannenbaum, que carga con todo lo que le echo, sea una carcajada matutina o un escrito aterrador en plena noche. No eres sólo mi supercorrectora transformada en agente, sino además una de mis amigas más queridas. Ya te he dicho otras veces que no querría experimentar ninguna parte de este proceso sin ti y te lo repito una vez más. Tus palabras de ánimo y tus continuos y razonables consejos hacen que me apiade de quien pueda prescindir de ti. Tampoco me olvido de mi apreciadísimo y sorprendente Chris Prestia, ni del personal de Jane Rotrosen Agency, por todo lo que han hecho.

Greer Hendricks se convirtió en mi editora en febrero de 2013 y sustituyó a Amy. Amy me aseguró que Greer era perfecta para mí y, como siempre, tenía razón. Greer ha elevado lo que escribo a un nivel superior, se encargó de mi hijo en el asiento trasero del coche durante un embotellamiento mientras íbamos a firmar libros, y literalmente me salvó un manuscrito, y además durante unas vacaciones. Gracias, Greer. No me gustan los cambios, pero éste, gracias a ti, ha sido el más fascinante que podía esperar.

Después de publicar seis novelas, Nicole Lambert ha sido imperdonablemente arrinconada cuando iba a redactar estos agradecimientos. Nicole me ayudó a preparar mi primera página web en la época en que colgaba uno tras otro los distintos capítulos de *Providence*, antes de descubrir la autoedición. Para mi vergüenza, añadiré que nunca me lo recordó. Te quiero, Nicole. Has sido una amiga fabulosa.

Hace un año participé en la reunión de genios de Atria Books que se celebró en Nueva York. Yo estaba embarazada de muchos meses, sudorosa (era agosto) y con muchos nervios. En el vestíbulo me esperaba Ariele Fredman, sonriente, divertida y tranquilísima. Sería incapaz de preparar una lista de todas las cosas que hace por mí, pero sé que es la mejor publicista que una autora podría desear. Gracias por serlo todo, sirenita.

Mi más sincero agradecimiento a Judith Curr, que dirige el mundo de Atria con mano de terciopelo. Es una de las personas más inteligentes y desconcertantes que he conocido en mi vida, una fuerza de la naturaleza, y sin embargo es asimismo un sitio seguro en el que aterrizar cuando necesito que las cosas marchen bien. Gracias, Judith, no querría que nadie más dirigiera mi orquesta.

¡Un millón de gracias al personal de Atria! He tomado nota del nombre de todos los que contribuyeron a dar a esta novela su estado actual. A falta de espacio aprovecharé la ocasión para dar las gracias a unos cuantos: Isolde Sauer, Ben Lee, Sarah Cantin, Hillary Tisman, Jackie Jou y Kimberly Goldstein.

Quisiera expresar también mi gratitud a mi ayudante, Colton. No sé cómo me las apañaba, en mi trabajo y en mi vida, antes de que apareciese él. ¡Gracias por todo lo que haces! Seguro que habrá más aterradores (y seguros) viajes juntos en avión.

El doctor Ross Vanhooser ha aparecido ya en la página de agradecimientos de otros libros míos. Si no hubiera creído en mí y no me hubiera animado en un medio en el que nadie más lo hacía, mi vida y mi trabajo discurrirían por lugares muy diferentes. En esta ocasión me asesoró con sus conocimientos médicos para ciertos detalles de la presente novela. Siempre me ha ofrecido valiosos consejos, ayuda generosa y una fe sin límites. Muchísimas gracias. Nunca olvidaré su bondad.

También desearía expresar mi agradecimiento a Sharon Ronck. Cuando otros le decían que no pusiera tan alto el listón, ella lo subía más aún. Para mí es un honor haber satisfecho sus expectativas. En este mundo necesitamos más personas con un corazón como el tuyo.

A Leah, Miranda y Ashley por permitirme utilizar sus nombres y añadir detalles ficticios a sus descripciones.

A las escritoras Colleen Hoover, Karyl Lane, Lani Wendt Young, Eyvonna Rains y Tracey Garvis Graves por leer el manuscrito de *Red Hill* y confirmar que no era una locura continuar con mi barriga y en una dirección totalmente distinta. Aprecio vuestro tiempo y vuestro entusiasmo.

Por último, desearía dar las gracias a mis hijas por tener una personalidad tan arrolladora y dejarme escribir sobre ellas. Supe lo que era el amor incondicional y absoluto cuando entrasteis en mi vida. Desde 1999 mi corazón ha seguido viviendo fuera de mi cuerpo. Desde 2005, la misma alegría, el mismo miedo y el mismo suspense se multiplicaron por dos. Espero que si alguna vez sois madres, vuestros hijos os den la mitad de la alegría que vosotras me disteis a mí. Quizás entonces entendáis por qué os miro con estos ojos.

E., gracias por trabajar en esto conmigo, escarabajo de la patata. Uno de estos días me dejarás para el arrastre.

Y para mi hombrecito: eres la perfección, una de las tres mejores cosas que he hecho en esta vida. Me da mucha alegría que nunca llegues a saber lo que era la vida antes de que nuestros sueños se hicieran realidad. Gracias a mis lectores puedo trabajar en casa y pasar contigo todo el tiempo posible, y no querría que fuera de otro modo.

¡Y eso, muchos recuerdos afectuosos a mis lectores! Vosotros habéis hecho que lo imposible sea posible para mi familia y para mí. Que una provinciana sea autora número 1 en la lista de superventas del *New York Times*. Si eso no es un milagro, ya me diréis qué es.

Visite nuestra web en:

www.umbrieleditores.com